insel taschenbuch 4816
Francisco Haghenbeck
Das geheime Buch der Frida Kahlo

FRANCISCO HAGHENBECK

Das geheime Buch der Frida Kahlo

Roman
Aus dem Spanischen von
Maria Hoffmann-Dartevelle

INSEL VERLAG

Die Originalausgabe erschien 2009 unter dem Titel
Hierba Santa bei Editorial Planeta Mexicana.

Erste Auflage 2020
insel taschenbuch 4816
© Insel Verlag Berlin 2010
© F. G. Haghenbeck, 2009-2018
This Agreement c/o SalmaiaLit, Literary Agency
Alle Rechte vorbehalten, insbesondere das des
öffentlichen Vortrags sowie der Übertragung durch Rundfunk
und Fernsehen, auch einzelner Teile.
Kein Teil des Werkes darf in irgendeiner Form
(durch Fotografie, Mikrofilm oder andere Verfahren)
ohne schriftliche Genehmigung des Verlages reproduziert
oder unter Verwendung elektronischer Systeme verarbeitet,
vervielfältigt oder verbreitet werden.
Vertrieb durch den Suhrkamp Taschenbuch Verlag
Umschlaggestaltung: zero-media.net, München
Umschlagabbildung: Toni Frissell/Granger/Bridgeman Images;
Jesse Kraft/EyeEm/Getty Images
Satz: Satz-Offizin Hümmer GmbH, Waldbüttelbrunn
Druck: C. H. Beck, Nördlingen
Printed in Germany
ISBN 978-3-458-68116-8

In Zuneigung für Luis und Susy,
denen es gelungen ist, dem Leben
Leidenschaft zu entlocken

Das geheime Buch der
Frida Kahlo

Fridas verschollenes Buch

Zu Frida Kahlos persönlichen Gegenständen gehörte auch ein kleines, schwarzes Buch, das sie »Das Wunderkrautbuch« nannte. Es enthielt eine Sammlung von Kochrezepten zur Zubereitung der Opferspeisen für den Totenaltar, welchen sie jedes Jahr am Totentag, dem »Día de los Muertos«, errichtete. Denn gemäß der mexikanischen Tradition erhalten die Toten am 2. November die göttliche Erlaubnis, die Erde zu besuchen. Dort sollen sie mit einem Altar empfangen werden, auf dem sich allerlei Gaben und schmückende Dinge befinden: Cempasúchil-Blumen, süße Brote, Fotografien voller wehmütiger Erinnerungen, Heiligenbildchen, mystischen Duft verströmende Räucherstäbchen, originell verzierte Totenköpfe aus Zuckerguss, Kerzen, die den Weg zurück ins Jenseits leuchten, und die Leibspeisen des Verstorbenen. Als das Büchlein zwischen den Gegenständen auftauchte, die das Museum in der Calle de Londres im schönen Viertel Coyoacán beherbergt, erkannte man seinen besonderen Wert und beschloss, es aus Anlass von Fridas Geburtstag im Rahmen der großen, ihr zu Ehren im Palacio de Bellas Artes veranstalteten Ausstellung erstmals zu präsentieren. Seine Existenz bestätigte, mit wie viel Leidenschaft und Hingabe sie ihre berühmten Totenaltäre errichtet hat.

Am Tag der Ausstellungseröffnung verschwand das Buch.

Kapitel 1

Diese Julinacht war nicht wie so viele andere. Der Regen hatte sich in einer Ecke zusammengekauert und dem schwarzen Schleier eines ungetrübten Sternenhimmels ohne schmutzige Wolken, die sich tränenreich über den Einwohnern der Stadt entladen hätten, den Vortritt gelassen. Nur ein leiser Wind pfiff wie ein spielendes Kind zwischen den Bäumen im Garten eines prächtigen blauen Hauses, das in der warmen Sommernacht schlummerte.

In ebendieser ruhigen Nacht hallte in allen Winkeln des Dorfes Coyoacán ein gleichmäßiges Klopfen wider. Es kam von den klappernden Hufen eines Pferdes, das über das Pflaster trabte. An jeder Straßenecke warfen die Häuser mit ihren hohen Ziegeldächern das Echo seiner Hufschläge zurück, um den Bewohnern die Ankunft eines merkwürdigen Besuchers anzukündigen.

Von Neugier erfasst, denn Mexiko war mittlerweile eine moderne Stadt, die archaische Fabeln und Dorflegenden weit hinter sich gelassen hatte, unterbrachen die Einwohner von Coyoacán ihr Abendessen, um durch einen Torspalt zu blinzeln. Draußen entdeckten sie den rätselhaften Reitersmann, dem ein Luftzug »wie von Geistern und Toten« folgte. Ein Hund warf sich dem geheimnisvollen Reiter mit wütendem Gebell entgegen, das schöne weiße Ross aber ließ sich nicht aus der Ruhe bringen, und schon gar nicht der Mann, der auf ihm saß: ein finsterer Geselle, über dessen braunem Rock sich zwei prall gefüllte Patronengurte kreuzten. Ein Sombrero, so groß wie eine Kirchenkuppel, saß ihm tief in der Stirn und verdunkelte sein Gesicht. Nur zwei glänzende, durchdringende Augen ließen sich zwischen den Schatten seiner Züge erahnen und ein voller Schnurrbart, der ihm zu beiden Seiten über die Wangen hinausragte. Als er vorbeigeritten kam, verschlossen die Alten ihre Türen doppelt, schoben Riegel und hängten Ketten davor, so tief saß ihre Furcht in Erinnerung an die Revolution, als Besucher wie dieser Verwüstung und Zerstörung ins Dorf getragen hatten.

An der Ecke der Calle Londres, vor einem Haus, dessen indigoblaue Fassade von seiner Besonderheit kündete, brachte der Reiter sein Pferd zum Stehen. Die großen Fenster neben der Tür sahen aus wie riesige Augenlider. Das Pferd wurde nervös, beruhigte sich aber, als der Reiter absaß und ihm liebevoll den Hals tätschelte. Nachdem er Hut und Patronengurte zurechtgerückt hatte, ging er entschlossenen Schrittes zum Tor und zog an der Glockenschnur. Augenblicklich erhellte ein elektrisches Licht den Eingang des großen Hauses und scheuchte einen Schwarm Insekten auf, die rings um die Lichtquelle ihr Ungestüm in die Nacht summten. Als Chucho, der unentbehrliche Dienstbote eines jeden ehrwürdigen Hauses, seinen Kopf zum Tor herausstreckte, blickte der Besucher ihm fest in die Augen und trat einen Schritt vor. Zitternd und nicht ohne sich mehrmals zu bekreuzigen, bat der Wächter ihn herein und betete hastig einige Ave-Marias. Wortlos und mit großen Schritten durchmaß der Besucher die Diele und gelangte in einen wunderschönen, mit kunstvoll gezimmerten Holzmöbeln, exotischen Pflanzen und Skulpturen prähispanischer Gottheiten ausgestatteten Raum. Das Haus war voller Kontraste. Erinnerungen an Schmerz und Freude, vergangene Träume und gegenwärtige Triumphe lebten hier beisammen. Jedes Ding erzählte von der Privatwelt seiner Besitzerin, die ihren Besucher in ihrem Zimmer erwartete.

Zwanglos wie jemand, der sich auskennt, lief der Ankömmling durch alle Räume. Auf seinem Weg begegnete er einer riesigen Judaspuppe mit Bäckerschnauzbart, die, statt ihrer Verbrennung am baldigen Auferstehungssonntag entgegenzusehen, seiner Besitzerin für irgendein Gemälde Modell stehen musste. Er kam vorbei an Totenköpfen aus Zuckerguss, die ihm mit ewig glücksversüßter Miene zulächelten, ließ die aztekischen Grabfiguren hinter sich sowie die Büchersammlung mit Werken von revolutionärem Gedankengut. Er durchquerte das Wohnzimmer, das Künstler beherbergt hatte, die ein Land, und politische Führer, die die Welt verändert hatten, hielt nirgends inne, weder um sich die Familienfotos der früheren Hausbewohner anzuschauen noch die farbenfrohen Gemälde, die ihm entgegensprangen wie ein von einem dunstigen Mezcal berauschter Regenbogen, bis er das holzvertäfelte Esszimmer erreichte, das sich zurücksehnte nach unbeschwertem Gelächter und lärmenden Freundesrunden.

Das Blaue Haus war ein Ort, an dem Freunde und Bekannte gern empfangen wurden, und der Reiter ein alter Bekannter der Hausherrin, weshalb die Köchin Eulalia bei seinem Anblick in die prachtvoll gefliese Küche eilte, um eine Kleinigkeit zu essen und Getränke vorzubereiten. Von all den Räumen des Hauses war die Küche das pulsierende Herz, das ein lebloses Gebäude in ein lebendiges Wesen verwandelte. Mehr als nur Wohnstatt bedeutete das Blaue Haus seiner Herrin Heiligtum, Zuflucht und Altar. Das Blaue Haus war Frida. Dort bewahrte sie die Erinnerungen an ihr Leben auf. Es war ein Ort, an dem Porträts von Lenin, Stalin und Mao Tse Tung selbstverständlich neben ländlichen Altarbildern der Jungfrau von Guadalupe hingen. Fridas gusseisernes Bett flankierten eine riesige Sammlung Porzellanpuppen, die mehrere Kriege überlebt hatten, unschuldige karmesinrote Holzautos, kubistische Ohrringe mit handförmigem Gehänge und silberne Votivgaben zur Preisung der Gunst eines Heiligen. Alles sprach von den vergessenen Wünschen jener Frau, die zu einem Leben im Bett verdammt war: Frida, die heilige Schutzpatronin der Melancholie, die Frau der Leidenschaft, die Malerin der Agonie, die ans Bett gefesselt blieb, den Blick auf ihre Spiegel gerichtet, die schweigend darum wetteiferten, wer der als Tehuana oder Zapotekin oder als Vertreterin aller mexikanischen Kulturen gekleideten Künstlerin das schönste Bild zurückwarf. Am unbarmherzigsten von allen war ein an ihrem Betthimmel angebrachter Spiegel, der sie beharrlich mit dem Thema ihres Gesamtwerkes konfrontierte: mit sich selbst.

Als der Fremde das Schlafzimmer betrat, blickte Frida ihm mit schmerzgezeichnetem Gesicht geradewegs in die Augen. Sie wirkte mager, abgezehrt und müde, viel älter als das halbe Jahrhundert, das hinter ihr lag. Der Blick aus ihren kaffeebraunen Augen kam aus weiter Ferne, verschleiert durch die starken Schmerzmittel, die sie sich spritzte, und den Tequila, in dem sie ihre enttäuschte Liebe ertränkte. Diese Augen, fast verglühte Kohlen, die einst feurig gelodert hatten, wenn Frida von Kunst, Politik und Liebe gesprochen hatte, waren jetzt fern, traurig und vor allem müde. Bewegen konnte sie sich kaum, ein orthopädisches Korsett beschränkte ihre Freiheit und hielt sie gefangen. Nur ihr eines Bein regte sich, unruhig, auf der Suche nach dem anderen, das man ihr vor wenigen Monaten amputiert hatte. Frida betrachtete ihren Besucher und erinnerte sich an ihre früheren Begegnungen, von denen jede an ein Unglück gekoppelt war. Sehnlichst hatte sie auf dieses Wiedersehen gewartet, und als ein starker Duft nach Feldern und feuchter Erde ihr Zimmer füllte, wusste sie, dass der Bote endlich ihrem Ruf gefolgt war.

Der Bote blieb neben ihr stehen und tat nichts weiter, als seinen leuchtenden Blick auf ihren schwachen, gebrochenen Körper zu richten. Sie grüßten einander nicht, denn alten Bekannten erlässt man unnötige Höflichkeitsbezeigungen. Frida hob nur den Kopf, als fragte sie, wie es denn dort, wo er herkam, so gehe, und er antwortete mit einer flüchtigen Berührung seines breitkrempigen Hutes, was bedeutete: alles in bester Ordnung. Nun rief Frida ärgerlich nach Eulalia und wies sie an, sich um den Besucher zu kümmern. Ihr Ruf klang harsch, derb. Ihr verspielter, ausgelassener Humor aus früheren Tagen war mit dem amputierten Bein begraben worden, mit den Operationen und den Qualen ihrer Krankheiten zugrunde gegangen. Gallig war jetzt ihr Umgangston.

Die Dienstbotin erschien, ein hübsch gedecktes, blumengeschmücktes Tablett in Händen, darauf ein mit Vögeln besticktes Deckchen, auf dem weiße Rosenblätter das Wort »Ella« formten: »Sie«. Auf einem Tischchen neben dem Bett stellte sie die für den Besucher bestimmte Stärkung ab: eine Flasche Tequila und einen kleinen Imbiss. Nervös, da von der Anwesenheit des Mannes beunruhigt, servierte Eulalia den Schnaps in Kristallgläsern vom gleichen Blau wie das Haus und goss jedem eine Portion Sangrita ein. Daneben stellte sie den frisch zubereiteten Obstsalat sowie einen gebackenen Panela-Käse und mehrere Zitronenviertel. Noch bevor das säuer-

liche, zwischen den Gesichtern hin- und herpendelnde Lächeln erstarb, war Eulalia wieder verschwunden.

Die Gegenwart des Fremden um diese nächtliche Stunde trieb Eulalia unvermeidliche Schauer über die Haut. Noch jedes Mal hatte
sie dem Rest der Dienerschaft versichert, sie habe seinen Körper niemals Schatten werfen sehen. Genau wie Chucho betete deshalb auch
sie eilig die nötigen Ave-Marias und Vaterunser, um den bösen Blick
und die Grabesstimmung zu vertreiben.

Frida ergriff das Tequilaglas. In der für sie typischen Geste zog sie
die zusammengewachsenen Augenbrauen hoch und setzte das Glas
an die Lippen; teils um den wellenweise ihren Körper durchlaufen-
den Schmerz zu lindern, teils um ihrem Gast Gesellschaft zu leisten.
Der Bote tat es ihr gleich, jedoch ohne die Sangrita zu kosten. Bedauerlicherweise verschmähte er auch die Häppchen, die nach einem
Rezept zubereitet worden waren, das Diegos erste Ehefrau Lupe der
Malerin beigebracht hatte. Frida goss sich ein zweites Glas ein. Es
war nicht das erste an diesem Tag, aber es sollte das letzte ihres
Lebens sein. Der Alkohol rann durch ihre Kehle und weckte ihren
schläfrigen Geist.

»Ich habe dich gerufen, damit du meiner Gevatterin eine Nachricht
überbringst. Ich will unsere Verabredung ändern. Dieses Jahr wird
es am Totentag keinen Opferaltar geben. Ich will, dass sie morgen
kommt. Sag ihr, dass ich auf eine glückliche Reise hoffe und diesmal
nicht zurückkehren will.«

Frida schwieg, um dem Boten Zeit für eine Antwort zu geben, doch
wie stets kam auch diesmal keine. Obgleich sie noch nie seine Stimme gehört hatte, brannte sie darauf, mit ihm zu sprechen. Er aber
heftete nur seine hungrigen Augen auf sie, Augen, die um Land und
Freiheit flehten. Er trank seinen letzten Tequila, wie in einem Akt
der Solidarität, stellte das Glas ab und verließ sporenrasselnd das
Zimmer, in dem die Künstlerin zurückblieb mit ihrem Leben, das
zerstört war wie ihr Knochengerüst. Mit dem Gang eines Gutsauf-
sehers schritt der Bote über den Hof, durchquerte den Garten, wo
Sittiche und Äffchen kreischten und die Hunde bellten, als sie seine
Gegenwart bemerkten. Chucho stand am Eingang bereit und hielt

das Tor offen, und dort verabschiedete sich der Bote mit einem kurzen Nicken, während der verängstigte Diener sich öfter bekreuzigte als eine Witwe am Sonntag. Der Bote stieg wieder auf sein weißes Pferd, ritt die Straße hinunter und verlor sich in der schwarzblauen Nacht.

Als Frida hörte, wie der Klang der Hufe sich im eisigen Wind entfernte, umklammerte sie die in schwarze Farbe getauchte Feder fester. Sie kritzelte einen Satz in ihr Tagebuch und verzierte ihn mit kleinen schwarzen Engeln. Mit Tränen in den Augen führte sie die Zeichnung zu Ende, klappte das Heft zu und rief abermals nach ihrer Köchin. Dann holte sie ein abgegriffenes schwarzes Büchlein aus dem Nachttisch, ein altes Geschenk aus glücklichen Tagen, als sie noch vom Leben träumen konnte. Ihre Freundin Tina hatte es ihr einige Monate vor ihrer Hochzeit mit Diego geschenkt. Neben ihren Erinnerungen hatte sie als einziges Hochzeitsgeschenk dieses Heft aufbewahrt. Sie schlug die erste Seite auf und las, unmerklich die Lippen bewegend: »Hab Mut zu leben, denn sterben kann jeder.« Dann begann sie langsam und bedächtig wie ein Bibliothekar, der eine alte Pergamentbibel vor sich hat, die Seiten zu wenden. Auf jeder einzelnen fanden sich verborgene Schätze, in Kochrezepte eingegangene Fragmente ihres Lebens, die sie wie einen köstlichen Eintopf mit poetischen Gedanken und Bemerkungen zu allen ihr wichtigen Menschen gewürzt hatte. Aus Spaß nannte sie es das »Wunderkrautbuch«; denn es enthielt die Rezepte, nach denen sie jedes Jahr die Opfergaben für den Totentag zubereitet und somit ein vor Jahren gegebenes Versprechen eingelöst hatte. Suchend blätterte sie durch die Seiten voller Zimt-, Pfeffer- und Santakrautdüften, bis sie das Rezept fand, das sie Eulalia geben wollte.

»Ich habe einen wichtigen Auftrag für dich, Eulalia. Morgen wirst dudieses Gericht genau so zubereiten, wie ich es hier notiert habe. Gleich in der Frühe gehst du zum Markt und besorgst alle Zutaten. Es muss so gut werden, dass man sich die Finger danach leckt«, sagte sie und zeigte fordernd auf das Rezept. Sie hielt inne, der beklemmende Gedanke an ihr erlöschendes Leben war kaum zu ertragen, dann folgten weitere Anweisungen: »Wenn der Hahn gekräht hat, packst du ihn und tötest ihn für das Mahl.«

»Aber Frida-Kind, den armen Señor Quíquiri willst du töten?«, fragte Eulalia erstaunt. »Dein Lieblingstier, das du verwöhnt hast wie einen eigenen Sohn?«

Frida machte sich nicht die Mühe zu antworten. Sie wandte das Gesicht ab, schloss die Augen und versuchte zu schlafen. Das Heft an die Brust gedrückt, zog Eulalia sich zurück.

In ihrem Bett, das ihr Kerker war, träumte Frida von Festmahlen, von Totenköpfen aus Zucker und Bildern einer Ausstellung. Als sie erwachte, war Eulalia nicht mehr da und Stille lag über dem Haus. Sie begann, sich zu fragen, ob der Besuch des Boten, ob nicht ihr ganzes Leben mitsamt ihrem ersten Tod nur ein Streich war, den ihr die betäubenden, gegen die quälenden Schmerzen verordneten Medikamente spielten. Nach langem Grübeln aber wusste sie, dass alles stimmte. Vor lauter Wut und Angst brach sie in Tränen aus, bis der Schlaf sie schließlich einlullte und abermals aus der Wirklichkeit forttrug.

Stunden später kehrte Diego aus seinem Atelier in San Ángel zurück. Als er das Schlafzimmer betrat, um nach Frida zu sehen, schlief sie, mit schmerzverzerrtem Gesicht. Er wunderte sich, dass eine halbleere Flasche Tequila und zwei nach Alkohol riechende Gläser auf dem Nachttisch standen. Noch stutziger wurde er, als die Dienstboten ihm sagten, ihre Herrin habe keinen Besuch empfangen. Er zog seinen Schaukelstuhl heran und setze sich ans Bett seiner Frau. Behutsam ergriff er ihre Hand wie einen Gegenstand aus feinstem Porzellan und streichelte sie ganz sanft, aus Angst, ihr weh zu tun. Sein Geist durchstreifte die Jahre geteilter Erinnerungen. Er dachte zurück an das Feuer, das in diesem kleinen Körper gelodert hatte, den er lustvoll, aber auch mit der Hingabe eines Sohnes an seine Mutter geliebt hatte. Abermals genoss er die gemeinsamen Liebesnächte, deren Krönung Fridas herrliche, weiße, pfirsichgroße Brüste und ihr runder Po gewesen waren, und ihm fiel wieder ein, wie er ihn eines Tages überschwänglich gepriesen und sie, ganz die Kokette, nur geantwortet hatte: »Ein Po wie Wunderkraut, nicht wahr?« Und wie sie ihm erklärt hatte, dass ihr liebstes Wunderkraut, das Santakraut, herzförmige Blätter habe. Minutenlang weinte er über das Ende dieser Leidenschaft, die nur noch ein kaputtes Gebilde war. Und während er noch »Frida, mein Frida-Kind ...«, murmelte, übermannte ihn der Schlaf.

Am nächsten Tag, nachdem der Lieblingshahn der Malerin den Beginn des neuen Tages verkündet hatte, wie er es seit über zwanzig Jahren tat, drehte man ihm den Hals um und kochte ihn. Frida aber konnte nicht mehr von ihm kosten.

Dem ärztlichem Bericht zufolge verursachten Lungenkomplikationen ihren Tod. Mit dem Einverständnis der Behörden wurde auf Diegos Wunsch von einer Autopsie abgesehen, weshalb sich bald das Gerücht vom Selbstmord verbreitete wie der Duft eines vor sich hin köchelnden Morgenkaffees.

Die erschütternden letzten Worte, die Frida in ihr Tagebuch schrieb, lauteten: »Ich hoffe, es wird eine glückliche Reise, und diesmal will ich nicht zurückkehren.«

Der Bote

Einmal sagte er: »Wer ein Adler sein will, der fliege, wer ein Wurm sein will, der krieche, doch dann darf er sich nicht beschweren, wenn man ihn zertritt.« Das hat er nicht zu mir gesagt, ich weiß nicht einmal mehr, zu wem, aber gesagt hat er es. Man soll ihm Tequila, Sangrita und etwas zu essen anbieten, denn gewiss ist er müde von der langen Reise. Auch ich hätte die Nase voll nach einem solchen Ritt.

Obstimbiss
Pico de gallo

Eines Tages, als sie guter Dinge war, erklärte mir Lupe, dass in Jalisco vor jeder Mahlzeit zunächst ein Glas Tequila getrunken und Pico de Gallo gegessen werde. In ihrem Dorf würden sich die Arbeiter, wenn sie von der Feldarbeit auf ihrem Stückchen Land zurückkämen, im Schatten der Veranda auf Lederstühle setzen und zwischen zwei Schlucken Tequila reifes Obst und Panela-Käse essen.

4 frische, geschälte Jicamas, 4 große, saftige Apfelsinen, 3 geschälte Gurken, ½ geschälte Ananas, 3 noch nicht ganz reife Mangos, 1 Kaktusfeige, 1 Bund Silberzwiebeln, 6 Zitronen, 4 grüne Chilis und grobes Salz.

Jeweils die gleiche Menge Jicamas, Apfelsinen, Gurken, Ananas, Zwiebeln und Mangos kleinschneiden. Gibt man noch Granatapfelsamen hinzu, bekommt der Pico de gallo die Farben der mexikanischen Flagge und sieht sehr, sehr hübsch aus. Mit dem Zitronensaft, den vier Chilis und einem Teelöffel groben Salzes anrichten. Oder nur mit Zitrone und Chilipulver würzen.

Ofengebackener Panela-Käse
Queso panela horneado

Panela ist ein sehr leckerer, milder Weichkäse, der ursprünglich aus der Tequila-Region stammt, wo er auch heute noch anders schmeckt als der, den ich hier kaufe. Man bekommt ihn dort auf Märkten und in kleinen Läden. Manchmal hat Lupe von ihren Reisen sehr leckeren Panela mitgebracht.

1 Panela-Käse, 1 große Knoblauchzehe, ¼ Tasse frischer Koriander, ¼ Tasse frische Petersilie, ¼ Tasse frisches Basili-

kum, 1 Esslöffel frische Oreganoblätter, ½ Tasse Olivenöl, Salz, frisch gemahlener schwarzer Pfeffer.

Einen großen luftgetrockneten Panela-Käse in eine Tonkasserolle legen und in einer aus der gehackten Knoblauchzehe und den restlichen Zutaten bereiteten Marinade ruhen lassen. Mit Salz und Pfeffer würzen und 6 Stunden lang an einem kühlen Ort stehen lassen, zum Beispiel im Hof oder am Fenster; aber aufpassen, dass die Affen ihn nicht stibitzen! Anschließend den Käse 20 Minuten – oder mindestens so lange, bis er zu schmelzen beginnt – bei 180 Grad im Ofen backen. Noch warm servieren. Zu Tostadas oder Baguette kann man den Käse gut als Häppchen anbieten.

Sangrita

Dieses Sangritarezept habe ich auf einer Reise mit Muray kennengelernt, als er mir beibrachte, Tequila zusammen mit einem süßsauren Getränk zu trinken. Ich mag Tequila auch allein, so wie ihn harte Männer mögen, damit beeindrucke ich immer die Gringos, die Diego besuchen.

2 Ancho-Chilis, 2 Esslöffel gehackte Zwiebeln, 2 Tassen Apfelsinensaft, ½ Tasse Saft einer grünen Zitrone, Salz.

Die gegrillten, von Innenwänden und Samen befreiten Ancho-Chilis 2 Minuten lang dünsten, dann 10 Minuten ruhen lassen. Gehackte Zwiebeln mit Apfelsinen- und Zitronensaft mischen und zusammen mit den Chilis in einem Mixer oder einem Steinmörser pürieren und salzen. Nach Wunsch zusätzlich Apfelsinen-, Zitronen- oder auch Tomatensaft zugießen.

Sangrita ist die Frau. Sie ist es, die nach Gewürzen und Zwiebeln riecht und dem männlichen Tequila Farbe und Schärfe verleiht. Beide gemeinsam sind das perfekte Idyll.

Wie gern würde ich so mit meinem Dieguito zusammenleben. Aber er mag mein Freund, mein Kind, mein Geliebter, mein Kollege sein – mein Ehemann niemals. Mein zweitschlimmster Unfall nach dem Zusammenstoß mit der Straßenbahn war er.

Kapitel 11

Die Frau, die malte, was sie am besten kannte, sich selbst, die Frau mit den tiefgründigen Augen und den dichten, einem sich aufschwingenden Kolibri gleichenden Augenbrauen, den harten Lippen, dem schnellen Blick und dem Dauerschmerz, war nicht immer so gewesen. Auch wenn es in ihrem Leben Konstanten gegeben hatte: die Abwesenheit Gottes – sie wurde aus Überzeugung Atheistin –, die Leidenschaft für das Alltägliche und die Lust auf das Morgen. Wie die großen Sumpfzypressen, die schweigend die Geschichte betrachten, einmal Samen waren, war auch Frida einmal ein Kind.
Frida lernte nähen, stopfen, sticken, alles, was ein Mädchen damals benötigte, um heiraten zu können, aber sie weigerte sich, kochen zu lernen. Am Essen gefielen ihr nur hin und wieder die Familienmahlzeiten, im Grunde aber war das grazile Mädchen keine gute Esserin. Und das, obwohl es an der häuslichen Tafel nie an Würze mangelte. Ihre Mutter pflegte die tief verwurzelten Traditionen ihrer spanischen und indigenen, aus Oaxaca stammenden Vorfahren und besaß ebenso großes Talent zum Zubereiten leckerer Speisen wie zum Zeugen von Töchtern. So waren in Fridas Familie die Frauen weit in der Überzahl. Frida war das dritte von vier Mädchen, und zum Kummer ihrer stolzen Mutter das am wenigsten weibliche. Vater Guillermo, ein deutscher Einwanderer ungarisch-jüdischer Abstammung, sah die Dinge anders und pflegte zu sagen: »Frida ist meine intelligenteste Tochter, und von allen ist sie mir am ähnlichsten.«
Die Kleine wuchs auf als etwas Besonderes, Einzigartiges, wie ein vierblättriges Kleeblatt auf einer großen Wiese. Weniger war von Frida auch nicht zu erwarten, besaß sie doch durchaus exotische Wurzeln und eine Familiengeschichte voller Schmerz und Erde, wie die Geschichte Mexikos. Die Ehe der Kahlos begann unter unguten Vorzeichen und wurde mit den Jahren immer schlechter. Fridas Eltern

waren ein zutiefst unglückliches Paar. Der Vater, Wilhelm Kahlo, war mit neunzehn Jahren aus Deutschland nach Mexiko ausgewandert und hatte in der neuen Heimat den poetischeren Vornamen Guillermo angenommen. Er stammte aus einer Handwerkerfamilie, die ihm jenen empfindsamen Blick auf das Leben mitgegeben hatte, der ihn zu einem der besten Fotografen seiner Zeit machen sollte. Doch bewahrte ihn sein großes Talent nicht vor Kummer und Zurückweisungen.

In Mexiko angekommen, arbeitete Guillermo zunächst in einem von deutschen Einwanderern geführten Juwelierladen. Die trockene Wesensart des steifen jungen Europäers stand in größtem Gegensatz zu den Gepflogenheiten seiner Wahlheimat. Die Wärme und Leidenschaft der Mexikaner in allem, was sie taten, verwirrten ihn. Er staunte über das freizügige Dekolleté der Obstverkäuferinnen, die mit ihren vollen Brüsten ungeniert die Maultiertreiber aufreizten, welche sich ihrerseits bei der ersten Frühlingswärme ohne Scheu das Hemd vom Körper streiften. Nach und nach drangen ihm Farben und Gerüche Mexikos immer tiefer in Augen, Nase und Mund. Und plötzlich loderte auch in seinem Herzen ein großes Feuer: Er hatte sich in eine schöne Einheimische namens Carmen verliebt. Sobald er eine gewisse wirtschaftliche Sicherheit besaß, heiratete er sie und zeugte mit ihr seine erste Tochter.

Schon wenig später traten Leid und Ungemach in sein Leben. Der Tod sollte ihn fortan mit der gleichen Hartnäckigkeit verfolgen wie die epileptischen Anfälle, die ihn immer wieder heimsuchten. Guillermo Kahlos zweite Tochter starb nur wenige Tage nach ihrer Geburt. Seine Gattin, die sich in den Kopf gesetzt hatte, ihm einen Sohn zu gebären, wurde abermals schwanger. Zwar kam die dritte Tochter gesund zur Welt, doch hatte das Schicksal bereits entschieden und machte Guillermo zum Witwer. Er blieb mit zwei kleinen Töchtern allein zurück.

Guillermo war ein kühler Kopf, der zwar die kompliziertesten physikalischen Gesetze begriff, nicht aber das Bedürfnis eines geliebten Menschen, in die Arme genommen zu werden. Noch am Tag, als seine Gattin starb, hielt er Ausschau nach einer neuen Gefährtin. Seine beiden Töchter brachte er in einem Kloster unter und machte Matilde, einer Frau aus Oaxaca, die mit ihm im Juweliergeschäft arbeitete, einen Heiratsantrag.

Matilde hat ihn nie geliebt. Dass sie ihn heiratete, lag einzig daran, dass Guillermo sie an ihren ersten Liebhaber erinnerte, der ebenfalls Deutscher gewesen war und sie derart beglückt hatte, dass sie in seinen Armen Gott zu schauen meinte. Doch unglücklicherweise nahm sich der blonde junge Mann das Leben und ließ Matilde mit einer lodernden Leidenschaft zurück, die der nüchterne Guillermo nie zu stillen vermochte. Von nun an sollte die Religion der einzige Trost ihrer gepeinigten Seele sein.

Sein neuer Schwiegervater, Antonio Calderón, lehrte Guillermo die Kunst der Fotografie. Inmitten stechender Chemikaliengerüche und in tagtäglicher mühevoller Arbeit wurde er bald ein versierter Porträtfotograf. Nebenbei wagte er sich an die Landschaftsmalerei heran und widmete ihr die Mußestunden seiner Wochenenden. Er machte sich einen so großen Namen, dass sogar Präsident Porfirio Díaz mehrere fotografische Arbeiten bei ihm in Auftrag gab.

Das Ehepaar Kahlo führte eine Zweckehe. Matilde schenkte Guillermo vier Töchter – Matilde, Adriana, Frida und Cristina – und erhielt von ihrem Mann Geld, gesellschaftlichen Rang und ein Haus im Dorf Coyoacán. Doch begleitete den Tauschhandel ein bitterer Beigeschmack: Der erhoffte Erbe wollte und wollte sich nicht einstellen, und so zog Guillermo seine dritte Tochter wie einen Jungen auf.

Die Klatschweiber von Coyoacán erzählten sich, dass am Tag von Fridas Geburt Winde des Wandels in der Stadt zu spüren waren. Es waren schwierige Tage, die Zukunft hing an einem seidenen Faden, und Hoffnung gab es kaum, doch die Leute konnten die Ermordung der streikenden Arbeiter von Río Blanco nicht vergessen und begannen, von einem kleinen Mann aus dem Norden zu reden, einem gewissen Madero, der eine baldige Wende und demokratische Wahlen versprach. Und jenes Gerede und Gemunkel, das man beim Einkaufen auf dem Markt vernahm, verwob sich mit der Nachricht von der Geburt der jüngsten Tochter der Familie Kahlo.

Frida hatte das Pech, dass ihre Mutter sich nicht um sie kümmerte.

Da sie ihr Kind auch nicht stillen wollte, stellte Guillermo eine indianische Amme ein, die den Säugling vom Tag seiner Geburt an betreute. Sie war es, die Frida mit viel Liebe und dörflichen Köstlichkeiten nährte und ihr Lieder vom Lande vorsang.

Mit den Jahren wehte ein noch schärferer Wind, und vor den großen Mauern des Hauses in Coyoacán begann der Tod umherzustreifen und verbreitete eine eisige Stimmung voller Beklemmung und Angst. Die Revolution tauchte das Land in ein Blutbad. Und als General Victoriano Huerta im Regierungspalast Präsident Madero verriet und kaltblütig erschießen ließ, klopfte der Tod auch bei den Kahlos an die Tür. An jenem Februartag erhob sich zwischen den Bäumen des großen Grundstücks ein ungewohnter Nordwind. Blätter und Zweige schlugen wild um sich wie riesige Hände, die einander zu packen suchten. Über die Straße legte sich eine erstickende Staubwolke und zwang die Passanten, hinter der nächsten Hausecke Schutz zu suchen. Wie ein zorniger Riese begann der Wind, Pfosten und Bäume zu entwurzeln. Die Waschfrauen und Klatschweiber des Dorfes sagten, in seinem Geheul trage der Sturm die Schmerzensschreie einer Gebärenden. Niemand aber kam auf den Gedanken, dass der eisige Wind ein Ruf an Guillermo war, der sorgenvoll zum Fenster hinausschaute. Seine kleine Frida lag krank im Bett. Als der Arzt das Haus verließ, verriegelte er das große Tor zur Straße, damit kein Hauch jenes Unheilssturms in sein Heim drang.

»Doktor, was ist mit meiner Tochter?«, hatte er den Arzt gefragt, als dieser schon seinen Hut nahm.

»Sie ist sehr krank, Señor Guillermo. Sie hat Polio. Wenn die Krankheit nicht zum Stillstand kommt, erfasst sie bald auch ihr Nervensystem, dann könnte Frida gelähmt bleiben oder sterben«, hatte der Arzt erwidert.

Matilde und Guillermo reagierten unterschiedlich: Sie seufzte tief und versuchte, die schlimme Nachricht zu ertragen, während er den Kopf sinken ließ und die Augen schloss. Keiner von beiden vergoss eine einzige Träne. Fridas Kinderfrau aber, die an der Tür gelauscht hatte, begann so jämmerlich zu weinen, dass mit ihren eigenen Tränen auch die von Fridas Eltern und Schwestern über ihre

Wangen liefen. Ihr Wehklagen drang durch Tür- und Fensterritzen und verband sich mit dem geheimnisvollen Wind, der die Straßen durchfurchte, zog ihn an, wie das Blut des Wildes seinen Angreifer lockt.

Bevor er sich schlafen legte, ging Vater Kahlo noch einmal in das Zimmer, in dem das sechsjährige Mädchen in seinem riesigen Bett lag, zwischen hohen Pfosten, die es von allen vier Ecken aus bewachten. Aus den Augen des zumeist nüchternen, distanzierten Mannes, der seinen Töchtern für gewöhnlich kaum einen Blick schenkte, sprachen an diesem Abend innige Gefühle für seinen Liebling. Er hatte ein großes Buch mit goldbedrucktem Einband mitgebracht, auf dem eine hübsche Zeichnung von Kobolden, Feen und Prinzessinnen zu sehen war.

»Was hast du denn da unterm Arm, Papa?«, fragte Frida und strahlte über das ganze Gesicht.

Ihr Vater setzte sich neben sie und reichte ihr mit ungewohnter Zärtlichkeit das Buch.

»Ein Geschenk für dich. Eigentlich habe ich es dir zum Geburtstag gekauft, aber dann dachte ich, dass du es vielleicht jetzt schon lesen möchtest«, sagte er und strich ihr über das schwarzglänzende Haar.

»Was ist das für ein Buch, Papa?«, fragte Frida neugierig.

»Das sind Märchen aus meiner Heimat Deutschland. Zwei Brüder haben sie gesammelt, damit sie nicht in Vergessenheit geraten. Es ist das Märchenbuch der Brüder Grimm.«

Frida durchblätterte das Buch und war bezaubert von seinen bunten Bildern. Ihre Augen strahlten, als sie auf die Zeichnung eines jungen Mannes stieß, der mit einer mysteriösen Gestalt vor sich auf dem Weg sprach. Sie trug einen langen, schwarzen Umhang und im Arm eine große Sense. Frida staunte nicht schlecht, als sie entdeckte, dass dem jungen Mann ein Totenkopf entgegenblickte. Sie las den Titel der Geschichte: »Die Gevatterin Tod«.

»Wer ist denn die Gevatterin Tod?«, wollte sie wissen.

Anders als ihre Mutter war ihr Vater ein atheistischer Freigeist, der es hasste, über Religion, Glauben und Tod zu sprechen. Gleichwohl verwunderte ihn Fridas Frage, denn ausgerechnet an diesem Morgen war ihm das Märchen von der Gevatterin Tod durch den Kopf gegangen.

»Oh, das ist meine Lieblingsgeschichte!«, erwiderte er. »Sie erzählt davon, wie die Dame Tod durch die Welt zieht, um die Kerzen, die das Leben der Menschen darstellen, zu löschen. Eines Tages erklärt sie sich bereit, die Gevatterin eines Jungen zu werden, also seine Patin. Und sie verleiht ihm die Gabe, vorauszusehen, welcher Mensch sterben und welcher leben wird. Doch warnt sie ihn auch davor, ihre Entscheidungen nicht zu befolgen; denn den Tod kann man weder hintergehen noch ihm widersprechen. Der Junge wächst heran und wird ein berühmter Arzt mit der Fähigkeit, seinen Patienten anzusehen, ob er sie heilen kann oder aufgeben muss. Eines Tages verliebt er sich in eine Prinzessin, und als er merkt, dass seine Gevatterin sie zu sich holen will, beschließt er, sich selbst an ihrer Stelle zu opfern.«

»Und schafft er das? Kann denn ein armer Landarzt den Tod überlisten, Papa?«

»Er überlistet die Dame nicht, er schließt nur einen Handel mit ihr. Wenn man es klug anstellt, kann man die Gevatterin Tod auch mal um einen Gefallen bitten, doch muss man Acht geben, worum man bittet«, erklärte er seiner Tochter, als er sah, wie aufmerksam sie ihm lauschte.

»Glaubst du, die Dame Tod möchte auch meine Gevatterin werden und mich von dieser Krankheit heilen?«

Die Frage beunruhigte den armen Guillermo. Selbst als Atheist fürchtete er sich davor, das Schicksal zu versuchen und sich auf so plumpe Weise an den Tod zu wenden, wo doch das Leben seiner Tochter auf dem Spiel stand. Er zog es daher vor, die Frage nicht zu beantworten, und begann, ihr ein zweites Märchen vorzulesen, das Märchen »Von einem der auszog, das Fürchten zu lernen«.

Während Guillermo und Frida in dem Buch mit seinen vielen wundersamen Geschichten von singenden Ochsen, schlafenden Prinzessinnen und guten Feen weiterlasen, läutete plötzlich die Glocke am Tor des Hauses. Misstrauisch, wer es bei einem solchen Unwetter zu läuten wagte, öffnete Fridas Kinderfrau das Tor nur einen Spalt breit. Auf dem Bürgersteig erspähte sie eine große, schlanke Frau in einem vornehmen Seidenkleid, eine Federboa um den Hals und auf dem Kopf einen breitkrempigen, blumengeschmückten Hut mit einem Schleier, der ihr Gesicht verbarg. Ihr Anblick bestätigte der Kinderfrau, dass kalte Winde nichts Gutes mit sich bringen, und sie beschloss, die feine Dame nicht einzulassen.

»Guten Abend, mein Kind. Ich bin gekommen, um Verwandte zu besuchen, und habe mich verlaufen. Plötzlich habe ich Schüsse gehört, und jetzt fürchte ich mich. Ob Sie mir wohl Unterschlupf gewähren könnten?«, fragte sie mit selbstbewusster Stimme.

Die Kinderfrau schlang sich ihr Tuch enger um die Brust, strich sich die Schürze glatt und schlug ihr das Tor vor der Nase zu. Gelassen blieb die Frau stehen, ohne sich zu rühren.

»He, Sie da«, fauchte die Kinderfrau durch die Torritze, »verschwinden Sie, die kleine Frida wird schon wieder ganz gesund.«

»Einen Besucher abzuweisen ist sehr unhöflich, und schlimmer noch ist es, ihn fortzuschicken, ohne ihm etwas anzubieten«, erwiderte die Dame hinter dem Tor mit ruhiger Stimme.

Die Kinderfrau eilte in die Küche, um einige Tamales, etwas Schokoladen-Atole, Brot und ein paar Süßigkeiten zu holen. Dann lief sie rasch zurück zum Tor, öffnete es aber nur gerade so weit, dass sie alles hinausreichen konnte.

»Hier haben Sie was, damit Sie Fleisch auf die Knochen kriegen! Vornehm sind Sie ja vielleicht, aber machen Sie jetzt, das Sie fortkommen«, zischte sie und schlug ihr abermals das Tor vor der Nase zu.

Als keine Antwort mehr kam, spähte die Kinderfrau durch einen winzigen Spalt, durch den nicht einmal eine Ratte hätte schlüpfen können, nach draußen. Keine Menschenseele war zu sehen. Den Schrecken noch in den Gliedern, drehte sie sich um und entdeckte die kleine Frida, die auf einer Türschwelle stand und sie beobachtete.

»Wer war das, Nana?«, fragte sie.

»Ab ins Bett, Kindchen, wenn Ihre Mutter Sie hier sieht, wird sie furchtbar böse werden«, antwortete die Kinderfrau.

Endlich legte sich der ungesunde Sturm, der am Morgen angehoben hatte. Die Kinderfrau begleitete Frida zurück ins Bett und brachte ihr Tamales und warmen Atole. Sie war nun sicher, dass das Kind wieder gesund werden würde.

Frida überlebte die Kinderlähmung, doch eines ihrer Beine blieb schmächtiger als das andere, so dass sie fortan von den Schulkameraden »Holzbein« genannt wurde – dem Tod kann man entkommen, nicht aber kindlicher Boshaftigkeit.

Die Rezepte meiner Kinderfrau

Meine Kinderfrau stammte aus Oaxaca und sang immer am liebsten La Zandunga, *wenn sie für mich und meine Schwester Cristi das Essen zubereitete. Währenddessen spielten wir unter ihren weiten Röcken mit unseren Puppen.*

Manchmal erzählte meine Kinderfrau uns Gespenstergeschichten. »Die kleinen Toten kommen nur zur Messe, um zu zeigen, wo Gold vergraben liegt, oder um zu stören. Man muss ihnen jedes Mal was zu essen geben, damit sie wieder verschwinden«, sagte sie mit breitem Lächeln. Am stärksten sind mir ihre bestickten Blusen in Erinnerung. Auf meinen Reisen mit Diego habe ich mir ab und an ähnliche Blusen gekauft. Auch ihre Tamales sind mir unvergesslich, mit denen hätten man Tote auferwecken können.

Kürbis-Tamales
Tamales de calabaza

Einmal hat Diego mir erzählt, dass früher bei der indigenen Bevölkerung die wirklich leckeren Tamales, wie man sie auf dem Dorf bekommt, als Geschenk der Götter galten. Man aß sie am Miccailhuitonitli-Fest, dem Fest der kleinen Toten. Damit hatten sie womöglich recht, denn wenn man die Tamales so daliegen sieht, warm und fest in ihre Maisblätter gewickelt, gleichen sie toten Neugeborenen. Als dann die Priester kamen, verschoben sie das Fest auf Allerheiligen. Die Imperialisten springen mit den Indios immer um, wie sie wollen, und die nehmen es hin und schweigen.

1 kg kleine Kürbisse, 1 kg Maismehl (Masa de maíz), 3 Cuaresmeño-Chilis, 2 Kugeln Queso de hebra aus Oaxaca, ¼ Kilo Schweineschmalz, 1 Bund Elote-verde-Blätter, 1 großer Bund Epazote-Blätter (verwendet werden nur die Blätter), Salz und Natron.

Kürbisse, Chilis, Käse und Epazote-Blätter sehr klein schneiden. Das Maismehl mit dem Schmalz verkneten. Salz und eine Messerspitze Natron in etwas Wasser auflösen und dazugeben, damit der Teig weich bleibt. In jedes Elote-Blatt einen gehäuften Esslöffel Teig füllen und verstreichen. Dann einen Esslöffel gehacktes Kürbisfleisch darauf geben. Alles in das Blatt einwickeln und anderthalb Stunden im Dampf garen lassen. Die Kürbis-Tamales sind fertig, wenn sie sich vom Blatt lösen. In den Dampfkochtopf legt man eine Münze, die mit ihrem Geklingel ankündigen soll, wenn das Wasser zur Neige geht.

Ananas-Atole
Atole de piña

1 l Wasser, eine sehr reife Ananas, 3 l Milch, 1 Prise Natron, Zucker nach Belieben, Masa de maíz.

Die Masa in Wasser einrühren und 15 Minuten stehen lassen, dann durch ein Sieb seihen und das Wasser auffangen. Die Ananas schälen, in kleine Stücke schneiden, pürieren, passieren und aufkochen. Nun das Ananaspüree mit dem Maiswasser und dem Zucker verrühren und 15 Minuten erwärmen. Milch und Natron zugießen und alles unter stetigem Rühren auf kleiner Flamme eindicken lassen, ohne dass es kocht.

Krapfen mit Piloncillo-Honig
Buñuelos y miel de piloncillo

500 g gesiebtes Mehl, 125 g Schweineschmalz, ½ Teelöffel Anispulver auf 1 Tasse Wasser, 500 g Ricotta oder Schichtkäse, Maisöl zum Braten.

Mehl mit Schmalz und Aniswasser verrühren, so dass ein weicher, knetbarer Teig entsteht. Eine Stunde ruhen lassen, Kugeln formen, die man auf einer mit Mehl bestreuten Tischplatte mit dem Nudelholz zu dicken, runden Scheiben ausrollt. Zum Ausformen der Scheiben die Finger zur Hilfe nehmen. Das Öl erhitzen und die Krapfen darin goldgelb backen, anschließend auf Papier legen, damit das Öl abtropft. Die Krapfen auf einer großen Servierplatte anrichten, den zerkrümelten Ricotta darauf verteilen und alles mit Piloncillo-Honig übergießen, einer süßen Soße, die folgendermaßen hergestellt wird: 500 g brauner Zucker (piloncillo) mit einem Liter Wasser, einer großen Zimtstange, 4 kleingeschnittenen Guaven und 3 kleingeschnittenen Äpfeln in einen Topf geben und alles so lange kochen, bis die Masse eindickt.

Kapitel III

Fridas Kindheit stand wie die Kindheit aller, die zu Beginn des 20. Jahrhunderts heranwuchsen, unter der Knute einer auf verlogene Weise strengen Gesellschaft. Im Hause Kahlo saßen die Fesseln besonders stramm, hier musste man aufs Wort gehorchen. Dem Kind, das sich zu widersetzen wagte, drohten harte Strafen, auf die noch eine gesalzene Predigt von Mutter Matilde folgte.
Matilde war eine schöne, vor allem aber hochmütige und stolze Frau. Auf seinen Silbergelatine-Bildern hat ihr Ehemann ihr herausforderndes Kinn festgehalten und einen Stolz, wie sich ihn nur eine zapotekische Königin mit vollen Lippen und großen schwarzen Augen erlauben kann. Welch eine Mischung trug Frida da in sich! Mit der kühlen teutonischen Wesensart verband sich der Hochmut indigenen Adels.
Eines der vielen unumgänglichen Gebote war der Besuch der Sonntagsmesse. Tadellos gekleidet begaben sich die Mädchen zur Kirche San Juan Bautista, die einige hundert Meter vom Haus entfernt lag. Eine Bank war für sie reserviert, in der Mutter, Töchter und Dienerschaft der Sonntagspredigt lauschten. Nach der Kirche durfte Frida auf dem Dorfplatz spazieren gehen, sich mitunter sogar mit ihrer jüngeren Schwester und Verschworenen Cristina fortstehlen zu den Viveros de Coyoacán, einem naturbelassenen Park, durch den sich ein schmales Bächlein schlängelte und zwischen Bäumen und Felsen verlor.
Die Folgen der Kinderlähmung hinderten Frida nicht daran, auf Bäume zu klettern und wild herumzutollen. Ihr Arzt empfahl sogar viel Sport und Bewegung zur Förderung ihrer Genesung, was ihrer Abenteuerlust entgegenkam. Dank Vater Guillermos Unterstützung entwickelte Frida viel Geschick in den verschiedensten Sportarten, von Schwimmen über Fußball und Boxen bis hin zu Schlittschuh-

laufen und Fahrradfahren. Darin wetteiferte sie mit den anderen Kindern, ohne sich um das Gerede der dörflichen Klatschweiber zu scheren, die es ungehörig fanden, dass ein ehrbares Mädchen sich mit solchen Beschäftigungen die Zeit vertrieb. Um die Verkümmerung ihres einen Beines zu kaschieren, zog sie auf dieser Seite mehrere Strümpfe übereinander an, bis das Bein so dick aussah wie das andere. Doch die frechen Bemerkungen der Jungen aus der Nachbarschaft blieben nicht aus. Neidisch auf ihre sportlichen Fähigkeiten, nannten sie Frida »Vögelchen Krummbein«, weil sie beim Laufen kleine Hüpfer machte, so als versuche sie, zu fliegen.

Eines Morgens, Bäume und Büsche schlummerten noch unterm Frühtau, spielte Frida mit ihrer Schwester Cristina unter der Obhut ihrer Kinderfrau, als sich jäh ein Wind erhob und die gestärkten Röcke der beiden Mädchen auffliegen ließ. Beide mussten lachen, ihre besorgte Kinderfrau aber deutete dies als Vorzeichen schlimmer Ereignisse. Ihre Unruhe bestätigte sich in Form eines herangaloppierenden Reiters, der ihr das Nahen der Revolutionäre ankündigte. Sofort rief die Frau nach den beiden Mädchen, die hinter den dicken Baumstämmen des Waldes im Gebüsch verschwunden waren. Aber sie erhielt keine Antwort. Zwischen den Schüssen der Rebellen ertönten die ängstlichen Rufe der armen Frau, die nach fieberhafter Suche die beiden Mädchen schließlich fand. Sie kauerten unter einem umgestürzten Baum und beobachteten aufgeregt den Kampf zwischen den zapatistischen Revolutionären und Carranzas Soldaten. Flugs packte sie die Mädchen, um mit ihnen nach Hause zu laufen, Frida aber konnte sich kaum lösen vom Anblick jener Männer mit Umhang, die sich tapfer den gut gerüsteten Bundestruppen entgegenstellten.

Sie hasteten durch die gepflasterten Straßen, bis sie das Haustor erreichten, das jedoch zum Schutz vor den Kämpfern verriegelt worden war. Glücklicherweise erblickte Fridas ältere Schwester Matilde die drei vom Fenster aus und rief sofort die Mutter herbei, die mit der Pistole in der Hand das Fenster öffnete, so dass alle drei ins Haus klettern konnten. Unterdessen tobte nur wenige Meter entfernt zwischen Bundestruppen und Revolutionären ein Kampf auf Leben und

Tod. Im Kugelhagel wurden die Rebellen derart geschwächt, dass sich das Gefecht schließlich zum Vorteil der Regierungssoldaten zu entscheiden schien. Sprachlos hörte Frida, wie ihre Mutter den zapatistischen Truppen in ihrem Haus Zuflucht anbot. Mutter und Kinderfrau öffneten das schwere, schützende Tor, und mehrere Männer trugen ihre verwundeten Kameraden herein, die dem feindlichen Feuer nicht hatten ausweichen können. Und genau in dem Augenblick, da die beiden Frauen laut betend das Tor schlossen, um zu verhindern, dass eine verirrte Kugel eine Tragödie anrichtete, erblickte Frida zum ersten Mal jene sonderbare Gestalt, die sie ein Leben lang verfolgen sollte: den Boten. Im allerletzten Moment, bevor das Tor zufiel, traf ihr Blick den eines dunkelhäutigen Mannes mit dickem Schnurrbart und hungrigen Augen, der von seinem wunderschönen weißen Ross herab sein gesamtes Magazin aus nächster Nähe auf einen Carranza-treuen Soldaten abfeuerte. Das Mädchen hielt inne, in der Gewissheit, dass es diese Augen, die einen kaltblütigen Mann erkennen ließen, der den Tod in jeder Kugel seiner Patronentasche trug, nie mehr vergessen würde. Der Schlag des zufallenden Tores riss sie aus ihren Träumereien.

»In diesem Hause respektieren wir die Freiheit, deshalb bitten wir auch Sie, meine Herren, uns zu respektieren«, bat Mutter Matilde die Zapatisten, die sie im Wohnzimmer untergebracht hatte.

Die Dienstmädchen versorgten die Verwundeten, die nun nicht mehr ganz so gefährlich wirkten. Hungrig sahen sie aus und so dreckig, dass ihre Gesichter den Schwestern ganz verzerrt erschienen.

»Viel zu essen gibt es hier nicht, deshalb müssen Sie mit dem wenigen, das wir haben, vorlieb nehmen. Wir werden abwarten, bis sich draußen alles wieder beruhigt, danach müssen Sie gehen, denn ich will keinen Ärger mit der Regierung bekommen«, stellte Fridas Mutter klar und wies ihre vier Töchter an, den Männern das spärliche Mittagessen zu bringen.

In Sicherheit und fern des von der Straße hereindringenden schaurigen Konzerts aus Schüssen, Gewieher und Schmerzensschreien verschlangen die Männer Maisgorditas und Polvorones und tranken Säfte dazu. Als der Abend hereinbrach, waren nur noch die Hufe eines herrenlos umhertrabenden Pferdes zu hören. Frida und ihrer ältesten Schwester Matilde wurde aufgetragen, draußen nachzuschauen, ob wieder Ruhe herrschte und die Verwundeten in ihr Lager zurückkehren konnten. Frida nahm sich eine Handvoll übrig gebliebener Orangen-Polvorones, von denen die Beherbergten gegessen hatten, und knabberte mit kleinen Mäusebissen an einem der Plätzchen, um ihre Nervosität zu verbergen. Als die Mädchen das Tor öffneten und auf die Straße traten, erblickten sie weit und breit nur Verwüstung und Finsternis; kein Nachtwächter hatte es gewagt, inmitten der vielen Pferdekadaver und Männerleichen aus beiden Lagern die Laternen anzuzünden. Sie kundschafteten die nähere Umgebung aus. Frida, von Natur aus neugierig, lief ihrer Schwester voraus, um sich die Einschusslöcher der Kugeln in den leblosen Leibern und die sich unter ihnen ausdehnenden Blutlachen aus der Nähe anzusehen.

Sie lief über das Kopfsteinpflaster und ließ den Klang ihrer Schritte von den Häuserwänden widerhallen, bis sie eins wurde mit ihrem Schatten. Ohne es zu merken, entfernte sie sich von ihrer Schwester und wurde von der Dunkelheit verschluckt. Abermals umwehte sie der Wind, der am Morgen die Schlacht angekündigt hatte, und ließ sie erzittern. Plötzlich hörte sie vor sich ein Schnauben und blieb vor Schreck wie angewurzelt stehen. Vor sich erkannte sie den Revolutionär, dessen Blick am Morgen den ihren gestreift hatte. Der Mann saß reglos auf seinem Pferd. Ross und Reiter schauten sie mit glühenden Augen an. Fridas erster Gedanke war der, zu fliehen und um Hilfe zu rufen, aber die schwere Luft wie Erde auf einem Grab kam ihr sonderbar vertraut vor.

»Ihre Leute sind in unserem Haus ... Mutter hat sie versorgt und ihnen etwas zu essen gegeben«, erklärte die wagemutige Frida mit fester Stimme. Freilich war ihre Unerschrockenheit nur gespielt, das große Pferd jagte ihr Angst ein.

Der Mann antwortete nicht, das Tier aber stampfte auf die Pflastersteine des Bürgersteigs.

»Ich habe Orangen-Polvorones, wollen Sie welche?«, fragte sie und streckte dem Mann das Gebäck entgegen.

Der Rebell nahm sich ein Plätzchen und begann es langsam zu essen, und sein Schnurrbart bewegte sich dabei auf und ab, als zerschneide er die Stille. Als er aufgegessen hatte, tat er etwas, was dem kleinen Mädchen noch größere Angst einjagte: Er schenkte ihr ein so breites, wohlwollendes Lächeln, dass seine weißen Zähne aufleuchteten wie Laternen in der Finsternis. Im nächsten Augenblick, immer noch lächelnd, gab er seinem Pferd die Sporen und trabte gemächlich davon. Die nächtliche Dunkelheit warf ihren Schleier über ihn und verschlang ihn schließlich ganz, und Frida blieb, wo sie war, bis ihre Schwester sie fand.

»Komm mit nach Hause! Mutter sucht uns schon!«, zischte Matilde, verärgert darüber, dass ihre Schwester sich entfernt und nicht begriffen hatte, in welcher Gefahr sie schwebte.

Sie nahm sie bei der Schulter, und beide kehrten nach Hause zurück.

An Frida vorbei verließen die verwundeten Soldaten das Kahlo'sche Anwesen, sich gegenseitig und auf Stöcke stützend, und schlugen den Weg ein, den auch der Reiter genommen hatte. Vater Guillermo war in der Stadt, er sollte von alldem nie etwas erfahren.

Die Revolution verwandelte das Land und bedeutete auch für das Ehepaar Kahlo einen harten Einschnitt. Plötzlich war es vorbei mit den hohen Einkünften, die Guillermo von der Regierung bezogen hatte, die ökonomischen Privilegien der Familie lösten sich in Wohlgefallen auf, und Mutter Matildes Bitterkeit wuchs unweigerlich. Der unglückliche Umstand, dass ihr Gatte seine Arbeit verloren hatte, zwang sie zu sparen. Nicht nur musste nun eine Hypothek auf das Haus aufgenommen werden, auch ein Teil des edlen europäischen Mobiliars galt es zu verkaufen und sogar Zimmer zu vermieten, damit zusätzliches Geld in die Haushaltskasse floss. Frida und ihre Schwestern litten unter den sich häufenden Wutausbrüchen ihrer Mutter, die zusehen musste, wie sich ihr Komfort auflöste wie Salz im Wasser. An manchen Abenden beobachteten Frida und Cristina sie heimlich beim Geldzählen, denn da sie weder lesen noch schreiben konnte, war dies ihre einzige Zerstreuung. Das bisschen, was tröpfchenweise hereinkam, verwendete die eigensinnige Matilde dafür, ihren Töchtern eine traditionelle Schulbildung zu ermöglichen und ihnen den christlichen Glauben einzuimpfen, ihren kostbarsten Schatz. Die aufmüpfige Frida rebellierte gegen die strengen Vorschriften ihrer Mutter und warf die Religion rasch über Bord, die ihr unnütz und in einem lockeren Leben wie dem ihren allzu belastend erschien. Schuld und Vergebung und das viele Beten waren nichts für Frida. Sie wusste, sie würde etwas anderes finden, an das sie sich klammern konnte, um das Leben zu ertragen. Sie begann, sich über die Tischgebete lustig zu machen, reizte ihre Schwester Cristina zu prustendem Lachen, wenn sie ihr während des Ave-Marias Witze erzählte, schwänzte den Katechismus, um mit den Jungen aus ihrem Viertel hinter einem Ball herzulaufen, und warf von der Dachterrasse aus faule Apfelsinen nach den Seminaristen. Frida erntete zahllose Schelten von ihrer Mutter, deren Geduld sie so stark strapazierte, dass diese sie eines Tages mit den Worten anherrschte, sie sei nicht ihre Tochter. Der Satz traf Frida so tief, dass sie auf Rache sann und beschloss, ihrer Schwester Matilde beim Ausreißen zu helfen.

Matilde, die Älteste, war gerade fünfzehn geworden. Sie war ein frühreifes Mädchen mit schon üppigem Busen, den sie kokett in Spitzenblusen präsentierte; ihre Hüften besaßen die Rundungen eines prallen Apfels, und ihr Gesicht trug bereits erwachsene Züge. Sie hatte entschieden, dass der Junge, der ihr den Hof machte, der Mann ihres Lebens werden sollte, doch in der Familie sah man das gar nicht gern. Als ginge es bloß um einen Bubenstreich, schlug Frida ihr vor, über einen der Balkone auszubüchsen, während sie selbst mit einer ihrer Ungezogenheiten die Mutter ablenken würde. Matilde plante, mit ihrem Freund nach Veracruz zu fliehen. Und so unglaublich es scheinen mag, alles lief so reibungslos, dass Frida, nachdem sie für ihren vorgetäuschten Wutanfall bestraft worden war, die Balkontür schloss, als sei nichts geschehen, und in aller Ruhe schlafen ging. Als Mutter Matilde tags darauf entdeckte, dass ihr Liebling verschwunden war, zeterte und jammerte sie wie ein hysterisches Weib und flehte zu allen Heiligen, ihrer Tochter möge nichts Böses geschehen. Guillermo Kahlo seinerseits verstaute schlichtweg all ihre Sachen in einem Koffer, und nachdem er den Auftrag erteilt hatte, sie zu verkaufen, schloss er sich wortlos in seinem Arbeitszimmer ein.

Jahrelang blieb Matildes Verbleib ein Rätsel. Das Familienleben nahm seinen Lauf, unter Schmerzen, Schweigen und Wahrung des Scheins, wie es ein ehrenwertes Haus verlangte, in welchem Gefühle heruntergeschluckt und falsche Harmonie gepflegt wurde.

Immer wieder prallten Frida und ihre Mutter aufeinander. Um den täglichen Auseinandersetzungen aus dem Weg zu gehen, half Frida ihrem Vater nun häufig in seinem Fotostudio. Eines Tages, auf einer gemeinsamen Straßenbahnfahrt, hörte sie ihn seufzen: »Wie gern würde ich deine Schwester wiedersehen! Aber wir werden sie wohl niemals finden!«

Frida tröstete ihn und versuchte reumütig, ihren einstigen Fehler wieder gutzumachen. Sie erzählte ihm, eine Freundin habe ihr gesagt, dass im Viertel Colonia Doctores eine Matilde Kahlo wohne.

»Und woher weißt du, dass es Matilde ist?«

»Weil alle sagen, dass sie mir ähnlich sieht«, antwortete Frida.

Ohne weitere Erklärungen nahm sie ihren Vater in das Nachbarviertel mit. Dort trafen sie in einem Patio auf Matilde, die gerade dabei war, Gemüsepflanzen zu gießen und in einem großen Käfig die Vögel zu füttern. Hier lebte sie in finanzieller Sorglosigkeit mit ihrem einstigen Freund, den sie inzwischen geheiratet hatte. Der Vater lächelte, Tränen glitzerten in seinen Augen, aber er weigerte sich, mit seiner Tochter zu reden. Frida rannte auf sie zu und umarmte sie. Die Schwestern küssten sich und lachten. Und als sie sich umdrehten, war Vater Kahlo verschwunden.

Natürlich verwehrte Mutter Matilde ihrer Tochter den Zutritt zum Elternhaus, mochte diese auch mit noch so großen Körben voller Obst und feinster Speisen vor der Tür stehen. So sah sich Matilde gezwungen, ihre Gaben vor dem Haus abzustellen, wo ihre Mutter sie später an sich nahm und zum Abendessen servierte. Als das Totenfest nahte, brachte Matilde von Mal zu Mal köstlichere Leckereien vorbei. Sie hatte nicht nur Totenbrote gebacken, sondern auch Zuckerschädel, versehen mit den Namen sämtlicher Familienmitglieder. In einen der für die Toten bestimmten Gabenkörbe legte sie eine Nachricht für Frida. »Ich habe dir Polvorones gemacht, weil du deine damals diesem Revolutionär gegeben hast«, las Frida und lächelte. Erst zwölf Jahre nach ihrer Flucht wurde Matilde erneut im Elternhaus empfangen. Als der Vater sie erblickte, sagte er nur: »Wie geht es dir, mein Kind?«

Mutter Matilde

Auf dem Totenaltar für Mutter Matilde muss unbedingt das Foto aufgestellt werden, das Vater Guillermo von ihr gemacht hat, das, auf dem sie so hübsch und fromm aussieht. Ich weiß, dass sie es besonders mochte, genau wie ihr dunkles Seidenkleid. Neben dem Foto darf auf keinen Fall Tequila stehen oder irgendein Likör – so etwas hat sie immer verabscheut –, stattdessen ein ordentlicher Reistrunk wie der, den sie den Revolutionären serviert hat, als sie nach Coyoacán kamen; denn gegen Mutters Dickschädel wäre nicht mal General Villa persönlich angekommen.

Reistrunk
Agua de horchata

Da Mutter Matilde aus Oaxaca stammte, bereitete sie den Reistrunk immer mit Milch zu statt mit Wasser. Vater Guillermo dagegen mochte ihn mit Wasser.

350 g weißen Reis, 7 Tassen Wasser, 2 Zimtstangen, 2 Tassen Milch, Zucker.

Den Reis mindestens 2 Stunden lang in einem mit 3 Tassen Wasser gefüllten Topf einweichen lassen. Die zerbröselte Zimtstange in der Pfanne rösten. Den Reis abtropfen lassen und zusammen mit dem Zimt und der Milch pürieren. Die Masse durchseihen und die gewonnene Flüssigkeit mit dem restlichen Wasser in einen Krug gießen; mit Zucker süßen.

Dicke Maistortillas
Gorditas de maíz

Diese Gorditas kaufte uns Mutter Matilde immer, wenn wir aus der Kirche kamen. Auf dem Platz stand jedes Mal eine Verkäuferin, die Teigkugeln flach presste und sie auf den Comal legte. Cristi konnte drei Päckchen davon auf einmal vertilgen.

1 Tasse Tamales-Mehl oder gemahlenen Mais, 1 Esslöffel Schweineschmalz, ½ Teelöffel Backpulver, ¼ Tasse Zucker, Wasser.

Mehl mit Backpulver, Schmalz und Zucker verkneten und bei Bedarf etwas Wasser zugießen, damit ein gut zu verarbeitender Teig entsteht. Daraus walnussgroße Kugeln formen und mit der Hand flachdrücken, bis sie die Form von Gorditas haben. Die Gorditas bei mittlerer Hitze unter mehrmaligem Wenden auf dem Comal oder in der Pfanne backen.

Mürbeteig-Orangen-Plätzchen
(meine liebsten)
Polvorones de naranja

50 g Mehl, 125 g Pflanzenfett, 100 g Zucker, 1 Orange (Saft und geriebene Schale), 1 Eigelb und ¼ Teelöffel Natron.

Fett und Zucker schaumig rühren, Eigelb, Orangensaft und geriebene Orangenschale zugeben. Nach und nach das gesiebte und mit dem Natron vermischte Mehl hinzufügen. Alles kneten, dann den Teig mit einem Nudelholz bis auf einen halben Zentimeter Dicke auswalzen. Runde Plätzchen von 5 cm Durchmesser ausstanzen und auf ein gefettetes Backblech legen. Bei 200 Grad im Ofen goldgelb backen. Erkalten lassen und mit Zucker bestäuben.

Kapitel IV

Die Erinnerung an den, den sie den Boten nannte, und das dünne Bein, das ihr die Kinderlähmung hinterließ, sollten Frida ihr Leben lang begleiten. Sie wuchs zu einem anziehenden jungen Mädchen von strahlender Lebendigkeit heran. Um alle Spuren von Konventionalität abzuschütteln und ihre jugendliche Emanzipation zu proklamieren, ließ sie sich das Haar kurz schneiden. Der männliche Haarschnitt stand ihr vorzüglich und hob das Grübchen in ihrem Kinn noch sinnlicher hervor. Als sie an die Escuela Nacional Preparatoria kam, ein Gymnasium, das die Elite der mexikanischen Jugend ausbildete, erwachte in ihr eine große Leidenschaft für Wissen, Feiern und Liebe, eine Leidenschaft, die viele Jahre in ihr lebendig bleiben sollte.

Der Besuch der Preparatoria war ein Privileg: Frida gehörte zu den ersten fünfunddreißig Mädchen an einer Schule mit zweitausend Jungen. Ihr aber kam es vor allem darauf an, sich so weit wie möglich dem Wirkungskreis von Mutter Matilde zu entziehen, die zunächst dagegen gewesen war, dass ihre Tochter zum Schulbesuch in die Stadt fuhr. Vater Guillermo, der in Frida stets den Sohn sah, den er nicht bekommen hatte, konnte seine Frau indes davon überzeugen, dass ihre Tochter die Schule in hehrer Absicht gewählt habe, und nahm Frida das Versprechen ab, nicht mit ihren männlichen Klassenkameraden zu reden. Die hielt das lächerliche Versprechen natürlich nicht, im Gegenteil: Sehr bald schloss sie sich einer Clique intellektueller Jungen an, die sich »los Cachuchas« (»die Schirmmützen«) nannten. Und da ihr nun mal vom Schicksal bestimmt war, alle Blicke auf sich zu ziehen, verliebte sich der Anführer der Clique, Alejandro Gómez Arias, mit Haut und Haar in das verrückte Mädchen, und zwischen den beiden entspann sich eine Romanze.

Anfangs war die Beziehung nicht mehr als eine harmlose Freundschaft zwischen zwei Jugendlichen, die, Händchen haltend, stolz und mit verliebten Blicken durch die Straßen spazierten. Bald aber wuchs die Leidenschaft, und die unschuldigen Küsse wichen gewagten Berührungen. Zumeist ging die Initiative von Frida aus, sie war es, die ihren Freund in die Parks mit ihren verborgenen Winkeln mitnahm, wo dann beide im schützenden Schatten der Bäume ihre nach Schaumgebäck, Scherzen und Eiscreme duftenden Körper erforschten. Noch vor ihrem fünfzehnten Lebensjahr lernte Frida die Lust des Mannes kennen.

Und während ihre Eltern sie mit den übrigen Mädchen unter der Aufsicht der Vorsteherin in der Schule wähnten, besuchte sie mit Alejandro politische Versammlungen oder Sportveranstaltungen oder heckte gemeinsam mit seiner Clique irgendeinen Schabernack aus.

Zu ihren Lieblingsstreichen gehörte es, die Künstler zu ärgern, die von Bildungsminister Vasconcelos mit der Anfertigung von Wandgemälden in ihrer Schule beauftragt worden waren. Einmal steckten sie sogar das hölzerne Malergerüst in Brand. Kein Wunder, dass da einige Künstler, bis an die Zähne bewaffnet, zu ihrer Arbeit in der Preparatoria erschienen. Unter ihnen war ein Star der Malerzunft, der in Russland und Frankreich gelebt hatte und mit den Genies seiner Zeit verkehrte: Diego Rivera.

Rivera ließ sich nicht leicht aus der Fassung bringen, zudem verließ er sich zur Abwehr jeglicher Beschädigungsversuche an seinen Wandgemälden auf den Beistand einer 45er, von der er notfalls ohne Zögern Gebrauch machte. Sein Auftreten und natürlich auch seine Waffe schüchterten die feixenden Schüler ein, die ihm von seiner Hässlichkeit und seiner Körperfülle inspirierte Spitznamen zuriefen. Hinter den Provokationen verbarg sich vor allem Neid, denn Rivera war stets von bildhübschen Frauen umgeben, deren Begleitung ihm eine Aura des Göttlichen verlieh. Ein sehr anmutiger Gott war er freilich nicht mit seinem dicken Bauch, seinen vorstehenden Augen und seinen Pranken, die groß waren wie seine Gelüste, sein umfangreiches Wissen und seine überbordende Phantasie. Bei Diego war alles groß. Er war ein Riese, der den Mädchen Seufzer entlockte wie ein Radiostar. Und diese magische Ausstrahlung ließ auch Frida nicht unberührt, die sich einen Spaß daraus machte, ihn heimlich beim Malen zu beobachten, ihm sogar, wenn eine seiner Geliebten bei ihm war, die Ankunft seiner Frau zu melden.

»Achtung, Diego, da kommt Lupe!«, rief sie ihm dann aus ihrem Versteck zu.

So sehr zog die Persönlichkeit des Malers sie an, dass sie eines Tages, während Diego die Köstlichkeiten verspeiste, die Lupe ihm in einem Korb vorbeigebracht hatte, ihren ganzen Mut zusammennahm, sich vor ihm aufbaute und fragte:

»Würde es Ihnen etwas ausmachen, wenn ich Ihnen bei der Arbeit zuschaue?«

Rivera lächelte das Mädchen an, das ihm nicht älter erschien als zwölf, und zuckte belustigt die Schultern. Und als er aufgegessen hatte, malte er weiter. Lupe warf Frida einen scharfen Blick zu, als die Göre jedoch blieb, wo sie war, begann sie, auf sie einzuschimpfen.

»Bitte seien Sie still, Señora, Sie stören den Meister«, bat Frida sie in ernstem Ton, ohne den Blick von Diegos meisterlicher Pinselführung zu wenden.

Lupe fauchte sie an wie eine Löwin und wandte sich zeternd zum Gehen. Frida blieb noch eine Weile sitzen und schaute Diego zu, dann verabschiedete sie sich mit Unschuldsmiene. Erst Jahre später, als die Leidenschaft für die Kunst auch sie selbst erfasst hatte, sollte sie ihn wiedersehen.

Ihr unschuldiges Mädchengesicht half Frida bei der erfolgreichen Ausführung eines weiteren Lausbubenstreichs. Diesmal wollte man während der Rede zum Nationalfeiertag, die ein für seine weitschweifigen und sterbenslangweiligen Vorträge bekannter Lehrer halten sollte, einen lauten Feuerwerkskracher hochgehen lassen. Unter Aufbringung all ihres Geschicks gelang es Frida, den Knallkörper unter dem Pult des Lehrers zu deponieren und sich seelenruhig zu entfernen. Als der Böller mit dem Getöse einer Artillerieladung explodierte, hatte sie den Raum bereits verlassen. Niemand wäre auf die

Idee gekommen, dass sie die Explosion verursacht hatte, bei der Glasscheiben zu Bruch gingen und Möbel beschädigt wurden, wenn nicht eine ihrer spießigen Mitschülerinnen, deren Hass auf Frida auf Gegenseitigkeit beruhte, sie beim Direktor der Preparatoria angeschwärzt hätte. Außer sich vor Wut, meldete dieser den Fall Bildungsminister Don José Vasconcelos persönlich.

Eine Woche dauerte es, bis der vielbeschäftigte Politiker in der Preparatoria erschien. Frida saß bibbernd vor Aufregung im Warteraum, während der geachtete Intellektuelle im Büro des Direktors geduldig den Anschuldigungen gegen das Mädchen lauschte, deren Gefährlichkeit angeblich der einer Revolutionärin gleichkam. Als der Direktor seinen Sermon beendet hatte, bat ihn Vasconcelos, die Schülerin unverzüglich wieder in die Schule aufzunehmen, und fügte leicht spöttisch hinzu:

»Wenn du eine Göre wie sie nicht im Griff hast, taugst du nicht zum Leiter der Preparatoria.«

Beim Herausgehen blieb der berühmte Bildungsminister vor Frida stehen, die ihn ansah wie ein geprügelter Hund, fuhr ihr lächelnd durchs Haar und verschwand, um sich erneut seinen Bemühungen um die Präsidentschaft Mexikos zu widmen.

Der Erfolg musste umgehend gewürdigt werden. Alejandro, der durchs Fenster zugeschaut hatte, lachte und stimmte die Schulhymne an ...

»Shi . . ts . . . pum . . . Goooya, goooya, cachún, cachún, ra, ra, cachún, cachún, ra, ra, goooya, goooya . . . Preparatoria!«

Frida rannte auf den Flur hinaus, um ihm einen Kuss zu geben. Der Rest der Clique nahm sie auf die Schultern und trug sie über den Hof, und so begannen sie, ausgelassen zu feiern, bis sie schließlich außerhalb der Schule in einem der Imbissläden landeten, in dem sie zwischen Gesang und Albereien einen köstlichen Pozole zu sich nahmen. Als das kleine Fest ausklang, meldete sich bei dem Pärchen die Lust auf Zweisamkeit. Während sie Hand in Hand und mit ineinander verschlungenen Blicken nervös auf ihren Stühlen herumrutschten, nahm die Welt um sie her wärmere Farben an und begann zu zerfließen.

»Lass uns zu mir nach Hause fahren«, schlug Frida vor, »da ist jetzt niemand. Mutter Matilde und meine Schwestern sind im Gemeindehaus.«

Schelmisch kichernd, entfernten sie sich von der Freundesgruppe und stiegen, getrieben von dem Drang, nur noch zu zweit zu sein, in einen Bus, der sie nach Coyoacán bringen sollte. Doch Frida verspürte plötzlich ein sonderbares Unbehagen, so als sei da etwas um sie, was nur sie allein wahrzunehmen vermochte, so als offenbarten sich ihr die Fäden, mit denen ein jeder an ein Schicksal gebunden war und zu dessen Marionette wurde. Sie versuchte, jenen Bann abzuschütteln, stieg wieder aus dem Bus und rief ihrem Freund zu: »Wir müssen zurück zur Preparatoria. Ich habe meinen Sonnenschirm vergessen ...«

Freilich konnte Alejandro nicht ahnen, dass seine Freundin etwas sah, was seinen Augen verborgen blieb, und drängte sie, den nächsten Bus zu nehmen. Frida willigte ein und versuchte weiter, ihre rätselhafte Ahnung zu verdrängen, denn sie glaubte nicht an religiöse oder magische Erscheinungen. So bestiegen sie das alte Vehikel aus Holz und Metall und schoben sich an den Fahrgästen vorbei nach hinten. In der letzten Reihe bot ihnen ein Maler, der mit großen Eimern voll goldener Farbe unterwegs war, freundlich zwei Plätze an.

»Setzt euch, Kinder«, sagte er und erhob sich. »Ich steige in Tlalpan aus.«

Von ihrem Platz aus blickte Frida hinaus auf die nach einem morgendlichen Regenguss feucht schimmernde Straße. Sie hatte noch immer jenes beklemmende Gefühl in den Knochen: die irrationale Ahnung, alles steuere auf ein Verhängnis zu. Plötzlich lief ihr ein Schauer über den Rücken. Vor dem Markt von San Lucas sah sie den Revolutionär aus ihren Kindertagen auf einem weißen Pferd sitzen. Die Leute gingen an ihm vorbei und beachteten ihn nicht. Als sein Blick den ihren traf, meinte sie, in seinen weißen Augen zu ertrinken. Der Mann grüßte sie, indem er kaum merklich seinen Hut neigte, und ein eisiger Stromschlag durchzuckte Frida von Kopf bis Fuß. Obwohl Alejandro in dieselbe Richtung schaute wie sie, schien er den mysteriösen Reiter nicht zu sehen. Gab es ihn wirklich, oder war er nur ein Gespenst, das den Abgründen ihrer Angst entstieg? Die Frage blieb ihr im Halse stecken, als unvermittelt ein ohrenbetäubendes Kreischen erklang.

Der Bus bog sich, faltete sich zusammen, als hätte man ihm einen gezielten Schlag versetzt, und wurde im nächsten Augenblick an mehreren Stellen auseinandergerissen. Zwischen Eisenstangen und menschlichen Leibern eingequetscht, spürte Frida eine heiße Welle durch ihren Körper rollen. Der Bus war frontal gegen eine Straßenbahn geprallt. Fridas linkes Knie schlug gegen eine Schulter, und ein Schauer lief ihr über die nackte Haut. Der Aufprall hatte ihr mit einem Ruck die Kleider vom Körper gerissen, doch war ihre Nacktheit belanglos angesichts der Gewissheit, Opfer eines tödlichen Unfalls zu sein. Inmitten des allgemeinen Chaos nahm sie Stimmen wahr, die beklommen »Die Tänzerin! Die Tänzerin!« riefen.

In der Menge erkannte sie Alejandro, und sein Gesichtsausdruck bestätigte ihre schreckliche Vermutung. Ihr Anblick war haarsträubend. Ihr splitternackter, blutüberströmter und von der goldenen Farbe des freundlichen Malers überzogener Körper lag zwischen den Trümmern des auseinandergebrochenen Busses und sah aus, als habe man ihn extravagant bemalt und auf eine Metallstange gespießt. Die Haltestange des Busses hatte sich durch ihr Becken gebohrt. Schaulustige, die das bizarre blutrote und goldene Farbenspiel auf Fridas Körper erblickten, hielten sie für eine exotische Tänzerin, weshalb sie immer wieder »Die Tänzerin! Die Tänzerin!« riefen.

»Die Stange muss aus ihrem Körper raus!«, schrie ein Mann, schob Alejandro beiseite, der wie gelähmt dastand, packte die Stange und zog sie aus dem Rücken der Verletzten.

Eine blutige Fontäne schoss aus ihrem Leib, und auf dem Boden bildete sich eine schillernde, herzförmige Lache. In diesem Augenblick starb Frida Kahlo zum ersten Mal.

Die kleinen Imbisse der Cachuchas

Damals, in meiner Cachucha-Zeit, drehte sich alles um die kleinen Kneipen in der Nähe der Preparatoria und um die Schnellgerichte, die man im Zentrum an allen Ecken bekam. Am Anfang der Calle 5 de febrero schlief immer der Hund »Panchezco«, der hinkte, genau wie ich, und bildete dort eine Art dekoratives Element. Ale sagte oft zu mir: »Wir sehen uns dann bei Panchezco.« Da schmeckte das Essen auch besonders lecker, und Fliegen gab es gratis dazu … Und was für einen Pozole sie machten! Dieses Maisgericht stimmte uns geradezu nationalistisch. Es trägt die Farben der mexikanischen Flagge: rot, weiß, grün.

Roter Pozole
Pozole rojo

1 kg Cacahuazintle-Mais (weißer Mais), 15 g gelöschter Kalk, 1 Knoblauchzehe, 1 Zwiebel, 3 Guajillo-Chilis, ½ kg Schweinerücken, ½ kg Schweinekopf und 1 kg Schweinshaxe. Als Beilage zum Pozole: grüner Salat und 1 Bund Radieschen, beides kleingeschnitten, Zitronen, Chilipulver, 1 gehackte Zwiebel und Tostadas.

Schon am Vortag zwei Liter Wasser mit dem Cacahuazintle-Mais und dem Kalk aufsetzen und unter stetigem Rühren mit einem Holzlöffel zum Kochen bringen. Wenn das Wasser zu sprudeln beginnt, den Topf vom Feuer nehmen, zudecken und über Nacht stehen lassen. Am nächsten Tag den Mais abtropfen lassen und abschrubben, damit sich die Haut von den Körnern löst. Mehrmals gründlich unter laufendem Wasser waschen, dabei die Häute abreiben. Den Mais mit 3 Litern Salzwasser in einem großen Topf aufsetzen und bei mittlerer Hitze kochen, bis die Körner aufplatzen. Schweinerücken, Schweinekopf und Schweinshaxe in Stücke schneiden und mit ins Wasser geben. In der Zwischenzeit die 3 Chilis einweichen und mit Zwiebel und Knoblauch pürieren. Die Mischung durchseihen und zur Brühe hinzufügen. Die Fleischstücke müssen so lange kochen, bis sie zart sind. Mit gehackten Zwiebeln, Salat, Zitrone, Chilipulver und Tostadas servieren.

Tostadas mit Hühnchen
Tostadas de pollo

Öl zum Braten, 12 Maistortillas, ½ Tasse Bohnenpüree, 3 Tassen kleingehackter grüner Salat, 1 gekochte, kleingeschnittene Hähnchenbrust, 1 in Ringe geschnittene Zwiebel, 2 in Scheiben geschnittene Tomaten, 1 geschälte und kleingeschnittene Avocado, ½ Tasse Sahne, geriebener Käse und Salz.

Öl bei mittlerer Temperatur in einer Pfanne erhitzen, Tortillas darin goldgelb braten und aus der Pfanne nehmen. Das Öl abtropfen lassen. Die Tortillas können schon vorher zubereitet werden, dürfen aber nicht weichen werden. Das Bohnenpüree erwärmen und auf den fertigen Tortillas verteilen. Darüber etwas kleingehackten Salat, einige Hähnchenbruststückchen, Zwiebelringe, eine Scheibe Tomate und eine Scheibe Avocado legen. Sahne und etwas Käse hinzufügen, salzen. Wer es scharf liebt, kann rote Soße dazugeben.

Rote Soße
Salsa roja

4 Tomaten, 6 Cuaresmeño-Chilis, 1 Knoblauchzehe, 1 Zwiebel, 1 Bund Koriander, Salz.

Tomaten, Chilis und Knoblauch rösten und anschließend in einem Steinmörser gründlich zerstampfen. Nach Belieben mit Salz, feingehackten Zwiebeln und Koriander würzen.

Kapitel V

»Die Tänzerin! Die Tänzerin!«, hörte man Kinderstimmen rufen, und die Worte hallten in Fridas Kopf als albernes Echo wider. Sie schlug die Augen auf und blickte in einen Himmel von elektrischem Blau, über den gepinselte Zuckerwattewolken wirbelten, die sie streichelnd und schmusend zu bezirzen suchten und sie an einen großen Topf voll brodelnder Brühe erinnerten. Dann merkte sie, dass die Worte von einem großen Avocadobaum kamen, dessen Blätter riesig waren wie Bettlaken. In den Wipfeln des Hains tollten ein paar Spinnenäffchen umher und machten Witze, die allesamt in lautem, nach würziger Minze duftendem Gelächter endeten. Frida richtete sich auf, ohne die Affen aus den Augen zu lassen, die sie mit ihren Späßen aufs Korn nehmen wollten.
»Ich bin keine Tänzerin, die Kinderlähmung hat eines meiner Beine verkrüppelt…«, fuhr sie sie mürrisch an und zog ihren Rock hoch bis zum Knie, um ihnen ihr verkümmertes, einer Zimtstange gleichendes Bein zu zeigen.
Die Äffchen beugten sich vor, um sich den Körperteil genauer anzusehen. Eines setzte sich, einen Arzt imitierend, eine Brille auf die Nase. Eine Minute lang untersuchten sie Frida und schnitten dabei übertriebene Grimassen. Dann sahen sie einander mit ernster Miene an und brachen in nach frischen Äpfeln riechendes Gelächter aus.
»Sie hat ein krummes Bein! Sie hat ein krummes Bein!«, trällerten sie ungeniert.
Ärgerlich stand Frida auf, fühlte sich aber sogleich verloren, als sie merkte, an was für einem seltsamen Ort sie zu sich gekommen war. Erfolglos hielt sie Ausschau nach irgendeinem Gegenstand, den sie den Affen hätte an den Kopf werfen können, um ihnen endlich ihr Lästermaul zu stopfen.

»Wer seid ihr eigentlich? Bestimmt irgendwelche Herumlungerer, die jeder Frau auf der Straße Unverschämtheiten hinterherrufen ...«

»Wir haben sogar Namen! Und falls du sie nicht magst, haben wir auch noch jede Menge andere ... Meine Freunde und Verwandten nennen mich den ehrenwerten Chon Lu, aber da du weder das eine noch das andere bist, kannst du mich ›Señor‹ nennen ...«

Frida stampfte ärgerlich mit dem Fuß auf, woraufhin das Gelächter sich vervielfachte wie auf einer zerkratzten Schallplatte. Als sie merkte, dass es keinen Zweck hatte, vernünftig mit den Äffchen zu reden, bombardierte sie sie mit lauter hochtrabenden Worten, worauf die beiden behaarten Witzbolde sich schleunigst hinter die Bäume verkrochen. Zufrieden mit ihrem Erfolg, nahm sie ihre Umgebung näher in Augenschein: Sie stand auf einer weiten Fläche, die sich an den Rändern in Häuserreihen verlor, welche einen großen Platz säumten. Sie musste in der Nähe von Coyoacán sein, denn zwischen den Fassaden erkannte sie die Arkaden des Parks und entdeckte auch La Rosita, einen Pulque-Ausschank in der Nähe ihres Hauses. In der Ferne sah sie die Kuppel und die Türme der Kirche und meinte sogar, den Dampf von heißem Atole zu riechen. Überall brannten Kerzen, Tausende, die im Rhythmus der den Wachs verzehrenden Flammen tanzten. Große, kräftige gab es da und kleine, heruntergebrannte. Und keine glich der anderen, wie es auch im Leben bei den Menschen ist. Zwischen den Kerzen versuchte Fridas Schatten, zu einem Tisch zu gelangen, der elegant geschmückt war mit Blumen und tropischen Früchten, die wie wollüstige Exhibitionistinnen ihr fleischiges Inneres darboten. Schüsseln mit Stachelannonen, Granatäpfeln und schamroten Wassermelonen teilten sich den Platz mit einem riesigen Totenbrot, dessen perfekt geformte Teigknochen mit feinstem Zucker überzogen waren.

»Willkommen! Wir haben alle zur Feier eingeladen!«, begrüßte sie einer der Gäste des Festmahls.

Es war ein Totenkopf aus Pappmaschee, der genüsslich ein Tässchen Kakao schlürfte, in das er eine Scheibe Totenbrot tunkte. Als er Frida sah, weiteten sich seine Augenhöhlen, und seine Zähne verwandelten sich in einen lächelnden Maiskolben. Neben ihm lachte ein Judas aus Pappe und bewegte dabei seinen riesigen Schnurrbart. Feuerwerksböller umgaben ihn wie Stacheldraht. Und in der Ecke stand die präkolumbische Skulptur einer schwangeren Frau, die stolz ihren dicken Bauch präsentierte und Sätze auf Nahuatl von sich gab, während ihr Fötus sich genüsslich wälzte wie eine Maus im Käse.

»Und was feiert ihr? Es ist doch noch lange nicht Totentag«, wandte Frida ein, und dabei fiel ihr auf, dass sie nicht mehr nackt und auch nicht mehr verletzt war. Sie trug jetzt einen langen, erdbeerroten Rock mit pfirsichfarbenen Stickereien, die ausgelassen wie junge Hunde mit den Blumen auf ihrer Bluse spielten, sich in den Geweben aus Oaxaca verhedderten und einander auf Tarahumara-Stickereien verfolgten. Als sie entdeckte, wie fein herausgeputzt sie war, das Haar zu einem komplizierten Zopf geflochten, beschloss sie, an dem Gastmahl teilzunehmen, zu dem all diese merkwürdigen, flüchtigen Figuren aus ihrem vollkommen irrwitzigen Traum erschienen waren.

»Hier ist jeder Tag ein Totentag«, erklärte das Skelett und schnitt sich eine Scheibe vom Totenbrot ab, das bei der Berührung mit dem Messer einen köstlichen Orangenduft verströmte.

»Sie sind schon an die Brotknochen gegangen! Das kränkliche, dünne Ding hat sich schon was genommen!«, schrien die Spinnenaffen von ihrem Versteck aus und lachten dreckig.

Frida streckte ihnen nur die Zunge heraus, was nicht sehr wohlerzogen war, aber ziemlich guttat. Im selben Augenblick schaltete sich ihre Vernunft ein, und sie begriff, dass das Gastmahl auf einem Friedhof stattfand. Die Grabsteine schauten mit ihren langen Gesichtern dem Treiben zu, und die Mausoleen standen Wache wie Soldaten einer fernen Burg.

»Wir müssen noch auf die Chefin warten, bevor wir anfangen«, verkündete das Skelett.

»Auf ihre Majestät«, ergänzte der unaufhörlich lachende Judas.

»Die Señora möge kommen«, schloss die steinerne Skulptur.

Als Gast einer so schönen Feier fand Frida es selbstverständlich, auf die Gastgeberin zu warten, und um die Zeit totzuschlagen, schaute sie den Früchten zu, die auf dem Tisch einen Paarungstanz vollführ-

ten und dazu sehr anmutig *La Llorona*, das Lied von der Weinenden,
sangen:

> *Jeder nennt mich »el negro«, Llorona,*
> *schwarz bin ich, aber zärtlich.*
> *Ich bin wie grüner Chili, Llorona,*
> *scharf im Geschmack, aber köstlich.*

Und sie klangen richtig gut. Diese Kokosnüsse, Chilis und Pfirsiche sangen allesamt im Takt und mit Gefühl. Ihr Gesang animierte
zwei Puppen zum Tanz, von denen die eine aus Karton und die andere wie eine Braut gekleidet war und jedes Mal errötete, wenn die
Wassermelone ihr kokett zulächelte. Während der musikalischen Dar-
bietung öffnete sich auf einmal ein Vorhang, wie im Theater, und es
erschien eine festlich gekleidete Gestalt. Sie trug einen Rock in Gua-
venrosa, verziert mit unzähligen eingewebten Samen und zappeli-
gen Blumen, die mit ihren Blütenblättern klapperten. Die Bluse war
ein einziges quirliges Treiben, bei dem die Chilischoten darum wetteiferten, welche von ihnen sich farblich am schönsten von dem Mo-
le-Schwarz des Stoffes abhob.
Die Erscheinung der Frau war überwältigend, einer Kaiserin würdig, aber Frida war enttäuscht, dass sie ihr verschleiertes Gesicht
nicht erkennen konnte. Zu Ehren der Eingetroffenen stimmten die
Früchte lauthals die Fortsetzung des Liedes an:

> *Mit Kummer und ohne Kummer, Llorona,*
> *ach, immer tut alles mir weh.*
> *Gestern weinte ich, weil du fort warst, Llorona!*
> *Heut' weine ich, weil ich dich seh'.*

Die Frau hob ihre linke Hand, in der sie ihr Herz hielt, das zum
Rhythmus der Musik schlug.
»Die Señora wird sprechen«, verkündete der Totenkopf feierlich.
»Legen Sie los, Chefin«, rief der Judas, den Bauch der schwangeren
Skulptur betastend.

Die Frau mit dem Schleier wandte sich an Frida, die erst kürzlich eingetroffen war. Mit der chirurgischen Pinzette, die sie in der rechten Hand hielt, riss sie sich eine Ader aus dem Herz, und sogleich sprudelte Blut hervor und spritzte auf ihr Kleid. Dann begann sie, mit sanfter Stimme zu rezitieren:

Das verschwiegene Leben
Weltenspender
Verletzte Hirsche
Tehuana-Tracht ...
Der Tod entfernt sich
Linien, Formen, Nester
Die Hände erbauen
Die offenen Augen
Die Diego-Sinne
Ganze Tränen
Alle sehr klar
Kosmische Wahrheiten
Die lautlos leben
Baum der Hoffnung
Bleibe stark.

Beifall erklang, und neue Tischgenossen erschienen: ein junger, zappeliger Hirsch, ein nackter Hund, der einem Schwein glich, und ein Papageienpaar von der Farbe roter Paprikaschoten.

»Ich kenne diese Stimme«, sagte Frida. »Als ich sie zum ersten Mal hörte, war ich etwa sechs Jahre alt und unterhielt eine eingebildete Freundschaft mit einem Mädchen in meinem Alter.« Mit einer Handbewegung forderte die Frau sie auf, weiterzuerzählen. »Es war am Fenster meines ehemaligen Zimmers, das zur Calle de Allende lag. Ich hauchte gegen die Fensterscheiben und malte mit dem Finger eine Tür in den feuchten Belag, dann flog ich vergnügt auf und davon. Ich überflog die ganze Ebene, flog weit, weit fort, dorthin, wo meine Freundin immer auf mich wartete. Sie war eine fröhliche, geschmeidige Tänzerin, die sich bewegte wie ein vollkommen schwereloses Wesen. Ich ahmte all ihre Bewegungen nach, und während wir beide tanzten, erzählte ich ihr meine geheimen Sorgen. Ich bin sicher, dass du diese Freundin bist.«

»Daran erinnere ich mich, als wäre es gestern gewesen, Frida, mein hübsches Patenkind. Willkommen bei mir zu Hause, dort, wo du hingehörst«, sagte die Frau zu ihr.

Das Herz verneigte sich in einer liebenswürdigen Begrüßung.

»Wenn du diejenige bist, die den Herzschlag anhält und das Leben nimmt, bin ich dann tot?«, dachte das erschrockene Mädchen laut.

Zur Antwort erhielt sie nur ein Lächeln des Totenkopfes, das aus zwei zähnezeigenden Maiskolben bestand ...

»Du bist meinem Ruf gefolgt. Lass uns deine Ankunft feiern!«

Frida sprang auf und warf ihr Brot auf den Tisch. Diese freche und sehr ungehörige Reaktion erschreckte die Kürbisse. Hastig versteckten sie sich hinter den Papayas, die knurrten und ihre Samen bleckten.

»Gevatterin, ich will dir nicht widersprechen, ich weiß ja, dass man gegen dich nicht gewinnen kann, aber ich glaube, du hast mich betrogen, und zwar auf mieseste Art.«

»Stellst du in Frage, was dir vom Schicksal bestimmt ist, mein Kind?«

»Ach, Gevatterin, ich habe doch gerade erst begonnen, die Freuden des Lebens zu genießen, und da sagst du mir, das Fest sei schon vorbei. Weißt du denn nicht, dass ich Alejandro heiraten und Kinder haben will? Außerdem bin ich drauf und dran, eine große Akademikerin und hübsche Dame zu werden. Warum willst du mir das alles nehmen? Das ist ganz und gar nicht gerecht.«

»Niemand hat gesagt, das Leben sei gerecht. Es ist einfach nur das Leben.«

»Du hast mich reingelegt. Aber ich bin nicht blöd. Im Namen der Freiheit, die jedem Menschen zusteht, verlange ich, dass du mich nach Hause zurückbringst, Ale und meine Familie machen sich bestimmt schon Sorgen.«

»Du verlangst? Du? Ach, ahnungslose Frida, mit deinen irdischen Augen begreifst du nicht, dass ich das kommunistischste aller Wesen bin. Für mich gibt es weder Reich noch Arm, weder Groß noch Klein. Alle, ohne Ausnahme, enden hier, bei mir.«

Frida durchforschte ihre Gedanken und jeden Winkel ihres Herzens, sie quoll förmlich über vor leidenschaftlicher Lebenslust. Schließlich nahm sie all ihren Mut zusammen und flüsterte:

»Ich muss weiterleben. Ich bitte dich darum.«

»Ich kann deinen Platz in meinem Reich nicht leer lassen. Es muss nun mal Ordnung herrschen, und wenn geschrieben steht, dass du mir gehörst, musst du auch hier sein«, erklärte die Gevatterin in mütterlichem Ton.

»Du könntest ja ein Bild von mir hier aufstellen! Ein Porträt, das mir so ähnlich sieht, dass alle, die es sehen, sagen: Das ist sie.«

Ihre Gevatterin antwortete nicht. Einige Minuten lang herrschte allgemeine Stille. Der Totenkopf aus Pappe bemühte sich, sein Brot lautlos zu kauen, und die Affen schnupperten ganz ohne Gekicher herum, während sie auf die Antwort warteten.

»Es ist möglich, dass ein Bild deinen Platz einnimmt, aber ich warne dich, mit den Jahren wirst du mir immer näher rücken, und das Leben, nach dem du dich so sehnst, werde ich dir Stück für Stück entreißen. Es gibt nun mal Dinge, gegen die der Mensch nichts ausrichten kann, aber ich werde dir die Gnade, um die du mich bittest, erweisen, allein, weil ich dir dieses schöne Fest verdanke. Bevor wir uns verabschieden, werde ich dir als deine Gevatterin einen Gedanken schenken: Frida, fürchte dich vor dem, was du willst ... solche Wünsche gehen manchmal in Erfüllung.«

»Ich werde dich nicht enttäuschen, Gevatterin. Deine Liebenswürdigkeit werde ich niemals vergessen.«

»Frida, wenn es dein Wunsch ist, mir zu huldigen, so richte mir jedes Jahr einen schönen Totenaltar her. Freudig werde ich die Speisen, Blumen und Geschenke genießen, die du mir darbringst. Aber ich warne dich: Du wirst dir immer wünschen, du wärest heute gestorben. Ich werde dafür sorgen, dass du dich jeden Tag deines Lebens daran erinnerst.«

»Einen Altar am Totentag? Das möchtest du gern?«, fragte Frida rasch, als habe sie die Warnung ihrer Gevatterin überhört.

Und im nächsten Moment erwachte sie im Rotkreuz-Krankenhaus. Die Frau in der Tehuana-Bluse, dem Huipil, die Mexikanerin mit den fruchtigen Farben, war verschwunden. Statt ihrer stand eine pummelige, pausbäckige Krankenschwester neben dem Bett, die bei Fridas Erwachen freudig rief:
»Bist du aufgewacht, Kleines?! Das ist ein gutes Zeichen. Jetzt musst du ruhig liegen bleiben, damit es dir bald wieder bessergeht ...«
Leider irrte sich die Frau. Frida verbrachte noch einen ganzen Monat im Krankenhaus und drei weitere zu Hause. Ihre Wirbelsäule war in drei Teile zerbrochen. Auch Schlüsselbein, Rippen und Becken waren gebrochen. Und ihr rechtes Bein hatte elf Frakturen erlitten. Für den Arzt war es ein Wunder, dass sie noch lebte.

Das Totenfest

Wir Mexikaner lachen über den Tod. Uns ist jeder Anlass für eine Feier recht. Geburt und Tod sind die wichtigsten Ereignisse in unserem Leben. Tod ist Trauer und Freude. Tragödie und Spaß. Zur Feier des letzten Stündleins backen wir unser typisches Brot, das mit den zuckerbestäubten Knochen, das so rund ist wie der Zyklus des Lebens, und in der Mitte steht der Schädel. Süß, aber des Todes. So wie ich.

Totenbrot
Pan de muerto

1 kg Mehl, 200 g Butter, 11 Eier, 300 g Zucker, 100 g Pflanzenfett, 1 Teelöffel Salz, 30 g Trockenhefe, 1 Esslöffel Orangenblütenwasser, Butter und Zucker zum Verzieren.

Das Mehl auf die Tischplatte schütten, eine Mulde formen, Butter und Pflanzenfett in die Mitte geben und alles verkneten. Anschließend erst den Zucker und dann die Eier zugeben. Nach und nach die restlichen Zutaten hinzufügen. Dabei nicht vergessen, die Trockenhefe erst in einer viertel Tasse lauwarmem Wasser aufzulösen. Alles so lange durchkneten, bis der Teig sich leicht von den Händen und vom Tisch löst. Nun braucht man Geduld; der Teig muss etwa eine Stunde ruhen, damit er geht. Anschließend wird er nochmals geknetet und zu dem typischen runden Totenbrot geformt. Zuvor ein wenig Teig abtrennen, aus dem die kleinen Knochen gerollt werden, die man auf das Brot legt. Den zu Brot geformten Teig ein letztes Mal unter einem Tuch und vor Luftzug geschützt gehen lassen, bis er den doppelten Umfang erreicht hat. Den abgetrennten Teig mit den Händen zu knochenartigen Formen rollen, auf das Brot legen und mit einem verquirlten Ei bestreichen. Das Brot im vorgeheizten Ofen bei 200 Grad 20 bis 30 Minuten backen. Anschließend mit Butter bestreichen und mit Zucker bestreuen.

Kapitel VI

Als Frida nach der Operation erwachte, während der sie für einige Minuten tot gewesen war, bat sie darum, ihre Eltern zu sehen. Die besuchten sie jedoch erst Wochen später, was Frida in tiefe Melancholie versetzte. Natürlich war sie nicht vergessen worden, vielmehr hatte eine Verkettung außerordentlicher Umstände sich gegen sie verschworen. Als Fridas Vater von ihrem Unfall erfuhr, erkrankte er schwer und musste wochenlang das Bett hüten. Mutter Matilde blieb zur allgemeinen Verwunderung wie versteinert in ihrem Sessel sitzen. Man musste ihr gewaltsam ihre Stickarbeit entwenden, und es dauerte über eine Stunde, bis es den Dienstboten gelang, ihr die Hände auf die Beine zu legen. In dieser Haltung verharrte sie, vollkommen stumm. Ihre Töchter versuchten vergeblich, sie zum Essen zu bewegen, und kochten ihr stärkende Brühen, von denen sie kaum kostete.
Während Frida im Krankenhaus lag, trugen alle Bewohner des Blauen Hauses Schwarz. Frida hatte überlebt, aber Eltern, Schwestern und Dienstboten trauerten um sie wie bei einer Totenwache und gingen täglich zu der für die Seelenruhe des Mädchens gelesenen Abendmesse. Ganz allmählich erlangte Mutter Matilde ihre Sprache zurück, nur um zu behaupten, es sei Frida bestimmt gewesen, an jenem Tag zu sterben, doch habe ein Wunder unbekannten Ursprungs sie gerettet.
Die Einzige, die Frida in ihrer Genesungszeit besuchte, war ihre Schwester Matilde. Da sie in der Nähe des Krankenhauses wohnte, beschloss sie, sich intensiv um Frida zu kümmern – vielleicht aus Dankbarkeit für ihre damalige Fluchthilfe –, und umsorgte sie, eher wie eine Mutter als wie eine Schwester. Täglich erschien sie mit einem Korb voller Näschereien und Süßigkeiten, alles in hübsche, bestickte Deckchen gewickelt. Frida freute sich immer auf ihren Be-

such, besonders freitags; denn da brachte Matilde ihr eine Tlalpan-Hühnersuppe, bei deren Genuss sie sich wie zu Hause fühlte. Matildes selbstgemachte Speisen wirkten ebenso tröstlich wie ihre humorvolle, gutmütige Art, die sich erst so recht entfaltet hatte, seit sie nicht mehr unter der mütterlichen Knute lebte. Ihre Witze und Ulkereien halfen Frida, die endlosen Tage der Genesung zu ertragen.

Auch die Cachuchas und Alejandro schauten vorbei, und stets zählte Frida sehnsüchtig die Minuten, die sie von ihrem Geliebten trennten. Mit den Tagen aber vergrößerten sich die Abstände zwischen seinen Besuchen. Fridas Enttäuschung wuchs, und zur Linderung ihrer Beklemmung schrieb sie ihm lange Liebesbriefe, in denen sie ihm auch von grauenerregenden Dingen berichtete, die sie nachts im dunklen Zimmer zu sehen meinte. Einmal war sie von ihren Wundschmerzen erwacht und hatte gespürt, wie eisige Finger sie berührten und in ihren Haaren spielten. Sie hatte die verschleierte Frau aus ihrem sonderbaren Traum erblickt wie einen Schatten, kurz, bevor sie durch die Tür entschwunden war. Zwei Tage später, im Morgengrauen, als das Stöhnen und Jammern der Patienten besonders schmerzlich klang, erkannte sie im Halbschlaf mitten im Krankensaal den Revolutionär auf seinem Pferd. Als Alejandro sie am nächsten Morgen besuchte, erzählte sie ihm von ihrem sonderbaren Traum. In diesem Krankenhaus tanze nachts der Tod um ihr Bett, versicherte sie ihm. Er versuchte, sie zu beruhigen, all das seien nur Hirngespinste, sagte er, Empfindungen, die sich bald legen würden und laut den Ärzten auf ihre Schmerzmittel zurückzuführen seien. Frida aber war sich sicher: Die Todeskönigin wartete darauf, dass sie ihren Teil der Abmachung erfüllte. Um nicht für verrückt gehalten zu werden, schwieg sie und verriet ihr Leben lang niemandem etwas von den Halluzinationen, die sie in der kurzen Zeit ihres Atemstillstandes erlebt hatte. Doch die Angst ließ ihr keine Ruhe, wie sie ihrer Schwester Matilde beichtete, nicht so sehr die Angst vor dem Tod, sondern die Furcht davor, dass man sie, wäre sie erst einmal zu Hause, behandeln würde wie eine Tote. Frida gestand: »Ich beginne, mich an das Leiden zu gewöhnen.«

Als sie das Krankenhaus verließ, um sich zu Hause weiter zu erholen, bewahrheiteten sich ihre Befürchtungen. Ihre Mutter hatte zwar ihre Sprache wiedergefunden, wurde aber von Tag zu Tag reizbarer, und der Vater sperrte sich, der Realität entrückt, oft lange Stunden in seinem Zimmer ein. Weil der Weg aus der Stadt bis zu ihr nach Hause weit war, wurden nun auch die Besuche der Schulfreunde rar. Frida erlebte ihr Elternhaus als den traurigsten Ort auf der Welt. Am liebsten wäre sie aus dem großen Anwesen in Coyoacán geflohen, und doch war sie erleichtert, endlich heimgekehrt zu sein.

Am schmerzlichsten traf sie, dass ihr geliebter Alejandro herausfand, dass seine Freundin nicht ganz so unschuldig war, wie ihre verliebten Briefe es ihn glauben machten, sondern in Augenblicken ungezügelten Verlangens auch Freunde und Freundinnen aus ihrer Clique geküsst hatte. Als er sie nach dem Grund dafür fragte, antwortete Frida, die den Vorfällen keine besondere Bedeutung beizumessen schien, sie habe nur die sie verzehrende körperliche Lust stillen wollen. Alejandro aber fühlte sich betrogen. Und nach einem heftigen Streit zog er sich zurück. Vielleicht wollte er sich auch nicht eingestehen, dass ihrer beider Leben seit Fridas Unfall in getrennten Bahnen verlief: Während ihn eine erfolgreiche berufliche Karriere im Ausland erwartete, musste Frida sich auf eine monatelange Genesung einstellen. Alejandro empfand seine Freundin als Ballast, als ein Hindernis bei der Verwirklichung seiner Pläne. Gleichwohl versuchte sie in unzähligen Briefen, sein Vertrauen zurückzugewinnen, doch es gelang ihr nicht, ihn zu halten. Er brach das Versprechen ewiger Unzertrennlichkeit, das sie einander gegeben hatten, und ihr blieb nur die Enttäuschung. In einem ihrer zahlreichen verzweifelten Briefe entschuldigte sie sich für ihre kleinen Eskapaden: »Auch wenn ich viele andere geküsst und ihnen gesagt habe, dass ich sie liebe, weißt du, dass ich im Grunde nur dich liebe.«

In einer der vielen Nächte, in der sie beim Einschlafen dachte, sie wäre lieber tot als Alejandros Gleichgültigkeit ertragen zu müssen, träumte sie abermals von der Frau mit dem Schleier und hörte sie sagen: »Ich weiß, du tust es, um mit der Liebe deines Lebens verbunden zu bleiben, und diesen Entschluss lobe ich, mein Kind.«

Als Frida erwachte, in einem Gipskorsett an ihr Bett gefesselt, beschloss sie, das Versprechen, das sie ihrer Gevatterin gegeben hatte, einzulösen. Diese Entscheidung sollte ihrem Leben eine neue Richtung geben. Sie bat ihren Vater um den Kasten mit den Ölfarben, um mehrere Pinsel und Leinwände und begann zu malen. Mutter Matilde, die hoffte, dieser Zeitvertreib werde sie von ihren Schmerzen ablenken, ließ über ihrem Bett eine Staffeleikonstruktion anbringen, an der sie liegend arbeiten konnte.

Zeichnen war für Frida nichts Neues. Ständig hatte sie in ihren Schulheften Gesichter, Landschaften und originelle Szenen skizziert. Und ihrem Vater hatte sie ab und an geholfen, mit feinen Pinseln Fotonegative zu retuschieren, um schärfere Bilder mit gut konturierten Schatten zu erzielen. Jetzt aber ging sie zum ersten Mal ernsthaft ans Werk.

Kaum hielt sie den Pinsel in der Hand, wurden ihre Schmerzen erträglicher. Mit verweinten Augen, den verlorenen Geliebten betrauernd, gab sie blutrote Farbe auf die Palette und dazu Schwarz und Ockertöne, die sie an ihren Unfall erinnerten und daran, wie die Leute »Die Tänzerin!« gerufen hatten. Tief sog sie den unverwechselbaren Geruch der Farbpigmente ein, und, den Pinsel haltend wie einen Phallus, der im Begriff ist, in eine Frau einzudringen, tauchte sie ihn in die Farbe, um mit diesem Akt ein Werk zu beginnen. Als der Pinsel die Vereinigung der Farben auf die Leinwand übertrug, versiegten ihre Tränen, und ein tröstlicher Friede legte sich auf ihre Seele. Dann tauchten mangofarbene Flächen auf, Lippen von der Farbe reifer Erdbeeren, Pfirsichbacken und schokoladenbraunes Haar. Zum ersten Mal fühlte sie sich von der Welt entrückt, verspürte die üppige Fülle sexuellen Erlebens, den Genuss des Essens und weibliche Selbstsicherheit. Sie erlebte Freiheit.

Das Werk war vollendet: ein Selbstporträt. Da war sie nun, verewigt für ihre Gevatterin. Mit diesem Bild schenkte sie ihr einen Teil ihres Lebens, ihres Herzens und ihrer Gedanken. Das stolze Mädchen auf dem Porträt gab all ihre Tugenden und Mängel preis.

Während der Zeit, in der das Gemälde entstand, schrieb sie Alejandro, der ohne Abschied nach Europa gereist war, mehrere Briefe.

Alex,

wie gern würde ich dir mein Leid schildern, Minute für Minute ...

Nicht einen Moment lang kann ich dich vergessen. Überall sehe ich dein Gesicht ...

Tagsüber tue ich nichts, seitdem du mich verlassen hast, alles, was ich getan habe, war für dich, um dich glücklich zu machen. Aber jetzt habe ich zu nichts mehr Lust.

Schreib mir.
Und vor allem: Liebe mich.
Frida

Sie erhielt keine Antwort. Doch mit der Vollendung des Gemäldes wich nach und nach die Schwere, die sie ans Bett fesselte, und ihre Genesung machte überraschende Fortschritte.

In der Nacht, als das Werk vollendet war, träumte sie abermals von ihrer Gevatterin, davon, wie sie ihr das Bild als Gabe in ihre Gemächer brachte. Mit dem Bild verschwanden ihr Liebeskummer und das Leiden an ihrem Unfall. Als sie erwachte, wusste sie, dass es ihr bestimmt war, zu überleben, aber auch, dass sie einen Leidensweg würde gehen müssen, wie von der Todesdame prophezeit. Sie akzeptierte die Tatsache, dass ihr Leben an einem dünnen Faden hing, der jeden Augenblick reißen konnte, doch würde sie jetzt alles aus einer neuen Perspektive betrachten können, im Wissen darum, ein geliehenes Leben zu leben.

Die Rezepte meiner Schwester Matilde

Jedes Mal, wenn ich Mati lachen sehe, frage ich mich, wo diese durchgedrehte Frau bloß herkommt, bei solchen hochnäsigen Eltern. Wenn ich ihre roten Backen sehe und ihr ansteckendes Lachen höre, stelle

ich mir immer vor, Mutter Matilde hätte sie irgendwo im Park aufgelesen. Einmal habe ich ihr das zum Spaß gesagt, anschließend
taten mir meine groben Worte leid, aber sie hat nur gelacht und geantwortet: »Sie haben mich aufgelesen, weil sie ein hübsches Baby
haben wollten, nicht so ein spilleriges, behaartes wie dich ...« Da
begriff ich, dass Matilde ihren Schmerz in Heiterkeit verwandelt.
Ich beneide sie darum, weil ich selbst so furchtbar jähzornig bin ...
Außerdem beneide ich sie um ihre Suppen, mit denen man Tote auf-
wecken könnte.

Hühnersuppe nach Tlalpan-Art
Caldo tlalpeño

*So schmeckt gute Hühnersuppe. Mati hat das Rezept von einer
Bekannten aus Tlalpan bekommen, von wo diese Suppe eigentlich
stammt. Wenn ich sie koche, bleibt nie auch nur ein Tropfen übrig.*

500 g Hähnchenbrust, 6 Tassen Wasser, 1 Tasse Kichererbsen, 2 Knoblauchzehen, 1 Esslöffel Öl, 1 Tasse kleingeschnittene Möhren, 1 Tasse gehackte Zwiebeln, 2 eingelegte, in
Streifen geschnittene Chipotle-Chilis, 1 Bund frisches Epazote-Kraut, 1 geschälte und in Würfel geschnittene Avocado, 2 Esslöffel Koriander, einige Zitronenscheiben, 1 reife,
kleingeschnittene Tomate, 1 Serrano-Chili, 1 Tasse gekoch-
ter weißer Reis.

Die Hähnchenbrust zusammen mit den Kichererbsen und
dem Knoblauch in Salzwasser in einem großen, zugedeck-
ten Topf kochen lassen, bis sie gar ist. Aus dem Topf nehmen,
auf einem Teller erkalten lassen und kleinschneiden. In einer Pfanne das Öl erhitzen, die kleingeschnittenen Möhren
und Zwiebeln darin 3 Minuten dünsten, dann zusammen
mit den Chipotle-Chilis und dem Epazote in den Topf mit
dem Hühnerwasser geben. Die Bouillon 30 Minuten kochen

lassen, nach Belieben salzen. Hähnchenbruststücke und Avocadowürfel in Suppenteller füllen und die Bouillon darüber gießen. Den Koriander, den Serrano-Chili, die Tomatenstückchen, die Zitronenscheiben und den Reis in getrennten Schälchen auf den Tisch stellen, so dass jeder sich davon nach Wunsch etwas in seine Suppe tun kann.

Mexikanische Hühnerbrühe
Caldo mexicano de pollo

Eines Tages fragte mich eine von Diegos Besucherinnen, eine dieser besserwisserischen Gringas, warum wir in Mexiko alles mit Hühnchen kochen. Darüber hatte ich noch nie nachgedacht. Huhn bildet gewissermaßen die Grundlage unserer Ernährung. Deshalb glaube ich auch felsenfest, dass Hühnerbrühe ein mexikanisches Gericht ist, selbst wenn die Franzmänner behaupten, sie hätten sie erfunden. Bestimmt haben sie sie vorher auf dem Markt von La Merced gekauft.

1 mittelgroßes Huhn (1,5 kg), 2 Liter Wasser, 4 Möhren, 2 Kartoffeln, 1 Stange Sellerie, 2 Knoblauchzehen, ¼ Zwiebel, 2 Pimentschoten, ½ Tasse Reis, Totopos, 2 Zitronen, 1 kleingehackter Serrano-Chili, kleingeschnittener Koriander.

Das Wasser in einen Topf gießen, das zerlegte Huhn, die Zwiebeln, den Knoblauch, den Piment und den Sellerie hinzufügen. Ausreichend salzen und zum Kochen bringen. Wenn das Huhn schon eine ganze Weile gekocht hat, kommen die geviertelten Kartoffeln, die Möhren und der Reis in die Brühe. Beim Anrichten gibt man außerdem Koriander, gehackte Zwiebeln und kleine Totopos in die Suppenteller. Die Zitrone und die kleingeschnittenen Chilis werden in getrennten Schüsseln serviert.

Kapitel VII

Frida war inzwischen zwanzig Jahre alt und hatte, langsam, wie eine Seiltänzerin, noch einmal neu gehen lernen müssen. In dieser Zeit lernte sie ihre Seelenverwandte Assunta Adelaide Luigia Modotti Mondini kennen. Einen verteufelt komplizierten Namen hatte ihre Freundin, die Fotografin, die alle Tina nannten. Und umwerfend hübsch war sie, von impulsivem Übermut, ein Wirbelsturm, der über die Erde hinwegfegte und alles auf seinem Weg verwandelte. Männer hatte sie ebenso viele gehabt wie Jobs, als Schneiderin, Designerin, Schauspielerin am Theater und sogar beim Film, in Hollywood. Neben ihr kamen Frida alle Frauen, die sie bisher kennengelernt hatte, wie schlichte, als moderne Frauen verkleidete Dorfmädchen vor. Tina war schroff wie ein Felsen, lächelte wie ein Mann, hatte die Augen einer Katze, die Stimme eines jungen Mädchens und die Hände einer mittelalterlichen Gräfin. Sie besaß nicht nur die Gabe, die Lebenslust zu stimulieren, sondern auch in den Köpfen von Männern wie Frauen verborgene Sinnenlüste wachzurufen. Halb Göttin, halb Begehren, war Tina das Leben selbst.

»Manchmal bin ich regelrecht verwirrt und weiß nicht, ob ich nun den Mann liebe, der mit mir schläft, oder mehr seinen Traum von der Revolution«, gestand Tina Frida eines Tages.

Die beiden jungen Frauen hatten sich spontan angefreundet und waren enge Vertraute geworden, verbunden durch eine gemeinsame Leidenschaft: den sozialen Kampf. Beide waren begeisterte Anhängerinnen der Weltrevolution und aktive Mitglieder der Mexikanischen Kommunistischen Partei.

»Und wer oder was befriedigt dich mehr? Der Mann oder die Revolution?«, fragte Frida belustigt, denn wenn es darum ging, die Dinge beim Namen zu nennen, konnte sie Tina durchaus das Wasser reichen.

Für politische Fragen hatte sie sich schon immer interessiert, und nach der Genesung von ihrem Unfall stürzte sie sich mit Haut und Haar in die aktive Politik und schloss sich der kommunistischen Bewegung an, um ihren Liebeskummer zu ersticken. In den politischen Kreisen lernte sie Tina kennen und verliebte sich in sie.

»Natürlich die Revolution. Und manche Frauen«, erwiderte Tina als Abschluss ihrer Bekenntnisse und gab Frida, die ihren politischen Vorträgen und ihren Erzählungen von romantischen Abenteuern stets amüsiert lauschte, einen leidenschaftlichen Kuss.

Tina und ihre eigene Überzeugung, dass die Zukunft Mexikos und der Welt im Kommunismus liege, hatten Frida dazu bewogen, in die Partei einzutreten. Dort lernte sie die Freundin kennen, die ihr bald half, über Alejandro hinwegzukommen. Hals über Kopf verliebte sie sich in die erstaunliche Italienerin. Viele Frauen stempelten Tina neidvoll als leichtlebig und aufsässig ab. Nicht eifersüchtig auf sie zu sein war in der Tat nicht leicht, denn sie war die Seele der Treffen in ihrer Wohnung im Stadtteil Colonia Roma, zu denen sich Künstler und Intellektuelle wie Orozco, Siqueiros, Rivera, Montenegro, Charlot, Covarrubias und die Schönheit Nahui Ollin einfanden.

Tina führte Frida ein in jene Bohemewelt mit ihren feuchtfröhlichen Nächten, in denen der Tequila floss, Corridos gesungen und vor allem über Politik diskutiert wurde. Bald mischte sich sexuelle Anziehung in ihre Freundschaft, und irgendwann begannen sie, die Ankunft der berühmten Gäste in Tinas Bett zu erwarten. Sie beschützten sich gegenseitig, hörten einander zu, trösteten sich, denn obwohl beide hart wie Stahl wirkten, waren sie innerlich zerbrechlich wie jede Frau, die keine verlässliche Liebe findet.

»Ich werde dir beibringen, Pasta zu machen wie die *donne* in Venedig«, sagte Tina eines Tages zu Frida, während sie die Einkäufe ihres gemeinsamen Marktbesuches auspackten. Eine Weinflasche hatten sie bereits entkorkt und warteten darauf, dass die Hitze in ihren Körpern sie von ihren Hemmungen befreite.

»Sind diese *donne* genauso schön wie du?«, fragte Frida, während sie aus dem Bund Basilikum, den Tina in der Hand hielt, einen Zweig stibitzte; dann raubte sie ihr einen schmatzenden Kuss.

»So hübsch wie die Mexikanerinnen«, antwortete Tina und stahl der Freundin ihrerseits einen Kuss.

In ihren Blicken lag der verschwörerische Glanz zweier Mädchen, die gemeinsam einen Streich aushecken.

Sie verstanden sich, sprachen dieselbe Sprache körperlicher Zärtlichkeit, des Lächelns und Kosens, eine Sprache, die mehr sagt als die kitschigen Gedichte, mit denen manche Männer unbeholfen einer Frau den Hof machen.

Tina begann, zwischen ihren Küchenunterlagen nach etwas zu suchen, und hielt erst inne, als sie ein hübsches schwarzes, mit einem Band verschlossenes Büchlein fand. Ihr neuer Freund, der Journalist Juan Antonio Mella, hatte es ihr geschenkt.

»Das ist für dich, damit du mich nicht vergisst.«

»Warum sollte ich?«

»Weil nichts ewig währt, Friducha. Du brauchst einen Mann, der dich beschützt, der dich liebt ... natürlich einen Kommunisten«, sagte Tina.

Frida wirkte zwar glücklich, berauscht von ihrem neuen Leben, aber immer wieder quälte sie das Gefühl der Einsamkeit. Ihren Pakt mit der verschleierten Frau hatte sie schon längst vergessen, die Malerei diente ihr als Trost, aber liebevolle Zuwendung erhielt sie nicht oft, und sie liebte Exzesse.

»Mach mich mit Diego bekannt«, bat sie die Freundin mutig und dachte zurück an ihre Schulzeit, als sie ihm gebannt beim Malen zugesehen hatte.

Erst kürzlich hatte Tina Diego für seine Wandgemälde in Chapingo nackt Modell gestanden und war natürlich irgendwann in seinem Bett gelandet.

»Diego ist nichts für dich, Frida. Er wird dich vernaschen und wieder ausspucken wie ein Menschenfresser.«

»Als kleines Mädchen habe ich mal gesagt, dass ich gern ein Kind von Diego hätte, aber meine hochnäsigen Freundinnen haben ihn einen dreckigen Fettwanst genannt. Mir ist das schnuppe, dann bade ich ihn eben erst, bevor ich mit ihm ins Bett gehe.«

Sie lachten schallend und unbekümmert. Tina küsste Frida liebevoll die Hände, wie eine ältere Schwester, die der Jüngeren kurz vor deren Hochzeit den Segen gibt. Es war ihre Art zu sagen, dass ihrer beider Abenteuer zu Ende war und ihr Leben nun in dem behaglichen Gefühl großer Vertrautheit weitergehen würde. Sie umarmten sich lange, die Stunden erinnernd, in denen sie nackt beieinander gelegen, sich aus ihrem Leben erzählt und Späße gemacht hatten, die nur sie beide verbanden. Dann lösten sie sich voneinander, um weiterzukochen, denn das abendliche Treffen rückte näher. Mochten ihre Gäste auch noch so kommunistisch sein, wenn bei ihren Weltverbesserungsdiskussionen auch nur ein Taco oder ein Tequila fehlte, kannten sie kein Pardon.

»Früher oder später wirst du es bereuen«, meinte Tina, bevor sie mit dem Gemüseschneiden fortfuhr.

Sie kannte Diego als einen Mann von maßlosem Appetit, nicht nur auf leckeres Essen, sondern auch auf die schönen Körper junger Frauen. Aber sie wusste auch, dass Frida zerbrechlich war, und wollte sie schützen. Trotzdem hielt sie an diesem Abend ihr Versprechen und stellte die beiden Menschen, die ihre Geliebten gewesen waren, einander vor. Diego traf schon betrunken ein. Er war jemand, der bei der leisesten Provokation seine Pistole zückte und auf alles schoss, was ihm irgendwie imperialistisch vorkam. An diesem Abend bereitete er dem Fest ein Ende, indem er mit zwei Schüssen das Grammophon zertrümmerte. Frida erschrak über sein gewalttätiges Verhalten, gleichzeitig aber faszinierte sie das Gefühl von Gefahr, das dieser Menschenfresser mit den Froschaugen bei ihr auslöste.

Die eigentliche Begegnung zwischen beiden fand erst Tage später statt. An einem jener regnerischen Nachmittage, an denen der Himmel über Mexiko-Stadt weint wie eine trauernde Witwe, stand Diego auf seinem Gerüst und arbeitete an einem Wandgemälde für das Bildungsministerium. Da hörte er unter sich eine weibliche Stimme, die von den Wänden des Gebäudes widerhallte wie die einer Fee.

»Diego, komm mal bitte herunter. Ich will dir etwas Wichtiges sagen!«

Seine Lurchenaugen musterten die Frau, die ihn gerufen hatte. Er witterte frisches, wohlgeformtes Fleisch, das in ihm die Lust entfachte, Fridas straffen Körper, ihr hübsches Gesicht mit den tiefgründigen Augen und ihr rabenschwarzes Haar zu verschlingen. Ihm fiel auf, dass ihre kräftigen Augenbrauen zusammengewachsen waren und über der zarten Nase saßen wie die Schwingen einer Amsel, die, so stellte er sich vor, zu gern aus ihrem Gesicht davongeflogen wäre.

Langsam kletterte Diego zwischen Paletten und Farbtuben nach unten. Erst als er vor Frida stand, wurde ihm bewusst, was für eine winzig Frau er vor sich hatte. Tina hatte es bereits gesagt: ein Menschenfresser und eine Prinzessin.

»Ich bin nicht zum Spaß hergekommen, ich muss arbeiten, um mir mein Leben zu verdienen. Ich habe ein paar Bilder mitgebracht, die ich dir gerne zeigen würde, aber komm mir bitte nicht mit Witzeleien oder Schönrederei, damit kriegst du mich nicht rum. Ich will deine Meinung als Maler wissen. Meiner Eitelkeit brauchst du nicht zu schmeicheln, wenn du also nicht das Gefühl hast, aus mir könnte eine gute Künstlerin werden, verbrenne ich die Dinger lieber gleich und fang was anderes an ... Willst du sie sehen?«

»Ja.«

Nacheinander stellte sie die Bilder an die Mauer, auf der sich Diegos Gemälde ausbreitete, wodurch sich ein amüsantes Abbild des Paares ergab: die winzigen Ölbilder an der übermächtigen Wand. Diego war beeindruckt. Seine Reaktion war glasklar. In jedem der Werke entdeckte er eine ungewöhnliche Explosion von Energie, eine Linienführung, die mit der Ambiguität von Strenge und Zartheit spielte. Er war es gewohnt, Anfänger für die Unart zu kritisieren, mittels bestimmter Effekte Aufmerksamkeit zu erregen, hier aber erkannte er weder Leichtfertigkeit noch Schwindel. Jeder Zentimeter Leinwand war echt, verströmte die Sinnlichkeit dieser Frau und schrie ihren Schmerz hinaus.

Frida spürte sofort, wie sehr Diego ergriffen war. Seine Begeisterung drang ihm aus allen Poren. Sie stemmte die Hände in die Hüften, dann streckte sie dem Maler den Zeigefinger entgegen wie ein kleines Mädchen, das mit seinen Puppen schimpft, und sagte:

»Ich will keine Komplimente, ich will deine ehrliche Kritik.«

»Hör mal, Mädchen … Wenn du meinem Wort so sehr misstraust, warum verdammt noch mal kommst du dann zu mir und fragst mich?«, konterte Diego ihre schnippische Rüge.

Einen Augenblick lang war Frido eingeschüchtert, gewann aber rasch ihren Mut zurück.

»Deine Freunde haben mir gesagt, wenn dich eine Frau, die nicht gerade eine absolute Schreckschraube ist, um Rat bittet, antwortest du einfach irgendwas, nur um sie ins Bett zu kriegen«, knurrte sie ihn an, während sie ihre Bilder wieder einsammelte.

Diego sah ihr zu, ohne sie aufzuhalten, schmunzelnd über dieses Intermezzo, das etwas Abwechselung in die Monotonie seines Arbeitsalltags brachte. Mit den Leinwänden in der Hand wandte sich Frida wieder dem Muralisten zu, und ein längeres, ungemütliches Schweigen machte sich breit. Plötzlich riss das Geklapper von Stöckelschuhen Diego aus seinen Träumereien. Seine geschiedene Frau Lupe erschien, am Arm einen riesigen Korb voller Lebensmittel und warmer Speisen.

»Und wer ist diese Göre?«, brummte die Frau, die sämtliche Attribute einer Renaissance-Skulptur aufwies: hohen Wuchs, üppigen Busen und füllige Hüften über kräftigen, wohlgeformten Beinen.

»Du musst weitermalen«, sagte Diego zu Frida, ohne auf den Ankömmling einzugehen. »Fang mit neuen Ölbildern an. Am Sonntag, wenn ich nicht arbeite, kann ich mal vorbeikommen, um sie mir anzusehen.«

»Ich wohne in Coyoacán, Calle Londres 126«, sagte Frida und verschwand, ohne Lupe zu grüßen, die dem jungen Mädchen wütend hinterherschaute.

»Das ist doch dieselbe Kröte, die dir damals in der Preparatoria beim Malen zugeschaut hat«, fauchte sie ihren einstigen Ehemann an.

Zufrieden wie ein Löwe, der gerade seine Beute verschlungen hat, bestätigte Diego ihre Vermutung:

»Genau die.«

Als Diego bei Frida eintraf, stand er vor einem Anwesen im Landgutstil, schlicht und elegant. Er rückte sich seinen Viehtreiberhut zurecht und klopfte energisch ans hölzerne Tor. Während er draußen wartete, hörte er jemanden die *Internationale* pfeifen. Wie ein Geschenk des Himmels rieselte das Lied aus einem sozialistischen Paradies auf ihn herab. Im Vorgarten sah er Frida im Overall in einer Baumkrone sitzen und Zitronen pflücken. Als sie ihn erkannte, kletterte sie geschickt vom Baum und kam lachend auf ihn zu. Sie ergriff seine Hand wie ein Mädchen, das einem Erwachsenen seine Spielsachen zeigen will, und nahm ihn mit in ihr Zimmer, wo sie ihm stolz ihre übrigen Werke vorführte. Der Froschkönig wusste nicht, ob er sich mehr an den Bildern ergötzen sollte oder an der Frau, die er gerade kennengelernt hatte. Jedes ihrer Worte verwahrte er in seinem Herzen, denn er hatte sich unsterblich in sie verliebt. Frida wusste, dass er von ihr bezaubert war, und ließ sich umwerben.

Nach mehreren Besuchen wagte es Diego, sie vor dem Haus im Laternenlicht zu küssen wie ein Junge seine erste Freundin. So viel Kraft lag in ihrem Kuss, dass die Laternen flackerten. An diesem Abend trennte Frida sich in der Gewissheit von dem achtzehn Jahre älteren Mann, dass ihr etwas Außerordentliches widerfuhr. Eine Sekunde lang, flüchtig wie eine vorbeihuschende Fliege, erkannte sie die verschleierte Frau an der Straßenecke.

Ihre Freunde – auch Tina, die nicht wusste, ob sie lachen oder weinen sollte – reagierten verblüfft, als sie von Diegos und Fridas Hochzeitsplänen hörten. Mutter Matilde war nicht gerade glücklich darüber, dass ihre Tochter diesen geschiedenen Pfaffenhasser und Schürzenjäger heiraten wollte. Vater Guillermo indes überwand seine kühle deutsche Art und sagte zu seinem zukünftigen Schwiegersohn:

»Wie ich sehe, interessieren Sie sich ernsthaft für meine Tochter.«

»Natürlich, sonst käme ich doch nicht den ganzen Weg von Mexiko-Stadt nach Coyoacán, um sie zu sehen«, erwiderte Diego, als sei die Antwort selbstverständlich.

»Sie ist ein kleiner Teufel«, gestand ihm Vater Guillermo.

»Ich weiß.«

»Gut ... Sie müssen es wissen, jedenfalls habe ich Sie gewarnt.« Damit beendete er die Unterhaltung mit dem Bräutigam und zog sich zum Lesen in sein Arbeitszimmer zurück. Die Heirat war genehmigt.

Tinas Rezepte

Für das leibliche Wohl der vielen Speichellecker, die in ihrer Wohnung aufkreuzten, sorgte Tina, die Gäste brachten Getränke und Tabak mit. Es war eine heldenhafte Leistung, für alle zu kochen. Wir machten einen großen Topf mit Pasta, und Tina bereitete mehrere Soßen zu. Unser Händler im Milch- und Käseladen an der Ecke, neben dem Edificio Condesa, besorgte uns immer einen großen geräucherten Cotija-Käse als Ersatz für Parmesan. Der war billiger, und den Unterschied merkt ein betrunkener Maler ohnehin nicht.

Pasta-Soße mit Miesmuscheln, Apfelsine und Tomate

½ kg gehäutete und entkernte Tomaten, 2 Teelöffel Olivenöl, 1 große gehackte Zwiebel, 1 gepresste Knoblauchzehe, ½ Teelöffel kleingeschnittener Chili, ¾ Tasse trockener Weißwein, 3 Teelöffel Oregano, ½ Teelöffel Zucker, 3 Esslöffel Apfelsinensaft, 20 gewaschene Miesmuscheln, 2 Teelöffel abgeriebene Apfelsinenschale, 2 Teelöffel gehackte Petersilie, Salz und Pfeffer.

Die gehäuteten Tomaten mit einem Kartoffelstampfer zerdrücken. Das Öl in einem Topf erhitzen, darin die gehackte Zwiebel, den Knoblauch und den Chili etwa 5 Minuten dünsten. Das Tomatenpüree, etwas Wein, Oregano, Zucker und Apfelsinensaft in den Topf geben. Mit Salz und Pfeffer abschmecken und kurz aufkochen lassen; dann auf kleiner Flamme köcheln lassen, bis die Soße eindickt. In der Zwischenzeit die Muscheln mit dem übrigen Weißwein im Ofen kochen lassen, bis die Muscheln sich öffnen. Mit der Tomatensoße und dem Weinsud vermengen. Pasta und Soße auf die Teller geben, mit gehackter Petersilie und abgeriebener Apfelsinenschale bestreuen.

Sardellen-Oliven-Soße

200 g in Scheiben geschnittene grüne Oliven, 1 Teelöffel fein-gehackte Sardellenfilets, 250 g geriebener Parmesan, ½ Tasse feingehackte Walnüsse, 1 Teelöffel Oregano, 3 Teelöffel frischer Basilikum, 1 Teelöffel gehackte Petersilie, ¼ Tasse reines Olivenöl, Salz und Pfeffer.

Oliven, Sardellen, Parmesan, Walnüsse, Oregano, Basilikum und Petersilie in eine Schüssel geben; nach und nach Oliven-öl dazugießen und alles verrühren, bis eine Paste entsteht. 2 Stunden ruhen lassen, damit sich alle Zutaten geschmack-lich gut durchdringen. Soße nach Belieben salzen und pfef-fern und unter die Pasta mengen.

Tiramisu

Eines Tages erklärte mir Tina, der Name dieser Süßspeise komme von einem Ausdruck, der besagt: »Sie ist so frisch, vögel mich gleich obendrauf.« Mir war nicht klar, ob sie log. Da mir der Ausdruck ge-fiel, notierte ich ihn, später erfuhr ich aber, dass er eigentlich »zieh mich hoch« bedeutet. Einem Italiener kann man eben nicht trauen, schon gar nicht, wenn er »Ich liebe dich« sagt.

500 g Löffelbiskuit, 200 g süße Sahne, 250 g Ricotta oder Mascarpone, 150 g Puderzucker, 1 Packung Frischkäse, 1 Tasse Espresso, 3 Esslöffel Brandy, 3 Esslöffel Kaffeelikör, Ka-kaopulver (nach Bedarf).

Sahne mit den Käsesorten und dem Zucker verrühren und kräftig schlagen. In einer zweiten Schüssel die Löffelbiskuits in einer Mischung aus Espresso, Kaffeelikör und Brandy einweichen. Eine flache Form mit einer Schicht Löffelbiskuits auslegen, darüber die Hälfte der Käse-Sahne-Mischung verteilen und mit Kakao bestreuen. Beide Schichten wiederholen, zum Schluss alles mit Kakaopulver bestreuen. Mindestens zwei Stunden kaltstellen.

Kapitel VIII

Frida verliebte sich in Diego wie alle Frauen, die sich Männern ausliefern, von denen sie nur Leid zu erwarten haben: wie ein echter Dummkopf. Indem sie beschloss, dass Diego künftig der Sinn ihres Lebens sei, beschloss sie zugleich, Herz, Augen und Bauchgefühle im Schrank ihres Verstandes zu verstauen, diesen Schrank Diego zu nennen, ihn abzuschließen und den Schlüssel in den Fluss der Leidenschaft zu werfen. Jetzt, da sich ihr Traum erfüllt hatte, vom wichtigsten intellektuellen Vertreter Mexikos angehimmelt zu werden, sie, eine unbedeutende Taube mit lahmem Fuß, war nicht nur ihr Ego gewachsen, sondern ihr Kopf füllte sich mit absurden Theorien. Sie fühlte sich in den Olymp erhoben, in dem jener Froschgott regierte und sie zur Göttin – zumindest zu seiner Göttin – gemacht hatte.

Nach dem Bruch mit Alejandro war es ihr schwergefallen, sich erneut zu verlieben. Ihre flüchtigen sexuellen Beziehungen zu anderen Männern und Frauen dienten einzig dazu, das Feuer zu bändigen, das nach dem Unfall in ihr zu lodern begonnen hatte, doch wie sehr sich ihr Körper ihnen auch hingab, es ließ sich nicht löschen. Mit Diego wurde alles anders, mit ihm hatte sie endlich einen Menschen von ähnlicher Intelligenz gefunden, jemanden, mit dem ihr scharfer, unkonventioneller Verstand sich niemals langweilen würde. Das bestätigte ihr Diegos Bemerkung: »Frida, hundert intelligente Feinde sind mir lieber als ein dummer Freund.«

Es schien, als würden sie einander niemals überdrüssig werden, unzählige Gesprächsthemen verbanden sie, wenn sie sich abends unterhielten, sie am Fuße des Wandgerüstes sitzend, er malend. Sie sprachen vom sozialistischen Realismus, vom Arbeiterkampf und von der Kunst und gingen die pikanten Klatschgeschichten über ihre Bekannten durch.

Eines Tages kam Lupe, Diegos erste Frau, vorbei, um eine die gemeinsamen Töchter betreffende Angelegenheit mit ihm zu besprechen. Als sie Frida sah, fiel ihr auf, dass diese keine vornehme weiße, ausgeschnittene Bluse mehr zum schwarzen Rock trug, sondern begonnen hatte, sich zu verwandeln wie ein aus seinem Kokon schlüpfender Schmetterling. Sie trug ein schlichtes rotes Hemd mit einer auffälligen Hammer-und-Sichel-Brosche, dazu Jeans und Lederjacke, nicht mehr die banalen Symbole bürgerlicher Moral.

»Und die Göre da? Erlauben ihr die Eltern schon, so lang fortzubleiben?«, bemerkte Lupe giftig und warf ihr einen schneidenden Blick zu.

»Lupe, ich werde Frida heiraten. Ich habe um ihre Hand angehalten«, rief Diego ihr mit fröhlichem Lächeln von oben zu.

Frida zog spöttisch ihre dichten Augenbrauen hoch und setzte eine triumphierende Miene auf.

»Er hat gestern darum angehalten.«

Lupe versetzte dem Gerüst einen Tritt und machte kehrt, nur einen Rat gab sie Diegos Zukünftiger im Fortgehen:

»In der Liebe schwankt er wie ein Wetterfähnchen.«

Die siegesbewusste Frida maß der Bemerkung keine Bedeutung bei. Und so beschlossen sie beide, ihre Verbindung als würdige Aktivisten der Kommunistischen Partei zu vollziehen: sehr schlicht, sehr bescheiden, sehr fröhlich und mit viel Alkohol.

Am 21. August des letzten Jahres der Zwanzigerdekade war es so weit. Sorgfältig hatte Frida, die letzte ledige Tochter der Familie, alles vorbereitet. Auch diesmal gedachte sie, mit ihrer Tradition des Aus-dem-Rahmen-Fallens für allgemeine Überraschung zu sorgen. Sie bat das Hausmädchen aus Oaxaca, ihr einen ihrer langen, karamellfarbenen Röcke zu leihen. Dazu suchte sie sich unter deren Kleidungsstücken eine Bluse aus, die noch nach Küche roch, nach der Zubereitung von Mole, Broten und süßen Torrejas, und zu guter Letzt wählte sie einen Rebozo, jenes Umschlagtuch, das in Mexiko Mutterschaft symbolisierte, aber auch das Tuch der Revolutionärinnen war, der starken, harten Frauen, die nicht davor zurückschreckten, einen Schurken umzulegen, um ihren eigenen Mann zu retten.

Sie zog sich einen Mittelscheitel und flocht ihr Haar zu einem Zopf, da sie glaubte, so werde sie ihrer Gevatterin gefallen. Dann schlüpfte sie in abgewetzte, aber ordentlich gewienerte Schuhe, in denen sie mit ihrem verkrüppelten Bein bequem laufen konnte. So begab sie sich zum Standesamt von Coyoacán, nur von einem einzigen Verwandten begleitet, ihrem Vater Guillermo, der sie stolz am Arm durch die kopfsteingepflasterten Dorfstraßen führte und den Bekannten, denen sie begegneten, grüßend zunickte. Der Spanier aus der Taverne pries die Schönheit der Braut, die Händlerin an der Ecke schenkte ihr eine Rose, und der Polizist pustete sich ihr zu Ehren mit der Trillerpfeife fast die Lunge aus dem Leib.

In einer kargen Amtsstube, deren einziger Schmuck ein Porträt des Präsidenten der Republik darstellte, wartete bereits der Bürgermeister von Coyoacán, mit feierlich geschniegeltem Haar, tischtuchbreiter Krawatte und alkoholisiertem Atem, denn er verband seine Beamtentätigkeit mit der eines Pulque-Händlers. Neben ihm standen die Trauzeugen mit den Hüten in der Hand, die Krempen eingerollt wie gesalzene Tacos: ein Friseur, ein Homöopath und der Gemeinderichter. Der größte lebende mexikanische Maler empfing die Braut in Bergmannsstiefeln, die dringend hätten geputzt werden müssen, einer abgetragenen Hose, die oberhalb des Bauchnabels von einem Gürtel gehalten wurde, damit sie ihm nicht von seinem dicken Bauch rutschte, einem Hemd, das eine Ewigkeit nicht gebügelt worden war, einem Wolljackett, einer breiten Krawatte und einem Hut, dem es nicht so recht gelang, seine wilden, von keinem Friseur zu bändigenden Locken zu verbergen. Neben ihm, so wunderschön, dass der Anblick dem Auge weh tat, stand Tina, aufreizend für ihre Rolle als Trauzeugin zurechtgemacht.

»Wir sind hier zusammengekommen, um die Ehe zwischen Señor Diego Rivera und Señorita Frida Kahlo zu schließen ...«, hob der Bürgermeister in einem Ton an, als hielte er die Abschlussrede einer Wahlkampagne. Dann ging er zur traditionellen Verlesung der Epistel des Melchor Ocampo über und betonte dabei besonders die machistischen Elemente, die Fridas Nerven so kitzelten, dass sie mit spitzbübischem Lächeln zu Diego hinaufschaute, um einen verschwörerischen Blick von ihm zu erhaschen. Als die langatmige Rede schließlich zu Ende war, forderte der Bürgermeister das Paar auf, sich zu küssen, und die Anwesenden klatschten Beifall. Es folgten Glückwünsche und Händeschütteln, Vater Guillermo ging auf Diego zu, und wie zwei Gentlemen reichten sich beide herzlich die Hand.

»Sie müssen wissen, dass meine Tochter krank ist und es ihr Leben lang bleiben wird. Sie ist zwar intelligent, aber nicht hübsch. Ich hoffe, Sie haben sich das gut überlegt.«

Diego antwortete ihm mit einer so kräftigen Umarmung, dass es ihn vom Boden hob. Beide lachten dröhnend, bis Diego seinen Schwiegervater wieder losließ und im Rausch des Augenblicks beschloss, mit einer der Pulqueflaschen des Bürgermeisters einen Toast auszubringen:

»Meine Damen und Herren, spielen wir nicht eine schöne Komödie?«

Die große Feier fand auf der Dachterrasse von Tinas Wohnhaus statt. Neben übriggebliebenen Wäschestücken flatterten Hunderte von Scherenschnittfähnchen, verziert mit Tauben, die Liebesbotschaften im Schnabel trugen, mit verliebten Herzen und Lebensweisheiten wie jener, dass unser irdisches Dasein nur die Verbindung zweier Menschen zum Zweck habe. Die üppigsten Farben perlten im Wind und wetteiferten auf der Tischdekoration aus Krepp-Papier um die Aufmerksamkeit der Gäste. Auf bunten Tischdecken stand das Geschirr für die leckeren Speisen bereit, schlichtes Tongut, grün emailliert und mit Tieren verziert, einer volkstümlichen Hochzeit mehr als würdig.

Das Brautpaar traf zum Hochzeitsfest auf der folkloristisch dekorierten Terrasse ein. Der Bürgermeister von Coyoacán schenkte ihnen mehrere Liter Pulque, außerdem gab es Curados mit Sellerie- und Kaktusfeigenaroma, die gemeinsam mit ihrem besten Freund, dem Tequila, der vergnüglichen Feier eine explosive Note verleihen sollten. Als die Gäste eintrudelten, zahlreich und bunt gemischt, dampfte das Essen und wartete nur darauf, verschlungen zu werden. Die verschiedensten Köstlichkeiten wetteiferten um die Gunst der

Geladenen. Alles sah höchst appetitlich aus, so dass die Entscheidung, womit man sich den Magen füllen sollte, keine leichte war. Da gab es echten Mole aus Oaxaca mit dem obligatorischen Truthahn, dazu Tamales mit Bohnen, und als Mittelpunkt des Menüs roten Reis mit verschiedenen Gemüsesorten. Gefüllte Chilischoten in Tomatensoße standen bereit und die wie Bäumchen aussehenden Huauzontle-Chilis, in Mehl und Ei paniert und mit Käse gefüllt. Und schließlich eine reiche Vielfalt an herrlichen Nachspeisen, die einen Schwarm ungeladener Bienen anlockten: von Windbeuteln, Karamellkonfitüren und kandierten Früchten bis zu Cremespeisen, Kuchen und Käsedesserts.

Verantwortlich für diesen bunten Reigen kulinarischer Verlockungen waren Tina, die vieles bei Markthändlern in der Calle de Puebla bestellt hatte, und, so unglaublich es scheinen mag, Lupe, die ihrem früheren Ehemann eine merkwürdige Hassliebe entgegenbrachte. Mehrere Gerichte hatte sie zu Fridas Überraschung eigenhändig zubereitet.

Speisen und Freunde defilierten vor Fridas glückseligen Augen. Einem ländlichen Brauch folgend, verzichteten alle auf Geschirr und benutzten zum Essen lediglich Tortillas – denn nur in Mexiko dient die Tortilla als Löffel, Teller und Beilage zugleich. Dazu tranken sie Bier und Tequila.

Als die Nacht hereinbrach und die Mariachis nur noch melodramatische Lieder für die berauschte Festgesellschaft sangen, wurden Lampions angezündet. Überall leuchtete und glitzerte es in bunten Farben. Diego hielt sich kaum noch auf den Beinen, der Alkohol hatte seine Zunge schwer gemacht und zog seine Worte in die Länge. So ließ Frida ihn mit seiner traurigen Version eines revolutionären Corridos allein und setzte sich an den Rand der Dachterrasse des hübschen viktorianischen Hauses, um auf die Avenida hinunterzuschauen. Einige nachtwandlerische Fahrer steuerten ihr Auto durch den grünen Stadtteil Colonia Roma. Vor wenigen Minuten war der Plaudergesang der Elstern verstummt, die sich ihren Schlafplatz suchten. Jetzt gab es nur noch sie und ihre Zukunft. Beim Gedanken daran erhob sie das Tequilaglas, das sie in der Hand hielt, auf jene, die ihr von irgendwoher Gesellschaft leistete, und trank es in einem Zug leer. Und in diesem Augenblick, ganz mit sich allein, kam ihr wieder der Satz in den Sinn, den sie sich in dem von Tina geschenkten Heft notiert hatte: »Hab Mut zu leben, denn sterben kann jeder.«

Sie seufzte, zufrieden mit dem, was sie erlebte, und fühlte sich vom Glück beschenkt. Nur schade, dass sie sich irrte; denn wie jede als Fest getarnte Tragödie nahm der Abend ein böses Ende. Lupe umschlich die Braut mit einem Tequila in der Hand und Neid im Herzen. Und als die Mariachi-Gruppe eine Pause machte, nutzte sie die Gelegenheit, um die Gäste lautstark um Aufmerksamkeit zu bitten. Alles spitzte die Ohren und schaute sie erwartungsvoll an. Lupe stellte sich neben Frida, die nichts Böses ahnte, und hob ihr unvermittelt und ohne Vorwarnung den Rock bis übers Knie.

»Seht euch dieses Paar mickrige Stöcke an, das Diego abgekriegt hat!«, rief sie verächtlich. »Ganz anders als meine feschen Beine.« Und so als seien sie beide Konkurrentinnen eines Schönheitswettbewerbs, hob sie ihren eigenen Rock, damit alle ihre wohlgeformten Waden bewundern konnten.

Frida hatte diesbezüglich in der Tat wenig zu bieten.

Lupe fauchte, stieß einen Fluch aus und rauschte theatralisch davon. Die Mariachis nahmen ihren Gesang wieder auf, um von kummervollen Gedanken abzulenken. Und als sei dieser Vorfall für Frida nicht schon schmerzlich genug gewesen, verdarb ihr schließlich ihr eigener Mann gänzlich die Hochzeit. Lupes Unverschämtheit war noch nicht ganz verklungen, da zückte der sturzbetrunkene Diego prahlerisch seine Pistole und legte sich mit einem der Gäste an.

Frida wischte sich mit ihrem Rebozo die Tränen aus dem Gesicht und verschwand von der Bildfläche. Ihr Vater brachte sie zurück ins Elternhaus nach Coyoacán, wo sie sich in ihrem Zimmer einschloss und ihre Schluchzer im Kopfkissen erstickte. Auf dem Fest fiel ihre Abwesenheit erst auf, als die Schlägerei beendet war, was Diego jedoch nicht daran hinderte, weiterzutrinken.

Mehrere Tage vergingen, bevor Diego Frida in ihr gemeinsames Haus holte. Hätte sie die Ereignisse zu deuten verstanden, hätte sie all den

Kummer und Ärger, den das Schicksal für sie bereithielt, bereits vorausgeahnt. Aber sie war blind und schien vergessen zu haben, dass in ihrer Hochzeitsnacht, kurz vorm Einschlafen, eine Frauenstimme ihr zugeflüstert hatte: »Der Schmerz beginnt gerade erst, aber du hast es so gewollt.«

Meine Hochzeit

Für eine Frau ist die Hochzeit der Gipfel all ihrer Kindheitsträume, der Höhepunkt beim Spiel mit ihren Puppen, die in einem hölzernen Puppenhaus aus Puppengeschirr Tee trinken und das Leben der Erwachsenen nachahmen. Hochzeit ist dann, wenn wir Königinnen sind, wenn man uns huldigt ... Aber all das ist Unfug, kompletter Blödsinn, kapitalistische Träume, damit wir uns ein heuchlerisches weißes Kleid kaufen, um unbefleckte Jungfräulichkeit vorzutäuschen.

Meine Hochzeit fand im Volk und für das Volk statt. Meine Hochzeit, das war ich. Wem sie nicht gefallen hat, der soll sich zum Teufel scheren. Es war meine Hochzeit, ich hatte das Sagen. Auf ihrer eigenen Hochzeit muss die Frau das Sagen haben, selbst wenn sie damit allen auf die Nerven geht.

Schokoladen-Chili-Soße
Mole Poblano

Geschichten über die Entstehung des Mole gibt es zuhauf. Aber für mich sind das alles Lügenmärchen, die verdammte Kirche will doch den ganzen Ruhm nur für sich allein. Jedenfalls sagt man sich, es sei damals in Puebla passiert, als ein Bischof, bestimmt ein dickes Arschloch, ein paar Dominikanerinnen bat, etwas Erlesenes zu kochen, um den Vizekönig von Neu-Spanien zu beköstigen, der seinen

Besuch angekündigt hatte. Die Nonnen machten sich an die Arbeit, und als eine von ihnen eine andere die vielen Zutaten mahlen sah, sagte sie: »Pero cómo mole« (»Oh, wie sie mahlt«). Mir gefällt diese Geschichte, weil sie beide Kulturen verbindet, aus denen wir stammen: die spanische – mit Mandeln, Nelken, Zimt – und die einheimische – mit ihren verschiedenen Chilisorten und Kakao. Mole Poblano eignet sich gut für Festivitäten.

Mehrere Hühnchen oder ein großer Truthahn, in 15 Stücke zerlegt, 5 Chipotle-Chilis, 12 Mulato-Chilis, 12 Pasilla-Chilis, 10 Ancho-Chilis (bei allen Chilischoten Samen und Innenwände entfernen), 450 g Butter, 5 mittelgroße Knoblauchzehen, 2 mittelgroße, in Ringe geschnittene Zwiebeln, 4 harte, in große Stücke zerbrochene Tortillas, 1 goldgelb geröstetes Brötchen, 125 g Rosinen, 250 g Mandeln, 150 g Sesamsamen, ½ Esslöffel Anis, 1 Teelöffel gemahlene oder 5 ganze Gewürznelken, 1 Kochbanane, 150 g Erdnüsse, 1 Teelöffel Koriandersamen, 25 g zerkleinerte Zimtstange, 1 Teelöffel gemahlener schwarzer Pfeffer, 3 Tafeln mexikanische Kochschokolade, 250 g kleingeschnittene enthäutete Tomaten, Zucker.

Die Chilischoten in 300 g heißem Schmalz andünsten, aus der Pfanne nehmen, in einen Topf mit heißem Wasser geben und kochen, bis die Schoten weich sind. Im selben Schmalz, in dem die Schoten gedünstet wurden, den Knoblauch und die Zwiebeln glasig dünsten, dann die Tortillastücke, das Brötchen, die Rosinen, die Mandeln, die Chilisamen, die halbe Menge Sesamsamen sowie Anis, Nelken, Zimtstange, Pfeffer, Schokolade und Tomaten hinzufügen. Das Ganze unter ständigem Rühren köcheln lassen, und am Ende für einige Sekunden die Chilischoten mitdünsten. Am einfachsten ist es, wenn man die Zutaten nacheinander in den Topf gibt. Die gegarte Mischung in einem Mörser pürieren. Die dabei entstehende Paste im restlichen Schmalz schmoren lassen und die Brühe, in der das Hühner- oder Truthahnfleisch gekocht wurde, dazugießen. Aufkochen, mit Salz und Zucker abschmecken. Es sollte eine dickflüssige Soße entstehen. Hühner- oder Truthahnstücke hineinlegen und alles nochmals kurz erhitzen. Die restlichen Sesamsamen rösten und auf den in Tellern angerichteten Mole streuen.

Tamales mit Bohnen
Tamales de frijol

Zu einem Truthahn-Mole gehören unbedingt auch Tamales mit Bohnen. Beide zusammen bilden die perfekte Ehe, und der Reis spielt die Rolle der Geliebten, ein Muss für jedes achtbare Ehepaar.

250 g gekochte schwarze Bohnen, 250 g gemahlene Kürbiskerne, eine Messerspitze gemahlene Avocadoblätter, 50 g Sesamsamen, Baumchilis, 350 g Schmalz, 1 kg gemahlene Maiskörner, 30 Maisblätter für Tamales, Salz.

Bohnen nur kurz kochen, abtropfen lassen. Die gemahlenen Kürbiskerne, die Sesamsamen und die Chilis auf einem Comal goldgelb rösten und anschließend zusammen mahlen. Mit den gemahlenen Avocadoblättern würzen, alles mischen und salzen. Schmalz mit einem Holzlöffel schaumig rühren, bis es den doppelten Umfang angenommen hat. Mit den gemahlenen Maiskörnern (Masa de maíz) zu einem Teig verrühren und so lange kneten, bis eine aus dem Teig geformte Kugel im Wasser schwimmt. Kräftig salzen und Tamales formen. Die Teigtaschen gut verschließen, damit die Bohnenfüllung nicht auslaufen kann. In einem Dampfkochtopf die Tamales aufrecht nebeneinander stellen. Zudecken und eine Stunde im Dampf garen lassen.

Mexikanischer Reis
Arroz a la mexicana

Eine Tasse Reis, Öl, Hühnerbrühe, 1 in kleine Würfel geschnittene Möhre, 1 Tasse Erbsen, 2 in kleine Würfel geschnittene Kartoffeln, 2 mittelgroße Tomaten, ein Zwiebelstück, eine Knoblauchzehe, Salz.

Kochendes Wasser in einen Tontopf füllen und den Reis darin 10 Minuten einweichen lassen. Abtropfen lassen und 15 Minuten in die Sonne stellen. Reichlich Öl in einer Pfanne erhitzen; wenn das Öl sehr heiß ist, den Reis zusammen mit Möhren, Erbsen und Kartoffeln anbraten. In der Zwischenzeit Tomaten, Zwiebeln und Knoblauch mit etwas Wasser pürieren. Den Reis so lange in der Pfanne rösten, bis er hellbraun ist, dann das überschüssige Öl abgießen und die pürierten und durchgeseihten Tomaten hinzugeben. Mit Salz abschmecken. Beginnt über den Tomaten ein Flüssigkeitsfilm zu köcheln, zwei Tassen Hühnerbrühe zugießen und alles zugedeckt weiter köcheln lassen, bis die Flüssigkeit verkocht ist.

Kapitel IX

Lupe, Fridas Rachegöttin in ihrer Liebe zu Diego, war eine mutige und äußerst zähe Person. Eine Frau, wie sie keiner gern zum Feind hat, und eine wahre Kriegerin; ihr Leben lang hatte sie für ihre Träume gekämpft und würde es auch weiterhin tun. Deshalb prallten Lupe und die neue Frau ihres früheren Ehemannes wie zwei Lokomotiven aufeinander. Fridas Nachteil war es, dass Lupe aufgrund ihres Alters mehr Erfahrung besaß als sie und bereits viele Kilometer eines mit Volldampf gelebten Lebens hinter ihr lagen. Schülerin eines Nonneninternats, hatte sie sich gleichwohl im Bewusstsein ihrer Jugend und Schönheit Kleider nach der neusten Mode genäht und sich damit an eine Ecke der Kathedrale von Guadalajara gestellt, damit der Wind ihr den Rock hob und ihre wohlgeformten Beine zeigte. So säte sie allgemeine Empörung und schürte die Begierde der Männerwelt. Diego weilte zu jener Zeit in Europa. Aus Protest gegen die Politik der mexikanischen Regierung war er ins selbstgewählte Exil gegangen. Bei seiner Rückkehr lernte der bereits bekannte Maler die schöne, rätselhafte Lupe Marín kennen und ging ihr ins Netz wie einer Zauberin. Er verehrte sie so abgöttisch, dass er sie für die Figur der Eva auf seinem in der Preparatoria angefertigten Wandgemälde *Die Schöpfung* als Modell nahm. Die Ehe der beiden scheiterte zweifellos an Diegos ständig wechselnden Liebhaberinnen. Doch rächte sich Lupe gebührend für jeden seiner Seitensprünge und verabreichte ihm für sein ewiges Flirten so manche Tracht Prügel. Am Tag, als sie erfuhr, dass er mit Tina Modotti ins Bett gegangen war, versuchte sie sogar, ihn mit dem Stößel, mit dem sie ihre Soßen zubereitete, zu erschlagen.
Diego beschloss, nach Russland zu gehen, und überließ der zurückbleibenden Lupe die Versorgung ihrer beiden Töchter Guadalupe und Ruth. Diese warnte ihn trocken: »Amüsier du dich ruhig mit dei-

nen vollbusigen Russinnen. Wenn du zurückkommst, bin ich nicht mehr da.«

Und sie hielt Wort. Doch selbst nach der Trennung begab sich Diego weiterhin zu den Mahlzeiten zu Lupe und erzählte ihr von seinen Liebhaberinnen. Die Eifersucht, die Lupe verspürte, als er ihr seine Liebe zu Frida gestand, behielt sie jedoch für sich. Obwohl sie inzwischen mit dem Dichter Jorge Cuesta zusammenlebte, wusste sie genau, dass Diego für sie wie Alkohol und sie eine Alkoholikerin war: Sie würde niemals von ihm loskommen. Und so prallten Lupe und Frida eines Morgens im März aufeinander, als die Schöne aus Guadalajara unangemeldet ins Haus der Jungvermählten stürmte. Frida erschrak, als die Matrone plötzlich vor ihr stand, und fragte sie, warum sie einfach so bei ihr hereinplatze.

»Ich bin hergekommen, um für Diego zu kochen. Er hat mir nämlich schon erzählt, dass du dazu nicht taugst«, giftete Lupe, während sie sich gleichzeitig nach Haushaltsgeräten und Nahrungsmitteln umschaute.

Sie krempelte sich die Ärmel hoch, band sich eine Schürze um und stieß Frida mit der Wucht eines tobenden Wikingers zur Seite. Dann begann sie, Zwiebeln zu hacken und sich fluchend über den Mangel an Küchengerätschaften zu beschweren.

Eine Minute lang schaute Frida entgeistert zu, wie Lupe ihre Küche schändete. Nicht dass ihr dieser Teil des Hauses besonders wichtig gewesen wäre, und als Heiligtum betrachtete sie ihn schon gar nicht, aber es gab Gesetze, die jedermann zu beachten hatte: niemals die Handtasche einer Frau durchsuchen, niemals den Freund der Freundin begehren und schon gar nicht eine verheiratete Frau aus ihrer eigenen Küche vertreiben. Würdevoll richtete sie ihr Haar, um ordentlich auszusehen, wenn sie dem Eindringling ein paar kräftige Hiebe verpasste. Sie ballte die Fäuste, und obwohl sie klein war, hatte sie Feuer in sich wie scharfer Chili: Fauchend rannte sie auf Lupe zu, riss ihr das Messer aus der Hand und stieß sie gegen den Herd.

»Die Einzige, die hier Diego das Abendessen kocht, ist seine Frau! Und das bist du schon lange nicht mehr. Wenn du also nicht willst, dass ich mit diesem Messer Grillfleisch nach Guadalajara-Art aus dir mache, dann nimm deine Beine in die Hand und sieh zu, dass du Land gewinnst«, schrie Frida sie an und machte sich selbst ans Zwiebelhacken.

Die erste Runde hatte Frida gewonnen, aber Lupe ließ sich nicht kleinkriegen. In einem alten Topf setzte sie Wasser auf und begann, alles, was sie an verkümmertem, vertrocknetem Gemüse fand, nacheinander hineinzuwerfen.

»Du bist ja nicht mal imstande, irgendwas oder irgendjemanden heiß zu machen, entweder alles verkohlt oder es wird nur lauwarm. Eine Frau muss sich in der Küche richtig bewegen können, damit ihr Kerl scharf wird ... auf ihr Essen statt auf das einer anderen«, keifte Lupe hämisch, während sie mit dem Zartgefühl eines Baseball-Pitchers ein paar Zwiebeln wegwarf, die schon grünlichen Schimmel angesetzt hatten. Da wollte Frida nicht zurückstehen. Sie riss ihr das übrige Gemüse aus den Händen und schmiss alles auf einmal ins Wasser, so dass Lupes Schürze vollgespritzt wurde.

»Aha, deswegen hat Diego also immer lieber auswärts gegessen, als du noch mit ihm zusammen warst. Vielleicht hatte er ja keine Lust, jeden Tag eine fette Gans vorgesetzt zu bekommen«, erwiderte Frida und grinste schadenfroh, als sie sah, wie nass ihre Gegnerin geworden war.

Lupe schrie auf, was hieß, der Kampf hatte nun richtig begonnen. Sie nahm sich ein paar Eier, stellte sich genau vor Frida auf und schlug sie gekonnt wie ein Küchenchef am Kopf ihrer Rivalin auf.

»Nein, meine Liebe, ich bin diejenige von uns beiden, die Reife und Würze besitzt. Wie ich sehe, kann sich Diego, wenn er zu Abend essen will, nur noch an ein paar mickrige Eierchen halten.« Und schon griff sie nach dem nächsten Ei und zerquetschte es an Fridas Brust. Als diese spürte, wie ihr das Eiweiß ins Dekolleté lief, hob sie ihre buschigen Augenbrauen und wurde so glühend rot im Gesicht, dass man hätte ein Stück Fleisch darauf grillen können. Entschlossen griff sie nach einer Dose Mehl und kippte sie über Lupe aus, die im Handumdrehen einem bestäubten Milchbrötchen glich.

»Diego mag es, wenn das Fleisch stramm am Knochen sitzt«, konterte sie souverän, »er sagt, Fett sei nicht gut für seine Gesundheit, außerdem findet er es widerlich, wenn ihm die gebratene Schweineschwarte aufstößt.«

Lupe antwortete mit einem so hämischen Grinsen, dass sich ein Hass im Raum breitmachte, wie ihn nur zwei Frauen mit eigenwilligem Charakter füreinander empfinden können. Sie ging zu dem schmalen Vorratsschrank und schaute nach, ob es dort noch irgendetwas gab, womit sie Frida bewerfen konnte, stieß jedoch nur auf alten Kaffee, vertrocknetes Brot und einen Krug saure Milch. Zur Dekoration von Frida war ihr alles recht.

»Du jämmerliche Göre, Diego wird schon sehen, dass du bloß ein Strohfeuer bist. Sobald irgendwo eine neue Flamme aufflackert, wird er sich darauf stürzen und sich mit saftigen Melonen, knusprigen Schenkeln, einem schönen, feuchten Erdbeermund und zwei pfefferscharfen Augen vollstopfen ... Ohne Haare dazwischen!«

»Du bist widerlicher als ein abgestandener Eintopf, der einem schon zu den Ohren rauskommt.«

»Und du ein zähes, kommunistisches Stück Dörrfleisch.«

»Du ranziger Krapfen!«

»Du pappige, staubtrockene Tortilla!«

»Du angegrapschter Schinken!«

Inzwischen gab es keine wurfbereiten Lebensmittel mehr, die Brühe brodelte, kochte über und ergoss sich schäumend über den Herd, lief zwischen die Flammen, bis diese schließlich erloschen, und mit ihnen auch der Hass zwischen den beiden Frauen. Als sie um sich blickten und das Schlachtfeld sahen, fiel es ihnen plötzlich wie Schuppen von den Augen, beide prusteten gleichzeitig los und konnten sich gar nicht mehr beruhigen, bis sogar ein Nachbar vorbeikam, um nachzuschauen, ob auch nichts Schlimmes passiert war. Vor lauter Lachen rannen ihnen die Tränen übers Gesicht, wo sie sich ihren Weg durch Mehl, Kaffee und rohes Ei bahnten, und da beide von oben bis unten bekleckert waren, scheuten sie sich nicht, einander zu umarmen wie zwei Rotzgören, die sich über einen gelungenen Streich freuen. Frida bot Lupe eine Zigarette an, und dann setzten sie sich zwischen die Reste der Gemüseschlacht und rauchten.

»Deine Küche ist Scheiße«, sagte Lupe. Frida warf ihr einen bösen

Blick zu; sie hatte angenommen, mit den Beschimpfungen sei es jetzt vorbei. Aber als sie sah, dass Lupe eine Rolle Geldscheine hervorholte und sie ihr überreichte, begriff sie, dass sie es ernst meinte.

»Komm«, forderte Lupe sie auf, »lass uns zum Markt von La Merced gehen, um Töpfe, Pfannen und all das einzukaufen, was du so brauchst, um Diego seine Leibspeisen zu kochen. Du wirst schon sehen, irgendwann kommt der Moment, wo du allein nicht mehr Grund genug für ihn bist, jeden Abend nach Hause zu kommen, ganz egal, wie jung und schön du bist. Dann musst du ihm etwas anderes bieten: Sieh ihn dir doch an, er ist ein lüsterner Fettwanst. Lass die Liebe durch den Magen gehen und zieh ihn an Land wie einen Fisch. Wenn er deinen Mole probiert, muss er ihm so gut schmecken, dass er lieber zu Hause bleibt und ihn ein zweites Mal aufgewärmt isst, als loszuziehen und eine Gringa aufs Kreuz zu legen.«

Nie hätte Frida damit gerechnet, aus Lupes Mund jemals solche Worte zu vernehmen, aber sie wusste, sie waren ehrlich gemeint und kamen von Herzen, das las sie in Lupes Blick. Sie sog den Rauch ihrer Zigarette tief ein und grübelte: Woran würde ich es merken, wenn Diego mich irgendwann nicht mehr liebt? Was soll ich ihm alles verzeihen? Bis sie bei der wichtigsten Frage von allen angelangt war:

»Glaubst du, jeder Mann lässt sich mit Essen ködern? Kann man sich die Männer wirklich mit einem Festschmaus gefügig machen?«

»Ich weiß, dass ein gelungenes Abendessen besser ist als eine heiße Nummer im Bett. Männer legst du mit Sex an die Leine oder mit gutem Essen«, antwortete Lupe mit ihrem Guadalajara-Akzent, und es klang wie ein fundamentales Glaubensdogma. »Ich zeige dir, was du tun musst, damit man dir wegen deiner Kochkünste zu Füßen liegt.«

»Was soll ich dir denn dafür geben? Außer meinen Bildern habe ich nichts.«

»Keine üble Idee ... Mal mich doch irgendwann mal«, antwortete Lupe. Sie erhob sich, trat ihre Zigarette aus und fügte hinzu: »Aber eine gute Freundin wäre mir auch recht. Jemand, bei dem ich mich über den Blödsinn auslassen kann, den dieser dickbäuchige Frosch so verzapft. Komm, lass uns jetzt etwas kochen, was dich auf den

Gipfel des Götterberges erheben wird. Aber dafür brauchen wir erst mal ein paar vernünftige Töpfe.«

Frida war bereit, noch einmal in die Lehre zu gehen, in die Welt der Küchenalchemie und der Geschmäcker einzutauchen. Wenn sie das Kochen beherrschte, würde sie Diego auch sein Mittagessen zur Arbeit bringen können, wie es die Landarbeiterfrauen taten, die ihren Männern köstliche, liebevoll zubereitete Gerichte aufs Feld brachten. Aber es wäre auch eine gute Gelegenheit, mit dieser kampferprobten Frau Freundschaft zu schließen; am Totentag würde sie für ihre Gevatterin leckere Opferspeisen zubereiten können und ihr auf diese Weise vielleicht ein paar zusätzliche Lebensjahre abringen.

»Also?«

»Es stimmt doch, dass Chilis in Walnusssoße nicht paniert werden, oder?«, fragte Frida.

Lupe antwortete nicht, aber beide lächelten und wussten, dass sie sich bereits in ein und derselben Welt der Gewürze, Chilis und Suppen befanden. Sie war förmlich bis in den hintersten Winkel der Küche gedrungen, jenes magischen Ortes, an dem Frauen sich zusammenschließen, um über Liebe, Leid und Kochrezepte zu reden.

Bevor sie zum Markt gingen, um Küchenutensilien einzukaufen, suchte Frida nach einem Büchlein, in dem sie sich Lupes Rezepte notieren konnte. Sie griff nach dem ersten, das ihr begegnete: Es war das hübsche schwarz eingebundene Heft, das Tina ihr vor der Hochzeit geschenkt hatte.

Nicht nur lernte sie zu kochen, sie übertraf Lupes Künste sogar noch. Die Freundschaft zwischen den einstigen Rivalinnen gedieh so gut, dass sie eines Tages mit ihren Ehemännern und Diegos Töchtern im selben Haus in benachbarten Wohnungen lebten. Ihre Küchen dort waren so klein, dass Lupe und Frida beim gemeinsamen Kochen kaum hineinpassten. Lupe füllte den Platz mit ihrem kräftigen Körper aus und Frida mit ihren bauschigen Tehuana-Röcken. Wie versprochen, porträtierte Frida Lupe und schenkte ihr das Bild, welches die heißblütige Frau aus Guadalajara allerdings Jahre später in einem Wutanfall zerstörte, was ihr hinterher sehr leidtat.

Schon wenige Tage nach dem Beginn des Kochunterrichts suchte

Frida Diego zum ersten Mal mit einem blumengeschmückten Korb bei der Arbeit auf. Darin befanden sich, in Stoffservietten gehüllt, die sie mit Sätzen wie »Ich bete dich an« bestickt hatte, die selbst zubereiteten Speisen.

Lupes Chilis in Walnusssoße
Chiles en nogada

Kein Gericht ist typischer für die mexikanische Küche. Es reizt förmlich dazu, Corridos anzustimmen und Mariachi-Musik zu hören. Dass es sogar die Farben der mexikanischen Flagge trägt, daran sind nur die phantasievollen Nönnchen aus Puebla schuld. Schon die Zubereitung dieses Gerichts ist ein Fest und muss zelebriert werden wie unser Unabhängigkeitstag. Jedes Mal hole ich meine Schwestern und deren Kinder dazu, und dann schälen wir alle zusammen die Nüsse, tratschen und trinken ein Gläschen. Die Zubereitung von Chilis in Walnusssoße ist etwas ebenso Herrliches wie ihr Geschmack.

12 Poblano-Chilis, 1 Granatapfel (nur die Kerne). Für die Füllung: 500 g Schweinshaxe, 4 Tassen Wasser, ein Zwiebelviertel (nicht kleingeschnitten), 5 Knoblauchzehen, davon zwei kleingehackt und 3 ganz gelassen, ¾ Tasse feingehackte Zwiebeln, 2 Tassen gehäutete und kleingeschnittene Tomaten, 1 Teelöffel Zimt, 5 Gewürznelken, 1 Apfel, 1 große Birne, beide geschält und kleingeschnitten, 1 großer gelber Pfirsich (oder 3 kleine), kleingeschnitten, 1 große, geschälte und kleingeschnittene Kochbanane, 60 g Rosinen, 60 g enthäutete und gehackte Mandeln, 1 kleingeschnittenes Stück Kaktuspaste (acitrón).
Für die Walnusssoße: 1 Tasse frische, gehackte Walnüsse, 1 Tasse Crème fraîche. 1 Tasse Milch, 185 g Frischkäse, Zu-

cker nach Belieben, und wenn man möchte, auch etwas Zimt. Salz zum Würzen. Petersilie zum Dekorieren.

Chilischoten rösten, enthäuten und die Samen herausschaben, aber vorsichtig, damit die Schoten ganz bleiben. Für die Füllung die Schweinshaxe in einem mit Salzwasser gefüllten Topf zusammen mit den Zwiebelstücken und den ganzen Knoblauchzehen erhitzen. Sobald das Wasser kocht, auf kleiner Flamme weiterköcheln lassen, ungefähr 40 Minuten beziehungsweise so lange, bis die Haxe gar ist und sich leicht zerschneiden lässt. In einem zweiten Topf Öl erhitzen und die gehackten Zwiebeln und Knoblauchzehen darin glasig dünsten. Das kleingeschnittene Fleisch dazugeben, anschließend die zerkleinerten Tomaten. Nach dem Würzen die Nelken und den Zimt hinzufügen und schließlich das kleingeschnittene Obst in dieser Reihenfolge: Apfel, Pfirsich, Birne, Banane, Kaktuspaste. Mit Salz abschmecken. Falls die Mischung noch zu fest und nicht saftig genug ist, etwas von der Fleischbrühe zugießen. Zum Schluss Rosinen und Mandeln hineingeben. Für die Walnusssoße alle Zutaten mahlen und mit etwas Milch verrühren, bis die gewünschte Dicke erreicht ist. Die Chilis mit der Fleischmischung füllen, auf eine mit Petersilie dekorierte Servierplatte legen, mit der Walnusssoße übergießen und mit den Granatapfelkernen dekorieren.

Kapitel X

Die ersten Monate als Diegos Frau waren für Frida eine Zeit inniger Nähe. In jeder gemeinsamen Minute begegnete ihr Leidenschaft, in den Worten, in der Kunst, im Körper ihres Mannes. Seit Diego sie nach der Hochzeit zu sich geholt hatte, endeten ihre Tage damit, dass sie sich im Morgengrauen inmitten ihrer abgestreiften Rüschenröcke und Tehuana-Blusen von der Wollust überwältigen ließ. Zusammen lachten sie viel, und noch mehr spielten sie. Sie erforschten sich gegenseitig, jeden Winkel ihres Körpers, wie Kinder, die eine Spielwiese erobern. Eine Berührung, ein Blickwechsel oder das Verfassen eines romantischen Briefes genügten, um überbordende Glücksgefühle, Schauer und Funkensprühen auszulösen. Das Zimmer am Fuße des majestätischen Vulkans Popocatépetl, in dem sie ihre Nächte verbrachten, füllte sich mit der feurigen Schärfe körperlicher Leidenschaft und dem Aroma köstlicher, frisch angerichteter Liebe. Inmitten von Vogelgezwitscher stimmten sie beim gemeinsamen Baden die *Internationale* an, um wenig später abermals den Schweiß über ihre Körper rinnen zu spüren, während sie an den Früchten knabberten, die Frida allmorgendlich in einer großen Schale bereitstellte. Mit Zapote-Früchten, Mangos, Stachelannonen und mexikanischen Kirschen begann der Tag als süße Gaumenfreude.
Wie eine moderne Ausgabe von Adam und Eva schwelgte das frisch vermählte Paar im Paradies. Denn Diego war nach Cuernavaca geschickt worden. Seine Werke hatten die Aufmerksamkeit des amerikanischen Botschafters Morrow erregt, der den Maler mit Lob überschüttete und ihn mit der Anfertigung eines Wandgemäldes am alten Palacio Cortés, der einstigen Residenz des Konquistadoren Hernán Cortés, beauftragte. Jahrhunderte zuvor war der Palacio Schauplatz einer ebenfalls tragischen Liebesgeschichte gewesen, jener zwischen Cortés und seiner Übersetzerin und Geliebten Malintzin. Nun ver-

brachten Diego und Frida ihre Flitterwochen in der Stadt des ewigen Frühlings, was sie einem überaus ironischen Umstand zu verdanken hatten, nämlich jenem, dass der höchste Vertreter des kapitalistischen Imperiums in Mexiko sich ausgerechnet für das Werk des berühmtesten kommunistischen Malers des Landes begeisterte. Der Diplomat hatte Staatspräsident Plutarco Elías Calles zu einer Verfassungsänderung überredet, nach der nordamerikanische Ölfirmen fortan zu begünstigen waren, und dafür bedankte er sich, indem er die Schaffung eines imperialismusfeindlichen Wandgemäldes finanzierte. Frida begriff damals, dass Dollargeklimper ihren Mann, mochte er auch noch so rot sein, scharf machte wie Essen und Frauen. Für den korpulenten Maler gab es weder schlechtes Geld noch schlechte Wohltäter, selbst wenn diese das Gegenteil von all dem verkörperten, was er verkündete. Der Botschafter besiegelte den Handel damit, dass er Diego und Frida für die Dauer der Entstehung des Wandgemäldes sein Landhaus zur Verfügung stellte. So genossen sie die erste Zeit als Frischvermählte inmitten von Vogelgesang und duftendem Obst, mit Blick auf zwei verschneite Vulkane, einer alten Legende zufolge ein Krieger, der sehnsüchtig das Erwachen seiner schlafenden Geliebten erwartet.

In diesen traumhaften Tagen verbrachte Frida die meiste Zeit zu Füßen von Diegos Gerüst und ließ ihren Blick über das Wandgemälde wandern, auf dem die Brutalität der Konquista und der Triumph der Mexikanischen Revolution, verkörpert in der Figur des Emiliano Zapata, nach und nach Gestalt annahmen. In ihren Mußestunden genoss sie das Haus des Botschafters und dessen wunderschönen Garten mit seinen Brunnen, Blumen, Bananenstauden, Palmen und Bugainvilleen. Sie malte auch selbst, versteckte ihre Bilder aber vor fremden Augen. Hin und wieder schauten Freunde aus der Hauptstadt vorbei; dann unternahmen sie gemeinsam Ausflüge in die Umgebung und ließen die Tage in rauschenden Festen enden. Zum Staunen aller war Diego am nächsten Morgen schon früh wieder auf den Beinen und malte weiter, als sei nichts geschehen. Die Freunde konnten kaum Schritt halten mit den beiden, so sehr sprühte das Paar vor überbordender Energie.

An einem ihrer müßigen Nachmittage beschlossen Diego und Frida, den Tepozteco zu erklimmen, auf dessen Gipfel sich eine prähispanische Pyramide erhebt, und das Dorf Tepoztlán am Hang des Berges aufzusuchen. Als Wegzehrung für den Ausflug bereitete Frida verschiedene Speisen zu. Sie verstaute sie in neuen Körben und schützte sie mit Stickdecken, von einheimischen Frauen aus der Region gefertigt.

Sie hatten sich im Cortés-Palast verabredet, wo Frida um Punkt zwölf Uhr eintraf. Als die Gehilfen ihres Ehemannes von dem geplanten Ausflug erfuhren, hatten sie Lust, das Paar zu begleiten, um eine ihrer legendären Unternehmungen mitzuerleben. Frida trat auf das Kernstück des Wandbildes zu, an dem Diego gerade konzentriert malte, da hielt sie inne, den Blick starr auf den zu Pferde sitzenden Zapata gerichtet. Ihr Mund öffnete sich leicht, und ihre Hände zitterten kaum merklich. Diego spürte, dass irgendetwas nicht stimmte, und stieg sofort von seinem Gerüst herab.

»Wie findest du es, Friducha? Das Pferd ist doch toll geworden, oder?«, fragte er begeistert und zeigte mit ausgestreckten Armen auf sein Werk.

Frida antwortete nicht. Ihr Blick verlor sich in der Darstellung des Reiters, der mit seinem Hut und seinem dicken Schnurrbart dort oben auf seinem Pferd einem furchterregenden Titanen glich. Vor ihrem inneren Auge tauchte jener Abend auf, an dem sie zum ersten Mal dem Boten begegnet war, und die Minuten vor ihrem Unfall.

»Ist es denn wirklich so miserabel?«, fragte Diego und nahm sein Werk genauer in Augenschein.

»Das kann er nicht sein ...«, murmelte Frida mit starrem Gesicht.

»Oh, verdammt! Und wer, glaubst du, ist der Kerl dann?«, fauchte Rivera und kratzte sich eine seiner massigen Gesäßbacken.

Frida tauchte aus ihrer Starre auf und wischte rasch die Angst fort, damit erst gar keine unangenehmen Fragen aufkamen. Sie schüttelte ihre Zöpfe zurecht, strich sich über den Rock und zündete sich mit dem Stolz eines Helden, der an einer Mauer seine Hinrichtung erwartet, eine Zigarette an.

»Er ist falsch gemalt«, stieß sie hervor und versuchte, kritisch zu klingen. »Jeder weiß, dass Zapatas Pferd schwarz war und nicht weiß ... Du hast es falsch gemalt.« Diego sah sie verwundert an. Er wusste, dass seine winzige Frau hart sein konnte, aber eine Zurechtweisung dieser Art sah ihr gar nicht ähnlich.

»Das ist mir schon klar, aber weiß gefällt es mir besser. Ein schwarzes Pferd hätte das Gemälde verdüstert. Mensch, Frida, mach mich nicht hier vor meinen Gehilfen nieder.«

»Außerdem ist dir dieser Lauf hier misslungen. Er sieht aus wie der einer Kuh: dick und trotzdem knochig.«

Diego hatte viele Fehler, einige mochten unbemerkt bleiben, andere brachen aus ihm heraus wie eine Ladung Dynamit, sein schlimmster aber war wohl der Stolz. Wenn er sich von Frida kritisiert oder geringschätzig behandelt fühlte und sie ihn obendrein noch korrigierte, traf ihn das sehr empfindlich. Zornig packte er einen der Pinsel, stieg aufs Gerüst und übermalte mit drei Strichen das Bein des Tieres. Seine Helfer konnten sich das Staunen nicht verkneifen. Mit wütendem Blick drehte Diego sich um, stieg wieder vom Gerüst und baute sich mit dem Pinsel in der Hand vor seiner Frau auf. Frida wich keinen Schritt zurück, sondern rauchte herausfordernd weiter. In ihrer Verwirrung hielt sie es für besser, dies Schauspiel fortzusetzen, als Diego erklären zu müssen, dass sie den Mann auf dem Gemälde kannte. Sie wollte nicht für verrückt gehalten werden.

»Du hast recht, Frida, morgen male ich es neu«, sagte Diego schließlich versöhnlich und legte seinen wuchtigen Arm um Fridas zarten Hals. »Komm, lass uns aufbrechen, ich sterbe vor Hunger.«

Frida gab ihm ihr schönstes Geschenk: ein breites, verführerisches Lächeln und einen schmatzenden Kuss. Dann gingen sie gemeinsam zum Ausgang. Im Fortgehen warf Frida einen letzten verstohlenen Blick auf das Gemälde und fragte sich, wie es möglich war, dass sie auf diesem weißen Pferd ein Gespenst aus ihrer Vergangenheit hatte sitzen sehen. Da sie sich diese beklemmende Frage jedoch nicht beantworten konnte, tat sie, was jede Ehefrau mit unbequemen Fragen tut: sie in eine Schachtel packen, in der sie höchstwahrscheinlich in Vergessenheit geraten.

Mit den beiden Gehilfen fuhren sie von Cuernavaca nach Tepoztlán, tranken Tequila und sangen alte Revolutionslieder, jene Corridos, die einem Herz und Zunge erwärmen. Der alte Ford Kombi, in dem sie saßen, holperte über Schlaglöcher und Steine und konnte nur mit Mühe den Schweinen, Hühnern und Eseln ausweichen, die ihren Weg kreuzten. Auf einem Hügel erkannten sie die Türme des Klosters von Tepoztlán, das zwischen den zwergenhaften Lehmziegeldächern stand wie ein Gulliver, wie von stolzen Wächtern von hohen Bergen umgeben. Im Dorf angekommen, schlängelte sich der Kombi über Pflasterstraßen, bis er schließlich in der Nähe von Dorfplatz und Klosterhof im Schatten eines Tores hielt. Der Platz war übersät mit weißen Marktzelten, die sich wie große Tücher über Blumen- und Obststände spannten.

Frida und Diego schlenderten über den Dorfplatz, gefolgt von Kindern in heller Leinenkleidung, die lauthals Obst, Holzspielzeuge und kleine Imbisse feilboten. An jedem Stand blieben sie neugierig stehen, bis die Hitze sie zwang, sich unter eine Arkade zu setzen, wo sie sich mit Chicozapote-, Stachelannonen- und Drachenfrucht-Eis erfrischten. Ein Junge mit schmutzigem Gesicht kam an ihren Tisch und bot ihnen hölzerne Spielwaren an. In seinem Korb lagen wunderschöne handgeschnitzte Gegenstände, die man über den Boden rollen und laufen lassen konnte: kleine Autos, Trapezkünstler, pickende Hühner, Rennmäuse sowie Flugzeuge aus Schilfrohr.

»Gib mir eines von deinen kleinen Autos«, bat ihn Frida. »Das rote.«

Der Junge reichte es ihr wie ein Forschungsreisender, der seiner Königin einen Goldklumpen überbringt. Diego schaute Frida belustigt dabei zu, wie sie seine riesigen Hände ergriff und das kleine Auto hineinlegte, das sich darin wie ein Scherzartikel ausnahm. Und wie sie, mit der Behutsamkeit der Liebenden, jeden seiner Finger einzeln um das kleine, rote Holzauto schloss.

»Das schenke ich dir. Es ist mein Herz, deshalb ist es blutrot, aber es hat auch Räder, damit es dir folgt, wohin du auch gehen magst, mein Diego-Kind«, sagte sie und küsste ihn auf die Stirn wie die Heilige Muttergottes.

Diego schloss die Augen und spürte das kleine Spielzeug in seiner Hand pochen. Er öffnete sie wieder und steckte das Geschenk in die Tasche, um sein Fruchteis weiterzuessen.

Während sie ihren süßen Imbiss genossen, kam ein hagerer Mann mit Strohhut auf sie zu, dessen Gesicht gegerbt war wie altes Leder.

»Falls die Herrschaften wünschen, die Pyramide auf dem Gipfel des Tepozteco zu besichtigen, kann ich sie hinbringen.«

Nachdem er mit dem Führer einen Preis ausgehandelt hatte, willigte Diego ein. Die Eheleute tauschten verschwörerische Blicke, denn beiden war aufgefallen, dass der Mann beim Reden kaum sein Gesicht bewegte und gefühllos wirkte wie eine Marmorstatue.

Sie baten Diegos Gehilfen, auf die Körbe aufzupassen, und begannen den Aufstieg, der sie über einen steinigen, sich durch Gebüsch windenden Pfad führte. Es ging steil bergauf, so dass der Marsch zu einer wahren Herausforderung wurde. Immer wieder blieb Diego stehen, mal um zu verschnaufen, mal um Frida behilflich zu sein, die mit ihrem langen Rock und ihrem schwächlichen Bein zu kämpfen hatte. An einer Böschung, an der er um Haaresbreite in die Tiefe gerutscht wäre, stieß er eine Litanei von Flüchen aus.

»Besuchen Sie Tepoztlán nicht mit Hass im Herzen«, sagte der Führer ungerührt. »Wenn Sie viele schlechte Gefühle mitbringen, wenden diese sich gegen Sie, mein Herr. Lassen Sie sie lieber heraus. Bevor man zum Tepozteco kommt, muss man Frieden mit ihm schließen.«

»Aber dieser verdammte Tepozteco bringt mich noch um«, erwiderte der Maler lachend.

»Dann schauen Sie direkt in einen Spiegel, und viele wünschen Ihnen dieses Unheil.«

»Erzählen Sie uns die Geschichte von Ihrem Dorf«, bat Frida.

»Nun, es heißt, vor langer Zeit habe einmal eine Jungfrau regelmäßig in der Schlucht gebadet, obwohl die Alten im Dorf sie warnten und sagten, dort unten wehten ›schlechte Winde‹. Sie glaubte ihnen nicht, aber eines Tages war sie schwanger. Als ihre Eltern davon erfuhren, beschimpften sie ihre Tochter und verstießen sie. Kaum war das Kind auf der Welt, versuchte der Großvater mehrmals, es zu töten. Schließlich warf er es in eine Schlucht, damit es unten gegen die Felsen prallte, doch das Kind überlebte, denn der Wind erfasste es und trug es in die Ebene. Dort ließ er es zwischen den Agaven liegen, mutterseelenallein, aber die Kakteenblätter bogen sich hinab bis zum Mund des Kindes und spendeten ihm ihr Honigwasser. Schließlich entdeckte ein greises Paar den Säugling, adoptierte ihn und nannte ihn Tepoztécatl, was so viel bedeutet wie Schutzpatron von Tepoztlán.«

»Mir gefallen Ihre Geschichten. Erzählen Sie uns noch eine«, bat Frida, da sie den Aufstieg nicht abbrechen, sondern die religiöse Stätte kennenlernen wollte.

Diego kostete jeder Schritt Mühe. Wie ein typischer Städter kämpfte er sich durch die Natur. Der Führer erzählte noch eine Geschichte, eine, die er vermutlich auswendig gelernt hatte, wie diese Scharlatane, die den Reisenden gegen ein paar Münzen etwas über ihren Ort berichten.

»Es war einmal vor vielen Monden, damals herrschten die bärtigen Männer über unser Land, da zog der Tod umher und errichtete Tempel mit blutgetränkten Kreuzen. Die Jahre vergingen, inzwischen lebten die Menschen in der großen Stadt, und dort läuteten die Kirchenglocken um elf Uhr den Zapfenstreich. Nach elf Uhr aber hörte man das Weinen und Wehklagen einer Frau, die noch zu später Stunde durch die Straßen lief. Von Nacht zu Nacht wuchs die Angst der Stadtbewohner, denn die verzweifelten Klagerufe raubten ihnen den Schlaf. Sie fragten sich, wer wohl diese Frau sei und welcher Kummer sie quälen mochte. Einige Mutige, die das Rätsel lösen wollten, wagten es schließlich, sich nachts aus dem Fenster zu lehnen. Da sahen sie eine weiß gekleidete Frau mit einem Schleier vor dem Gesicht, die niederkniete und von der Plaza Mayor aus nach Osten blickte. Die Mutigen folgten ihr, doch immer wieder verlor sie sich im Nebel, der aus dem Texcoco-See aufstieg. Und wegen ihres herzzerreißenden Wehklagens nannten die Frauen sie *la Llorona*, die Weinende.

Die Klatschweiber des Dorfes glaubten, die *Llorona* sei eine Indio-Frau, die sich einst in einen spanischen Ritter verliebte und drei Kinder von ihm bekam. Er aber liebte sie nicht und wollte sie auch nicht heiraten, er nahm sie nur wie ein Hund, und als er ihrer überdrüssig war, jagte er sie davon; er wollte die Verpflichtung einer Ehe nicht eingehen. Eines Tages aber heiratete dieser hartherzige Mann eine reiche Spanierin. Als die *Llorona* davon erfuhr, wurde sie wahnsinnig vor Schmerz und ertränkte ihre drei Kinder im Fluss. Und als ihr bewusst wurde, was sie getan hatte, nahm sie sich das Leben. Seit jenem Tag leidet sie, und man hört sie ›Oh, meine Kinder‹ rufen.

Andere aber schürfen tiefer an den Wurzeln unserer totonakischen Ahnen und sprechen von den Cihuateteo, Frauen, die bei der Geburt eines Kindes starben und für Göttinnen gehalten wurden. Mein Onkel Concepción, ein gebildeter Mann wie Sie beide, hat mir erklärt, die *Llorona* sei die rastlose Seele der Malitzin, die all ihre Kinder, also alle Mexikaner, verriet, weil sie sich an einen lüsternen bärtigen Mann verkaufte, der uns jahrhundertelang versklavt hat.

Doch wer diese Frau auch sein mag, hinter ihrem Schleier wird sie so lange den Verlust ihrer Kinder beklagen, bis der letzte Mensch diese Erde verlassen hat.«

Am Ende seiner Erzählung angelangt, nahm der Mann seinen riesigen Hut vom Kopf und trocknete sich mit einem Baumwolltuch die schweißnasse Stirn. Die Sonne, die kurz davor war, zwischen den felsigen Bergen abzutauchen, zwinkerte ihnen zu, als habe sie sich mit dem Fremdenführer verschworen. Ein Vogelschwarm huschte über den Himmel, an dem nur wenige Schäfchenwolken hingen. Frida schaute hinunter auf das Dorf Tepoztlán und stellte sich ein Mädchen vor, das dort unten mit den winzigen Puppenhäusern spielte.

»Das ist eine wunderschöne Geschichte«, murmelte sie, während sie an einer Zigarette zog, deren Qualm sie umhüllte wie ihr Schultertuch.

Diego kratzte sich den Kopf, fluchte vor sich hin und machte sich auf den Rückweg ins Dorf.

»An allem ist die Religion schuld«, brummte er, »denkt sich irgendwelche Gespenster aus ... Vermaledeite Pfaffen! Sogar beim Erfinden ruheloser Seelen sind sie Hurenböcke. Ehrlich gesagt, ist mir die Pyramide scheißegal, ich kehre um, ich sterbe vor Hunger ...«

Den Rest hörte man nicht mehr, da er bereits unterwegs war, um irgendein Gasthaus zu suchen, in dem er mit einer Flasche Tequila seinen Durst löschen konnte.

Ruhig wie eine Frau, die der Genesung ihres schwerkranken Kindes harrt, rauchte Frida ihre Zigarette zu Ende. Ihre Augen waren immer noch starr auf den Horizont gerichtet.

»Die Frau trug einen Schleier, nicht wahr?«, fragte sie den Mann, der sich, auf Anweisungen wartend, nicht von der Stelle gerührt hatte.

»Ja, Chefin, in allen Geschichten, von denen ich gehört habe, trug die *Llorona* einen Schleier.«

»Genau. Sie trägt immer einen Schleier«, antwortete Frida sich selbst und warf ihre Kippe in die Tiefe, deren Qualm einen vollkommenen Bogen beschrieb.

Während sie sich aufmachte, um ihrem Ehemann zu folgen, sah Frida den Mann mit dem Hut nicken und glaubte, er bestätige ihre Vermutung, dass die allnächtlich trauernde Frau keine Geringere war als ihre Gevatterin.

Nachts träumte sie von ihr. Sie stand in einer ausgestorbenen Straße, zwischen verschnörkelten Toren und Häuserfassaden, schaute sie an und lud sie ein, gemeinsam mit ihr über alle Schmerzen zu weinen, die das Leben für sie bereithielt. Auf einmal fasste sie sich mit der Hand in die Brust und riss sich das kleine, rote, unaufhörlich pochende Holzauto aus dem Leib. Die Frau mit dem Schleier weinte nicht um ihre Kinder, sondern um Frida, Frau, Mutter und Schmerz.

Am nächsten Tag vergaß sie den Traum.

Meine Fahrt nach Cuernavaca

Warum gibt es in Tepoztlán Eis? Ich weiß es nicht, vielleicht bekommt man bei dem heißen Klima dort Lust, sich an gefrorenen Süßspeisen zu erfrischen. Ich glaube, das Eis war ein Geschenk der Göt-

ter, die den Gipfel beschützen, damit wir schon hier auf Erden eine Kostprobe des Paradieses genießen können, das uns mit jedem Zungenschlag zwischen den Fingern zerschmilzt. Und damit wir begreifen, dass alle guten Dinge vergänglich sind.

Mango-Eis vom Tepozteco
Nieve de mango

1 kg Mangos, 2 Teelöffel Zitronensaft, ½ Teelöffel abgeriebene Zitronenschale, ½ Tasse Wasser, 3 Esslöffel brauner Zucker, ¼ l locker geschlagene saure Sahne, 1 Eiweiß, zu Eischnee geschlagen.

Die Mangos schälen und das Fruchtfleisch vollständig von den Kernen lösen, es darf nichts verlorengehen. Das Fruchtfleisch kleinschneiden und eine halbe Tasse davon beiseitestellen, um das Eis später mit Fruchtstückchen zu versetzen. Alle übrigen Zutaten, außer der sauren Sahne und dem Eischnee, im Mixer pürieren. In einen Eisbereiter aus Metall füllen und gut umrühren. Wenn man mit dem Schlagen des Muses beginnt, die saure Sahne und den Eischnee zugeben. Alles so lange schlagen, bis Eiscreme entsteht. 12 Stunden im Tiefkühlschrank ruhen lassen. 10 Minuten vor dem Servieren aus dem Tiefkühlschrank nehmen.

Kapitel XI

An diesem melancholischen Tag, als Fridas schwarze Augen sich im morgendlichen Dunst der Bucht verloren, entdeckte sie die wahre Ursache ihres Schmerzes. Das Leben schien sie zu wiegen wie ein Baby, und doch zerrte ein Sturm an ihr und nagte an ihren glücklichen Tagen. Wie viele andere Frauen wusste auch sie, dass ihr von dem Leben, wie sie es sich gewünscht hätte, nur der Traum blieb. Sie ließ sich ablenken vom Gekreische der Möwen, die sie auslachten. Ärgerlich schaute sie ihnen nach und verfluchte ihre Spottlust, bis sie sich im Nebel verloren und sie, in ihren kürbisfarbenen Rebozo gehüllt, allein zurückließen. Ihr Klagen hatte verschiedene Gründe: Sehnsucht nach treuer Liebe, nach Mutterschaft, ja, nach einer eigenen Persönlichkeit. Sie fragte sich, wann genau sie, Frida, aufgehört hatte, das unauffällig gekleidete, zart geschminkte junge Mädchen zu sein, wann sie sich mit ihren langen Baumwollröcken, ihren Oaxaca-Blusen und ihren schweren aztekischen Halsketten in eine bizarre Vision des Mexikanischen verwandelt hatte. Warum hatte sie das von ihrer Mutter übernommene Frauenbild aufgegeben, um sich in jene exotische Partnerin Diegos zu verwandeln, die auftrat wie eine Zirkusfigur? War Frida denn wirklich die Tehuana oder bloß ein kleines Mädchen, das sich verkleidete?

Schauplatz ihrer Grübeleien war die herrliche Landschaft an der Bucht von San Francisco, wo sie seit fast einem Jahr lebten. Diego hatte den Auftrag, ein Wandgemälde im Börsengebäude von San Francisco anzufertigen, ein weiteres sollte im San Francisco Art Institute entstehen. Schon liebäugelte er mit dem Gedanken, seinen Aufenthalt zu verlängern und sich ganz in den Vereinigten Staaten niederzulassen. Dort würde er bestens vom besonderen Interesse des Kunstmarktes für die mexikanische Malerei profitieren können. In Mexiko verfolgte Präsident Calles die Künstler mit großer Härte, ließ

Fresken zerstören und kommunistische Künstler hinter Gitter bringen. San Francisco bot Diego eine rettende Zuflucht.

Neugierig auf die Entdeckung eines exotischen Umfeldes, war Frida in der Fremde eingetroffen. Sie schloss neue Freundschaften, und vor ihr tat sich unverhofft eine Welt scheinbar unendlicher Möglichkeiten auf. Diego wurde behandelt wie ein Fürst. Frida blieb im Hintergrund, verborgen hinter der voluminösen Präsenz ihres Mannes. In ihrer Schüchternheit trat sie selbst nicht als Künstlerin auf, umso bissiger aber waren ihre Kommentare. Mit ihrem kritischen Blick einer für die kommunistische Sache eintretenden Frau hatte sie nur Abscheu übrig für die Oberflächlichkeit der nordamerikanischen Gesellschaft. Hin- und hergerissen zwischen Wut und Schmerz, verbrachte sie die Tage in Stille und litt unter dem Verlust des kleinen Wesens, das ihr erstes Kind hätte sein sollen.

Nichts wies deutlicher auf ihre Veränderung hin als die beiden Selbstporträts, die sie in dieser Zeit malte: Auf dem ersten ist eine junge Frau mit geneigtem Kopf und warmem Blick aus strahlenden Augen zu sehen. Auf dem Bildnis, das ein Jahr später entstand, wirkt sie melancholisch, fast unmerklich ziehen sich ihre Mundwinkel nach unten, fallen herab wie ein angeschossener Vogel.

Frida fühlte sich verletzt. Sie betrachtete ihren Bauch, dann schob sie ihre kalte Hand unter die Tehuana-Bluse, um ihn zu betasten. Er fühlte sich warm an, so als habe er noch nicht vergessen, dass er werdendes Leben getragen hatte. Frida wünschte sich von Diego ein Kind, in ihrem Bauch aber war nur Leere. Der Fötus hatte sich schlecht eingenistet, so musste eine Abtreibung vorgenommen werden. Es war das erste Unglück in ihrer Ehe, und zugleich der Beginn eines Risses in ihrer Beziehung zu Diego. Als sie im Krankenhaus lag, um die notwendige Ausschabung vornehmen zu lassen, war Diego nicht bei ihr. Doch nicht seine Arbeit hielt ihn fern, sondern eine Liebhaberin, eine aus einer langen Serie.

Frida dachte daran, wie man ihr den kleinen Dieguito entrissen hatte, während der große mit seiner Assistentin Ione Robinson in irgendeiner Absteige seinen Hunger nach Sex gestillt hatte. Und plötzlich sympathisierte sie mit den Tausenden von Selbstmördern, die von der Golden Gate Bridge gesprungen waren. Jetzt begannen die Leiden ihrer Kindheit von den neuen überrollt zu werden, genau wie die Frau mit dem Schleier es prophezeit hatte: Mit der Zeit würde der Schmerz wachsen.

Es wäre so einfach, dem Kummer ein Ende zu bereiten, dachte sie, die Augen zu schließen und von der Brücke zu springen. Diego würde es erst hinterher erfahren. Vielleicht morgen. Heute war er sehr beschäftigt mit seinem aktuellen Modell, der Tennisspielerin Helen Wills. In sämtlichen Winkeln des Saals, dessen Wand Diego bemalte, hatte Frida die Orgasmusschreie der Frau widerhallen hören. Sie hatte es nicht gewagt, die Liebenden, die sich zwischen den Gerüstplanen wälzten, zu überraschen, hatte sich aber, als sie sie hörte, auch nicht von der Stelle gerührt. Sie stand nur da, versunken in das Bildnis der nackten Frau, die im oberen Teil des Werkes schwebte, sah die Brüste der Sportlerin und ihre Kurven, die sie auf Tennisplätzen zur Schau stellte, wo Diego ihren Anblick genoss, um ihre Züge später für sein Fresko zu verwerten. Während Helen in ein Paradies der Wollust entrückt schien, stellte Frida nur ihren Korb ab und verließ den Saal.

Zurück in ihrer Wohnung, versuchte sie, sich mit Kochen und Stricken abzulenken, aber es gelang ihr nicht, die in ihrem Innern nachhallenden Lustschreie zum Schweigen zu bringen. Sie blickte in den Spiegel und entdeckte eine Fremde, ein unbekanntes Wesen. Ihre exotische Aufmachung war keine Maske, die ihre Persönlichkeit verbarg und sie stattdessen zu der indigenen Frau machte, die Diego begehrte, sie selbst war es, die ihre eigene Persönlichkeit bis zum Äußersten inszenierte. Sie hatte sich in ein Kunstwerk verwandelt, und nun wusste sie nicht mehr, ob sie überhaupt eines sein wollte. Sie hatte sich erfunden, um sich zur Schau zu stellen.

Wozu weitermachen?, fragte sie sich auf ihrem Spaziergang durch die Bucht. Ihr Bein schmerzte von Tag zu Tag mehr, es war, als würden hundert Nägel jede einzelne ihrer Zellen durchbohren. Wozu lächeln, wenn in ihr nur Leere war? Sie fühlte sich wie eines jener mit Überraschungen gefüllten Tongefäße, welches die mexikanischen Kinder bei Geburtstagsfesten zerschlugen, genauso hübsch verziert, hohl und zerbrechlich. Diego und das Leben hatten beschlossen, gemeinsam auf sie einzuschlagen. Frida aber wollte nicht weiterleben, um mit ansehen zu müssen, was in ihr war, wenn sie in Stücke zerbrach.

Langsam wanderte sie den Bürgersteig entlang. Sie würde zur Brücke hinaufgehen, die lauernd dalag wie ein gieriges Raubtier, das nach Blut verlangt, und oben würde sie sehen, ob sie noch den Mut hatte, weiterzuleben.

»In deinem Buch steht: Hab Mut zu leben, denn sterben kann jeder«, hörte sie hinter sich eine Stimme sagen.

Gerade war ihr ihr »Wunderkrautbuch« in den Sinn gekommen, so dass die Worte ihr vorkamen wie das Echo ihrer Gedanken. Sie drehte sich um und hatte eine Frau vor sich mit schokoladenbrauner Haut und Augen, die aus der Tiefe schimmerten wie ein gutes Glas Cognac. Sie saß auf einer Bank, im Mantel, darunter eine luftige Seidenbluse. Frida fühlte sich dieser Frau mit dem kurzen Haar und den kräftigen Wangenknochen unendlich nah und verliebte sich schlagartig in ihr breites Lächeln, das gut zu ihrer Kette mit den riesigen, zitronenfarbenen Perlen passte.

»Entschuldigung ... Kenne ich Sie?«, fragte Frida.

»Ich wüsste nicht, woher. Bei dir sieht man gleich, dass du nicht von hier bist. Und ich bin auf den Feldern von Kentucky groß geworden. Es gibt keinen Grund, warum eine Prinzessin wie du sich nach einer wie mir umdrehen sollte«, antwortete die Frau, die auf der Bank der Aussichtsplattform sitzen blieb und die zudringlichen Möwen mit trockenem Brot fütterte.

»Dann gibt es auch nichts, worüber wir reden könnten«, erwiderte Frida und schlang sich ihren Rebozo fester um den Körper.

»Oh doch, natürlich! Wir Frauen haben so vieles gemeinsam, dass wir stundenlang plaudern könnten, ganz gleich ob wir aus Afrika, New York oder dem Amazonas stammen. Wir alle weinen, wir alle lieben, und wir alle nähren unsere Kinder mit unserem Körper. Das haben wir vom ersten Tag an getan, und das werden wir weiter tun, bis irgendjemand das Licht ausknipst, die Tür zumacht und diese Welt abschließt.«

Die beiden Frauen sahen einander an. Frida war mulmig zumute, aber sie fühlte sich nicht unwohl mit dieser Fremden, die sie warmherzig anlächelte. Sie setzte sich neben sie.

»Hast du Zigaretten? Ich habe meine vergessen, als ich aus dem Haus gegangen bin. Eigentlich wollte ich alles vergessen.«

Die Frau holte aus ihrer kleinen Handtasche eine Schachtel hervor, aus der sie zwei Giftstengel zog, die sich die beiden kurz darauf zwischen die Lippen schoben. Der Qualm konnte zwar die naschhaften Möwen nicht vertreiben, aber sie hörten auf, zu kreischen und nach Brot zu verlangen.

»Übrigens, ich heiße Eva Frederick, aber wenn du in den Stadtteil La Misión gehst und nach Mommy Eve fragst, weiß jeder Bescheid.«

Beide schauten geradeaus zur Selbstmörderbrücke.

»Was machst du hier, Eve?«, fragte Frida und zog nervös an ihrer Zigarette.

»Die Vögel füttern. Sie sind genau wie die Männer, sie können auch nie genug kriegen. Würden die Männer genauso Liebe machen, wie sie spachteln, gäbe es mehr zufriedene Frauen und weniger Mörder hinter Gittern«, meinte die Frau, während sie den Vögeln die letzten Brotkrumen zuwarf.

»Amen«, schloss Frida.

Beide schwiegen. Und brachen im nächsten Moment in verschwörerisches Lachen aus.

»Und du, meine Liebe? Was führt dich zum Koloss von Frisco?«

»Ich überlege, ob ich mich nicht in eine Leiche verwandeln soll. Aber ich habe ein Problem: Ich bin nicht schwindelfrei.«

»Falls du's tust, wirst du mit deiner Prinzessinnenkleidung die schönste Tote sein, die ich kenne. Wenigstens wirst du toll aussehen, wenn sie dich aufbahren, es gibt ja Leute, die nicht mal bei ihrer Beerdigung Stil beweisen«, sagte die Frau. Frida spürte, wie ihr etwas entgegenschlug, was sie lang gesucht hatte: Verständnis. »Aber mit deiner Höhenangst hast du natürlich ein echtes Problem, meine Liebe, kein Selbstmörder will noch vor seinem Sprung einen Herzinfarkt erleiden. Wenn man was macht, dann lieber gleich richtig. Die Welt ist voller gescheiterter Versuche, sie hat ihre Verliererquote längst erfüllt, mehr davon brauchen wir weiß Gott nicht.«

»Danke für die Ratschläge. Ich verschiebe es lieber auf ein andermal. Wenn ich eine weniger schmerzhafte Weise finde, meinem Leid ein Ende zu setzen, tue ich's. In letzter Zeit habe ich schon zu viel ertragen müssen, um mir auch noch beim Aufprall aufs Wasser weh zu tun.«

»Oh ja, weh tut das bestimmt, wahrscheinlich genauso, wie wenn man von einer Straßenbahn überfahren wird ...«, murmelte Eve und strich sich ihren hübschen langen Rock glatt. Frida starrte sie entgeistert an, doch noch bevor sie etwas sagen konnte, fing das Lächeln der Frau sie auf. Beruhigend tätschelte sie ihr das kranke Bein.

»Wer bist du?«, stammelte Frida.

»Eve Frederick.«

»Bist du ... meine Gevatterin? Ist das dein unverschleiertes Gesicht?«

»Du verwechselst mich, ich bin eine Freundin. Und Gesichter habe ich viele. Komm, Kind, nimm noch eine Zigarette, rauch. Blick nicht zurück in die Vergangenheit. Zu Hause wartet etwas auf dich, es wäre schade, wenn alles so schnell zu Ende ginge. Du bist zäher, als du glaubst.«

»Also bist du nicht der Tod?«, versetzte Frida neugierig.

Die Frau antwortete mit einem so schönen Lachen, wie sie nur selten eines gehört hatte. Allein die Tatsache, dass sie sich ihr Leben lang daran erinnern würde, war Freude genug. Was sie an dieser Frau so wunderbar fand, war ihre nach Kirchenliedern klingende Stimme, und gepaart mit ihrem sprühenden Lachen wurde aus dieser Stimme äußerstes Glück.

»Glaubst du etwa, ich mit meinen Kurven wäre der Tod?«, fragte die Frau spöttisch, ihre üppigen Hüften und ihre typischen runden Brüste einer Afroamerikanerin umfassend. »Ich bin eine richtige Frau, und unsereins hat Kurven.«

»Das heißt, du bist auch kein Traum ...«

Die Frau fuhr sich mit der Hand durchs Haar und lachte abermals auf.

»Wenn dieses Leben ein Traum ist, dann sei Gott uns gnädig! Dieses

Leben, meine Kleine, ist alles andere als ein Traum. Jeder Tropfen Blut, den man uns aus dem Herzen presst, erinnert uns daran, dass wir Teil der Wirklichkeit sind«, rief Eve fröhlich. Sie erhob sich unvermittelt und verscheuchte damit die Möwen, die auf mehr Futter gehofft hatten. »Immer wird es etwas geben, was bei dir zu Hause auf dich wartet. Ganz egal, wie schlecht alles läuft. Such nach diesem etwas, für das es sich lohnt, zurückzugehen. Und vergiss es nie.«

»Sie gehen, Miss Frederick?«, fragte Frida und versuchte, sie zurückzuhalten.

»Die Möwen haben ihr Futter bekommen. Und du, meine Hübsche, bist ja doch nicht gesprungen. Wenn dir irgendetwas Wichtigeres einfällt, um die Seele wieder zu kitten, als einen guten Apple Pie zu backen, sag's mir, dann bleibe ich.«

»Meine Seele ist völlig in Ordnung, sie ist das Einzige, was an mir nicht kaputt ist. Nur schade, dass Seele so ein christlicher Begriff ist«, antwortete Frida sarkastisch.

Religiöse Sprüche mochte sie nicht. Die ihrer Mutter hatten ihr gereicht.

»Ach, Schätzchen, Seelenspeisen sind nicht dazu da, politische oder religiöse Gesinnungen zu nähren; ich bin mir nämlich sicher, dass sogar in Russland irgendwo eine Frau gerade etwas für ihre Kinder kocht. Unser Herr, er sei gelobt, hat uns den Auftrag erteilt, jede Seele auf dieser Welt zu nähren. Sei sie schwarz, gelb oder rot. Selbst einem Soldaten kocht die eigene Mutter einen ordentlichen Teller Suppe.«

»Eine Frau strebt nach mehr, als den ganzen Tag in der Küche zu stehen«, erwiderte Frida gereizt.

»Natürlich. Aber so reden eben Frauen, die Kurven haben ...! Und niemand kann uns das Vergnügen nehmen, dabei zuzuschauen, wie ein geliebter Mensch das Essen vertilgt, das wir ihm im Schweiße unseres Angesichts zubereitet haben. Oh nein! Das ist ein göttliches Recht!«

Und ihre Hüften schwingend wie ein auf den Wogen schaukelndes Segelboot, ging Eve davon. Statt sich zu verabschieden, stimmte sie mit ihrer schönen Gospelstimme ein Erntedanklied an. Und ohne sich noch einmal nach Frida umzudrehen, pfiff sie gleich darauf spitzbübisch *Dead Men Blues* von Jelly Roll Morton. Dann verschwand sie, einfach so, ihr Pfeifen verstummte für ein paar Minuten, bis es sich endgültig im Dunst verlor.

Plötzlich packte Frida ein starker Wunsch: Sie wollte diese Frau malen. Der Wunsch begann, sich in ihrem Körper auszubreiten wie in einem Krug, der voller und voller wird, bis er überläuft. Allen Schmerz vergessend, machte sie sich auf den Weg zurück in ihre Wohnung, um mit dem Malen zu beginnen. Mit dem Gefühl, vom Leben betrogen worden zu sein, ihren unerfüllten Kinderwunsch und das schmerzende Bein im Sinn, griff sie nach ihrer Zeichenkohle und zog präzise, sichere Linien über die Leinwand, den Kurven folgend, die, wie Eve gesagt hatte, jede Frau haben sollte. Sie kehrte zurück zur Malerei, zu jenem Universum, in dem sie sich frei fühlte von allem Druck. Nur wenn sie den Pinsel oder die Pfanne in der Hand hielt, verstummte der verzweifelte Schrei ihres erstickten Lebens.

Ein paar Tage später fiel Diego das veränderte Verhalten seiner Frau auf, die nicht mehr länger die schüchterne Frau Rivera war, sondern sich in eine eigenständige Frida verwandelt hatte. Er merkte es eines Abends, als Intellektuelle, Künstler und verschiedenste Lobhudler zu einer Diego zu Ehren veranstalteten Bohemesoiree zusammengekommen waren. Eine junge Frau, die neben Diego saß, lauschte gefesselt seinem Wortschwall und flirtete unverhohlen mit ihm. Es war keine Seltenheit, dass Kunstschüler Diego spüren ließen, dass er in ihren Augen das begehrteste Juwel südlich der Landesgrenze war. Er hatte etwas an sich, was ihn zu einem typischen Vertreter seiner Heimat machte, wie der Tequila oder die Stufenpyramiden. Mit Rivera ins Bett zu gehen war etwas Folkloristisches, wie ein Chiligericht und noch pikanter als jenes. Von einer Ecke des Saals aus beobachtete Frida die beiden aufmerksam und erinnerte sich an Mommy Eves beherzte Worte. Dann trank sie zwei große Schlucke Bourbon und ging mit einer Haltung, die neu war und sie den Rest ihres Lebens begleiten sollte, zum Gegenangriff über. Zunächst richtete sie sich zu ihrer ganzen Schönheit auf, denn wenn sie es mit

Diegos sämtlichen Nutten aufnehmen wollte, musste sie unbedingt gut aussehen. Dann schritt sie mit aufreizendem Gang durch die Menge der Gäste, bis sie mit der eisernen Entschlossenheit eines putschenden Generals vor den Musikern stehen blieb und ihnen befahl, ein mitreißendes, sehnsuchtsvolles mexikanisches Lied zu spielen, das die Anwesenden ergreifen würde: *La Llorona*.

Sie selbst stimmte nun, mit derselben Leidenschaft, mit der sie auch kochte und malte, das Lied an. Sie wagte sogar, es erst einmal a capella zu singen, so dass alle Anwesenden aufhorchten. Dann setzten die Musiker mit ihren Instrumenten ein und folgten ihrem Gesang. Die Bourbonflasche als Begleiterin in der Hand, ließ sie zwischen zwei Schlucken witzige Bemerkungen los. Und zu guter Letzt ging sie auf Diego zu und sagte, an seine Bewunderer gerichtet:

»Ein Prost auf den Meister! Ich kann Ihnen alles über ihn erzählen, weil ich diejenige bin, die für ihn kocht. Einen Künstler lernt man nämlich nicht über sein Werk kennen, sondern über seinen Bauch … Und Diegos ist gewaltig!«

Die Gäste brachen in Gelächter aus.

Diego lachte mit, denn veräppelt zu werden machte ihm nichts aus, solange er nur im Mittelpunkt der Aufmerksamkeit stand.

»Diego liebt Bohnen, weil er ein einfacher Mann ist, aber jetzt kommt er sich vor wie ein großer Boss: Er isst Bohnen und rülpst Schinken. Außerdem ist er selbst wie eine Bohne im Kochtopf: Wenn's richtig heiß wird, bibbert er vor Angst.«

Es folgte der nächste Schluck Whisky. Erneut Applaus, Gelächter.

»Aber geheiratet hat er mich. Ich habe nur zu ihm gesagt: Pass auf, mein Lieber, jetzt kommst du an die Leine.« Frida ging auf das Mädchen zu, das mit Diego flirtete, fasste es am Kinn und gab ihm einen dicken Kuss. Dann löste sie sich zärtlich von ihr und sagte zu den Gästen: »Was er kann, kann ich schon lange.«

Sie nahm das Mädchen, das betrunken lachte, bei der Hand, zog es an sich, legte ihm einen Arm um den Körper, und streichelte ihm mit der anderen Hand Rücken und Gesäß. Wenn Diego eine exotische Speise war, würde sie eben der Nachtisch sein.

»Es heißt ja, Stehlen sei etwas Schlimmes, das würde ich auch nie tun, aber ihr würde ich gern einen Kuss stehlen«, verkündete Frida und küsste die Kunstschülerin erneut. Die ging auf das Spiel ein und streichelte nun ihrerseits Frida.

Diego lächelte verlegen. Aber da ihn nichts so leicht aus der Fassung brachte, applaudierte er gleich darauf. Das war seine Frau, und so liebte er sie. Er stand auf und ging zu ihr, um das Spielchen mit den Sprüchen mitzuspielen.

»Friducha«, sagte er, »mit dir ist das Leben ein Honigschlecken, und jeder Fusel süßester Pulque.«

Frida nahm seine Hand, um sie zu küssen, wie eine Mutter, die ihr von der Schule heimkommendes Kind empfängt.

»Vom Himmel fiel ein Papagei, im Schnabel einen Blumenstrauß, ich liebe dich so sehr, mein Schatz, doch weiß es keiner bei mir zu Haus.«

Die Anwesenden klatschten Beifall und amüsierten sich über das Ehepaar, doch die beiden achteten nicht auf den Applaus, da sie sich liebevoll küssten.

Ohne es zu merken, hatte Diego sich von seiner Frau und ihrer kleinen Show hypnotisieren lassen. Er vergaß das junge Ding, das sich rasch hinter den Rücken der anderen Gäste verzog. Diego baute sich neben Frida auf, um mit ihr weiterzusingen und zu trinken. Sein liebevoller, vergnügter Blick erinnerte an das Bild, das Frida von ihm und sich gemalt hatte: den riesigen Maler, der seine Pinsel und seine Palette betrachtet und seine Ehefrau-Tochter-Mutter-Geliebte an der Hand hält. Frida hatte gewonnen.

Am nächsten Tag griff Frida nach der Tasche, in der sie Diegos Holzauto verwahrte, und stieg, verkatert und mit Kopfschmerzen, in eine Straßenbahn, die in den Stadtteil La Misión im Zentrum von San Francisco fuhr. Taumelnd lief sie zwischen den mexikanischen Einwanderern, die in den Textilfabriken arbeiteten, und den mit Obstkisten beladenen Afroamerikanerinnen umher. Inmitten des bunten, lärmenden Treibens ging sie auf eine Frau zu, die auf der Straße Äpfel verkaufte.

»Kennen Sie Mommy Eve? Man hat mir gesagt, ich kann sie hier finden.«

»Mommy Eve kennt hier jeder. Was willst du denn von ihr?«

»Mich bei ihr bedanken«, erklärte Frida.
»Dann musst du zum Friedhof von La Misión, an der Ecke Dolores und 16. Straße. Und falls du ihr was mitbringen willst: Sie hat weiße Rosen geliebt«, sagte die Verkäuferin lächelnd.
Ohne ihre Verwunderung preiszugeben, kaufte Frida ihr eine Tüte Äpfel ab, mit denen sie den Pie machen würde, den Diego so gerne zusammen mit einem Milkshake aß. Dann begab sie sich zum Friedhof des Viertels, dem ältesten der Stadt. Eine weiße Rose an die Brust gepresst, wanderte sie an den Mausoleen und Grabsculpturen entlang. In der Nähe einer großen Eiche entdeckte sie einen kahlen Stein mit der Inschrift »Eve Marie Frederick«. Sie war vor fünf Jahren gestorben. Die Rose würde auf dem Stein liegen bleiben und dort verwelken, nur befeuchtet von ein paar Tränen, die über Fridas Wangen rollten und zu Boden tropften.
Von ihrer Begegnung mit dieser Frau wollte sie niemandem erzählen. Und tatsächlich sollte sie das Geheimnis ihr Leben lang für sich behalten. Als sie die Dame auf einem Gemälde verewigte, das später berühmt wurde, wusste daher niemand, wer sie war, und nirgends fand sich der kleinste Hinweis auf sie. Nur einmal, als Dolores Olmedo das Werk erwarb und Frida fragte, wen sie da gemalt habe, antwortete sie weise: »Jemanden, der Wahres gesagt hat.«

Das Essen in Gringoland

Bei den Blondschöpfen habe ich überhaupt nicht gern gegessen. Ich wollte nur ein Rührei mit ein bisschen Chili und ein paar Tortillas, aber da war nichts zu machen, ich musste den Mund halten, mir das Fluchen verkneifen und die moderne Welt genießen.
Was ich bei den Gringos allerdings mochte, waren ihre Torten. Sie sahen aus wie perfekt konstruierte Gebäude. Auch die Restaurants der Farbigen haben mir gefallen. Dort war alles so schön bunt, von der Musik bis zum freundlichen Lächeln der Kellnerin.

Mommy Eves Apple Pie

2 Tassen Mehl, 1 Esslöffel Zucker, 3/4 Teelöffel Salz, 10 Esslöffel oder 1 1/4 Päckchen ungesalzene Butter, in Stückchen geschnitten, 1/4 Tasse Pflanzenfett, 6 Esslöffel kaltes Wasser. Für die Füllung: 1/2 Tasse Zucker, 1/4 Tasse braunen Zucker, 2 Esslöffel Mehl, 1 Esslöffel Zitronensaft, 2 Teelöffel geriebene Zitrone, eine Prise Muskatnuss, 2 kg Äpfel (Golden Delicious), geschält und in dünne Scheiben geschnitten, Milch, etwas Zucker.

Zuerst den Teig für den Kuchenboden bereiten. Hierfür das Mehl mit Zucker und Salz mischen. Butter und Pflanzenfett hinzufügen und alles gut zu einem einheitlichen Teig verkneten. Das Wasser zugießen, damit er feucht genug wird; falls er noch zu trocken ist, mehr Wasser zugießen und verkneten. Den Teig in zwei Hälften teilen und jede zu einer runden Platte auswalzen. Beide Teigplatten mindestens zwei Stunden ruhen lassen. In der Zwischenzeit die Füllung vorbereiten. Alle Zutaten, außer den Äpfeln, mit Milch und Zucker in einen Topf geben und auf kleiner Flamme erwärmen, bis eine einheitliche Karamellmasse entsteht. Die Apfelscheiben hineinlegen. Eine der beiden Teigplatten in eine Kuchenform legen und die Ränder hochklappen; die Apfelfüllung hineingeben. Die andere Teigplatte in Streifen schneiden und in Gitterform über die Füllung legen. Die Enden der Streifen vorsichtig an den Teigrand drücken. Das Teiggitter mit etwas Milch bestreichen und mit Zucker bestreuen. Den Pie in den 200 Grad heißen Ofen schieben. Nach 10 Minuten den Ofen auf 180 Grad herunterstellen und den Pie eine weitere Stunde im Ofen lassen bzw. so lange, bis der Fruchtsaft zu köcheln beginnt und der Teig goldgelb ist.

Kapitel XII

In ihrer neu gewonnenen inneren Verfassung machte sie sich auf die Suche nach ärztlicher Hilfe für ihr schmerzendes Bein. Diegos Aufmerksamkeit mochte sie zurückgewonnen haben, doch fragte sie sich jeden Morgen beim Aufstehen, wenn sie die immer mehr verdorrenden Zehen ihres linken Fußes betrachtete, ob es sich lohnte, täglich mit diesen tödlichen Schmerzen zu leben. Ob vielleicht dies der Preis dafür war, dass sie eine geliehene Zeit lebte? Da sie bereits beim bloßen Versuch, das Wohnzimmer ihres winzigen Appartements zu durchqueren, das Gefühl hatte, über tausend Nägel zu laufen, beschloss sie, Hilfe zu suchen.

Eines Nachts träumte sie von einem Hafen, in dem es von Arbeitern wimmelte, von denen einige Waffen in der Hand hielten, die sie selbst ihnen gegeben hatte. Sie sollten in einem fernen Land namens La República kämpfen. Leute aus aller Herren Länder waren zusammengekommen, unter ihnen auch Mommy Eve, die sie zum Abschied umarmte. Es war eine liebevolle Umarmung, in der Frida Verständnis für ihr bedrückendes Leben verspürte. Gleich darauf bewegte sie sich auf einen Steg zu, um an Bord eines wunderschönen Schiffs mit weißen Segeln zu gehen.

»Reist du ab?«, fragte Frida sie und lief hinter dem auslaufenden Schiff her.

»Mein liebes Kind«, antwortete Eve, »ich habe für meine Reise in den Tod den besten Kapitän gefunden. Er kennt und bewundert dich. Auch du brauchst einen Kapitän, der dein Schiff zur letzten Ruhestatt steuert, jemanden, der Stürmen auszuweichen versteht, denn die deinen sind heftig.« Frida betrachtete das Segelschiff genauer. Dort stand ein Mann in Kapitänsuniform; er strahlte etwas Sanftes aus, und seine Augen waren stahlblau. Beide Attribute setzte er wohlüberlegt und je nach Bedarf ein. Er war gepflegt gekleidet wie ein Gentleman zum Nachmittagstee, aber seine festen Hände am Steuerrad waren rau wie das Meer. Sein fürstliches Lächeln schenkte Frieden, wie man zu Weihnachten an Kinder Bonbons verteilt. Seine kühlen, rätselhaften Augen schweiften rastlos in alle Richtungen und retteten jeden, der sich retten ließ.

»Ich kenne ihn. Das ist Doctorcito Leo!«, rief Frida und schaute dem im ruhigen Gewässer auslaufenden Schiff hinterher.

Nach diesen lebhaften Szenen ging ihr Traum weiter wie fast alle Träume: mit Unsinn und Verrücktheiten, wie sie nur einem ausschweifenden Geist gefallen.

Am nächsten Tag machte sie sich auf die Suche nach dem Arzt Leo Eloesser, den sie 1926 in Mexiko kennengelernt hatte und der jetzt in San Francisco lebte und an der Stanford University arbeitete.

»Warum haben Sie ausgerechnet mich aufgesucht, Frida?«, fragte der Mann, der genauso aussah wie in ihrem Traum, nur etwas kleiner.

»Weil ich weiß, dass Sie der beste sind, und weil Sie Kommunist sind. Ich könnte mein Leben nicht in die Hände eines gottesfürchtigen Reaktionärs legen«, antwortete Frida vergnügt.

»Heilen wir Kommunisten unsere Patienten denn besser?«, fragte Doktor Leo, das Spielchen fortsetzend.

Frida genoss den Anblick der an den Wänden hängenden Bilder der Malerin Georgia O'Keeffe und lächelte, als sie auch eines von Diegos Gemälden im Zimmer entdeckte: *La tortillera.*

»Nein, aber wenigstens machen Sie einem keine absurden Versprechungen von wegen Himmel und Hölle. Sie heilen mit Hilfe der Wissenschaft, nicht mit Hilfe des Glaubens«, erwiderte Frida.

Dem Mann, der mit den Jahren zu Fridas bestem Freund werden sollte, schrieb sie bald ihre offenherzigsten Briefe. Niemandem brachte sie größeres Vertrauen entgegen als ihm. Beide entwickelten eine starke Zuneigung füreinander, die mit der Zeit auf eine der am stärksten verpönten Abnormitäten hinauslief: als Mann und Frau eine echte Freundschaft ohne jegliche sexuellen Absichten zu pflegen.

»Meinem Bein geht es immer schlechter, Doctorcito. Meine Wirbelsäule plagt mich jedes Mal, wenn ich mich über den Dickwanst Diego ärgere, und mein Bauch leidet unter einer Leere, die ich niemals werde füllen können«, so beschrieb Frida ihre Symptome.

»Das sind gute Nachrichten.«

»Gute?«

»Eine schlechte Nachricht wäre gewesen, dass du tot bist. Wir Mediziner heilen, was sich heilen lässt. Wunder können wir freilich nicht vollbringen, die geschehen von allein. Und die letzten Wunder, die die Welt erlebt hat, waren Manet und sein Jünger Hugo Clément«, sagte Doktor Leo, ein leidenschaftlicher Liebhaber von Malerei, Musik und Segelschiffen.

Frida war damit einverstanden, dass er ihr Knochengerüst untersuchte wie jemand, der ein Pferd vor einem großen Rennen begutachtet. Nach einigen Minuten stellte sie fest, dass er anhand ihrer verschiedenen Symptome ihr Leben erforschte wie ein Mann, der neugierig in der Handtasche einer Frau wühlt. Seine Miene verriet nichts Gutes, freilich auch nichts Neues, sie wusste ja, dass sie vom Kopf bis in die letzte Zehenspitze im Eimer war. Vollkommen im Eimer.

»Soll ich vielleicht schon mal meinen Sarg in mexikanischem Rosa streichen lassen, damit er zu meinen Röcken passt?«

»Dein Sarg wäre sogar noch schöner, wenn du ihn mit deinen lehmfarbenen Landschaften und deinen Blumenkleidern bemalen würdest, meine kleine Frida.«

»Sie haben mich ertappt, Doctorcito, all meine Bilder sind Entwürfe für meine Grabverzierung.«

Fridas Briefe offenbaren dem Arzt viel Schmerzhaftes und begannen fast immer mit »Lieber Doctorcito«, um ihm all das Bedrückende, was folgen würde, ein wenig zu versüßen. Doktor Eloesser engagierte sich intensiv für soziale Gerechtigkeit und war weltweit als Arzt aktiv. Er hatte China bereist, sich im Spanischen Bürgerkrieg an der Seite der Republikaner engagiert und war nach Mexiko gegangen, wo er sich mit streikenden Arbeitern solidarisiert und in Tacámbaro, Michoacán, die Armen ärztlich versorgt hatte. Und natürlich setzte er sich für seine geliebte Frida ein. Aber wie alle, die für das Gute kämpfen, erweckte er den Argwohn der krawattentragenden Regierungsbürokraten und wurde sogar von der CIA verfolgt.

»Die Straßenbahn hat damals ganze Arbeit geleistet: Sie hat dich total demoliert.«

»Das ist mir völlig klar, und dann hat das Schicksal mir sicherheitshalber noch Diego vorbeigeschickt, um mir den Gnadenstoß zu versetzen.«

»Wenn du Diego länger als ein Jahr überlebt hast, kannst du mit dieser Wirbelsäule, die wie eine zerbrochene Tonvase aussieht, auch dein restliches Leben ertragen. Du hast übrigens eine angeborene Rückgratverkrümmung.«

»Das klingt unheilbar, Doctorcito«, sagte Frida erschrocken.

Doktor Leo schaute sie an, küsste ihr die Hände und drückte sie an sich, wie ihr kühler Vater es nie getan hatte. Aber er antwortete ihr nicht.

Leo Eloesser wusste sich durch eine Fügung des Schicksals mit dieser Frau verbunden. Jahre später sollte er seinem Schützling aus der Ferne schreiben: »Ich küsse dir die Hände, meine Hübsche, und das verstümmelte Bein, du ahnst nicht, wie sehr ich dich vermisse mit deinen Tehuana-Röcken und deinen blutroten Lippen.«

»Ich will einen kleinen Diego im Bauch haben, ist das denn von der Natur zu viel verlangt?«, fragte Frida, hob ihre Tehuana-Bluse und zeigte Leo ihren weißen Bauch, der darum kämpfte, nicht mit irgendeinem Krankenhausbehälter verwechselt zu werden.

»Deine Hüften ähneln einem Gebäude, das auf Holzstäbchen steht; der kleinste Druck, und alles fällt in sich zusammen. Dein Dieguito würde genau das vollbringen, was die Straßenbahn und Diego nicht geschafft haben«, erklärte der Arzt ihr mit spitzbübischem Grinsen, während er die Enden seines geschniegelten Schnurrbarts zwirbelte.

»Falls nur er überlebt und ich nicht, würde ich das Risiko ohne weiteres eingehen. Im schlimmsten Falle sterbe ich eben, und das – ungelogen –, das habe ich schon hinter mir«, gestand Frida.

»Sehr edel von dir, dich als Opfer für den Big Boss Diego hingeben zu wollen, um ihm ein Kind zu schenken, aber das kleine Würmchen hätte weniger Chancen als du, meine Hübsche.«

»Habe ich vielleicht eine andere Wahl, als mich damit abzufinden, nur halb zu leben?«

»Dieselbe Wahl wie ich, Diego oder meine Krankenschwester ... oder der gesamte Rest der Welt. Wir tun alle so, als lebten wir, aber vergiss nicht, das Leben ist nur der Übergang von der Geburt zum Tod.«

»Eine Scheißwahl ist das«, knurrte Frida.

Der Arzt nickte beipflichtend, während sein Blick abschweifte, weil er in Gedanken schon mit der Rettung irgendeines verlorenes Nestes im hintersten Winkel der Erde beschäftigt war.

Leo sollte bis zuletzt Zeuge von Fridas und Diegos Geschichte sein. In beiden sah er Halbgötter, die nur als solche unter den Erdenbewohnern leben konnten, und er genoss jeden Augenblick seiner Beziehung zu ihnen. Obwohl er auch schlimme Momente mit ihnen erlebte, begriff er, weise, wie er war, dass Gut und Böse zwei Seiten einer in der Luft baumelnden Medaille sind. Frida war der Zucker, der ihm das Leben versüßte, in dieser Frau mit den karamellfarbenen Röcken und den auf Märkten erstandenen Blusen fand er den lieblichsten Honig.

»Diegos Wandbild ist fertig, sein riesiger Hintern lächelt uns alle an. Und was werdet ihr als Nächstes tun?«, fragte er verschmitzt. Auf seinem neuen Fresko hatte Diego sich selbst halb scherzhaft, halb im Ernst, von hinten gemalt, auf seinem Gerüst sitzend und an seinem Werk arbeitend.

»Manchmal glaube ich, sein Hintern ist sein besseres Gesicht. Er redet nicht, meckert nicht und ist rot wie Kinderwangen. Wahrscheinlich hat er ihn gemalt wie eine Ikone: damit seine Jünger ihn küssen können«, spottete Frida. Natürlich mochte die amerikanische Kulturszene dieses humoristische Detail nicht besonders, aber so war Diego eben, ein typischer Mexikaner, Spaßvogel und Schurke in einem. »Diego hat beschlossen, dass wir in einen neuen Käfig ziehen, in dem er seine Pfauenfedern besser vorführen kann.«

»Geht ihr zurück nach Mexiko, Frida?«

»Ich weiß es nicht. Es gibt wieder Arbeit, aber Diego hat unsere Ersparnisse in zwei Häuser gesteckt, die sein Freund Juanito entworfen und zwischen Wandgemälden, Gebäuden und persönlichen Problemen gebaut hat. Ich kann mich nicht beklagen, sie sind schön und nutzlos wie die Blumenvasen aus Talavera, diese unpraktischen Dinger, bei denen man nie weiß, wo man sie hinstellen soll.«

Der Arzt lachte schallend. Frida wusste, dass die Häuser, die Diego im Stadtteil San Ángel errichtet hatte, um ihrer beider »Liebesnest« fertigzubauen, weniger mit Liebe als mit Politik zu tun hatten. Juan O'Gorman, ein junger Architekt, der Diego wie ein Hündchen folgte und seine Kunst vergötterte, hatte den Maler davon überzeugt, diese Häuser seien ein sozialistisches Manifest avantgardistischer Architektur. Mit ihnen wollte O'Gorman demonstrieren, dass man zu minimalen Kosten mit maximaler Effizienz bauen konnte. Da alle beide clevere Burschen waren, bekam Diego die Grundstücke quasi geschenkt, und Juan besorgte einen Bauträger. Die Dumme war Frida, in der Küche stand nämlich nur ein kläglicher Herd, der nicht größer war als eine dicke Bohne und auf dem man sich nicht einmal eine Tasse Kaffee kochen konnte. Die Häuser aber waren ein solcher Erfolg, dass der Bildungsminister, dem Diego sie stolz vorführte, von den niedrigen Kosten beeindruckt, Juanito umgehend mit dem Bau von über zwanzig Schulen beauftragte, die ebenso karg und unbequem ausfallen würden wie die Häuser. Aber schließlich waren sie ja nur für Kinder bestimmt, und in keiner von ihnen benötigte man eine gute Küche, um darin Mole zu kochen.

»Diego hat mir die Pläne gezeigt. Mir gefällt die Symbolik. Es sind zwei getrennte Häuser: Seines ist rosa, deines blau, und beide verbindet eine Brücke, eure Liebe.«

»Juanito hat eine sehr kleine Brücke entworfen.«

»Gefallen dir die Häuser?«

»Sagen wir mal, sie veranschaulichen hervorragend, wie Diego unsere Beziehung sieht: Er ist das große Haus, und ich bin das kleine.«

Doktor Leo setzte sich neben das Sofa, auf dem Frida saß. Voller Zartgefühl nahm er ihre Hände und streichelte sie, um sie zu trösten.

»Nicht nur mein Bein und meine Wirbelsäule leiden, Doctorcito. Ich brauche Ihren Rat bei etwas anderem, aber Sie müssen mir versprechen, dass Sie mich nicht auslachen, diese blöden Gringos verspotten mich schon mehr als genug«, flüsterte Frida so leise, dass nur eine Maus und ein guter Freund sie verstehen konnten.

»Ich höre ...«

»Können Sie, als Mann der Wissenschaft, mir folgende Frage beantworten: Wäre es möglich, dass ich eine Tote bin und nur lebe, weil der Tod mir eine Gefälligkeit erweist? Rühren all meine Krankheiten vielleicht daher, dass ich schon den Löffel abgegeben habe und mir nur noch eine Extra-Lebenszeit gewährt wird ...? Lachen Sie nicht, ich meine es ernst. Ich glaube, der Tod ist hinter mir her, um eine Schuld einzutreiben.«

Der Arzt rückte sich seinen eleganten Kragen zurecht. Dann kaute er an seinem Schnurrbart – er wollte mit Herz und Verstand antworten – und drückte Fridas Hände fester, als prüfe er bei einem Kind die Stelle, an der es sich beim Hinfallen weh getan hat.

»Hör mal, Frida, wenn das alles stimmt und da ich, ehrlich gesagt, bloß ein dickköpfiger Arzt bin, der nicht mal gut Bratsche spielt, würde ich sagen, dass es im Leben für alles einen Ausgleich gibt. Auf alles gibt es eine Antwort. Ich bin Atheist, weil die Mathematik der beste Gott ist, und wenn du in meiner Welt, in der die Dinge ihre Ordnung haben, von vier zwei abziehst, bleiben zwei übrig. Weißt du, was ich meine?«

Frida nickte. So ganz verstand sie ihn zwar nicht, aber immerhin war ihr bewusst, dass sie sich auf einer Ebene unterhielten, auf der Wahnsinn und Verzweiflung eng beieinander lagen.

»Also, wenn du dem Tod Tage stiehlst, muss dir das Leben zum Ausgleich dafür auch etwas wegnehmen. Es lässt sich nicht überlisten. Deine Fehlgeburt war vielleicht ein zusätzliches Jahr. Wenn du aus der einen Waagschale einen Stein nimmst, musst du aus der anderen einen gleich großen nehmen ... Aber dafür bin ich ja hier, damit die Waage sich zu deinen Gunsten ausgleicht.«

»Betrachten Sie mich jetzt als vollkommen verrückt, Doctorcito?«, fragte Frida ihren Freund.

Abermals schenkte er ihr sein tröstliches Lächeln. »Nein«, sagte er und fuhr fort, sich dabei auf Fridas mittlerweile anerkanntes gastronomisches Talent berufend: »Aber ich erspare dir das Irrenhaus nur unter einer Bedingung: Mach mir Rippchen, wie ich sie mal in Michoacán gegessen habe, mit allem Drum und Dran, und Böhnchen dazu. Das Essen hier schmeckt nämlich überall gleich fade.«

Frida hielt ihr Versprechen. Und bevor sie San Francisco verließ, malte sie zum Dank für seinen ärztlichen Rat und seine wohltuende Zuneigung ein Bild für ihn. Sie stellte ihn dar wie auf einem alten Porträt, mit unschuldiger Unproportionalität, einem Vogelhals und fein gekleidet, in gestärktem Hemd mit Stehkragen. Auf dem Bild sah er aus wie ein plötzlich gealterter junger Mann. Hinter Leo malte sie ein verkleinertes Modell des Segelbootes, mit dem er immer in der Bucht segelte. Da Frida noch nie ein Schiff gezeichnet hatte, fragte sie Diego, wie die Segel auszusehen hätten.

»Mal sie, wie du willst«, antwortete dieser, ohne die Frage sonderlich ernst zu nehmen, vollauf mit dem Projekt beschäftigt, das bald in Detroit starten würde. Frida malte die Segel flächig, mit großen Ringen an den Rändern, mit denen sie wie Gardinen am Mast befestigt waren.

»Das sind doch keine Segel«, entrüstete sich Diego später und nutzte die Gelegenheit, sich für ihre Kritik an Zapatas Pferd zu rächen.

Frida zuckte mit den Schultern.

»In meinem Traum haben sie aber so ausgesehen«, antwortete sie.

Doctorcito Leos Rippchen

Jedes Mal, wenn der Doctorcito vorhat, mich zu besuchen, schickt er mir ein Telegramm, auf dem einfach nur steht: »Mach mir Rippchen«. Dann weiß ich, dass ich ihm das Gericht kochen soll, in das er sich damals verliebt hat, als er hierzulande kleine Indios heilte. Ich liebe ihn, er ist mein bester Freund.

Rippchen
Costillitas

2 Rippenstücke vom Schwein, zerlegt, damit man die Rippchen abtrennen kann, ½ Teelöffel gemahlener Kreuzkümmel, 6 feingehackte Knoblauchzehen, 1 Teelöffel Salz, 2 Esslöffel Schweineschmalz, 4 Tassen Wasser, 6 Knoblauchzehen, 1 kleingehacktes Zwiebelviertel, 8 Serrano-Chilis, 1 kg enthäutete grüne Tomaten, 8 frische Korianderzweige, Salz und Pfeffer.

Den Kreuzkümmel mit dem gehacktem Knoblauch und etwas Salz vermengen und die Rippchen damit einreiben, möglichst schon einen Tag vorher, damit die Gewürze gut ins Fleisch einziehen. Die Rippchen in eine große Tonschüssel oder einen gusseisernen Topf legen, mit Wasser bedecken, zum Kochen bringen und so lange kochen lassen, bis man beim Anstechen des Fleisches mit der Gabel keinen Widerstand mehr spürt. Die Rippchen aus dem Sud nehmen und 10 Minuten lang in der Pfanne braten, dann beiseitestellen. In einem anderen Topf Wasser mit den unzerkleinerten Knoblauchzehen aufsetzen. Wenn das Wasser kocht, Chilis und Zwiebel hineingeben. Fünf Minuten kochen lassen, dann die grünen Tomaten hinzufügen und weitere 5 Minuten kochen lassen. Anschließend alles im Mörser zerstampfen. Zwei Tassen von der Brühe, in der die Rippchen gekocht haben, zu der Mischung gießen und mit dem nur grob gehackten Koriander würzen. Falls die Soße zu dick wird, Wasser zugießen.

In einer großen Pfanne zwei Esslöffel von dem Fett erhitzen, in dem die Rippchen angebraten wurden, das Tomatenpüree hineingeben und zugedeckt 10 Minuten köcheln lassen. Die Rippchen in die Soße legen, mit Salz und Pfeffer würzen, alles gut umrühren und auf kleiner Flamme nochmals 20 Minuten köcheln lassen.

Kapitel XIII

Nicht selten kam es vor, dass Diego aufhörte, den perfekten Mann zu spielen, und die Lust daran verlor, seine Frau zu verwöhnen. Bei Frida einen guten Eindruck zu machen rückte in den Hintergrund, jetzt wurde ihm wichtiger, einer anderen zu gefallen. Und nichts fiel diesem Maler mit den eingefleischten Angewohnheiten und den unsteten Gefühlen leichter, als eine Geliebte zu finden. Zugleich machte Fridas Verhalten das Eheleben nicht einfacher. Sie fühlte sich nicht wohl dort, wo sie lebten, war ständig deprimiert und fuhr bei der geringsten Gelegenheit aus der Haut. Da suchte Diego sich ganz einfach ein Plätzchen, wo er sich verkriechen konnte, und ein junges Ding, das sich bei der Aussicht, die Geliebte des berühmten Künstlers zu werden, willig seiner Lust hingab. Von außen betrachtet, war das Schlimmste an diesem herben Panorama, dass Diego von einer Affäre zur nächsten wechselte, während in seiner Ehe nicht allzuviel zu passieren schien.
Detroit war für Frida die Verkörperung sämtlicher von Dante beschriebenen Höllenqualen. Diego dagegen erlebte die Stadt als das Herzstück der US-amerikanischen Industrie, als den Ort, an dem die Revolution, unterstützt durch seine Wandgemälde, ihren Ausgang nehmen würde. Fridas Unmut richtete sich gegen das fade, saft- und kraftlose Essen, dann gegen die graue Landschaft unter einem stets vom Qualm der Fabriken verhangenen Himmel. Diese Stadt mit ihren nackten Ziegelsteinmauern, ihren hohen Schornsteinen und schweren Rauchwolken war nicht gerade der ideale Ort für die Geburt ihres Kindes, dessen Empfängnis sie wie alles in ihrem Leben nicht geplant hatte. Frida war schwanger, und ihr Kopf glich einem brodelnden Kessel voller Fragen zum Leben mit einem kleinen Kind, das obendrein nicht erwünscht war von seinem berühmten Vater, dem Frida das in ihrem Bauch schlummernde Geheimnis vorenthielt.

Vom ersten Tagen an empfand Frida die Einsamkeit in Detroit wie einen über ihren kranken Rücken laufenden Schauer. Sie verbrachte sehr viel Zeit allein, wanderte im Hotelzimmer auf und ab und suchte nach einer Beschäftigung. Das Zimmer war so winzig wie ihre Hoffnung, und das Schild am Hoteleingang, das den Juden den Zutritt verbot, schien es noch mehr schrumpfen zu lassen. Frida empfand nicht nur die Stadt Detroit als hart, sondern auch Diegos Mäzen, Edsel Ford, der roboterhaft und kalt war wie eine seiner am Fließband zusammengebauten Maschinen. Zwischen dem ganzen stählernen Plunder und den gefühllosen Fabrikanlagen vermochte Frida nicht den geringsten Hauch von Menschlichkeit zu entdecken.

Als man sie eines Tages zu einem Fest zu Ehren Diegos einlud, der dem kollektiven Helden und der Maschine als Befreierin des Volkes – das aber merkwürdigerweise gar nicht befreit werden wollte – bildnerisch Gestalt verleihen würde, biss sie sich auf die Zunge und ließ sich in Galakleidung, aufgedonnert wie ein Filmstar, mitschleifen, um als hübsches Juwel vorgeführt zu werden. Auf dem Fest ging ihr die künstliche, oberflächliche Atmosphäre gehörig auf die Nerven, und als sie obendrein mit anhören musste, wie Ford, der Millionär der Automobilindustrie, seine despotischen und rassistischen Äußerungen von sich gab, hielt sie nicht mehr an sich.

»Sind Sie Jude, Herr Ford?«, erkundigte sie sich boshaft.

Die Frage empörte die Anwesenden und missfiel dem Gastgeber. Diego wunderte sich, dass Frida die Wut, die er mit seinen Seitensprüngen hervorgerufen hatte, ausgerechnet an dem Unternehmer ausließ, der für ihrer beider Kost, Logis und Lebensunterhalt aufkam. Ärgerlich löste er sich aus seiner Runde professioneller Schmeichler und bat Frida, ihn auf eine der Terrassen des Ford'schen Herrenhauses zu begleiten, um sie zur Rede zu stellen:

»Du bist wohl verrückt, Frida!«

»Nein, schwanger«, antwortete sie wütend.

Sie spuckte ihm die Nachricht, die Glücksgefühle hätte auslösen sollen, regelrecht ins Gesicht. Aber Diego war ein Fähnchen im Winde. Das Erste, woran er dachte, waren die Probleme, die ein Kind mit

sich bringen würde. Er hatte bereits zwei Töchter aus seiner Ehe mit
Lupe und war nicht erpicht auf ein kleines Wesen, das ihn an einen
bestimmten Ort binden und seine Karriere als Muralist, der mittlerweile zum Liebling der nordamerikanischen Unternehmerschaft
avanciert war, bremsen würde.

»Stimmt das, was du sagst, Friducha? Dann müssen wir uns gut
überlegen, was das Beste ist.«

»Das Beste wird ein Mann herausfinden, der intelligenter ist als du.
Vorerst könntest du ja wenigstens so tun, als würdest du dich über
die Nachricht freuen«, sagte Frida.

Diego nahm sie fest bei den Schultern, und als es schon aussah, als
wolle er sie durchschütteln und übers Geländer stoßen, beugte er
seinen Kopf zu ihr hinunter und drückte seine Lippen auf die seiner Frau. Ihre Spucke schmeckte heute anders, nach Pfefferminze.
Sie küssten sich innig, und in beider Gedanken löste sich die Festgesellschaft in Luft auf. Wenn Frida sich wünschte, ihren Dieguito
zu bekommen, so war dies ihre Entscheidung. Die verdammten Probleme konnten warten, heute hatte sie das Sagen.

Am nächsten Tag blieb sie in ihrem Zimmer, um ihren Vertrauten,
Doktor Eloesser, schriftlich um Rat und Hilfe zu bitten:

Doctorcito,

von mir gibt es viel zu berichten, wenn auch nicht gerade
Angenehmes. Gesundheitlich geht es mir leider nicht sehr gut.
Lieber würde ich Ihnen von lauter anderen Dingen erzählen,
denn allmählich müssen Sie es leid sein, die Leute immer
nur klagen zu hören.

Da ich es wegen meines Gesundheitszustandes für das Beste
hielt, abzutreiben, gab der hiesige Arzt mir eine Dosis Chi-
nin und ein sehr starkes Abführmittel. Als er mich anschließend untersuchte, sagte er mir, er sei ganz sicher, dass es dadurch zu keiner Fehlgeburt gekommen sei, seiner Meinung
nach solle man die Schwangerschaft auch nicht unterbre-
chen, denn trotz meiner schlechten körperlichen Verfassung

könne ich das Kind ohne größere Schwierigkeiten per Kaiserschnitt bekommen. Falls wir die nächsten sieben Monate in Detroit bleiben, will er mich behandeln. Bitte sagen Sie mir ganz aufrichtig Ihre Meinung, da ich nicht weiß, was ich tun soll.

Frida wartete die Antwort ihres Freundes jedoch nicht ab. Sie beschloss, keinen Schwangerschaftsabbruch vornehmen zu lassen, da ihr der Arzt aus Detroit neue Hoffnung gemacht hatte.

Unmöglich konnte Frida wissen, wer Feind und wer Verbündeter war. Jede junge Frau, die sich Diego im Wunsch nach Anerkennung, aus Wissensdurst oder einfach, weil sie eine Beziehung mit ihm anfangen wollte, näherte, konnte den Tornado der Wut entfesseln, der in ihrem Inneren lauerte. Sie schien vergessen zu haben, dass sie selbst auf ganz ähnliche Weise an ihn herangetreten war, damals, als er noch mit Lupe zusammengelebt hatte. Als daher die Bildhauerin Lucienne, Tochter eines Schweizer Komponisten, auf der Bildfläche erschien und Diego um künstlerischen Rat bat, wurde Frida überall und stets, wenn Diego nicht da war, von Argwohn geplagt. Bei einer Zusammenkunft intellektueller Kreise verzückte Diego die blonde Frau mit seinen ausführlichen Lobeshymnen auf die Ästhetik der Maschinen. Seine Gesprächspartnerin war eine intelligente Frau, die klug zu reden wusste, und gewiss keine Frau wie jede andere. Über eine Stunde unterhielten sich der große Maler und die junge Bildhauerin, wechselten von den Einflüssen, die beide geprägt hatten, zu den Einschätzungen anderer Künstler. Als Lucienne aufstand und den Saal verlassen wollte, um sich etwas zu essen zu holen, trat Frida ihr auf der Türschwelle entgegen. Wie immer sah sie blendend aus und trug wunderschönen Schmuck, den man ihr anlässlich ihrer erneuten Schwangerschaft geschenkt hatte. Sie stellte sich Lucienne in den Weg wie eine Löwin, die ihre Jungen verteidigt.

»Ich hasse dich«, warf sie ihr an den Kopf.

Entwaffnet blieb Lucienne stehen und versuchte, von Diego Unterstützung zu bekommen, aber der war bereits mit der nächsten Studentin beschäftigt, die er wie alle anderen mit seinen Worten verzaubern würde wie ein Schlangenbeschwörer.

»Ich werfe dir nicht vor, dass du ihn liebst. An deiner Stelle würde ich auch um ihn kämpfen«, entgegnete die kühle Bildhauerin. Wenn man ihr schon die Wahrheit ins Gesicht sagte, würde sie das ebenfalls tun.

»Halt dich fern von ihm«, warnte Frida sie, ohne auch nur einen Muskel zu rühren.

Minutenlang standen die beiden Frauen einander gegenüber wie zwei Duellantinnen aus alter Zeit.

»Das wird problematisch werden. Er hat mir angeboten, ihm bei seiner Wandmalerei zu assistieren«, erklärte Lucienne.

»Er will dich nicht als Assistentin, er ist scharf auf dich«, entgegnete Frida. »Erst wickelt er dich mit honigsüßen Sätzen ein und behandelt dich liebevoll, aber sobald du ihn langweilst, macht er dich klein und nimmt sich eine Neue. Wenn du schlau wärst, würdest du die Stelle nicht annehmen.« Frida war endlich entschlossen zu kämpfen.

»Ich weiß, dass die Zusammenarbeit mit Diego meiner Karriere nützt. Aber die Überraschung wird *er* erleben, wenn ich ihm sage, dass ich nicht daran interessiert bin, mit ihm zu schlafen. Privat gehört er dir, aber bei der Arbeit gehöre ich ihm. Ich werde alles machen, worum er mich bittet, außer Sex. Wenn du mit diesen Regeln leben kannst, kann ich es auch.«

Frida fiel aus allen Wolken. Da sie es mittlerweile gewohnt war, dass ständig irgendwelche Frauen ihren Mann verführen wollten, überraschte sie die Antwort. Diese junge Blondine mit den kristallklaren Augen bewunderte ihn tatsächlich nur wegen seiner Malerei und seines Talents.

»Kochst du gern?«, fragte die Malerin.

»Meine Hände sind fürs Bildhauern geschaffen. Kochen ist eine kniffelige Kunst. Ich müsste mir erst einen Lehrer suchen, der so gut ist wie Diego als Maler.«

»Wenn du morgen zu uns kommst, können wir dem Dicken zusammen etwas kochen«, schlug Frida vor. Lucienne nahm die Einladung sofort an. Mit einem Schlag hatte sie zwei Lehrer gewonnen.

Nach und nach vertiefte sich die Beziehung zwischen den beiden Frauen. Als Diego die Fruchtlosigkeit seiner Verführungsversuche bemerkte, ließ er sich von der Intelligenz seiner Assistentin überzeugen und machte sie zu seiner engsten Mitarbeiterin. Frida ihrerseits fand eine Verbündete an einem feindseligen Ort und in einer schwierigen Zeit, was Diego sogar dazu bewog, Lucienne zu bitten, bei ihnen einzuziehen und sich um Frida zu kümmern. Lucienne nahm das Angebot gerne an, denn damit bekam sie die großartige Gelegenheit, zugleich die spanische Sprache und mexikanisch kochen zu lernen.

Lucienne blieb an Fridas Seite, wie sie es Diego versprochen hatte. Eines Tages, als beide vom Hotel aus das Feuerwerk zum Unabhängigkeitstag betrachteten, konnte Frida sich plötzlich kaum noch aufrecht halten und ging zurück in ihr Zimmer. Sie klagte über Schmerzen, die teilweise körperlicher, teilweise seelischer Natur waren, und Diego verordnete ihr Schlaf, damit sie sich erholte.

In den frühen Morgenstunden zerriss ein Schrei die friedliche Stille. Lucienne eilte in Fridas Zimmer und sah sie weinend in einer karmesinroten Lache liegen, in der Bröckchen geronnenen Blutes schwammen.

Unverzüglich wurde Frida ins Henry-Ford-Krankenhaus gebracht. Während sie auf der Trage in die Notfallstation geschoben wurde, fiel ihr Blick auf das beeindruckende Geflecht bunt angestrichener Rohre an der Decke des Krankenhausflures. Das Labyrinth betrachtend, sagte sie zu ihrem Mann, der ihre Hand hielt:

»Schau mal, Diego, wie schön das ist!«

Dann versanken die Farben in Dunkelheit.

Frida fand sich nackt in einem Krankenhausbett wieder, mit geschwollenem Bauch, aber leer wie eine ausgehöhlte Kalebasse. Zwischen ihren Beinen sickerte eine dunkle Flüssigkeit aus ihrem Körper und befleckte ihre weiße Haut. Auf dem Laken formten sich Figuren, die an geopferte Herzen erinnerten. Die rote Farbe breitete sich langsam aus, so langsam wie eine über den Boden kriechende Schnecke. Aus ihrem Bauch drangen mit Blut gefüllte Schläuche, und das Blut speiste ihre beschädigte Wirbelsäule, eine auf dem Boden liegende und mit dem Tode ringende blaue Orchidee, Knochenmodelle und den über ihr schwebenden Embryo. Als sie den Kopf drehte, schaute das ungeborene Kind ihr geradewegs ins Gesicht, und zeigte ihr, bevor es seinen letzten Seufzer tat, seine Augen und seine dicken Lippen – es trug eindeutig Diegos Züge. Am Fußende des Bettes erblickte Frida eine kleine, erlöschende Kerze, und als die Flamme erstarb, verschwand auch das Ungeborene. Sie schrie auf vor Schmerz. Ihr Kind war der Welt der Lebenden entrissen worden. Niemals würde es einen Lufthauch über sein Gesicht streichen spüren noch die von seiner Mutter zubereitete Nahrung kosten. Die Gevatterin hatte es mitgenommen.

»Tut mir leid, Liebes«, sagte die Frau und trat neben ihr Bett.

Ein großer Hut mit Schleier krönte ihren Kopf. Die weiße Federboa welkte dahin wie ein Baum im Herbst. Traurig betastete ihre Gevatterin sich hinter der dunklen Gaze, die ihr Gesicht verhüllte.

»Warum nimmst du nicht mich mit und lässt Dieguito am Leben?«, schluchzte Frida vorwurfsvoll, aber die Todesdame antwortete nicht. Sie nahm die erloschene Kerze in beide Hände und presste sie so lange an ihr Herz, bis sie sich in ihren Händen in Luft auflöste.

»Ihr alle gehört mir«, mahnte die Gevatterin. »Ich bin eins mit dem ersten Menschen, der je gelebt hat, und werde hier verweilen bis zum letzten. Wenn niemand mehr da ist, wird meine Arbeit beendet sein, und erst dann sind wir nicht mehr länger eins.«

»Warum?«

»Für manche ist das Leben nur ein Hauch, für andere sind es viele Romane. Jeder erzählt seine Geschichte, ganz gleich, wie lang oder kurz sie ist. Für ihn war sie lang genug. Er hat die nötige Zeit bekommen. Nicht eine Minute mehr, nicht eine Minute weniger. So funktioniert es«, erklärte ihre Gevatterin.

In Frida stieg Hass auf. Mit dieser kalten Frau, die den mütterlichen Schmerz nicht verstand, wollte sie nichts mehr zu tun haben. Erst Tage später sollte sie begreifen, dass ihre Gevatterin die Mutter aller war und jedes Mal, wenn sie ein Leben beendete, auf ihre Weise litt, denn nichts tut so weh wie der Verlust eines Kindes.

»Ich will nicht mehr leben«, sagte Frida herausfordernd.

Die Todesdame trat einen Schritt zurück und entfernte sich vom Bett. Schon flatterte ihre Federboa am Horizont, wo Fabrikschornsteine ihren Qualm ausstießen.

»Deine Stunde wird kommen wie vereinbart. Nicht eine Minute später, nicht eine früher.«

»Und wann ist es so weit? Du kannst doch nicht kommen, wann immer du willst, und mir alles wegnehmen, was ich liebe!«

Die Frau mit dem Schleier ergriff Fridas Hand. Sie öffnete jeden einzelnen Finger und hielt die Innenfläche nach oben, gegen den grauen Himmel. Dann legte sie ein Hühnerei hinein, das auf rätselhafte Weise seine Wärme behalten hatte. Am oberen Ende war zwischen den braunen Tupfern, die es überzogen, ein unverwechselbares Merkmal zu erkennen: ein roter, herzförmiger Fleck.

»Dies hier wird unseren Pakt besiegeln. Das Wesen, das aus diesem Ei schlüpft, wird dich durch seinen Schrei, mit dem es jeden Tag aufs Neue die Sonne begrüßen wird, daran erinnern, dass du weiterleben wirst, weil wir es so vereinbart haben. An dem Tag, an dem es die Sonne nicht mehr begrüßt, wirst du sterben.«

Ein Abschied fand nicht statt. Frida erwachte im Krankenhaus, von Ärzten umringt. Ihr Blick fiel auf Diego. Dann spürte sie, wie Luft in ihre Lungen strömte, und betastete ihren leeren Bauch.

Fünf Tage später begann Frida, wie besessen zu malen. Sie wollte auf ihren Bildern das Kind festhalten, das sie verloren hatte, und zwar so, wie es ausgesehen hatte, als es sich in ihrem Bauch buchstäblich in Fetzen aufgelöst hatte, wie der Arzt ihr erklärte. Frida bat ihn, ihr einen in Formalin eingelegten Fötus zu besorgen. Der Arzt reagierte bestürzt und hielt ihren Wunsch für einen durch die Fehlgeburt ausgelösten abnormen Impuls. Diego indes machte ihm klar, dass Frida Künstlerin sei und sich mit Papier und Zeichenstift von ihren Hirngespinsten befreie. Durch Abbildungen in Fachbüchern inspiriert, auf denen die einzelnen Entwicklungsphasen des Ungeborenen dargestellt waren, verbrachte Frida nun Stunden damit, männliche Föten zu zeichnen. Auch sich selbst, im Bett liegend, umgeben von sonderbaren Bildern, die ihr vom Besuch ihrer Gevatterin an ihrem Krankenbett in Erinnerung geblieben waren und auf denen ihre Haare mal zu Fangarmen, mal zu Wurzeln mutierten. In der Zeit ihrer Genesung sprach sie kein einziges Wort, sondern zeichnete nur, legte Skizzen an, zeichnete abermals. Lucienne und Diego saßen bei ihr im Zimmer und schauten ihr zu. Von Zeit zu Zeit liefen ihr Tränen über die Wangen, doch wischte sie sich sogleich mit dem Laken das Gesicht ab und griff erneut verzweifelt zu ihren Stiften.

Am Tag, an dem sie aus dem Krankenhaus entlassen wurde, schrieb sie Leo Eloesser einen langen Brief, in dem sie ihm für seine Fürsorglichkeit dankte. Das Reden über ihre Gefühle und ihr eiserner Wille halfen ihr, den Schmerz zu überwinden und wieder zur Vernunft zu kommen. »Mir bleibt nichts anderes übrig, als mich selbst zu ertragen. Ich habe Glück wie eine Katze mit sieben Leben«, schloss sie. Dann faltete sie den Brief, setzte mit Lippenstift einen Kuss darauf und übergab ihn Lucienne.

»Schick ihn dem Doctorcito.«

»Willst du noch etwas anderes machen, Frida?«, fragte Lucienne, besorgt über den Wandel.

»Ich will malen«, antwortete sie.

Genau wie nach ihrem Unfall begann sie, ihre ganze Kraft in die Arbeit zu stecken und sich das Scheitern der Schwangerschaft von der Seele zu malen.

In ihrer Trauer über die Fehlgeburt und angesichts der entsetzlichen Wahrheit, dass sie nie würde Kinder bekommen können, äußerte sie Diego gegenüber mehrmals den Wunsch zu sterben. Obwohl er in dieser Zeit voll und ganz in seiner Wandmalerei aufging, begann er, sich um Frida zu kümmern, ließ ab von seinen Liebhaberinnen und verwöhnte seine Frau wie ein Kind. Als Frida erneut bei Kräften war, stand sie wieder früh auf, kochte für ihn und brachte ihm das Essen dorthin, wo er an seinem großen Werk arbeitete. Ihr Besuch bei Diego mit dem Essenskorb, dem exotische Düfte nach Mole, Enchilada und anderen mexikanischen Gerichten entstiegen, gehörte auch für Diegos Helfer zum täglichen Ritual. Wenn Diego sie kommen sah, kletterte er vom Gerüst, gab ihr einen Kuss, plauderte mit ihr und zeigte ihr, wie er mit seinem Werk vorankam. Frida deckte den Tisch und machte Bemerkungen zu seinen künstlerischen Fortschritten. Diese Momente kamen einer Beziehung, wie sie sie gern dauerhaft mit ihrem Ehemann geführt hätte, am nächsten. Lucienne ging daran, Fridas Tage so zu strukturieren, dass er Raum barg für all ihre Leidenschaften, denn sie hatte Fridas Widerwillen gegenüber festen Zeitpläne bemerkt. Sie regte sie dazu an, vormittags zu malen und zügiger zu arbeiten, ohne dabei jedoch die sorgsame Detailgenauigkeit bei der Gestaltung ihrer Bilder zu vernachlässigen.

Eine Sonnenfinsternis tauchte die Stadt mitten am Tag in völlige Dunkelheit, und Frida spürte, wie ein eisiger Luftzug Diego und seine Helfer umwehte, die das Phänomen draußen, vor dem Gebäude, in dem sein Wandgemälde entstand, betrachteten. Sie fanden es normal, dass ein kalter Wind eine Erscheinung wie diese begleitete, für Frida aber symbolisierte er Veränderung. Während alle mit getönten Gläsern zur Sonne hinaufschauten, hielt sie ihren Kopf gerade und blickte sich suchend nach dem um, der mit dem kalten Luftzug kommen würde: nach dem Boten.

Sie irrte sich nicht. Zwischen den parkenden Autos und Lastwagen ritt ein Mann auf seinem weißen Pferd daher. Der Bote schaute nicht ein einziges Mal zu Frida herüber, sondern ritt schweigend vorüber, und das Geklapper der Pferdehufe wurde allmählich vom Lärm der fernen Fabriken verschluckt. Als der erste Sonnenstrahl das Halbdunkel durchdrang, war der Reiter verschwunden.

»Wie fandest du die Sonnenfinsternis, Frida?«, fragte Lucienne.

»Schön war sie nicht. Es sah einfach nur aus wie an einem bewölkten Tag«, antwortete sie, noch benommen vom Auftauchen des Reiters, das ihr einen Schicksalsschlag ankündigte.

Diego lachte nur, denn bisweilen verbirgt der Mensch sein fehlendes Verständnis lieber hinter einem Scherz oder einer spöttischen Bemerkung.

Als sie in den Saal zurückkehrten, in dem das Wandgemälde entstand, erwartete sie dort ein Stapel Briefe. Mehrere Schreiben enthielten Angebote für neue Wandmalereien, sogar eine Einladung nach New York von Nelson Rockefeller war dabei. Aber unter den Briefen lag auch ein an Frida gerichtetes Eiltelegramm. Sogleich vermutete Diego schlechte Nachrichten aus Mexiko, sagte aber nichts, sondern las. Frida erschrak, als sie ihn erbleichen sah.

»Deine Mutter stirbt.«

Der Bote hatte die Tragödie prophezeit. Und so erfüllte sich Fridas großer Wunsch, nach Mexiko zurückzukehren, auf makabre Weise und durch einen wahrhaft sarkastischen Spielzug ihrer Gevatterin. Am nächsten Tag brachen Frida und Lucienne nach Mexiko auf.

Die Ereignisse prägten sich der Malerin tief ein, und mit Sarkasmus nahm sie die Situation hin. Äußerlich schien sie sich anzupassen, doch ihre Haltung war die einer Überlebenden. Sie wusste, dass sie mit Diegos Untaten und mit dem Tod würde leben müssen. Beide würden so lange auf sie eindreschen, bis sie kapitulierte. Aber diese Welt bot ihr mehr als das bloße Atmen. Bevor sie Mexiko-Stadt erreichte, hallten abermals die Worte aus ihrem Traum in ihrem Innern nach: »Nicht eine Minute später, nicht eine früher.«

Cristina und Matilde holten sie vom Bahnhof ab. Beide weinten so bitterlich, als sei ihre Mutter bereits gestorben, aber sie schien durchgehalten zu haben, um sich von Frida verabschieden zu können. Der Krebs verzehrte sie rasch. Fridas Vater war untröstlich bei dem Gedanken, die Frau zu verlieren, die ihn zwar nie geliebt, ihn aber durch die Macht der Gewohnheit an sich gebunden hatte.

Im Haus in Coyoacán blickte die Kranke ihrem nahen Tod entgegen. Als Frida sie im Bett liegen sah, nur noch Haut und Knochen, konnte sie sich ihrer Tränen nicht erwehren. Der Mutter gelang es nur noch mit Mühe, ihr den Kopf zu tätscheln.

»Frida, Kind . . .«, murmelte sie.

»Hier bin ich, ich bin zurückgekommen.«

»Du warst nie fort. Ich weiß, dass du nie aus diesem Haus fortgehen wirst«, antwortete ihre Mutter.

Sie schloss die Augen, und sich in das Wissen fügend, dass dies die letzten Tage ihres Erdenlebens waren, begannen ihre Töchter, einen Rosenkranz für sie zu beten.

Eine Woche später starb sie. In schwarze Tücher gehüllt und mit verquollenen Augen, verabschiedeten die Schwestern sich von dem Leichnam. Begleitet von Ave-Marias und Vaterunser, wurde Mutter Matilde beerdigt. Auf das Grab stellten die Töchter gelbe Blumen und Kerzen, die ihr den Weg ins Jenseits leuchten sollten. Dann kehrten sie gemeinsam in das Haus nach Coyoacán zurück, um Vater Guillermo Beistand zu leisten. Frida bat Lucienne, sie eine Weile allein zu lassen, und wanderte durch die Gärten des Hauses. Ein paar Hühner trippelten, auf Körner hoffend, hinter ihrem schwarzen Rock her. Plötzlich fiel Fridas Blick auf eines der Nester des Federviehs, denn dort lag ein einzelnes Ei, an dessen spitz zulaufendem Ende ein herzförmiger Fleck zu erkennen war. Gerade wollte sie es berühren, da bewegte es sich zu ihrer Verwunderung von alleine. Die Schale brach auf wie trockener Wüstenboden, und vor ihren Augen entfaltete sich das einzigartige, packende Wunder des Lebens: Ein kleiner Schnabel kam zum Vorschein, dann ein Kopf, noch feucht und ohne Federn, und schließlich schlüpfte ein winziges, schwarzgelbes Küken aus dem Ei. Es schlug die Augen auf und wieder zu, erprobte sein Sehvermögen. Indes war das Erste, was es sah, nicht seine Mutter – vermutlich eine der namenlosen Hennen des Hauses –, sondern die unablässig weinende Frida. »Guten Tag, Señor Quíquiri«, begrüßte sie das Küken, das sich aufzurichten versuchte.

Mit beiden Händen hob sie es vom Boden hoch und trug es in ihr Zimmer, wo sie ihm in einer Kiste aus alten Stoffen ein Nest unter einer Lampe bereitete. Das Küken schien sich an der Bemutterung nicht zu stören. Beide fühlten sich wohl. Und in den zwei Monaten, die Frida bei ihrer Familie blieb, verfolgte das Küken sie auf Schritt und Tritt. Sie wusste, dass es dieser kleine Hahn war, der den Pakt mit ihrer Gevatterin besiegeln würde, der, wenn er erst einmal ausgewachsen war, mit seinem morgendlichen Krähen den neuen Tag, für Frida stets nur ein geliehener Tag, begrüßen würde. Sie wusste, dies würde sich täglich wiederholen bis zu dem Tag, an dem er nicht mehr krähen und auch ihr eigenes Leben zu Ende sein würde.

Bevor sie in Luciennes Begleitung nach Detroit zu Diego zurückfuhr, gab Frida das Küken, das sich bereits zu einem mageren, etwas schwächlichen Hahn entwickelte, in Cristinas Obhut. Mit ihren Koffern und Erinnerungen trat sie die lange Fahrt an.
Als die beiden Frauen nach mehreren anstrengenden Reisetagen wieder in Detroit auf dem Bahnsteig standen, erwartete sie ein Mann im Anzug. Frida erkannte ihn nicht. Er war schlank und hatte kurzes Haar. Er kam auf sie zu und sagte: »Ich bin's.« Da erst begriff Frida, dass ihr Ehemann Diego vor ihr stand. Wegen Verdauungsproblemen hatte er eine Diät machen müssen und war so stark abgemagert, dass man ihm einen Anzug hatte leihen müssen. Wortlos schauten sie einander an. Dann warf Frida sich ihm in die Arme und ließ sich zärtlich umfangen wie eine Taube. Minutenlang standen sie in enger Umarmung und weinten.

Die Körbe für den Dicken

Detroit gefällt mir nicht. Die Stadt wirkt wie ein armseliges altes Dorf. Aber ich bin zufrieden, weil Diego voll Begeisterung malt und die Stadt ihm als Inspirationsquelle für seine Fresken dient ... Sie ist die Hauptstadt der modernen Industrie, ein Monstrum aus Zahnrädern und Schornsteinen. Dagegen komme ich nur an mit meinen langen Unterröcken, meinen Tehuana-Blusen und den mexikanischen Speisen, die meinem dicken Ehemann schmecken. Mit einem guten Mole ist er bei seiner Arbeit zufrieden.

Mole aus Guadalajara
Mole tapatío

1 kg Schweinelende, in kleine Stücke geschnitten, 4 Ancho-Chilis, geröstet und von Samen befreit, 4 Pasilla-Chilis, geröstet und von Samen befreit, 1 geröstete Zwiebel, 2 geröstete Knoblauchzehen, 100 g geröstete, ungesalzene Erdnüsse, 1 Teelöffel Chilisamen, 4 Pimentschoten, 2 Gewürznelken, 1 Zimtstange, Schweineschmalz, Salz.

Das Fleisch in einem großen, mit ausreichend Salzwasser gefüllten Kochtopf gar kochen. Herausnehmen und beiseitestellen, die Fleischbrühe auffangen. Die gerösteten Chilis 5 Minuten in heißem Wasser einweichen. Anschließend zusammen mit der Zwiebel, den Knoblauchzehen und ein wenig Fleischbrühe pürieren. Nun die Erdnüsse, die Chilisamen, die Pimentschoten, die Nelken und die Zimtstange mahlen. Mit etwas Fleischbrühe verrühren. 3 oder 4 Esslöffel Schweineschmalz in einer großen Kasserolle erhitzen, darin die Erdnussmischung andünsten und anschließend die pürierten Chilis zugeben. Während beide Pürees sich miteinander verbinden, abermals ein wenig von der Fleischbrühe zugießen, damit der Mole nicht zu dick wird. Alles eine halbe Stunde lang köcheln lassen. Mit Salz abschmecken, das Schweinefleisch in die Soße legen und weitere 5 oder 10 Minuten köcheln lassen. Mit Reis, Tortillas und Bohnenpüree servieren. Die gefüllten Teller kann man nach Belieben mit einer Prise gemahlener Erdnüsse garnieren.

Kapitel XIV

Als Frida den Blick hob, begegneten ihr zwei kühle Augen, die sich wie kleine, über die Haut gleitende Eiswürfel über ihren Körper bewegten und eine erwartungsvolle Nervosität in ihr wachriefen. Beide Frauen sahen einander an und erkannten in ihrem Gegenüber ihr eigenes Verlangen wieder. Das kühle Augenpaar wanderte über die Oaxaca-Bluse, die Fridas Brüste verbarg. Frida richtete sich auf wie ein Pfau in der Balz, der werbend sein Rad schlägt. Die fremden Blicke zogen ihr den Rock, die Bluse und den schweren Schmuck aus und ließen sie innerlich erbeben.
»Flirtest du mit Georgia O'Keeffe?«, flüsterte Diego ihr ins Ohr, der zum Zeugen dieses Schauspiels zwischen zwei Malerinnen wurde.
Frida senkte den Blick und kicherte wie ein Mädchen. Diego lächelte. Gut sah er aus, mit dieser Miene sogar noch besser. Der Smoking, den er trug, lenkte ab von seiner Hässlichkeit und verlieh ihm, obwohl er schon wieder zugenommen hatte, eine vornehme Note. Frida machte wie immer eine blendende Figur, wie eine prähispanische Prinzessin sah sie aus, ganz die zum Kunstwerk gewordene Künstlermuse. Nach den bedrückenden Erlebnissen in Detroit und Mexiko hatte sie sich bewusst ihrer Rolle als Frau zugewandt, mit allem, was dazu gehört, so auch, stets beneidenswert auszusehen. Dabei wusste sie sehr wohl, dass es guten Neid nicht gibt und Neid, der von einer Frau kommt, erst recht kein solcher ist.
»Von mir aus kannst du das ruhig. Ich glaube, Frauen sind in Sachen Sexualität zivilisierter und sensibler als Männer, unsereins ist da gröber gestrickt. Bei uns sitzt das Geschlechtsorgan an einer gewissen Stelle, während es sich bei euch über den ganzen Körper ausdehnt«, sagte Diego und drückte ihr mit der ganzen Zuneigung, die er für seine Frau empfand, einen dicken Kuss auf die Stirn.
Frida misstraute ihm, hinter dem Kuss vermutete sie Diegos Wunsch,

seine Frau zu markieren, eine subtile Form, den Anwesenden zu verkünden: »Flirten könnt ihr mit ihr, aber vergesst nicht, dass sie mir gehört.« Wie sollte man das vergessen? Diego war der unbestrittene Star des Augenblicks. Nicht nur an diesem Abend, schon seit Monaten. Sein Charme zog ganz New York in seinen Bann. Er wurde verehrt wie ein moderner Rattenfänger von Hameln, geradezu vergöttert, und alle warteten darauf, dass seine magischen Pinsel den geschäftlich, kulturell und politisch wichtigsten Gebäudekomplex von Manhattan – das Rockefeller Center – zu Glanz und Pracht verhalfen. Als Gast jener mächtigen Familie, die, auch ohne das Präsidentschaftsamt zu bekleiden, bei nationalen Entscheidungen die Fäden zog, wusste der Künstler, dass er den Höhepunkt seiner Laufbahn erreicht hatte. Wenn die Rockefellers in Diego am liebsten eine Fleisch gewordene Gottheit sahen, würden auch sämtliche Bewohner Manhattans ihm huldigen.

»Dafür brauche ich deine Genehmigung nicht«, erwiderte Frida. »Du hast auch nicht um meine gebeten, als du mit deiner Helferin Louise ins Bett gesprungen bist. Und wenn ich sie dir verweigert hätte, hättest du dich wohl kaum darum geschert.«

Sie klang nicht sauer wie eine Zitrone, eher spöttisch wie eine aufgeschnittene Wassermelone, die sich mit breitem Mund über das nahende Ende einer ehelichen Beziehung mokierte.

Diego sog an seiner stinkenden kubanischen Zigarre wie ein zurechtgewiesenes Kind an seinem Schnuller.

»Diego! Komm, ich stell dir meine Frau Georgia vor!«, schaltete sich Alfred Stieglitz, der Besitzer der Galerie, ein. Er hatte sich zu ihnen gesellt und seinen Arm um den Rücken des Malers gelegt.

Neben dem Muralisten wirkte der Fotograf und Galerist unproportioniert. Die beiden Männer schienen so unterschiedlichen Gattungen anzugehören wie Elefant und Papagei. Mit seiner freien Hand winkte Alfred die Frau mit den eisigen Augen heran, die sich langsam auf die beiden Männer zubewegte, indem sie sich einen Weg durch die Schar der Gäste bahnte, welche vor der schlanken Gestalt mit den feinen Zügen, der weißen Haut und dem goldenen Haar zur Seite traten. In ihrer schwarzen Hose und der durchsichtigen Seidenbluse glich Georgia O'Keeffe einer mitten in die Stadt katapultierten Amazone. Ihre Sommersprossen glänzten wie Brillantine auf der von der Sonne New Mexikos gebräunten Haut. Frida verging vor Verlangen, als sie sie wie einen Apache-Krieger den Raum durchmessen sah, mit männlichem Stolz und gläserner Zerbrechlichkeit.

»Georgia, ich glaube, du kennst Diego und seine Gattin«, sagte Alfred und zog seine Frau an sich, die sich, in monarchischer Erhabenheit, dennoch kerzengerade hielt.

Frida verschlang sie mit den Augen wie einen saftigen Apfel.

»Sehr angenehm«, sagte Georgia, die Fridas Hand in der ihren behielt, während diese sich in ihrer Rolle als Mayafürstin von dem eisigen Blick verzehren ließ.

Diego und Alfred plauderten über das Rockefeller-Projekt, unterdessen unterhielten sich die beiden Frauen mit den Augen.

»Dürfte ich eine Aufnahme von Frau Rivera machen?«, bat ein unverhofft auftauchender Störenfried.

Es war ein kleiner Fotograf mit breitkrempigem Hut, der eine Fotokamera von überdimensionaler Größe in den Händen hielt. Überrascht von seiner Bitte, löste Frida sich von Georgia. Lässig stellte sie sich neben eines der Werke der Galerie und posierte mit tiefgründigem Blick. Als der Blitz aufleuchtete, war Georgia inmitten einer Gruppe von Gästen verschwunden, die sie lachend umringten. Frida wollte ihr folgen, aber der Journalist ließ nicht locker:

»Sie amüsieren sich hier sicher prächtig, während Meister Rivera an seinen Wandbildern arbeitet. In der Stadt gibt es so viel zu sehen. Was macht denn Herr Rivera in seiner Freizeit?«

»Liebe«, antwortete Frida und entfernte sich, ein Lächeln auf den Lippen.

Vielleicht hätte sie gern noch »allerdings nicht mit mir« ergänzt, aber sie war auf einen weitere Begegnung mit Georgia aus.

Leider kam es nicht mehr dazu. Nach einer wilden, ausgelassenen Party landete sie mit Diego in einer Harlemer Kneipe. Die Glut, die Georgia entfacht hatte, würde also in dieser Nacht nicht gelöscht werden, und dennoch ließ die Frau, die sie mit Blicken ausgezogen hatte, Frida nicht los. Noch nie hatte jemand sie so angesehen. Nie hatte sie sich so begehrt gefühlt noch selbst jemanden so heftig begehrt. In der nach Arbeitern riechenden Kneipe spülte sie ihre Enttäuschung mit Cognac herunter, während Diego betrunken vor sich hin schnarchte und eine Jazzband *Deadmen Blues* spielte.

New York war für beide eine Stadt der Träume – Träume von Triumph, von unsterblicher Macht über die dogmatischen Kunstkritiker, aber auch, harmloser, von einem Eheglück, das ihnen inmitten einer brüchigen Realität Vollkommenheit vorgaukelte. Diego, der vollendete Kommunist und selbsternannte Heilsbringer, der mit seinen Pinseln die Ketten der kapitalistischen Unterdrückung sprengen würde, war liebend gerne an seinem jetzigen Aufenthaltsort: im Tempel des Geldes, im Mausoleum der Unternehmer, in der Ruhmeshalle der Millionäre. Zwar verkündete er lauthals seine rote Gesinnung, sein Inneres aber war weiß wie das Hemd jenes Smokings, den er mit falscher Bescheidenheit bei den nicht enden wollenden gesellschaftlichen Anlässen trug. Frida gefiel es, im Mittelpunkt der Aufmerksamkeit zu stehen, indes vermochte sie ihre Sehnsucht nach Mutterschaft, nach ihrer Familie und nach pikantem mexikanischem Essen nicht zu verdrängen. Während Diego arbeitete, saß sie stundenlang seufzend in der Badewanne und fühlte sich wie ein Schmetterlingskokon, der auf seine Entpuppung wartet – oder auf ein Wunder. Vergebens, alles blieb beim Alten. Diego kam und ging, neue Frauen am Arm wie gefüllte Einkaufstaschen nach dem Schlussverkauf, Reporter verfolgten Frida wie eine Zirkusattraktion, und die Bohemesoireen, in denen der Alkohol in Strömen floss, schienen nun fester Bestandteil des Tagesprogramms zu sein, da sämtliche Intellektuelle und Salonlöwen mit dem Ehepaar Rivera ausgelassene Partys feiern wollten.

In ihrer Badewanne liegend, den Blick auf das Wasser gerichtet, dachte sie an die Abmachung mit ihrer Gevatterin. Eine Kleinigkeit war das nicht gerade. Nur wenige Menschen bekamen eine zweite Chance, und wenn sie schon auserwählt war inmitten all der Idioten, also der übrigen Menschen, die sie auf dieser Reise durchs Leben begleiteten, sollte sie es sich doch wenigstens gutgehen lassen und sich unterwegs amüsieren. Ein verrücktes Lachen schüttelte sie. Vor ihren Augen schwammen die Erinnerungen auf dem Wasser, aus dem ihre Zehen ragten. Da waren die schmerzhaftesten Momente, die sie als Frau durchlitten hatte, mit ihrem ganzen psychotischen Zubehör. Ihr Geist begann abzuschweifen. Vergangene und gegenwärtige Bilder schimmerten im Wasser auf, Bilder von Leben und Tod, von Trost und Verlust. Und über diesen Bildern schlief sie in ihrer Badewanne ein. Jahre später sollte sie in ebendieser Position auf einem ihrer Bilder erscheinen.

»Hast du etwa vor, den ganzen Tag in der Wanne zu liegen? Du wärst wohl gern ein Fisch«, meinte Lucienne, die sie ein paar Stunden später weckte und ihr lächelnd ein Badetuch hinhielt. Frida schlug die Augen auf und spürte, wie ihr ein Schauer über den Körper lief. Ihre Finger waren schon bläulich angelaufen vor Kälte.

»Keine schlechte Idee. Angeblich führen Fische ein amüsantes Leben. Stell dir mal vor, was für Orgien ich in einem Fischschwarm veranstalten würde«, scherzte sie zähneklappernd und hüllte sich eilig in ihr Frotteetuch.

»Für mich wäre das nichts. Zu nass, zu glitschig«, entgegnete Lucienne und verzog das Gesicht, während sie begann, Fridas langes Haar zu bürsten, das sich wie Teer über ihre nackten Schultern ergoss.

»Nicht alles, was nass und glitschig ist, ist ein Fisch«, versetzte Frida und trocknete sich ab.

Lucienne antwortete nicht, sondern schaute nur in den Badezimmerspiegel, in dem ihre beiden lächelnden Gesichter zu sehen waren, und überließ der Haarbürste die klangliche Untermalung der Szene.

»Wir reden doch noch über Fische, oder?«, fragte sie schließlich verwirrt.

Die Antwort war ein spöttischer Blick aus einem verschmitzten Augenpaar, das sie unter dichten Augenbrauen auslachte. Ihren Bekannten zeigte Frida sich stets von ihrer schnippischen, selbstbewussten Seite.

»Lass uns heute ausgehen«, schlug sie vor.

»Und Diego?«

»Der fickt gerade irgendeine Gringa.«

»Bist du sicher?«

»Diego tut im Leben nur vier Dinge: malen, essen, schlafen und vögeln. Im Moment arbeitet er nicht, und ich habe ihm heute auch kein Spanferkel gemacht, das schaufelt er ja sonst immer tonnenweise in sich hinein. Guck mal in seinem Bett nach, dann siehst du, dass dort kein schlafender Dickmops liegt. Also bleibt nur noch eins, und davon bin ich ausgeschlossen, denn seit Detroit rührt er mich nicht mehr an.«

Die Bürste unterbrach ihr Auf und Ab. Lucienne ließ ihre Hand sinken wie ein Mädchen, das gerade erfahren hat, dass seine Eltern sich trennen werden. Aber Frida zuckte nur mit den Schultern, als sei das alles nicht dramatischer als ein vergessener Geburtstag. Auf Lucienne wirkte sie in diesem Moment so selbstsicher und weiblich, dass sie beruhigt weiterbürstete.

»Und was willst du unternehmen?«

»Wir könnten ins Kino gehen. Vielleicht läuft ein Tarzanfilm mit ein paar Gorillas.«

»Du bist vielleicht komisch! Warum siehst du dir so gern Filme mit Affen an?«

»Die erinnern mich an Diego. Nur dass sie witziger sind und nicht reden.«

Während die Bürste sie weitermassierte, begann sie, mit einem Teil ihrer Haare verspielte Knoten und komplizierte Zöpfe zu flechten.

»Heute machen wir beide uns einen schönen Abend, ja? Morgen sind wir nämlich abends bei diesen Bonzenärschen Rockefeller eingeladen, auf deren Partys alle saufen wie die Löcher.«

Lucienne murmelte die vulgären Ausdrücke vor sich hin. Sie und Frida hatten ihren Spaß daran, sich gegenseitig in verschiedenen Sprachen deftiges Vokabular und Schimpfwörter beizubringen. Im Spanischen verfügte Frida über ein ziemlich umfassendes Repertoire.

»Wir waren doch erst vorgestern im Kino, lass uns heute lieber nach

Chinatown fahren. Danach könnten wir im Village noch einen trinken gehen. Wir könnten die *Vanity-Fair*-Clique einladen.«

»Meinst du, dass Georgia O'Keeffe kommt?«

»Ich glaube, die ist wieder bei den Koyoten in New Mexico. Ein sonderbares Wesen, bei jeder Gelegenheit verzieht sie sich in die Wüste.«

»Dann wird's wohl nichts mit der Verführung«, entgegnete Frida und zog enttäuscht die Schultern hoch.

Von Fridas Bisexualität wusste Lucienne erst, seit Diego vor kurzem seine Witze darüber gemacht hatte: »Dass Frida lesbisch ist, weißt du ja wohl. Du hättest mal sehen müssen, wie sie mit Georgia O'Keeffe herumgeflirtet hat, als wir in der Galerie ihres Mannes waren.«

Frida ahnte nicht, dass Nelson Rockefellers Party ihr Abschied aus den gehobenen New Yorker Kreisen sein würde. In seiner Funktion als Vizepräsident jenes Centers, das seinen Namen trug, hatte der junge Nelson Rockefeller Diego engagiert. Er bewunderte dessen Werk, und die Vorstellung, als namhafter Kapitalist einen bekannten Kommunisten für die künstlerische Gestaltung des nächsten Finanztempels zu verpflichten, hatte ihm – vielleicht aus Naivität und jugendlichem Widerspruchsgeist – gefallen. Vor Jahren waren Frida und er sich erstmals in Diegos Haus in Mexiko begegnet, als Frida gerade begonnen hatte, Fortschritte bei der Schöpfung kulinarischer Leckerbissen zu machen. Seitdem der elegant gekleidete junge Mann aufgetaucht und seine Nase in ihre Küche gesteckt hatte, wo Frida anlässlich seines Besuchs ein aus Yucatán stammendes Gericht zubereitete, verstand sie Lupe Maríns Worte: »Manchmal bewirkt einen gutes Essen mehr als alle Wunder.« Der junge Mann hatte Diego aus der Küche geworfen und Frida mit Fragen zur mexikanischen Küche überhäuft, die sie kühl und sachlich beantwortet hatte. Seit dem damaligen Schmaus war Nelson hingerissen von der Lebensart des Paares, von Diegos kraftvollen Pinselstrichen und Fridas gastronomischen Raffinessen. Nach seiner Begegnung mit dieser magischen Welt begann er, sich intensiv mit prähispanischer Kunst und mexikanischer Volkskunst zu befassen. Und von dessen Charisma berauscht, bot er Diego schließlich an, das New Yorker Wandbild zu malen. Der Künstler gab dem künftigen Werk, das für ihn den Gipfel seiner Karriere darstellte, sogleich einen Titel: »Der Mensch am Kreuzweg, hoffnungsvoll in eine bessere Zukunft blickend«. Rockefeller war auf der Stelle damit einverstanden.

Die Kritik an dem im Rockefeller Center entstehenden Werk ließ indes nicht lange auf sich warten. Kurz vor der Beendigung des Wandbildes, auf dem Diego eine in seinem Entwurf als anonymen Arbeiter angelegte Figur geschickt durch die Person Lenins ersetzt hatte, empörte sich die Presse über die eindeutig kommunistische Ausrichtung des Gemäldes. Daraufhin schaltete sich der junge Rockefeller persönlich ein: Nur wenige Tage vor dem kleinen Fest tauchte er am Ort des Geschehens auf, um das fast vollendete Werk zu begutachten. Der schlanke Mann mit dem intelligenten Blick und der scharfen Nase war wie stets schlicht gekleidet und wirkte mit seinen in die Hosentaschen geschobenen Händen so lässig wie der Tod in Person nach einer Ewigkeit des Seeleneinsammelns.

»Maestro Diego, Señora Rivera, ich bin gekommen, um sie zu einem kleinen Fest in meinem Haus einzuladen«, sagte er, am Fuß des Gerüsts stehend, ohne den Blick von dem gemalten Lenin zu wenden, der spöttisch auf ihn herabzuschauen schien.

»Und womit verdienen wir das Vergnügen?«, rief Diego von oben, während er vom Gerüst stieg.

»Damit.« Nelsons eine Hand tauchte aus der Hosentasche auf und wies auf Lenin. »Ihr Arbeiter ist sehr glatzköpfig, sehr spitzbärtig und sehr rot geraten. Vielleicht haben Sie sich da vertan, in Ihrer Skizze sah er nämlich anders aus.«

Diego nuschelte irgendetwas in sich hinein, bevor er zu einer Erklärung ausholte.

»Wenn ich ihn entferne, ändert sich das gesamte Konzept des Wandgemäldes ... Aber falls Sie gern etwas Patriotisches zur Betonung Ihrer Stars and Stripes im Bild hätten, stelle ich Präsident Lincoln daneben«, schlug er vor wie jemand, der an einem Marktstand feilscht.

Der junge Nelson blieb hartnäckig. »Sie wissen, dass in diesem Gebäude bedeutende Unternehmer sitzen werden«, sagte er. »Ich habe die Befürchtung, dass einige meiner Kunden sich beleidigt fühlen könnten. Schließlich geht es ja nur um eine kleine Korrektur.«

Diego kratzte sich ärgerlich die Pobacken.

»Ich kann nicht ... Es ist unmöglich.«

Nelson Rockefeller hob die Arme wie ein Feudalherr, der genau weiß, dass die Fäden der von ihm gesteuerten Marionetten in Kürze ihre Arbeit tun werden. Er lächelte Frida zu und verabschiedete sich mit den Worten:

»Señora Rivera, ich erwarte Sie bei mir zu Hause. Dort kann auch ich mit meinen Cocktails Wunderwerke vollbringen, mögen sie einen auch nicht ganz so verzaubern wie Ihre Speisen. Aber die Seele laben sie ebenfalls.« Und lässig, wie er gekommen war, ging er mit diesem Versprechen davon.

Eigentlich wurde es ein recht vergnüglicher Abend. Eine kleine Gruppe von Freunden, Künstlern aus gehobenen Kreisen und Intellektuellen waren in der Wohnung des jungen Nelson zusammengekommen, die mit ihren vielen Gemälden und Skulpturen großer Meister einem Museum glich.

»Als meine Familie sich ein Wandgemälde gewünscht hat, damit die Leute innehalten und nachdenken, habe ich Picasso oder Matisse vorgeschlagen. Die moderne Kunst ist ein Akt der Befreiung«, erklärte er der wunderschön zurechtgemachten Frida und Diego, der stolz wie ein Löwe neben ihr stand. Beide waren auf ihrem Hinweg von Fotografen umringt worden, die ein Titelbild für die Zeitschrift *Life* erhaschen wollten. »Aber dann fiel mir wieder ein, dass meine Mutter eine Schwäche für Diego hat, und unser Besuch bei Ihnen, wo ich Ihr köstliches Spanferkel gegessen habe, hat mich dazu bewogen, ihn zu engagieren.«

»Sie sind intelligent, mein Junge«, meinte Diego.

Frida nickte wie zum Dank für das ihr geltende Kompliment.

»Ich hoffe, Sie betrachten unsere kleine Auseinandersetzung lediglich als ein Aufeinanderprallen zweier Ideologien«, sagte er zu Diego und hakte sich bei Frida unter, um sie zur Bar mitzunehmen. »Und jetzt werde ich Ihnen Ihre Frau entführen, damit sie sieht, dass auch ich ein Händchen für kulinarische Zaubereien besitze.«

Wie ein fünfzehnjähriges Pärchen auf seinem ersten Gesellschaftsball wanderten Nelson und Frida durch den Raum, im Vorbeigehen die Anwesenden grüßend. Sie ließen sich in einer Ecke nieder, in der Nelsons Frau gerade mit einigen Freundinnen aus der Kirche plauderte. Als sie Frida erblickte, musterte sie sie mit forciertem Lächeln, als betrachtete sie ein exotisches Reptil im Zoo.

»Sehr angenehm, Señora Rivera. Nelson hat mir erzählt, dass Sie wunderbar malen und kochen.«

»Sie ist die bessere Malerin von uns beiden!«, rief Diego von weitem, bereits mit einem großen Glas in der Hand und von einer Schar Bewunderer umringt.

Frida lächelte und schaute zu Boden.

»Meine Mutter war eine indigene Mexikanerin, sie hat mir, bevor sie starb, einige Rezepte beigebracht«, antwortete sie, und der Stolz auf ihr Volk drang ihr aus allen Poren.

»Ihr Tod ist sehr betrüblich. Hoffentlich hat sie im Crossroad Club einen guten Führer gefunden«, schaltete sich Nelson ein, bevor er sich entschuldigte und den Kellner bat, ihn die Getränke selbst mixen zu lassen.

Frida schaute ihn fragend an.

»Naja, die Geschichte vom Crossroad Club haben Sie ja sicher schon gehört«, meinte Nelson, während er mit dem Geschick eines modernen Alchimisten Gin und Wermut zu einem trockenen Martini mixte.

»Crossroad Club? Klingt interessant«, erwiderte Frida mit neugierig hochgezogenen Augenbrauen.

»Ist bloß so eine Großstadtlegende. Waschweibergeschwätz«, brummelte seine Frau.

Nelson füllte sein Glas und reichte Frida das ihre mit wohlwollender Kavaliersgeste.

»Erzählen Sie sie mir, ich stelle sie mir sehr spannend vor«, bat sie und versenkte ihre kirschroten Lippen in die kühle Flüssigkeit.

»Ich muss zugeben, sie klingt wie eine dieser Gruselgeschichten, mit denen man Kindern vor dem Einschlafen ein bisschen Angst macht. Ich habe sie von dem Alten aus der Verwaltung, der bei meinem Vater arbeitete. Ein weißhaariger Mann, der sich rühmte, in direkter Linie vom ersten afrikanischen Sklaven auf amerikanischem Boden abzustammen. Er war ein toller Erzähler. Stundenlang konnte er einen mit seinen phantastischen Geschichten in Atem halten. Alle nannten ihn Old Pickles, dauernd pfiff er Lieder aus Chicagoer Bordellen vor sich hin ...«

»Manchmal redet er so belangloses Zeug, dass ich mir lieber die sterbenslangweiligen Geschichten von Diego anhöre, wie er den Kommunisten in den Arsch kriecht«, wisperte Frau Rockefeller einer Freundin zu, aber Frida schnappte die giftige Bemerkung auf. Todd Rockefeller stand mit der Haltung eines englischen Wachsoldaten vom Sofa auf und stolzierte zu der Gruppe, in deren Mitte Diego politische Lügengeschichten zum Besten gab und von falschen Eroberungen erzählte.

»Eines Tages«, fuhr Nelson fort, dankbar, eine so gebannt lauschende Gesprächspartnerin gefunden zu haben, »wollte ich auf der Dachterrasse die Reste des Truthahns vom Erntedankfest verspeisen, da stieß ich dort oben auf Old Pickles, der gerade zu Mittag aß: Sardinen und einen roten Apfel. Ohne sich darum zu scheren, dass ich der Sohn seines Bosses war, forderte er mich auf, neben ihm Platz zu nehmen. Wenn es ums Essen ging, fand er Klassen und Positionen nur störend, schließlich sitzen wir beim Essen alle auf Augenhöhe.«

»Eine Frau aus San Francisco hat mir einmal etwas Ähnliches gesagt«, erwiderte Frida, sich an Mommy Eves leckeren Apple Pie erinnernd.

»Er fing an, mir Geschichten aus dem Leben der übrigen Angestellten zu erzählen, wer mit wem ins Bett ging oder wer meinen Vater hasste. Und während er von einem alten polnischen Buchhalter sprach, der im Straßenverkehr zu Tode gekommen war, bekreuzigte er sich und fügte hinzu: Hoffentlich hat er im Crossroad Club einen guten Führer gefunden.« Rockefeller machte eine Pause, um einen Schluck Martini zu trinken. Der Alkohol hatte seine Augen aufleuchten lassen. »Ich fragte ihn, was denn dieser Crossroad Club sei, und

Old Pickles erklärte es mir, während er seine Sardinen kaute. Wenn wir sterben, sagte er, müssen wir alle erst einen gewissen Weg zurücklegen, um an unser Ziel zu gelangen, und damit wir uns auf diesem dunklen Weg nicht verirren, wurde der Crossroad Club gegründet: eine Gruppe menschlicher Seelen, die andere Seelen an ihr Ziel geleiten. So als erläutere er mir die Arbeitsweise einer Firma, machte er mir klar, dass die Mitglieder dieses Clubs zu Lebzeiten bewunderte, anerkannte und beliebte Persönlichkeiten gewesen seien. Sie würden danach ausgewählt, ob die Leute sie nach ihrem Tod wiedererkennen könnten, denn, so sagte er, in der Stunde des Todes wolle man doch gern ein bekanntes Gesicht vor sich haben.«

Frida war fasziniert von dieser Geschichte, die in wenigen Worten ihre komplizierte Wirklichkeit wiedergab. An ihrem inneren Auge huschten die Begegnungen mit dem revolutionären Reiter vorbei und wie er ihr stets in den Schlüsselmomenten ihres Lebens erschien, hoch zu Ross und mit dem immergleichen breitkrempigen Hut auf dem Kopf.

»Wer zum Beispiel? Wer sind diese Führer?«, fragte sie zögernd.

»Ich weiß nicht, vielleicht George Washington, Dante oder Matisse. Ich nehme an, jeder Mensch hat einen anderen.«

»Wenn ich sterbe, möchte ich gern der nackten Mary Pickford begegnen«, rief ein Gast, der der Unterhaltung gelauscht hatte.

Nelson musste über den Einfall lächeln und zeigte dann auf Diego, der nach wie vor mit dem Glas in der Hand die Anwesenden fabulierend in Bann hielt.

»Für Ihren Mann wäre vermutlich Lenin der Richtige. Er scheint von ihm besessen zu sein. Ich verstehe nicht, wie jemand sich diesen Kommunisten zum Begleiter wünschen kann, naja, jeder ist anders«, murmelte er vor sich hin und schwieg eine Weile nachdenklich. Dann wandte er sich wieder an Frida und überraschte sie mit einer Frage: »Wen würden Sie sich denn aus dem Crossroad Club aussuchen, Señora Rivera? Wer wäre Ihr Todesführer?«

Statt zu antworten, verzog Frida ihr Gesicht zu einem albernen Lächeln, denn natürlich fiel es ihr schwer, preiszugeben, dass sie diese geheimnisvolle Person bereits kannte: jenen Reiter, der ihr zum ersten Mal in der Kindheit begegnet war, als die Revolutionäre in ihrem Haus Zuflucht gesucht hatten.

»Ich bin Atheistin«, erwiderte sie knapp, wie um das Gespräch zu beenden.

Nelson Rockefeller ergriff ihre mit Ringen geschmückte Hand.

»Den Gott der Christen können Sie ruhig leugnen, das ist Ihr gutes Recht. Und würden Sie den Pfarrer aus der Fifth Avenue so gut kennen wie ich, würden Sie sich bestätigt fühlen. Aber Sie können nicht leugnen, dass der Tod existiert. Er lauert an jeder Ecke und wartet stillschweigend auf den Augenblick, in dem er uns die Hand reichen wird. Der Tod ist eben keine Glaubensfrage, sondern schlicht und einfach die Tatsache, dass wir aufhören zu existieren«, sagte er mit gesenkter Stimme.

Frida hielt dem eisigen Blick ihres Gegenübers stand, in dem sie auf einmal nur noch Geld und Macht las, und sah, wie seine Lippen sich langsam zu einem erschreckenden Lächeln öffneten. Macht verbreitet mitunter noch mehr Schrecken als der Tod.

Nelson stand mit seinem leeren Glas vom Sofa auf. Er schob eine Hand in die Hosentasche und zwinkerte Frida zu.

»Ich glaube, wenn Sie sterben, werden Sie selbst ein Mitglied des Crossroad Clubs werden. Sie sind eine vom Tod Erwählte. Es war mir ein Vergnügen, mit Ihnen zu plaudern, und ich hoffe, Sie verzeihen mir eines Tages, was passieren wird.«

Er drehte sich um und verschwand zwischen den Gästen. Frida klammerte sich an den Gedanken, dass er ihr mit dieser Geschichte nur ein bisschen Angst einjagen wollte und man einem Mann mit so vielen Dollar sowieso nicht trauen dürfe. Daher beschloss sie, das Gespräch zu vergessen und die Party zu genießen.

Ihr Misstrauen gegenüber dem jungen Rockefeller sollte sich bestätigen. Am nächsten Tag tauchte er an Diegos Arbeitsplatz auf, wo dieser gerade seinem Werk den letzten Schliff verlieh. In seiner Begleitung eine Gruppe von Wachleuten, die um Diegos Helfer herumstrich. Nelson wirkte keineswegs verstimmt, im Gegenteil, auf seinem Gesicht lag das gleiche Gentlemanlächeln wie am Abend zuvor. Mit diesem Lächeln eines Gottes-der-menschliche-Ameisen-zertritt überreichte er Diego einen Umschlag, in dem der Rest des vereinbarten Honorars lag.

»Das können Sie nicht tun«, flüsterte Diego voller Wut.

»Sie wissen, dass ich alles tun kann. Was das Detail angeht, das ich Sie zu entfernen bat, habe ich eine einfache Lösung: Wenn Lenin an der Wand bleibt, gibt es keine Wand.« Mit diesen Worten und einer eleganten Kopfverneigung setzte er die gesamte Mannschaft vor die Tür. Die Entscheidung war endgültig, Diegos Dienste als Künstler waren nicht mehr gefragt. Bevor dieser mit wilden Flüchen um sich warf, tobte er wie ein tollwütiger Hund. Nicht die Waffen der Wachleute hielten ihn davon ab, wenigstens zu versuchen, Rockefeller umzustimmen, sondern dessen Lächeln und wie er dastand, beide Hände in den Hosentaschen wie ein Vorarbeiter, der während der Errichtung seines Imperiums in aller Ruhe Ratschläge erteilt. Noch am selben Nachmittag gingen Hämmer und Meißel ans Werk. Das große Wandgemälde, welches seine Majestät Diego Rivera hätte verewigen sollen als den Künstler, der das Volk mit seinen Pinseln zum Heil führt, zerbarst in tausend Stücke. Diego hatte eben nie das mexikanische Sprichwort ernst genommen, das da mahnt: »Pinkle nie in die Futterkrippe.«

Drei Monate später, nach vierjährigem Aufenthalt in den Vereinigten Staaten, erfüllte sich Fridas Traum von der Rückkehr in die Heimat.

Die Großstadt und ich

Unseren Aufenthalt in New York hat ein reicher Pinkel finanziert, der nur so im Geld schwimmt; aber ich muss gestehen, im Grunde habe ich ihn immer gemocht. Rockefeller gibt das Geld seines Vaters für dieselbe Sammelleidenschaft aus wie Diego: für prähispanische Götterstatuen. Nach der Schweinerei, die er sich uns gegenüber geleistet hat, hat er uns dennoch weiter in Mexiko besucht. Er wünsch-

te sich immer ein Spanferkel. Für ihn gab es drei Phasen im Leben: jung, mittelalt und »heute siehst du aber gut aus«.

Spanferkel nach mexikanischer Art
Cochinita pibil

Böse Zungen behaupten, Yucatán sei die erste Region auf dem amerikanischen Kontinent gewesen, in der die Indios während der Konquista Schweinefleisch probiert hätten. Deshalb hätten sie dann Gerichte wie das »Cochinita Pibil« erfunden. Beim Zubereiten dieser Spezialität muss man äußerst behutsam zu Werke gehen und genug Zeit einplanen, damit sie wirklich gelingt. Viele Leute machen sie aus Schweinelende, Eulalia aber nimmt immer Schweineschulter, weil sie saftiger ist.

4 Bananenblätter, 1 ½ kg Schweinshaxe oder Schweineschulter, ½ kg Schweinelende mit Rippen, 200 g Achiote-Paste, 1 Tasse Saft von sauren Orangen, ¼ Teelöffel gemahlener Kreuzkümmel, 1 Teelöffel getrockeneter Oregano, 1 Teelöffel gemahlener weißer Pfeffer, ½ Teelöffel gemahlener schwarzer Pfeffer, ½ Teelöffel Zimtpulver, 5 grob gemahlene Pimentschoten, 4 Lorbeerblätter, 3 zerdrückte Knoblauchzehen, ½ Teelöffel Piquín-Chili, 125 g Schweineschmalz.

Die Bananenblätter ins Feuer halten, damit sie weich werden, aber darauf achten, dass sie dabei nicht aufreißen. Eine Ofenform so mit den Blättern auslegen, dass sie über den Rand lappen. So kann man das Fleisch später darin einhüllen. Die Achiote-Paste im Orangensaft auflösen, die übrigen Gewürze hinzugeben und in diese Marinade das Fleisch legen, am besten schon am Vortag, da es mindestens 8 Stunden darin ruhen sollte. Das Schweineschmalz zerlassen, das Fleisch darin wenden und anschließend fest in die Bananenblätter einwickeln, dabei die Spitzen der Blätter nach innen klappen. Die Blätter mit etwas Wasser besprenkeln, damit sie nicht anbrennen. In dem auf 175 Grad vorgeheizten Ofen das Fleisch 1 ½ Stunden braten lassen oder zumindest so lange, bis es weich ist und leicht zerfällt. Dann in kleine Stücke schneiden und in den geöffneten Bananenblättern servieren. Dazu Tortillas reichen.

Spanferkel-Soße
La salsa de la Cochinita

3 kleingehackte rote Zwiebeln, 4 kleingehackte Habanero-Chilis, ½ Tasse kleingehackten Koriander, 1 Tasse sauren Orangensaft oder Essig.

Alles verrühren und 3 Stunden stehen lassen. Die Soße wird über das Fleisch gegossen, wenn man es in Tacos serviert.

Kapitel XV

An jenem Tag, als Frida dahinterkam, dass ihr Mann sie auf übelste Weise betrogen hatte, beschloss sie, dass der Fettwanst endgültig für sie gestorben war. Ihrem brodelnden Blut entstieg purer Hass. Vor allem quälte sie der Gedanke, an dem Vorgefallenen auch noch selbst schuld zu sein. Es geschah ihr im Grunde ganz recht, weil sie einfach zu blöd war. Nichts ist so kränkend wie die Entdeckung, dass ein Betrug die ganze Zeit vor der eigenen Nase stattgefunden hat. Das Gefühl, die Dumme gewesen zu sein, versetzte sie so in Rage, dass es sie größte Mühe kostete, nicht ihr ganzes Geschirr zu zerschlagen.
Seit Diego und sie aus den Jahren nordamerikanischen Exils zurückgekehrt waren, merkte Frida, wie fremd ihnen ihr eigenes Land geworden war. Die Öffentlichkeit hatte Diego vergessen. Nach seiner langen Abwesenheit beachteten die Zeitungen ihn nicht mehr. In Mexiko hatten sich die Dinge gewandelt, sogar die ländliche Mariachi-Musik war im Begriff, aus den Rundfunkprogrammen zu verschwinden, und machte den Boleros von Guty Cárdenas und den herzerweichenden Melodien von Agustín Lara Platz. Zwar sympathisierte die Regierung von General Cárdenas mit den revolutionären und kommunistischen Bewegungen, aber vor dem Hintergrund der in Europa herrschenden Kriegsstimmung neigte sich die goldene Ära der großen Muralisten ihrem Ende entgegen.
Auch Diego hatte sich verändert, er war nur noch ein Schatten jenes nimmersatten Menschenfressers, in den Frida sich verliebt hatte. Die Diät, die man ihm in den USA verordnet hatte und die ihm all die Köstlichkeiten verbot, die Frida so wunderbar zuzubereiten verstand, hatte ihn zu einem mürrischen, aufbrausenden Mann gemacht, der faltig und verbraucht aussah. In den Augen des phlegmatischen Malers war alles schlecht. Seine weißen Leinwände blieben

jetzt wochenlang unberührt, während er selbst eine Schnapsflasche nach der anderen leerte. Verzweifelt, auf der Suche nach Verständnis, wandte Frida sich an ihren geliebten Doctorcito. »Da Diego sich nicht gut fühlt, hat er noch nicht wieder zu malen begonnen«, schrieb sie ihm. »Das stimmt auch mich trauriger denn je; denn ihn so unzufrieden zu erleben lässt mich einfach nicht zur Ruhe kommen und macht mir größere Sorgen als meine eigene Gesundheit.«

Frida war schlau genug, zu wissen, dass Diego ihr der Einfachheit halber die Schuld an all seinem Ungemach gab. Als hätte sie jede einzelne Entscheidung beeinflusst, die zu seinem Sturz aus jenen Höhen geführt hatte, in denen er sich friedlich gesonnt hatte. Frida aber wollte keineswegs zum Club der Frauen gehören, die alles auf sich nehmen, wenn ihre Männer bei ihrer Arbeit Pech haben, nur weil sie sie irgendwann mal angespornt haben, nach Höherem zu streben. Wenn Diego sich aus Angst, zu versagen, lieber wie ein verletzter Kojote in seinem Bau verkroch, so war daran einzig und allein seine eigene Feigheit schuld.

Während Diego sich hinter sein vermeintliches Scheitern zurückzog, wurde das neue Doppelhaus eingeweiht. Die würfelförmigen Bauten in Blau und Rosa, die im Stadtteil San Ángel standen, erwachten jeden Morgen zu neuem Leben inmitten von Hundegebell, Papageiengekrächze und dem Krähen des Hahns mit dem spärlichen Gefieder, den Frida nach wie vor Señor Quíquiri nannte. Die Häuser sahen aus wie ein Spiegelbild des gegenwärtigen Zustandes ihrer Liebesbeziehung: schön, aber kalt. Frida indes beschloss, sich nicht geschlagen zu geben. Sie würde sich diese nackten Wände aneignen, würde sie ausstatten mit Pfannen, Tongefäßen, Lebensbäumen, Judasfiguren und Gemälden und mit Hilfe ihres folkloristischen, explosiven Flairs der kühlen Moderne den Garaus machen.

Das Einzige, was sie hier nicht konnte, war kochen, und das war freilich schlimm. Wenn sie den winzigen Raum betrat, um ans Werk zu gehen, nahm ihr bauschiger Tehuana-Rock so viel Platz ein, dass er aus Türen und Fenstern quoll. Eines Tages ging sie in die Küche, um mit einem Mole pipián Diegos Stimmung aufzuheitern. Dabei stellte sie fest, dass man auf dem winzigen Herd nicht einmal ein Ei kochen konnte. Verärgert stieg sie mit Kocher und Comal auf die Dachterrasse, wo sie die Zubereitung des Mole in Angriff nahm wie eine Revolutionssoldatin im Kampf gegen die architektonische Moderne. Da sie sich in der lächerlichen Puppenküche stets unwohl fühlte, beschloss sie eines Tages, denjenigen zum Essen einzuladen, der ihr Heim entworfen hatte. Juanito hatte schon einiges über Fridas ausgezeichnete Kochkünste gehört, so dass ihm in Erwartung des Mahls das Wasser im Munde zusammenlief. Frida aber setzte ihm nur ein paar Bohnen, einen halben Hähnchenflügel und eine Tortilla vor, auf einem winzigen Teller hübsch arrangiert.

»Deine Küche gibt leider nicht mehr her. Guten Appetit«, spottete sie und stellte gleich darauf einen köstlich dampfenden Mole für Diego auf den Tisch.

O'Gormans architektonische Theorien stießen bei der Mexikanerin auf eine dicke Mauer des Widerstands. Für sie war die Küche nun mal das Herzstück des Hauses. Diego lachte seinen Gefährten und Jünger aus, gestand Frida aber nie, dass auch er bei der Aufteilung der Räumlichkeiten des Hauses ein Wort mitgeredet hatte.

Frida freute sich, dass ihr Einfall Diego wenigstens eine kleine Portion gute Laune zurückgegeben hatte. Den ersten Teller Pipián verschlang ihr nimmersatter Ehemann ganz allein, ohne seinem Freund etwas davon anzubieten. Erst beim zweiten Teller zeigte er Mitleid mit Juanito und teilte mit ihm. Am Ende der Mahlzeit unterhielten sie sich über Trotzki, die Revolution, die Kunst und die Scheiß-Kapitalisten jenseits des Río Bravo. Dann rauchte Diego eine Zigarre, die so groß war wie ein Nudelholz und stank wie eine Zuckerfabrik, trank eine Flasche Tequila und verabschiedete sich von O'Gorman, um sich erneut in seinem Arbeitszimmer zu verkriechen.

»Dünn sieht er aus«, bemerkte Juanito, bevor auch er sich auf den Weg machte.

»Nein, beschissen sieht er aus«, korrigierte ihn Frida.

Und im selben Augenblick beschloss sie, dass Diego jemanden brauchte, der ihm half, seine Papiere zu ordnen, der ihm das Arbeitszimmer aufräumte und sogar für das neue Wandbild posierte, mit dem er beauftragt worden war. Dieser Jemand sollte ihre beste Freundin sein: ihre Schwester Cristina. Cristi war ihr sicherer Hafen, ihre Zuflucht, die Schulter, an der sie sich ausweinen konnte. Obwohl beide Schwestern so verschieden waren, bestand seit ihrer Kindheit eine starke Bindung zwischen ihnen. Frida war die Intellektuelle, die Künstlerin, die Frau von Welt, die mit einem berühmten Maler verheiratet war, Cristi das Gegenteil, eine Frau mit zwei Kindern, deren Ehe eine so unerträgliche Fehlentscheidung gewesen war, dass allein schon, darüber zu reden, weh tat. Sie war eine ergebene, geprügelte, schlichte und einfältige Frau. Mit Büchern konnte sie nichts anfangen, außer sie unter einen wackeligen Tisch zu schieben; und ihre Klugheit hatte sie weggesperrt in irgendein Kämmerlein ihres Verstandes.

Als ihr Ehemann, der sie regelmäßig verprügelte, sie nach der Geburt ihres zweiten Kindes verließ, zog Cristi wieder zu ihren Eltern. Sie war es, die die Mutter pflegte und sich nach deren Tod um Vater Guillermo kümmerte. Der zog sich mittlerweile oft stundenlang in sein Zimmer zurück, um Familienfotos zu betrachten, so als versuche er, eine Handvoll von dem Glück zurückzuholen, das er nie erlebt hatte.

Frida und Cristina ergänzten sich in jeder Weise und dienten einander als Stützen in ihrem schwierigen Leben. Deshalb griff Frida ihrer Schwester auch sofort unter die Arme, adoptierte ihre Kinder als ihre Lieblingsneffen, überschüttete sie mit Geschenken und Geld und holte sie in das Doppelhaus in San Ángel. Das fröhliche Geschreier hinter dem armen Quíquiri herlaufenden Kinder und Cristinas freimütiges, sinnliches Lachen füllten die Leere, die sich zwischen Diego und Frida aufgetan hatte. Damals beschränkte sich der körperliche Kontakt zwischen beiden auf ein sanftes Tätscheln von Zeit zu Zeit. Seit der Fehlgeburt in Detroit war Sex nur noch ein ferner Traum. Wie die Pyramiden von Teotihuacan, sagte Frida, man wisse, dass es sie gibt, aber man gehe nie hin.

Am Nachmittag begab sie sich mit ihren Neffen ins Atelier, um für ein wenig fröhliche Stimmung zu sorgen. Diego hockte wie ein mürrisches Gespenst in einer Ecke, rauchte und las Zeitung, während die

Schwestern das auf der Dachterrasse zubereitete Essen servierten und dabei ihre Klatschgeschichten weitersponnen. Die weiße Leinwand stand in Erwartung eines Pinselstrichs leer im Raum.

»Du musst arbeiten«, forderte Frida Diego auf. »Ich weiß, die Leute hier sind absolute Sturköpfe, aber vergiss doch die Idioten. Du bist mehr wert als sie.«

»Alles Mist.«

»Das Malen oder deine Malerei?«

»Beides«, knurrte Diego und tauchte wieder hinter seiner Zeitung ab.

Frida servierte das Essen, ein Liedchen auf den Lippen, und Cristina stimmte mit ihrem ansteckenden Lachen ein, das wie fließender Honig klang. Diego beschränkte sich darauf, den beiden zuzulächeln. Cristina vielleicht ein bisschen mehr.

»Nachher nehme ich die Kinder mit, damit du mal wieder an die Leinwand gehst. Die sieht ja todtraurig aus, so lang hat sie schon keinen Pinsel mehr gesehen. Cristi kann dir mit den ganzen Quittungen und dem Papierkram helfen, stimmt's, Cristi?«

»Natürlich, Friducha, ich kümmere mich um Dieguito.«

»Und wenn du dich ordentlich benimmst, fahren wir vielleicht am Sonntag nach Xochimilco und machen uns einen schönen Tag«, schlug Frida vor.

Genau das war der Fehler. Nicht das mit Xochimilco – denn schon lange seit ihrer Rückkehr aus den USA wollte Frida mal wieder an dieses paradiesische Fleckchen Erde, wo Trajinera-Boote zwischen Lilien und Stieglitzen wie träge Wolken übers Wasser gleiten –, sondern alles andere. Alles.

In Xochimilco explodierte Tante Frida vor den Augen ihrer beiden Neffen wie ein Dampfkessel.

Der Tag begann heiter und vielversprechend. Bei Señor Quíquiris erstem Hahnenschrei schlug Frida die Augen auf. Sie genoss es, am Leben zu sein, immer noch mitten im Geschehen. Das tägliche Krähen ihres Gockels hatte etwas Magisches; es erinnerte sie daran, dass sie mit dem Schicksal spielte und trotz ihrer Schmerzen bis jetzt noch die Oberhand behielt.

Sie zog sich eine hübsche Tehuana-Bluse an, schwarz mit karmesinroten und grünen Stickereien, dazu einen langen, schweren Rock mit Volants, der wunderbar ihr Bein verbarg, das sich nach der Amputation zweier Zehen leichenhaft grünlich verfärbt hatte. Bei seinem Anblick stellte sie sich jedes Mal ihr eigenes langsames Absterben vor, dann sagte sie sich zur Beruhigung: Soll doch meine Gevatterin lieber mein Bein mitnehmen als mein Herz. Unter solcherlei Gedanken modellierte sie sich eine komplizierte Frisur, eine Art Schlangennest aus ineinander verflochtenen Zöpfen, legte sich ein schweres Collier mit Amethyst- und Jadeperlen um, wählte dazu Ohrringe aus Oaxaca, kaum kleiner als der Mittelleuchter der Kathedrale von Mexiko, und schob sich mehrere silberne Ringe auf die Finger. Die Fahrt nach Xochimilco konnte beginnen.

Sie überquerte die Brücke zum Haus ihres Mannes, aber seine Tür war verschlossen. *La Paloma* singend wie ein junges Täubchen, klopfte sie im Takt des Liedes an. Drinnen wurde geflucht und gewettert. Frida hatte Diego am Abend zuvor mit einem Besucher und einer halben Flasche Tequila zurückgelassen, verstrickt in eine Diskussion über sozialistische Kunst. Ohne sich darum zu scheren, dass die Sauferei vermutlich erst vor wenigen Stunden geendet hatte, drängte sie zum Aufbruch.

»Verdammt, Frida, hör auf mit dem Lärm! Du weckst ja die Toten.«

Geräusche und Schritte erklangen. Viele. Vermutlich war Diego auf der Suche nach seinem Schlüssel. Die Tür ging auf. Diego wartete nicht ab, bis Frida hereingekommen war, sondern taumelte zurück in sein Bett und verschwand unter der Decke, an der sie wie ein freches Mädchen zu zerren begann.

»Es ist dunkel hier. Ich mach mal die Jalousien auf.«

»Du kannst einem vielleicht auf die Nerven gehen, Frida, hab Erbarmen mit einem verkaterten Halbtoten«, brummte der nackte Diego und rollte sich zusammen wie ein Taco. Als er aber merkte, dass er den Kürzeren ziehen würde, setzte er sich auf und begann, mit Frida zu schmusen.

»Du stinkst!«

»Ja, wie ein freier Arbeiter. Nach Tabak, Schweiß und Tequila.«

»Zieh dich an, wir fahren mit Cristina und den Kindern nach Xochimilco.«

Diego verschwand wieder unter der Decke wie ein furchtsames Schalentier und murmelte irgendetwas Unverständliches. Frida schaute sich im Zimmer um. Die Leinwand, die lange unbemalt auf der Staffelei gestanden hatte, hatte ihre jungfräuliche Unschuld verloren. Ein kniender Frauenakt, von hinten zu sehen, umarmte einen riesigen, bildfüllenden Aronstabstrauß. Es war ein schönes Bild, kraftvoll und überwältigend wie ein leidenschaftlicher Kuss, wie Sex am Morgen, wie eine verbotene Berührung. Das war Diego, wie Frida ihn liebte.

»Cristi hat mir nichts gesagt«, erwiderte Diego.

»Hätte sie aber tun sollen. Sie hat's bestimmt vergessen. Ständig ist sie mit den Gedanken woanders. Wir haben den Ausflug schon vor einer Woche geplant. Ich habe dir einen Tortilla-Hühnchen-Auflauf gemacht.«

Da die Wegzehrung schon in Körben verstaut war, bereit, in Begleitung einiger Gläser Tequila verspeist zu werden, gab es jetzt kein Zurück. Diego warf Laken und Decke zur Seite und stand auf. Einige Skizzen wirbelten hoch, und Diego sammelte seine Kleidungsstücke ein. Als er das Bett aufgeschlagen hatte, war Frida ein kräftiger Geruch entgegengeschlagen. Das süßliche Aroma vergossenen Spermas, Sex, mit Schweiß vermischt. Für einen Augenblick war ihr danach, weit weg zu rennen von diesem Ort, nach Coyoacán, in die Arme ihrer Schwester zu sinken und alles zu vergessen, aber eine nüchterne Stimme rief sie zur Vernunft und erinnerte sie daran, dass gestern nur Bekannte und Verwandte hier gewesen waren, niemand, den Diego hätte verführen können. Irrsinn und Eifersucht sind keine kluge Mischung, dachte sie und vergaß das Ganze wieder.

Eine halbe Stunde später trafen Cristina und die Kinder ein. Fridas Schwester sah strapaziert und müde aus.

»Was ist passiert?«, fragte Frida.

»Nichts. Nachdem ich Diego geholfen habe, bin ich nach Hause gegangen und habe unterwegs Carlos getroffen. Ich konnte nicht schlafen.«

Als Antwort bekam sie eine feste Umarmung und einen Kuss auf die Stirn. Cristina empfing ihn kalt und starr wie eine Eisstatue, was Frida jedoch nicht bemerkte.

Die Körbe mit den kulinarischen Zaubereien wurden behutsam, wie man einen Sarg ins Grab hinablässt, im Kofferraum des Wagens verstaut, dann stieg die ganze Familie ein. Der gute Chamaco Covarrubias und seine Ehefrau Rosita, auch sie eine ausgezeichnete Köchin, sowie Diegos Gehilfen und zwei Journalisten schlossen sich ihnen an.

Im ländlichen Xochimilco mussten sie für die Spazierfahrt über die Kanäle zwei Trajinera-Boote mieten. All diese Gondeln trugen einen Namen, einige von ihnen Frauennamen, die anderen einen volkstümlichen Begriff. Die Namen der beiden bunt angestrichenen und mit Blumen geschmückten Mietboote sollte Frida nie wieder vergessen: *Traicionera*, Verräterin, und *La Llorona*, Die Weinende.

Mit dem Lied gleichen Namens wurden sie von einigen Mariachis empfangen. Frida und die Kinder nahmen im vorderen Bootsteil Platz, damit sie im Kanalwasser herumplätschern konnten. Die beiden Trajineras brachen auf, die Mariachis fuhren im Begleitboot nebenher, und nun überließ man sich den geschickten Händen der Bootsführer, die sich mit riesigen Stöcken zwischen Lilien, Springfröschen und Libellen hindurch ihren Weg bahnten. In der Ferne sah man Blumenfelder und Sumpfzypressen, und über allem lag ein Himmel, der so blau war, dass sein Anblick schmerzte. Die Mariachis spielten die patriotische Marcha de Zacatecas und gleich darauf einen melancholischen Walzer. Ein paar Schwalben beschlossen, zwischen den Wolken dazu zu tanzen, vom Lachen der Bootsinsassen begleitet. Frida trank, sie war zufrieden, umarmte ihre Freunde, scherzte über das Leben, über Diegos Leibesfülle, über den Groll der Rockefellers und das Unglück Mexikos. Für ihr eigenes war kein Platz. Wie herbeigezaubert stand plötzlich das Essen vor ihnen: Behälter mit Tacos, Quesadillas, belegten Brötchen und kleinen Häppchen wurden hin und her gereicht, dazu Bier und Süßigkeiten, die sie den in Booten vorbeifahrenden Händlern abkauften.

Frida sang gemeinsam mit den Musikern einen Corrido zu Ende und

holte tief Luft. Sie band sich ihr hübsches Umschlagtuch aus Puebla
wie einen Gürtel um den Rock. Eine Brise fuhr ihr ins Gesicht wie
ein Schwall Wasser. Der Himmel grollte, fernen Regen ankündigend,
und beschwerte sich neidvoll über diesen fröhlichen Tag. Fridas
Blick wanderte hinüber zu ihrem Neffen, der am Bug mit einem kleinen roten Holzauto spielte. Es war das Spielzeugauto, das sie Diego
geschenkt hatte. Ohne sich nach seiner Tante umzuschauen, spielte
der Kleine weiter. Frida schüttelte verdutzt den Kopf und musste
sich zusammenreißen, um nicht laut aufzuschreien. Erst dachte sie,
der Junge habe das kleine Auto aus Diegos Haus mitgenommen,
dann aber ließ eine ganz bestimmte Ahnung einen Verdacht in ihr
aufkeimen. Im Nu war sie dort, wo Cristinas Sohn mit dem Holz-
wägelchen spielte, und packte den Jungen bei den Schultern. Vor
Schreck ließ der Kleine das Auto fallen, das geradewegs in den Kanal plumpste. Frida musste einen Entsetzensschrei ersticken. Das
flammende Rot des kleinen Autos versank im Wasser und war verschwunden.

»Wo hast du das Spielzeug her, Toñito? Es gehörte deinem Onkel
Diego!«, fauchte sie den erschrockenen Jungen an. An die Schläge
seines Vaters gewöhnt, hob er schützend eine Hand vors Gesicht.

»Entschuldigung, Tante Frida. Du hast mich erschreckt, da habe ich
es fallen lassen.«

Es aus dem Wasser zu fischen war unmöglich. Auf der Trajinera
schien keiner den Zwischenfall bemerkt zu haben, fröhlich ging
die Reise weiter.

»Du kannst dir das doch nicht einfach so nehmen!«, fuhr Frida auf-
gebracht fort.

Beklommen senkte das Kind den Blick. Dann aber hob es den Kopf
und schaute seiner Tante mutig in die Augen.

»Ich habe es mir nicht genommen«, erklärte es. »Diego hat es mir
zum Spielen gegeben, damit ich nicht störe, wenn er mit meiner
Mutter arbeitet.«

Frida spürte, wie ihr krankes Bein zu Eis erstarrte. Kälte kroch an ihrer Wirbelsäule hoch, bis sie am ganzen Körper zu gefrieren meinte.
Sie schaute hinüber zu Diego. Er saß neben Cristina, die sich eng an

ihn schmiegte und verführerisch lachte. Diego wollte ihr aus seinem Glas zu trinken geben, Cristi aber sträubte sich mit kleinen, liebevollen Klapsen. Frida fiel auf, wie unbeschwert die Finger ihrer Schwester die ihres Mannes berührten. Todsicher waren diese Finger schon über Diegos Körper gewandert. Und nun streckte Diego den Mund vor wie ein um Mais bettelndes Ferkel, als wolle er demonstrieren, dass seine Lippen Cristinas Mund kannten. Als Frida auch noch sah, wie ihre Schwester dem Maler etwas ins Ohr wisperte, fühlte sie sich im Kanalwasser versinken wie das Spielzeugauto, das ihre Liebe zu Diego in sich trug. Es war völlig egal, dass sie nicht gesehen hatte, wie Cristina sich an diesem Morgen mit Diego zwischen den Laken gewälzt, wie sie für sein Blumenbild posiert und bis zum Morgengrauen bei ihm gelegen hatte. Sie brauchte keinen Beweis dafür, dass Diego sie betrogen hatte.

Niemand begriff, warum Frida sich plötzlich auf ihren Mann stürzte. El Chamaco Covarrubias und seine Frau trennten sie von Diego, aber sie hörte nicht auf, ihn zu beschimpfen und nach ihm zu treten. Und obwohl sie festgehalten wurde, gelang es ihr noch, ihrer Schwester eine Ohrfeige zu verpassen und ihr »Hure!« ins Gesicht zu schreien.

Cristina weinte, rieb sich die geschlagene Wange aber nicht. Sie versuchte, sich zu entschuldigen, ihrer Schwester zu erklären, dass Diego sie verführt habe … aber Frida hatte im festen Entschluss, allein zurückzufahren, bereits ein anderes Boot herbeigewunken. Diego sagte nichts, er schlug nur die Augen nieder und blickte in die dunkle Tiefe des Kanals, der nun zwischen Algen und Fischen seine Liebe zu Frida bewahrte.

Das Haus in San Ángel

Heute haben wir in unserem neuen Haus zum ersten Mal einen Totenaltar aufgebaut. Gemeinsam mit Cristis Kindern Isolda und Antonio haben wir ihn in einer Ecke meines Arbeitszimmers hergerichtet. Ich war dafür, ein schönes Foto von Mamá Matilde und eines von Lenin aufzustellen. Dazu kam eine Schüssel mit grünem Mole, den wir auf der Dachterrasse zubereiten mussten, weil die von Juanito entworfene Küche zum Verzweifeln ist.

Grüner Mole
Mole verde

2 Serrano-Chilis, 2 Cuaresmeño-Chilis, 1 Poblano-Chili, 150 g geschälte Kürbiskerne, 15 grüne Tomaten, 2 Knoblauchzehen, 2 Gewürznelken, 3 Pimentschoten, 1 Tasse gehackter Koriander, 1 ½ Tasse gehacktes Epazote-Kraut, 3 kleingeschnittene Romana-Salatblätter, 1 Teelöffel Zucker, ½ Tasse Schweineschmalz, 100 g Sesamsamen, 8 gekochte Hühnchenstücke, 100 g Erdnüsse, 1 Teelöffel Koriandersamen, 1 Avocadoblatt.

Chilis, Erdnüsse, Kürbis-, Sesam- und Koriandersamen, Tomaten, Knoblauch, Gewürznelken und Pimentschote anbraten. Alles in einem Metate oder einem Steinmörser zusammen mit den übrigen Zutaten, außer dem Huhn und dem Schmalz, zerstampfen. Das Schmalz in einer Pfanne erhitzen und die Mischung darin bei mittlerer Hitze unter ständigem Rühren so lange köcheln lassen, bis eine dicke Paste entsteht. Etwas davon kann man für eine spätere Verwendung aufbewahren. Die Paste mit ein wenig von der Brühe, in der das Hühnchen gekocht hat, verdünnen. Die Hühnchen-

stücke hineinlegen und alles noch einmal aufkochen lassen.
Als Beilage Tortillas reichen.

Kapitel XVI

Als sie zum Fenster hinausschaute, merkte Frida, dass einer ihrer neuen Dämonen mit spöttischem Gelächter ihr Leben vergiftete. Verblüfft erkannte sie an der Tankstelle, die ihrer Wohnung gegenüberlag, ihre Schwester Cristina. Sie hätte bleiben können, wo sie war, zuschauen können, wie Cristina sich über sie lustig machte, aber in ihrem Innern knurrte eine bissige Hündin, bissig wie scharfer Chili, mit dem sie ihr am liebsten gründlich Feuer unterm Hintern gemacht hätte. Sie stellte die Kaffeetasse auf den Tisch und schob sich die Zigarette zwischen ihre hassverzerrten Lippen. Kurzerhand ließ sie ihren Ex-Freund Alejandro zurück, der ihr sprachlos hinterherschaute. Hüpfend, wegen ihres verkümmerten Beines, lief Frida die Treppe hinunter. Unten rannte sie wie ein wildgewordener Stier auf ihre Schwester zu, die darauf wartete, dass ihr Wagen aufgetankt wurde. Sie zerrte sie aus dem Auto und schüttelte sie unter einem Schwall deftiger Beschimpfungen wie ein Salzfass. »He, du Miststück!«, schrie sie. »Komm mal her! Du hältst mich wohl für blöd, was? Du weißt ganz genau, dass ich jetzt hier wohne! Was hast du dann hier zu suchen? Ich will dich nicht mehr sehen! Hau ab, du elendes Luder!«
Alejandro war herbeigelaufen, um die beiden Schwestern zu trennen, die sich ineinander verkeilt hatten wie zwei sich um Süßigkeiten streitende Mädchen. Als Frida sich von ihm festgehalten fühlte, begann sie, nach Cristina zu treten und sie noch heftiger zu beschimpfen, woraufhin diese ängstlich, aber auch ein wenig ehrfürchtig in ihr Auto stieg und davonrauschte. Frida rannte ihr, zeternd und fluchend, noch ein paar Meter hinterher. Und doch schimmerten in den Augen der beiden Schwestern die gleichen Tränen, gleich in Form, Farbe und Schmerz. Sie liebten einander, aber der Verrat machte jedes Verzeihen unmöglich.

Alejandro begriff, dass der Schmerz Frida um den Verstand brachte. Auch äußerlich wirkte sie verändert. In einem Anfall von Rachsucht hatte sie sich das Haar abschneiden lassen, sich von den geflochtenen Zöpfen getrennt, die ihr Mann so liebte. Auf ihre Tehuana-Tracht und ihren Schmuck verzichtete sie ebenfalls, kleidete sich jetzt europäisch, zog enge Röcke und strenge Jacketts an, wie sie die jüngste Ausgabe der *Vogue* vorführte.

Schweigend kehrten Frida und Alejandro in die Wohnung zurück. Dort ließ Frida sich wie erschlagen in einen ihrer Ledersessel fallen, drückte ihre heruntergebrannte Zigarette aus und zündete sich sogleich eine neue an, an der sie verzweifelt sog.

»Schönes Wohnzimmer, Frida. Deine Wohnung ist zauberhaft«, flüsterte Alex, um nach der aberwitzigen Eifersuchtsszene, die er soeben miterlebt hatte, die Stimmung etwas aufzulockern.

Frida verzog den Mund und strich mit einer Hand über den Sessel, als streichle sie die nackte Haut eines ihrer Liebhaber.

»Gefallen sie dir? Diego hat sie mir geschenkt. Ich habe sie mir in Blau gewünscht, weil er Cristi dieselben in Rot gekauft hat«, sagte sie und drückte mit einem langen Seufzer ihre Zigarette aus.

Diese groteske Erklärung erinnerte Alejandro wieder daran, dass Bizarres zu Fridas Alltag gehörte. Obwohl sie beschlossen hatte, allein zu leben, traf sie sich nach wie vor mit Diego. Um weiteren unangenehmen Situationen aus dem Weg zu gehen, fasste Alejandro daher den weisen Entschluss, sich künftig aus ihrem komplizierten Leben herauszuhalten.

»Frida, geh fort von hier«, riet er ihr, bevor er sich auf den Weg machte. »Du musst dir mit alldem nicht noch mehr weh tun.«

Frida fand den Vorschlag verlockend. Alejandro kannte sie gut. An der Tür verabschiedeten sie sich mit einem Kuss auf den Mund. Als Alejandro gegangen war, blieb sie allein mit ihren Gemälden zurück. Eine Zeitlang betrachtete sie die Bilder mit nostalgischen Gefühlen und verfluchte die Todessdame dafür, dass sie sie noch am Leben hielt, während ihr das Herz verblutete. Auf ihren Bildern begegnete sie all dem Schmerz, der sie quälte, jeder Pinselstrich war durchtränkt von ihren büßenden Tränen. Sie wischte sich mit der Hand über das verweinte Gesicht und beschloss, den Rat ihres Freundes zu befolgen. Umgehend bat sie einen Anwalt, die Scheidung vorzubereiten, und wählte für ihre Reise ein möglichst fernes Ziel: New York. Sie packte ihre Sachen, bestieg das nächste Flugzeug und schrieb unterwegs an Doktor Eloesser: »Ich habe getan, was ich konnte, um zu vergessen, was zwischen Diego und mir vorgefallen ist. Ich glaube nicht, dass ich es ganz schaffen werde, denn es gibt Dinge, die stärker sind als unser Wille. Ich konnte einfach nicht länger mit dieser Traurigkeit leben, in einem Zustand, der mich mit Riesenschritten zu einer dieser abstoßenden hysterischen Frauen zu machen drohte, die sich wie Idiotinnen aufführen. Immerhin bin ich froh, dass es mir gelungen ist, den halb verblödeten Zustand, in dem ich mich bereits befand, in den Griff zu bekommen ...«

In Manhattan nahm Frida das zwanglose Leben wieder auf, das sie Jahre zuvor dort geführt hatte. Sie traf sich mit ihren Freundinnen Lucienne und Ella Wolf und fuhr nach Harlem, um sich absurde Filme über Gorillas anzuschauen und endlose Stunden im Village zu verbringen, in den Bars und auf Partys.

Abends trat sie hinaus auf ihren Balkon, betrachtete den Sonnenuntergang zwischen den Wolkenkratzern und verfluchte ihren Pakt mit der Gevatterin, vor allem jetzt, da Diegos Abwesenheit ihr so weh tat.

Eines Abends überkam sie der Wunsch, sich mit Georgia O'Keeffe zu treffen. Zu ihrem Glück hielt sich Georgia gerade in der Stadt auf. Frida rief sie an, und dann plauderten sie stundenlang wie zwei Freundinnen aus Kindertagen, die sich nach Jahren der Trennung endlich wiedergefunden haben. Kunst und untreue Ehemänner waren für die beiden Ehefrauen verbindende Themen. In einer Anwandlung von Selbstvertrauen lud Frida Georgia zu sich zum Essen ein, und sie verabredeten sich für den nächsten Abend.

Frida stand in aller Frühe auf und fuhr ins Latino-Viertel in Uptown Manhattan, wo die für das Abendessen notwendigen Zutaten zu bekommen waren. In einem eleganten, maßgeschneiderten Kleid lief sie durch die *grocery stores* der Puertorikaner und hielt Ausschau nach Chilis, Tortillas und Gewürzen. Aus den Häusern schallten ihr Danzones und Boleros entgegen und weckten Heimatgefühle. In fröhlicher, inspirierter Stimmung kochte sie, von Jazzrhythmen begleitet, das Abendessen.

Bei Anbruch der Dunkelheit erschien Georgia, in schwarzer Hose und schlichter Baumwollbluse. Frida dagegen hatte beschlossen, wieder in ihre exotische Persönlichkeit zu schlüpfen, und trug ihre schweren Jadeketten, einen langen himbeerfarbenen Rock und eine bestickte Bluse. Die beiden Frauen stießen miteinander an, und bald lockerte der Brandy ihre angespannten Körper und löste ihre Zungen. Die verschiedenen Speisen, die Frida auftischte, genoss Georgia bis zur Ekstase. Was an Gaumenfreuden an ihr vorbeizog, war in der Absicht zubereitet worden, ihr Blut in Wallung zu bringen, und vielleicht war es tatsächlich dafür verantwortlich, dass die sexuelle Spannung, die beide schon bei ihrer ersten Begegnung verspürt hatten, sich entlud.

»Du hast eine merkwürdige Art, einen anzusehen«, sagte Georgia zu Frida, als beide mit ihrem Glas in der Hand im Wohnzimmer saßen.

»Wie denn?«, fragte diese und hielt Georgias neugierigem Blick lächelnd stand.

Georgia nahm Fridas Hände behutsam in die ihren wie ein Bräutigam, der seine Braut am Altar empfängt.

»Du schaust mir so tief in die Augen, als würdest du darin versinken wie in einem Ozean. Aber wenn du lachst, leuchtet dein Blick auf wie ein Lichtstrahl.«

»Vielleicht will ich dich hypnotisieren«, antwortete Frida in scherzhaftem Ton, um ihre Nervosität zu verbergen.

Georgia lachte so genüsslich, dass sie Frida ansteckte und beide sich endlich vollends entspannen konnten.

Jetzt war es Frida, die eine Hand der Freundin ergriff und sie zärtlich küsste. Mit ihrer freien Hand spielte Georgia in Fridas kurzem Haar und ließ den Blick der Freundin in ihre Augen eintauchen und darin Pirouetten vollführen wie eine Wassertänzerin. So begann ihr körperliches Spiel des Kennenlernens. Zärtlich küsste Frida Georgias Gesicht, während diese durch ihre extravagante Bluse hindurch ihre festen Brüste zu streicheln begann.

»Deine Brüste gefallen mir.«

»Wirklich?«

»Ja ... sie gefallen mir.«

»Sie sind sehr klein, wie zwei Pfirsiche.«

»Für meine Hände haben sie genau die richtige Größe«, erwiderte Georgia, umfasste sie beide und begann, sie zu massieren.

Frida seufzte und ließ es zu, dass ihre Brüste, die nie einen kleinen Dieguito würden stillen können, sich begehrt fühlten und empfänglich wurden für die zärtlichen Berührungen. Als Georgia langsam Fridas bunte Bluse anhob, streckte diese ihre Arme in die Höhe, um ihr beim Entkleiden zu helfen. Abermals küssten sie sich, langsam, und streichelten einander den Rücken. Als ihre Lippen sich wieder voneinander lösten, hatte Frida das Hemd ihrer Freundin aufgeknöpft, die ohne Scheu ihre blütenweiße, von Sommersprossen übersäte Haut offenbarte. Frida versenkte ihr Gesicht in eine Kuhle an Georgias Hals, küsste die zarte Haut und wanderte abwärts, der sanften Kurve ihrer Brüste folgend. Sie küsste den Bauch, bis sie beim Nabel anlangte, den sie mit ihrer Zungenspitze erforschte. Georgia ließ ihre Zunge um Fridas aufgerichtete Brustwarzen kreisen und wanderte wieder hinauf bis zu ihrem Ohr, um ihr »Ich begehre dich ...« zuzuwispern.

Als Antwort öffnete Frida die Hose ihrer neuen Geliebten, dann bahnte sich ihre Hand einen Weg zu deren Geschlecht, um es behutsam zu streicheln, bis sie spürte, dass sie sich beide im gleichen Rhythmus bewegten.

»Ich dich auch«, stieß Frida endlich hervor, ihren schweren Baumwollrock, ihre Schuhe und die weiße Unterhose abstreifend.

Fridas Scham war klein, mit dicht verschlossenen Lippen und erstaunlich spärlich behaart. Georgias schlanke Hand fand bald die Klitoris, die sie zart massierte, so dass Frida feucht wurde und mit Hüftbewegungen den Druck der Hand zwischen ihren Beinen suchte, während sie zugleich Georgias Brüste küsste, mit verhaltener Kraft, denn die innere Hitze wurde immer drängender. Sie versuchte, mit den Fingern in die Vagina ihrer rothaarigen Geliebten einzudringen, die laut stöhnte und »Mach weiter . . .« flehte.

Frida begann, ihre Hand in schnellem Rhythmus zu bewegen, denn Georgias Reaktionen gaben ihr zu verstehen, dass ihr Orgasmus kurz bevorstand. Wenig später hörte sie die Freundin aufstöhnen, und ihre Finger spürten starke, unkontrollierte Zuckungen. Sie ließ nicht nach, bis Georgia ruhiger wurde und schließlich schweißgebadet auf dem Sofa lag. Dann kuschelte sie sich an die Brust der Geliebten, und sie küssten einander zärtlich.

»Danke.«

»Wofür?«, fragte Georgia.

»Dass du mich daran erinnert hast, dass ich mich wandeln kann.«

»Das konntest du immer schon, Frida«, erwiderte die Künstlerin und drehte den Kopf, um sie anzuschauen und an ihrer nackten Brust wieder Kraft zu schöpfen. »Von unserer ersten Begegnung an hast du mich an eine Geschichte der Navajo-Indianer erinnert, die ich einmal in New Mexico gehört habe. Sie heißt ›Die sich wandelnde Frau‹.«

»Die sich wandelnde Frau?«, fragte Frida lächelnd, in der Hoffnung, sie würden den Abend mit stundenlangem Geplauder in die Länge ziehen, denn seit jeher war nicht Sex ihr größter Genuss, sondern die über den nackten Körpern schwebenden Worte.

»Im Sommer, wenn ich mich vor meinem Ehemann in mein Haus in der Wüste flüchte, treffe ich mich immer mit meinen indianischen Freunden, um mir ihre Geschichten anzuhören, weil ich weiß, dass sie viel Wahrheit enthalten. Sie haben mir auch die Geschichte von der sich wandelnden Frau, Nádleehé de Asdz, erzählt. Diese Frau ist die Mutter Erde, und die Indianer glauben, sie sei ein Wesen, das sich wandelt wie die Jahreszeiten: Ihre Geburt ist das Frühjahr, ihre Reife der Sommer, ihr Alter der Herbst und ihr Tod der Winter. Aber ihre Existenz endet damit noch nicht. Die Indianer glauben, dass das Universum aus mehreren Welten besteht. Ihnen zufolge sind der erste Mann und die erste Frau aus den Körner des weißen Mais entstanden. Sie wurden als Einheit erschaffen, doch da keiner von beiden wertschätzte, was der andere zu geben hatte, trennten sie sich und brachten Unglück über die Menschen. Deshalb wandelt man sich jedes Mal, wenn man von einer zur anderen Welt wechselt. Manches lässt man hinter sich, anderes nimmt man mit, weil es einem möglicherweise hilft beim Aufbau der neuen Welt. Aber der Tod gehört in diesen Welten immer dazu, er klammert sich fest an uns, und die Götter gaben uns die Zeremonien, damit wir uns daran erinnern.«

»Und ich, was bin ich?«

»Die Frau, die sich in jeder Jahreszeit wandelt, die darum kämpft, ein Kind zu bekommen, um den Tod zu besiegen … aber das wird dir nicht gelingen, denn er steckt in dir«, erklärte Georgia.

Nach diesen Worten lag Frida da und schaute an ihrem nackten Körper herab, der nicht die Fähigkeit der Fortpflanzung besaß. Sie begriff, dass der Schmerz Teil ihrer Abmachung mit der verschleierten Frau war, vor allem aber wurde ihr in diesem Augenblick ihre Einzigartigkeit bewusst. In Schweigen gehüllt, begannen sie wieder, einander zu streicheln und zu küssen, um zu einem neuen Höhepunkt zu gelangen. Vom Sofa wechselten sie zum Bett, und um Mitternacht lagen sie wieder wortlos da, nackt und in enger Umarmung, und lauschten auf ihren Atem und das Rauschen des nächtlichen Straßenverkehrs.

»Bist du glücklich?«, fragte Georgia Frida vorsichtig, so als hätte sie soeben ein Stück Porzellan zerbrochen.

»Jetzt ja. Morgen werde ich zurückkehren zu meinem Leidensweg. Das ist mein Schicksal. Ich muss zurück nach Mexiko und mich mit Diego treffen, er hat mir geschrieben, dass er mich um einen Gefallen bitten möchte.«

Frida war sich der Antwort nicht sicher, denn in gewisser Weise verstand sie Georgia besser und identifizierte sich stärker mit ihr als mit all ihren anderen Geliebten. Sie wusste, dass sie beide geraubte Augenblicke erlebten, dass sie morgen mit der Maske der Künstlerkolleginnen erwachen würden, um über Linien, Farben, Textur zu reden. Aber es war ihr gleich, denn in dieser Nacht spürten sie beide, dass sie gemeinsam ein Kunstwerk vollbracht hatten. Sie schliefen friedlich, bis Frida vom Krähen ihres Hahns Señor Quíquiri träumte, der ihr verstohlen zuzwinkerte, um ihr zu zeigen, dass ein neuer Tag begann.

Frida war bereit, ihr altes Leben wieder aufzunehmen, und schrieb an Diego: »Ich weiß jetzt, dass all diese Briefe deiner Verehrerinnen und deine Frauengeschichten nur Flirts sind. Im Grunde lieben du und ich uns sehr und werden uns immer lieben, auch wenn wir zahllose Affären haben, Türen schlagen, einander verfluchen und in der ganzen Welt übereinander herziehen und uns beklagen...«

Zurück in Mexiko, brachte Frida ihrer Schwester Cristina zum Zeichen der Versöhnung einen Korb voller Süßigkeiten und Blumen vorbei. Cristina umarmte sie, und dann saßen sie den ganzen Nachmittag zusammen und weinten. Die Liebe zwischen ihnen wog schwerer als die Affäre mit Diego. Freilich glaubte Cristina ihrer Schwester nicht, als diese sagte, sie habe auch ihm verziehen.

Leckeres für Georgia

Ich musste lachen, als Georgia mir sagte, sie male Blumen, weil sie billiger seien als Modelle und sich nicht bewegten. Ich antwortete ihr, Blumen würden außerdem nie mit ihrem Mann ins Bett gehen. Sie pflichtete mir bei. Ich liebe es, für Leute zu kochen, die ich gern habe, dann ist die ganze Mahlzeit eine Abfolge von Ehrerweisungen und Liebkosungen, mit denen ich den Betreffenden bezaubere.

Rindfleischeintopf
Mole de olla

½ kg mageres Rindfleisch, 1 kg Rinderhaxe mit Knochen, 2 kleingehackte Knoblauchzehen, ¼ kleingehackte Zwiebel, 4 Guajillo-Chilis, 2 Ancho-Chilis, 4 Eiertomaten, 2 kleingehackte Knoblauchzehen, ¼ kleingehackte Zwiebel, 1 gewaschener, in Scheiben geschnittener Maiskolben, 2 geschälte und in Scheiben geschnittene Möhren, 2 kleingeschnittene Kürbisse, 1 kleiner Zweig Epazote-Kraut, 1 geschälter und in kleine Würfel geschnittener Feigenkaktus, 400 g zu kleinen Kugeln geformter Masa-Teig, kleingehackte Zwiebeln, Korianderblätter, Zitronen.

Das Fleisch mit Knoblauch und Zwiebeln andünsten. In der Zwischenzeit die kleingehackten Chilis mit Tomaten, Knoblauchzehen und Zwiebeln pürieren, alles durchseihen und zu dem Fleisch geben. Salzen, dann Mais und Möhren hinzufügen. Zugedeckt 45 Minuten schmoren lassen. Zum Schluss Kürbisstücke, Epazote-Kraut, Kaktusfeigenwürfel und Masa-Kugeln hinzufügen. Nochmals 10 Minuten köcheln lassen. Wenn man den Mole serviert, stellt man Zwiebeln, Koriander und Zitrone in kleinen Schalen dazu.

Kapitel XVII

Als Frida ihn kennenlernte, fand sie ihn alt, anachronistisch, gestrig, langweilig und steif. Wie eines dieser von der Großmutter geerbten Möbelstücke, das man in die Zimmerecke verbannt. Freilich war er ein Revolutionsheld. Kommunisten in aller Welt bewunderten ihn. Aber keiner bot ihm Asyl. Denn mit Stalin war nicht zu scherzen; den Hass des Vorsitzenden der Kommunistischen Partei der Sowjetunion auf sich zu ziehen barg tödliche Gefahr. Dennoch hatte Präsident Cárdenas sich bereit erklärt, Trotzki in Mexiko aufzunehmen, wenngleich er sich mit dieser Entscheidung der Kritik von Rechts- wie Linksextremen aussetzte und bei Gott und der Welt in Verruf geriet.

Die Voraussetzungen schienen nicht gerade günstig, aber aufgrund seiner politischen Überzeugungen stellte Diego seine Dienste bedenkenlos zur Verfügung. Er verwendete sich persönlich für den Revolutionär, wohl wissend, dass womöglich an jeder Ecke Mörder lauerten, um den Letzten zur Strecke zu bringen, der Stalin noch an seinem Schritt zur Alleinherrschaft über sein Land hindern konnte. Er bat Frida, einen der wichtigsten Architekten der sowjetkommunistischen Revolution bei sich aufzunehmen. Das war es, was er ihr hatte sagen wollen, als sie in den USA weilte, und Frida willigte umstandslos ein.

»Ihr Frauen seid die Räder des menschlichen Fortschritts. Man könnte sogar sagen, ihr seid eine absolute Kraft, aber das wäre gelogen. Eher seid ihr eine Bedingung für Harmonie und Gleichgewicht, und sowohl Religionen und Regierungen als auch wir Ehemänner haben euch zu einem bequemen Kissen gemacht, auf dem wir Ruhe finden«, begann »Ziegenbärtchen«, wie Frida Trotzki hinter seinem Rücken nannte.

Trotzki hob sein Tequilaglas und brachte einen Trinkspruch aus.

Schweigend setzte Diego sich neben ihn, um ihm zu lauschen, während Frida der Tischrunde den Schnaps servierte. Sie genoss es, ihre Gäste zu bewirten. Sie hatten einige Mitglieder der trotzkistischen Partei sowie Freunde und Verwandte zu einem großen Essen eingeladen. Und aus Frankreich war der Surrealist André Breton mit seiner Frau angereist, um den kommunistischen Denker kennenzulernen.

»In dieser unvollkommenen Gesellschaft nähten die Frauen Tierhäute zusammen, aus denen mit der Zeit wunderschön bestickte Kleider wurden; sie betreuten Kinder, aus denen Arbeiter, Soldaten oder Ärzte wurden, die für die Freiheit kämpften; sie bestellten die Felder, um aus der Saat die künftige Frucht zu ziehen; sie lehrten die Buchstaben, Grundsteine für die Erziehung des Volkes. Doch während die Frau sich am Herd abplagt, verstreicht ihre Zeit. Mindestens die Hälfte ihres Lebens geht dabei verloren.« Trotzki wandte den Kopf und blickte Frida aus glänzenden Augen durch seine Brille an. Dann fuhr er sich mit der Zunge über die Lippen wie jemand, den es nach dem auf der Anrichte wartenden Nachtisch gelüstet. »Die Frauen haben so viel gekocht! Hätten sie die gleiche Zeit darauf verwendet, die Menschheit von ihren Jochs zu befreien, würde diese schon längst in völliger Freiheit leben. Und doch vermag ich mir beim besten Willen keine freie Welt ohne den Genuss des Essens vorzustellen. Deshalb preise ich dieses Mahl und mehr noch die Hände, die es für uns geschaffen haben. Danke, Señora Rivera, jeder Bissen ist eine für das Volk gewonnene Schlacht«, schloss Trotzki und trank von seinem Tequila.

Die Anwesenden taten es ihm gleich. Frida merkte, dass ihr Essen die Lebensgeister im Körper des Flüchtlings weckte, dass es ihn verjüngte und ihm den Schmerz des Exils erträglicher machte. Sie lächelte ihm zu und ließ sich vom schnurrenden Beifall der Anwesenden liebkosen. Jeden Gang dieses Mahls hatte sie zubereitet, um Trotzki zu schmeicheln. Alles war durchdrungen von dem, was Lupe ihr beigebracht hatte: »Einer guten Köchin liegt jeder zu Füßen.« Vielleicht aus Rivalität mit Diego, vielleicht um der eigenen Anerkennung willen oder schlicht und einfach weil sie dazu imstande war, hatte sie beschlossen, die Wertschätzung des Mannes zu erringen, den ihr Ehemann am meisten bewunderte. Frida wollte, dass Trotzki sie anhimmelte, und so auf ihre eigene unreife Art Rache nehmen.

Deshalb war sie nicht überrascht, als Trotzkis Hand unter dem Tisch ihren Oberschenkel streichelte. Die heimliche Berührung zauberte einen Ausdruck des Triumphs auf Fridas Gesicht, über Diego, der seine Ursache indes nicht einmal zu erahnen vermochte.

Zu einem Zeitpunkt, da der Spanische Bürgerkrieg und die weltweiten politischen Unruhen die Geschicke der Menschheit bestimmten, engagierte Frida sich intensiv in der kommunistischen Bewegung. Sie hatte inzwischen akzeptiert, dass sie ihr Leben lang an Diego gekettet bleiben würde, und so war sie nach Mexiko zurückgekehrt, um ihm bei der Beherbergung Leo Trotzkis behilflich zu sein.

Wie eine aztekische Botschafterin, eine rote Version der Malintzin, Hernán Cortés' Dolmetscherin, fuhr sie höchstpersönlich nach Tampico, um die russischen Exilanten zu empfangen. Trotzkis erster Eindruck auf sie war nicht gerade vorteilhaft. In wollenen Pumphosen, eine karierte Mütze auf dem Kopf, mit Stock und riesiger Aktentasche wirkte er noch kleiner, als er ohnehin war. Merkwürdig fand sie auch sein dickes Jackett, in dem er eine kurz bevorstehende Eiszeit zu erwarten schien. Und obwohl er aufrecht ging, mit vorgestrecktem Ziegenbärtchen wie ein pensionierter General, war er vom Alter gezeichnet. Dies galt erst recht für seine Gattin Natalia, die auf Frida wie eine verbitterte Bürokratin wirkte. Das waren ihre Gäste, für sie hatte sie das Elternhaus in der Calle de Londres in Coyoacán hergerichtet, ihretwegen Cristi in ein wenige hundert Meter entfernt liegendes Haus umquartiert und ihren Vater bei ihrer ältesten Schwester untergebracht. »Wenn du diesen Herrn schätzt«, hatte Vater Guillermo nur gesagt, als er erfuhr, dass seine Burg in Coyoacán einen bedeutenden Russen aufnehmen sollte, »würde ich ihm an deiner Stelle empfehlen, sich nicht in die Politik einzumischen. Politik ist etwas sehr Schlechtes.«

Ihre neue Aufgabe als Gastgeberin des Revolutionärs und seiner

Frau erfüllte Frida mit Stolz und gab ihrem Leben einen Sinn. Sie bot sich persönlich als Dolmetscherin an, da keiner von beiden Spanisch sprach und Natalia nicht einmal Englisch verstand. Auch aus diesem Grund bediente sie sich einer universellen Sprache: der des Essens. Und wenn sie sich irgendwo auskannte, so war es auf diesem Gebiet. Ihre gastronomischen Herrlichkeiten würde man in jeder Sprache verstehen und mit jeder Zunge genießen können, und ganz gewiss würden sie dem Gaumen des sowjetischen Paares schmeicheln, der schlichtere Nahrung gewohnt war, kalten Hering, fades Gemüse und eintönige Gewürze. In Fridas Haus entdeckten die beiden den außergewöhnlichen Geschmack des Mole, der höchsten Weihe von Chili, Schokolade, Obst und Brot.

»Jeder Bissen von diesem Gericht führt mir vor Augen, wie sich das mexikanische Essen gegen die europäischen Normen auflehnt. Es kämpft um seine Authentizität. Aber auch Rebellion ist eine Kunst, und wie jede Kunst hat sie ihre Gesetze«, rief Trotzki eines Morgens nach dem Aufstehen, als er Frida und ihre Köchin Eulalia beim Kochen antraf.

Um seine Lebensgeister zu wecken, kredenzten sie ihm eine Tasse Café de olla, gekochten Kaffee mit Zimt und braunem Zucker. Als Frida ihn mit breitem Lächeln, die Tasse in der Hand, in der Tür stehen sah, warf sie ihm einen musternden und zugleich verführerisch-sinnlichen Blick zu. Dann widmete sie sich wieder der Küchenarbeit und ließ ihn mit seinem Verlangen zurück.

»Welche Gesetze gelten in der Küche, Frida?«, fragte Trotzki.

Frida wusch sich die Hände und zeigte Eulalia, nach welchem Rezept aus ihrem Wunderkrautbuch sie sich richten sollte, um die von ihr gewünschte magische Wirkung zu erzielen. Dann griff sie nach einer Zigarette und schob sie sich genüsslich zwischen die Lippen, als wäre sie ein Kolibri, im Begriff, Honig aus einer Blüte zu saugen. Ganz langsam, damit das Gift der Wollust in jeden Winkel von Trotzkis Körper dringen konnte, zündete sie sich ihre Zigarette an und sog den Rauch tief ein. Als sie ihn wieder ausblies, tanzte er in der Luft, umspielte den weißen Bart des alten Mannes und stieg ihm in die Nasenlöcher. Der Russe kostete den Geschmack von Minze, Vanille und Zitrone . . . und musste sich bewegen, da er feststellte, dass seine Hose sich wölbte.

»Einfachere, als Sie glauben«, begann Frida, während sie neben ihm Platz nahm. »Das oberste Gesetz verbietet es jedem, unerlaubt die Küche einer Frau zu betreten. Das wäre so schlimm, wie mit ihrem Mann zu schlafen. Vielleicht sogar noch ein bisschen schlimmer. Außerdem darf man in der Küche zwar ahnungslos, kleinlich oder nachlässig sein, aber auf keinen Fall alles zusammen, das würde nämlich dazu führen, dass man den Reis schwenkt, während er kocht, eine Zutat weglässt, weil man vergessen hat, sie einzukaufen, Nudeln und Soße zusammen kocht, das Fleisch in einer Öllache von der Größe des Chapalasees brät oder angebrannte Bohnen serviert.«

Das Lächeln auf Trotzkis Gesicht wurde immer breiter, bis er schließlich so laut lachte, dass Señor Quíquiri, der ganz in der Nähe nach Essensresten pickte, die Flucht ergriff.

»Womit werden Sie denn unsere heutigen Gäste beköstigen?«, erkundigte er sich.

»Es gibt Fischsuppe aus Veracruz, danach Fisch mit Koriander von der Costa Chica und einen Cremepudding nach Familienrezept. Dazu Tequila und Pulque zur Feier des Tages, denn ohne ein gutes Tröpfchen und eine Zigarette macht alles nur halb so viel Spaß.«

»Pulque?«, fragte der Russe.

Frida bat Eulalia, Trozki ein wenig von dem Getränk zu servieren, das sie kürzlich in der Pulquería an der Ecke gekauft hatte. Es war ein mit Guave versetzter Pulque, der die Farbe rosiger Wangen besaß.

»Früher, in prähispanischer Zeit, tranken die Ureinwohner Pulque bei religiösen Zeremonien. Die Priester benutzten ihn, um mit den Göttern in Verbindung zu treten.«

Der alte Mann wagte nicht, von dem dickflüssigen Getränk zu kosten, das ihn an gewisse Körpersäfte erinnerte.

»Was ist das?«, fragte er, ohne seinen Widerwillen verbergen zu können.

»Fermentierter Agavensaft«, erwiderte Frida, während sie ihm das

Glas aus der Hand nahm. »Man darf niemanden drängen, davon zu kosten. Probieren sollte man immer nur aus Lust, nicht unter Zwang.«

»Sie haben die Gaben einer Hexe, die einen verzaubert und blendet. Ich frage mich sogar, ob Ihr Essen mich nicht vergiftet hat, denn seit ich in Mexiko bin, sehe ich alles mit anderen Augen.«

Frida lehnte sich zurück und blies den Qualm ihrer Zigarette in die Luft. Im Küchenradio sang Agustín Lara *Solo tú*.

»Erinnert Sie eine grüne Wiese jetzt vielleicht an Wassermelonen? Oder Blut an Kirschen? Oder das süße Glücksgefühl eines Nachmittags an Turrón?«, fragte Frida.

»Ja, genau ... ganz genau ...«, erwiderte Trotzki auf jede ihrer Fragen und nickte dabei auf seine typische Art. Wie ein Lehrer und Wortbeschwörer.

»Dann übermittle ihn Ihnen beim Pfeffern und Salzen also auch einen Teil von mir selbst. Das Leben braucht Würze, um erträglich zu sein. Sie sehen, durch meine Krankheit habe ich gelernt, eine Menge auszuhalten, auch wenn das Dasein manchmal wirklich allzu beschissen ist – aber wer nicht leidet, lernt nicht. Das Leben muss man mit Thymian, Chili, Nelken und Zimt verfeinern, um ihm den üblen Geschmack auszutreiben.« Frida ergriff Trotzkis Hand und ließ ihre Fingerkuppen über seine faltigen Fingerknöchel gleiten.

»Ach, wir zwei, Sie heimatlos, ich beinlos.«

Eulalia drehte sich weg und bemühte sich, nicht loszuprusten. Trotzki verstand nicht, was los war, da Frida Spanisch gesprochen hatte. Deshalb musste sie ihre Worte übersetzen, damit sie sich gemeinsam biegen konnten vor Lachen.

Zum Morgenkaffee servierte Frida süßes Brot, von dem sie schließlich zu zweit knabberten. Als nur noch ein paar Krümel übrig waren, pickte Frida sie mit den Fingern auf und kaute sie langsam und genüsslich. Trotzki hätte ihr stundenlang zuschauen können, aber plötzlich stürmte Diego in die Küche wie ein Hurrikan, der Palmen entwurzelt und Schiffe aus der Verankerung reißt.

Genau dies war der Tag, da sich der Russe abends nach dem Essen erhob, um seine Rede über die Frauen zu halten, die er damit abrundete, dass er Fridas Oberschenkel streichelte, womit er ihren dreisten morgendlichen Flirt erwiderte.

Nach dem Essen, während das köstliche Mahl langsam sackte, zeigte Diego Trotzki Fridas Bilder. Sie selbst stand dabei in einer Ecke, rauchte im Halbdunkel und lauerte begierig auf einen Kommentar.

»Wunderbar! Als sei es ihr gelungen, alles, was dieses Land ausmacht, in der Seele einer Frau zu vereinen.«

»Es sind nur Porträts von mir«, meinte Frida abwehrend.

»Verdammt, Frida! Sie sind besser als meine«, fauchte Diego.

»In Ihren Händen liegt große Macht. Eine Frau, die dies hier mit zwei Pinseln erschaffen kann und Speisen wie die, die wir täglich genießen, muss eine große Künstlerin sein«, lobte Trotzki Frida und nahm ihre Hände fest in seine.

Dann hob er einen Finger, als sei ihm etwas eingefallen, huschte aus dem Raum und kehrte mit einem Buch zurück, das er aus seinem Zimmer geholt hatte. Er überreichte es Frida wie ein Plebejer, der seiner Kaiserin seine Ergebenheit erweist. Frida las den Titel: *Über das Geistige in der Kunst.* Das Werk stammte von dem russischen Maler Kandinsky. Trotzki verließ den Raum, und Diego wandte sich irgendeinem Projekt zu.

Frida schlug das Buch auf und stieß auf eine markierte Seite, auf der eine Passage mit Bleistift unterstrichen war: »Im Allgemeinen ist also die Farbe ein Mittel, einen direkten Einfluss auf die Seele auszuüben. Die Farbe ist die Taste. Das Auge ist der Hammer. Die Seele ist das Klavier mit vielen Saiten. Der Künstler ist die Hand, die durch diese oder jene Taste zweckmäßig die menschliche Seele zum Schwingen bringt.«

Zwischen die Seiten des zerlesenen Buches hatte Trotzki einen Zettel gelegt, auf dem »Morgen um zehn in Cristinas Haus« stand. Frida musste sich ein Lächeln verkneifen, denn von ihrem Techtelmechtel mit dem großen politischen Führer der russischen Revolution durfte nichts ans Licht kommen.

Als Diego sie gebeten hatte, ihr bei Trotzkis Unterbringung in Mexiko behilflich zu sein, hatte sie bedingungslos zugesagt. Sie wusste sehr wohl, dass ihre Beziehung zu ihrem Mann immer dem Auf und

Ab der Wellen am Strand gleichen würde. Mal würde er an ihrer Seite sein, mal nicht. Noch immer waren sie Mann und Frau und sprachen nun nicht mehr über Scheidung. In manchen alkoholgeschwängerten Nächten nahm Diego sie, und Frida ließ sich lieben.

Am verabredeten Tag stand einer Fortsetzung ihres amourösen Abenteuers mit dem Russen nichts im Weg. Cristina und die Kinder würden mindestens die Hälfte des Tages außer Haus sein, zudem hatte ihre Schwester sich bemüht, alles so einzurichten, dass die Sache geheim blieb. Frida und Trotzki erschienen pünktlich zu ihrer Verabredung.

Nachdem sie sich geliebt hatten, blickte Frida zum Fenster hinaus, dem ein alter farbenprächtiger Überwurf aus Saltillo als Vorhang diente. Der zärtliche, langsame Sex mit »Ziegenbärtchen« hatte sie aufgewühlt. Ihre Wangen brannten wie Feuer, und in ihrem Körper glühte noch die Lust, gespeichert in ihrem erhitzten Schoß.

»Frida, dein Pinsel vollbringt wahre Wunderdinge. Im Kampf mit der Leinwand entfacht er jedes Mal einen Krieg. Was revolutionäre Kunst angeht, habe ich nur zwei künstlerische Phänomene vor Augen: Werke, die sich inhaltlich mit der Revolution beschäftigen, oder solche, die zumindest tief durchdrungen und geprägt sind vom neuen revolutionären Bewusstsein. Dazu gehören deine Werke«, sagte Trotzki, der den Blick nicht abwenden konnte von einem ihrer Selbstporträts, das Cristina in ihrem Schlafzimmer aufgehängt hatte.

Der Revolutionär wirkte weniger alt, wenn er sprach. Während Frida ihn verstohlen betrachtete, ging ihr der Gedanke durch den Kopf, dass er mit der scharfen Klinge seiner Worte der gesamten russischen Armee entgegentreten könnte. Obwohl sein Körper die gelebten Jahre nicht verleugnen konnte, war er rüstig und stolz wie ein streitsüchtiger Junge auf der Suche nach einem Rivalen. In Unterhose, Hemd und Brille saß er auf dem Bett. Seine dürren, weißen Beine hielten ihn aufrecht wie ein kahler Baumstamm, der es mit jedem Orkan aufzunehmen vermag.

»Glaubst du an den Tod?«, fragte ihn Frida.

»Der Tod ist eine Realität, Frida, mit Glaubenssätzen hat er nichts zu tun«, erwiderte der Denker, sich die Brille zurechtrückend.

»Wir brauchen auch nicht darüber zu sprechen … vergiss es lieber
wieder«, murmelte Frida.

Doch Trotzki gab sich nicht so rasch geschlagen. Er trat zu Frida ans
Fenster, um zu sehen, was dort draußen ihre Aufmerksamkeit fesselte. Verwundert erblickte er ein winziges, noch federloses Vogel-
junges, das tot auf der Erde lag. Auf dem Zweig eines Feigenbaumes
saß die Mutter im leeren Nest und rief nach ihm, ohne Antwort zu
erhalten. Er vermutete, dass der kleine Vogel einen Flugversuch un-
ternommen hatte oder vor Schreck aus dem schützenden Heim in
sein Verhängnis gesprungen war.

»Mein Vater hat mir einmal eine Geschichte aus dem alten Russland
erzählt, darin kehrt ein tapferer Soldat mit nur drei Stück Brot nach
Hause zurück, die er drei Bettlern schenkt. Die drei aber sind in
Wirklichkeit verkleidete Kobolde und schenken ihm ihrerseits drei
Dinge, mit denen er künftig die Dämonen täuschen kann. Das beste
Geschenk ist ein Sack, in den man alles hineinstecken kann, sogar
den Tod. Was der Soldat denn auch tut: Er fängt ihn ein, rettet sein
Land und lebt ewig. Aber das ist nur ein Märchen für kleine Kinder, ein mittelalterlicher Schatten aus früheren Zeiten, als Könige
die Länder regierten. Heutzutage kann man dem Tod nur mit Hilfe
der Wissenschaft ein Schnippchen schlagen.«

»Der Tod fürchtet keine Mikroskope, dessen bin ich mir sicher.«

Trotzki begann, mit Fridas Haar zu spielen. Lustvoll ließ sie sich verwöhnen.

»Du wirst sogar den Tod mit deiner Kunst überwinden, Frida. Ich
habe keine Ahnung, welches Schicksal die Kunst erwartet, aber ich
weiß, dass der Mensch, wenn er erst einmal die revolutionäre Stufe
erreicht hat, auf der du stehst, unvergleichlich viel stärker, klüger
und feiner sein wird. Sein Körper wird harmonischer, seine Bewegungen werden rhythmischer und seine Stimme wird musikalischer
werden. Die Formen des Alltagslebens werden dynamische Theatra-
lität annehmen. Der durchschnittliche Menschentyp wird sich bis
zum Niveau des Aristoteles, Goethe und Marx erheben. Und über
diesen Höhen werden neue Gipfel emporragen.«

»Wie wäre es, wenn wir, während du redest, noch einmal miteinander schlafen?«, fragte Frida, etwas ermüdet von »Ziegenbärtchens« geistigem Feuerwerk, und drückte ihre Zigarette aus. Trotzki dachte kurz nach und willigte lächelnd ein.

Diego nahm die freie Zeit seiner Gäste ganz für sich in Anspruch. Zwar war er, genau wie Trotzki, von seiner Arbeit besessen, doch hinderte ihn das nicht daran, dem Alten allwöchentlich interessante Orte nahe der Hauptstadt zu zeigen. Angesichts der Sehenswürdigkeiten – ob Stufenpyramiden, koloniale Dörfer oder eine beeindruckende Landschaft – beschränkte sich dieser wie ein gewissenhafter Lehrer stets auf ein bestätigendes Nicken. Auf diesen Ausflügen begann er, kleine Kakteen zu sammeln, die er anschließend in Blumentöpfe pflanzte und im Patio des Blauen Hauses in einer Reihe aufstellte.

In Trotzkis Gegenwart hielt Diego seine Zunge im Zaum, aus Bewunderung für jenen unterdrückte er seinen üblichen Wortschwall, mit dem er die Journalisten in der Hoffnung auf Resonanz zu überschütten pflegte. Stets ließ er den Revolutionär zunächst seinen Standpunkt erläutern, und als treuer Verehrer seines politischen Führers erklärte er sich sogleich mit ihm einverstanden. Es hatte etwas geradezu Sarkastisches, dass Trotzki angesichts der vielen Lobesworte, der Huldigung und unverhohlenen Schmeicheleien von Diegos Seite seine Aufmerksamkeit allein auf Frida richtete. Frida schrieb er glühende Liebesbriefe und versteckte sie in den Büchern, die er ihr allabendlich vor dem Gute-Nacht-Sagen auslieh. Und diese antwortete in der subtilen Sprache des Kochens.

Die Romanze zwischen beiden währte nicht lange. Frida fühlte sich immer noch durch Diegos Betrug verletzt und war sich bewusst, dass ihre Affäre hauptsächlich ein Racheakt gegenüber Diego war. Als Geliebten wünschte sie sich einen Mann von anderer Wesensart. »Ziegenbärtchen« würde es nie gelingen, ihren Appetit auf Männer und Frauen zu stillen. Und als beide Paare eines Tages beschlossen, unter strenger Bewachung durch mehrere Parteimitglieder, eine Reise in die östlich von Mexiko-Stadt gelegene Region Hidalgo zu unternehmen, kam es zur Krise. Der Auto-Konvoi machte halt im

herrlichen Paradies der Hacienda de San Miguel Regla, wo man über-
nachtete, um am nächsten Morgen die Pyramiden zu besichtigen.

Trotzki und Natalia tranken im Schatten einer Weide einen Kaffee und genossen die herrliche Natur ringsum. Die Hacienda lag an
einem wahrhaft einzigartigen Ort und war von dichten Laubbäu-
men umgeben. Die wunderschöne Anlage hatte einst Pedro Romero
de Terreros gehört, dem ersten Grafen von Regla, der im 18. Jahrhundert durch die Ausbeutung der Minen von Real del Monte zu
Reichtum gelangt war.

Gemächlich schlenderten Diego und Frida über eine romantische
Steinbrücke und fütterten die Enten im See. Da wurde ihre fast in-
haltsleere Unterhaltung über Alltagsdinge von einem der Wächter
unterbrochen, der auf Frida zukam und ihr ein Buch übergab.

»Das schickt Ihnen Señor Trotzki«, sagte er.

Frida schlug das Buch auf und entdeckte einen dicken Brief, den
sie rasch vor Diego zu verstecken versuchte.

»Was zum Kuckuck ist das, Frida?«, fragte dieser neugierig.

»Bemerkungen zu Kandinskys künstlerischen Konzepten.«

»Du bist wirklich ein Miststück! Das ist dir doch alles scheißegal, du
machst den Alten nur heiß. Dass du dich nicht schämst!«, zischte
Diego sie an.

»Ist es etwa schlimmer, einem Mann vergebliche Hoffnung auf Sex
zu machen als einer Frau? Wie viele kleine Gringas wickelst du denn
mit deinen großen Reden ein, um sie ins Bett zu kriegen, Diego?«,
entgegnete Frida zu ihrer Verteidigung.

»Das war jetzt unnötig. Falls du Streit suchst, weil du schlechte Laune hast, dann mach jemand anders fertig und benutz mich nicht als
Prügelknaben«, fuhr Diego sie scharf an.

Er entfernte sich und ließ Frida allein mit Trotzkis Brief zurück,
neun Seiten, auf denen ihr Verehrer sie wie ein unsterblich verlieb-
ter Jüngling anflehte, ihn nicht zu verlassen, sondern ein neues
Leben mit ihm zu beginnen. In Frida stieg heftiger Widerwille auf.
Wenn sie bisher noch gezögert hatte, die Beziehung zu beenden, so
gab ihr dieser bettelnde Brief allen Grund, eine Entscheidung zu
treffen. Am nächsten Tag würde sie ihm sagen, dass es aus war.

Nachts lag Frida stundenlang wach. Trotzkis Verzweiflung löste derart große Schuldgefühle in ihr aus, dass sie keinen Schlaf fand. Sie wanderte über die Terrasse des Gästehauses und schaute den Glühwürmchen zu, die mit ihrem Tanz den Regen anlockten. Überrascht vernahm sie das Wiehern eines Pferdes, und nur wenig später tauchte der Bote aus dem Schatten der Weiden auf. Seine leuchtenden Augen waren weiß wie sein Pferd. »Was hast du hier zu suchen? Meine Zeit ist noch nicht abgelaufen, und das weißt du. Solange mein Hahn Quíquiri jeden Morgen kräht, bleibe auch ich hier«, begrüßte ihn Frida vorwurfsvoll.

Der Mann blieb, wo er war. Nicht sie war der Grund seines Besuchs, sondern jemand anders. Der Bote war der Herold ihrer Gevatterin.

Plötzlich begannen die Glühwürmchen, sich zu merkwürdigen Figuren zu formieren und vermehrten sich in so rasantem Tempo, dass in der Dunkelheit bald das glitzernde Bild eines Kaleidoskops aufschimmerte. Verblüfft betrachtete Frida das Wunder der wechselnden Bilder, die sich vor ihren Augen formten. Jedes Tierchen trug zur Entstehung dieser wie von Seurat gemalten Bilder bei, die Fridas Netzhaut nach und nach entschlüsselte. Zuerst erkannte sie Trotzki, wie er dasaß und in Ruhe las, dann den Blick von seiner Lektüre hob und aus dem Fenster schaute. Hinter dem Fenster ein Auto, dem dunkle Gestalten mit leuchtenden Augen entstiegen. Lichtblitze, vermutlich auf den Revolutionär abgegebene Schüsse. Trotzki, wie er zu Boden fiel, von den Kugeln tödlich getroffen. Seine Zeit auf Erden war zu Ende. Leise jammerte Frida beim Anblick der Vision, die ihre Gevatterin ihr schickte. »Du kannst ihn doch nicht töten, nachdem er schon so oft fliehen musste. Könntest du nicht auch mit ihm eine Abmachung treffen, wie mit mir? Gib ihm noch etwas Zeit.« Und den Boten flehte sie an: »Sag ihr, sie soll stattdessen lieber etwas von meinem Leben nehmen.«

Von den Glühwürmchen erleuchtet, verlor sich der Bote in der Nacht.

In ihrer ganzen Pracht erhoben sich die Stufenpyramiden von Teotihuacan vor Trotzkis Augen. Er nickte vergnügt, seine charakteristische Geste stummer Anerkennung. Diego erzählte ihm bizarre Anekdoten von Kannibalismus unter den prähispanischen Ureinwohnern, während Frida schweigend dabeistand und darüber nachgrübelte, auf welche Art man Trotzki am besten davor warnen könnte, dass eine Kugel seinem Leben ein Ende setzen würde. Als sie auf halbem Weg zwischen der Sonnen- und der Mondpyramide in der *Calzada de los Muertos*, der Straße der Toten, haltmachten, wurde ihnen auf einmal sehr heiß, so als bündele eine riesige Lupe die Sonnenstrahlen in ihre Richtung.

»Ich habe Durst«, sagte Natalia, setzte sich auf eine Freitreppe und wedelte sich mit einem Taschentuch Luft zu.

Diego tat es ihr gleich. Trotzki dagegen bestand darauf, den Gipfel der majestätischen Sonnenpyramide zu erklimmen.

»Dann lasst uns etwas trinken«, schlug Frida vor.

Unschlüssig schauten sie einander an, und als habe eine höhere Kraft ihre Bitte erhört, tauchte unversehens ein einheimischer Pulque-Verkäufer auf. Er trug zwei Krüge mit Pulque aus der Region auf den Schultern.

»Wie wäre es? Trauen Sie sich diesmal, den Pulque zu probieren?«, lächelte Diego und erhob sich, um den Verkäufer herbeizurufen.

»Heute ist der richtige Tag dafür«, erwiderte Trotzki und reichte Frida die Hand, und von zwei Wächtern gefolgt, die zum Schutz des alten Mannes mitgekommen waren, gingen sie auf den Verkäufer zu und ließen Diego einfach stehen.

»Hast du meinen Brief gelesen?«, flüsterte Trotzki Frida nervös zu.

Frida gab sich Mühe, durch keine ihrer Gesten Diegos oder Natalias Verdacht zu erregen, und lief in majestätischer Haltung weiter.

»Ja«, antwortete sie. »Du kennst meine Entscheidung. Wie sehr du auch drängen magst, ich glaube, wir machen am besten Schluss. Aber ich muss dir noch etwas Wichtiges sagen, das nichts mit deinen Frühlingsgefühlen zu tun hat.« Todernst fuhr sie fort: »Leo, man wird dich töten. Man wird dich erschießen. Mehrere Männer. Wenn du in der Nacht das Auto hörst, wirst du wissen, dass es so weit ist.«

»Wie kommst du darauf? Gibt es einen Spion in unserer Gruppe?«

»Nein. Du würdest nicht verstehen, woher ich es weiß. Aber ich habe um eine zweite Chance für dich gebeten, so wie man sie auch mir gewährt hat. Du brauchst nur einen Pakt mit dem Tod zu schließen, damit dir dein Leben nicht auf so gewaltsame Art entrissen wird«, erklärte ihm Frida.

Einer der Wächter hatte den Verkäufer mit den Pulquegläsern angehalten. Frida sah das Glas mit der dicken Flüssigkeit und den schleimigen Schlieren darin und wusste, dass dies das Zeichen war.

»Wie ich dir neulich erzählt habe, ist Pulque das Getränk der Götter«, sagte Frida. »Dies wird nun unsere Zeremonie sein. Trink ihn und wünsche dir, einen Tag länger zu leben. Sie wird auf dich hören.«

»Das werde ich nicht tun, Frida. Was nützt mir ein Leben ohne dich an meiner Seite?«

»Dieses Leben heißt Ehe. Dort drüben wartet Natalia auf dich«, erwiderte Frida stur.

Trotzki blickte ihr tief in die Augen. Er war ratlos, tatsächlich erschien ihm nun alles wie ein Ritual zur Beendigung ihrer Liebesbeziehung. Er führte das Glas an seine Lippen. Die zähe Flüssigkeit widerte ihn an, sein Magen sträubte sich, und einen Augenblick lang war ihm, als müsse er sich übergeben. Dann aber überwand er sich und trank das Glas in einem Zug leer. Am Ende spürte er, wie der süßsaure Geschmack ihn belebte und erfrischte. Ihm war, als ströme der Alkohol in alle Winkel seines Organismus, als erwecke er die toten Zellen seines Körpers zu neuem Leben. Seine müden Augen leuchteten auf, und die Schmerzen schienen sich zu verflüchtigen. Trotzki spürte, dass sich etwas verändert hatte.

»Jetzt hast auch du einen Pakt mit ihr«, murmelte Frida und küsste seine Hände, dann kehrte sie zu den anderen zurück, die die beiden nicht aus den Augen gelassen hatten.

Trotzki nickte nur zustimmend. Er ging zu seiner Frau und versuchte, sie zu einem Glas zu überreden, doch sie lehnte angewidert ab.

Winzige Kleinigkeiten hatten Trotzkis Ehefrau argwöhnisch gemacht. Sie fühlte sich unbehaglich, ohne genau zu wissen, warum. Ihr Verdacht und die Vorstellung, als Ehefrau womöglich bald abgeschoben zu werden, waren ihr aufs Gemüt geschlagen. Sie war mager und vergesslich geworden, redete dummes Zeug und kränkelte ständig, um die Aufmerksamkeit des Mannes auf sich zu lenken, mit dem sie seit fünfunddreißig Jahren verheiratet war. Die Sicherheitsleute in Trotzkis Nähe hatten Natalias Veränderung bemerkt und errieten rasch, was dahintersteckte. Pragmatisch, wie sie waren, beschlossen sie, das Problem selbst in die Hand zu nehmen, und rieten Trotzki eindringlich, Frida nicht länger wie ein Schoßhündchen nachzulaufen. Sie erklärten ihm, ein Skandal könne vernichtende Folgen haben und seinem internationalen Renommee schaden. Schließlich legten sie ihm einen Umzug nahe. Der Alte entschied sich für ein Haus in der Calle de Viena, nicht weit entfernt vom Blauen Haus. Es hatte ebenfalls einen großen Patio, in dem er schreiben und seiner Frau beim Älterwerden zusehen konnte. Und wo er sein Los eines Vertriebenen – nicht nur aus seiner Heimat, sondern auch aus Fridas Herzen – würde akzeptieren müssen. Der Einzige, der diesen Schritt nicht gelassen hinnahm, war Diego, lautstark beschwerte er sich, es sei unhöflich, einfach so aus dem gemeinsamen Haushalt zu verschwinden, eine Missachtung seiner Person als Gastgeber.

»Sei still, Diego«, flüsterte Frida ihm ins Ohr, peinlich berührt von seinem melodramatischen Auftritt.

Diego schaute sie sprachlos an.

»Begreifst du denn nicht, Frida?«, fragte er ärgerlich, nachdem sie sich in ein Zimmer zurückgezogen hatten, um dort weiterzudiskutieren.

Frida wollte das Problem nicht noch stärker aufbauschen. Sie zündete sich eine Zigarette an und schleuderte ihm die Wahrheit ins Gesicht wie eine Torte:

»Wer hier etwas nicht begreift, bist du. Lass ihn gehen, es ist besser für ihn, wenn ich nicht in seiner Nähe bin. Ich habe schon viel mehr für ihn getan, als er erwartet hat.«

Schlagartig wurde Diego klar, was sich vor seiner Nase abgespielt hatte. Frida hatte sich gerächt, doch was er nicht wusste: Für sie war diese Rache nicht süß, sondern hinterließ einen Geschmack nach verdorbener, bitterer Orange.

Am Tag, als Trotzki das Blaue Haus verließ, schrieb er: »Natascha tritt ans Fenster und öffnet es vom Patio aus, damit frische Luft in mein Zimmer strömt. Ich sehe den glänzenden Saum grünen Rasens, der sich hinter der Mauer erstreckt, darüber den klaren, blauen Himmel und die über allem scheinende Sonne. Das Leben ist wunderschön. Mögen die kommenden Generationen es von allem Übel, von Unterdrückung und Gewalt befreien und in vollen Zügen genießen.«

Was man als eine Ode an seine Frau und das Leben verstehen mochte, erkannte Frida und nur sie allein als eine Dankesrede an sie, dafür, dass sie ihm ein wenig von dem Leben geschenkt hatte, das die Gevatterin ihr als Gegenleistung für ihre Opfergaben gewährt hatte. Frida glaubte, sie habe Trotzki vor dem Attentat durch die Maschinenpistolen bewahrt, doch nur wenige Monate später sollte ein in den Schädel des Revolutionärs eindringender Eispickel vollenden, was die Gevatterin nur hinausgeschoben hatte.

Frida hatte sich an Diego gerächt. Sie schloss dieses Kapitel ihres Lebens und setzte ihren Weg fort, die Zügel ihres Schicksals fester greifend, um ihre nächsten Schritte als unabhängige Frau zu gehen.

Das Essen für Trotzki und Breton

Ziegenbärtchen ließ sich gern überraschen. Viel sagen konnte ich nicht, da Diego mir und jedem anderen, der sich in Trotzkis Nähe befand, das Wort aus dem Mund nahm. Deshalb kochte ich einfach nur, denn mit meinen leckeren Gerichten konnte ich ihm mehr über meine Vision einer besseren Welt sagen als mit Worten. Wir wollten beide nur das Eine: eine bessere Welt. Wer wünscht sich das nicht in diesem Leben?

Red Snapper mit Koriander
Huachinango al cilantro

1 Red Snapper von über 2 kg, entschuppt und gewaschen, 8 Tassen feingehackter Koriander, 5 eingelegte Chilis, in dicke Scheiben geschnitten, 2 große, in Ringe geschnittene Zwiebeln, 4 Tassen Olivenöl, Salz und Pfeffer.

Den Red Snapper am Rücken an drei Stellen einschneiden, damit die Gewürze gut eindringen. Eine breite Pfanne oder Backform mit der Hälfte des Korianders, der Chilischeiben und der Zwiebelringe auslegen; die Hälfte des Öls darüber gießen, salzen und pfeffern. Auf dieses Gewürzbett den Fisch legen und ihn mit der anderen Hälfte der Zutaten – Chilis, Koriander und Zwiebeln – bedecken, dann das restliche Öl darüber gießen. In den auf 200 Grad vorgeheizten Ofen schieben und ca. 40 Minuten schmoren lassen. Von Zeit zu Zeit etwas von der Soße über dem Fisch verteilen, damit er nicht austrocknet. In der Backform servieren.

Kapitel XVIII

Als das Packpapier, das den Gegenstand eingehüllt hatte, zu Boden fiel, erscholl ein Schrei, dessen Echo bis in die hintersten Winkel des Gebäudes in der Fifth Avenue drang. Im Foyer, das den eleganten Büros der Verlagsgruppe Condé Nast vorgelagert war, klang dieser Schreckensschrei wie die Posaunen der Apokalypse. Die Sekretärinnen fuhren zusammen, einigen fielen die Hochglanz-Titelblätter der *Vogue* und die Zeichnungen von El Chamaco Cobarrubias für *The New Yorker* aus der Hand. Schaudernd liefen sie auf die Flure hinaus, um nachzusehen, was geschehen war. Ein Sicherheitsbeamter, der einen Überfall vermutete, zückte seine Pistole. Ein Gemurmel banger Ungewissheit breitete sich zwischen den zusammengelaufenen Angestellten aus, beklommen sahen sie einander an, unschlüssig, ob sie die Tür öffnen sollten, aus der die Klagelaute gedrungen waren. Dann nahm die Chefsekretärin all ihren Mut zusammen und öffnete die Tür zum Büro ihrer Chefin Clare Boothe Luce, Verlegerin der kosmopolitischen Zeitschrift *Vanity Fair*.

In der Mitte des eleganten Raumes, der so riesig war, dass man darin ein Zirkuszelt hätte aufschlagen können, stand der imposante schwarze Schreibtisch, umringt von mehreren Ledersesseln, über den Boden verstreut lagen Papiere und auf einer Seite des Schreibtischs aufgeschlagenes Packpapier. Mrs Clare saß nicht an ihrem Platz. Sie kniete am Boden, die Hände gegen den Mund gepresst, um das Schluchzen zu dämpfen. Ihre Augen waren weit aufgerissen, Tränen rannen ihr über die Wangen und verwischten die Schminke. Sie wirkte verstört, wie von einem Albtraum überrollt. Keine Spur von der Eitelkeit, die ihre Angestellten sonst an ihr kannten, nur noch reines Grauen. Zitternd zeigte sie auf das aufgeschlagene Packpapier. Der Sicherheitsbeamte und die Chefsekretärin gingen darauf zu. Ein Gemälde lag dort, das am Morgen aus Europa eingetroffen war. Beide mussten einen Schrei unterdrücken, als sie die makabre Darstellung erblickten. Falls dies ein Scherz sein sollte, war er überaus geschmacklos. Kein Mensch mit gesundem Verstand hätte so etwas zu tun gewagt. Die Schöpferin des wahrhaft haarsträubenden Bildes war erst kürzlich auf der Titelseite der *Vogue* erschienen, in der mehrere Artikel ihre jüngste Ausstellung lobten.

Das handwerklich hervorragend ausgeführte Gemälde dokumentierte den tödlichen Sturz von Clares bester Freundin Dorothy Hale, die von einem New Yorker Wolkenkratzer in die Tiefe gesprungen war. Der Selbstmord war in drei Phasen abgebildet: Oben sah man eine winzige Frauenfigur aus dem Fenster eines Hochhauses springen, eine größere Darstellung, etwas tiefer, zeigte sie fallend, und unten im Bild, auf einer Art Plattform, auf der sie auf ihrer Reise ins Jenseits gelandet zu sein schien, lag Dorothys lebloser, blutender Körper. Ihre offenen Augen blickten den Betrachter hilfesuchend an. Darunter, auf einem Spruchband, war das tragische Ereignis mit blutroten Buchstaben festgehalten: »In der Stadt New York beging Frau Dorothy Hale am 21. Oktober 1938 Selbstmord, indem sie sich aus einem sehr hoch gelegenen Fenster des Hampshire House in die Tiefe stürzte. Im Gedenken an sie wurde dieses Bild von Frida Kahlo auf Wunsch von Clare Boothe Luce für Dorothys Mutter gemalt.« Im oberen Teil des Gemäldes schwebte ein Engel zwischen den Wolken, die das ferne Hochhaus einhüllten. Offenbar war Frida das Bild nicht blutig genug gewesen, weshalb sie auch den Rahmen mit roten Flecken bemalt hatte, so als hätte Dorothy ihn während ihres Sturzes mit Blut bespritzt.

»Vernichte es!«, wies Clare Luce ihre Sekretärin an, doch weder diese noch der Beamte regten sich von der Stelle, wie hypnotisiert von dem beunruhigenden Gemälde.

Frida erfuhr nie, welches Entsetzen ihr Werk in Clares Büro ausgelöst hatte. Sie war weit weg von allem, vorübergehend benebelt von einem Äther, der selbst die klügsten Frauen in vollkommen vernunftlose Wesen verwandelt, einer Substanz mit Namen Liebe. Doch nicht Diego war es, der ihr Seufzer entlockte, sondern ein schlanker Mann mit verträumten Augen, feinen Zügen und einer natürlichen

Eleganz. Nickolas war ungarischer Abstammung, was man ihm an seiner würdevollen Haltung und seinen nordischen Augen ansah. Obwohl er aus armen Verhältnissen stammte, hatte er es bereits mit einundzwanzig Jahren zu einem der berühmtesten Fotografen der Vereinigten Staaten gebracht, der seine Aufträge von Zeitschriften wie *Harper's Bazaar* oder *Vanity Fair* erhielt. Er war der absolute Märchenprinz: Flugzeugpilot, Fechtchampion, liebevoller Vater zweier Töchter, großzügiger Mäzen mehrerer Künstler und ein großer Liebhaber moderner Kunst. Obwohl er ein so energiegeladener Mann war, begegnete einem im vertrauten Umgang ein schlichter, sanfter Mensch, der Frida an ihren Vater Guillermo erinnerte; sie verfiel ihm ganz und gar.

Sie hatte ihn in Mexiko kennengelernt, durch ihren guten Freund und Partybegleiter El Chamaco Covarrubias, da beide Männer für dieselbe Zeitschrift arbeiteten. Vom ersten Augenblick an nahm der Fotograf die Gerüche, Farben, Stoffe und kulinarischen Köstlichkeiten, die Frida umgaben, begierig in sich auf. Allein das Blaue Haus in Coyoacán zu betreten war eine Reise für seine Sinne, die von den vielen Gemälden, den Judasfiguren aus Pappe, dem Talavera-Geschirr stimuliert wurden, von den mexikanischen Nackthunden, die zwischen Fridas Röcken herumtollten, den krächzenden Papageien und dem federlosen, vor den Besuchern flüchtenden Señor Quíquiri. Zu alldem kamen die von der Hausherrin eigens zubereiteten erlesenen Gerichte und aromatischen Desserts hinzu, die jeden Gaumen zu betören vermochten.

Nachdem Trotzki das Haus verlassen hatte, war Frida zu ihrem eigenen Leben zurückgekehrt und verkündete Bekannten und Freunden nun stolz, sie habe sich endlich von Diego scheiden lassen. Gleichwohl wusste sie, dass ihrer beider Beziehung eine Droge war, von der sie nur schwer loskommen würde, eine von denen, die bleibende Schäden hinterlassen. So klangen ihre Bemerkungen über ihren Ex-Mann auch oftmals widersprüchlich. »Ich habe diesen Fettwanst satt, ich bin glücklich, jetzt mein eigenes Leben zu führen«, erklärte sie bei einem Essen mit anderen Künstlern. »Dieser alte Mops würde alles für mich tun, aber es widerstrebt mir viel zu sehr, ihn um etwas zu bitten«, sagte sie, um nur Minuten später zu seufzen: »Er ist so lieb, ich vermisse ihn sehr …«

Einer der Gäste bei jenem gemeinsamen Essen, bei dem Frida sich in verschiedene Frauen aufspaltete, war Julián Levy, den sowohl Fridas Charakter als auch ihr Werk faszinierten und der sie hartnäckig zu überreden versuchte, in seiner Galerie in New York auszustellen.

»Diese Gelegenheit darfst du dir nicht entgehen lassen, Mädchen«, sagte Nickolas, während er mit Frida schäkerte, die ihn mit einem jener leidenschaftlichen Blicke ansah, wie ihn nur Paare austauschen, die ihren Sex genießen.

»Warum interessieren Sie sich für mein Werk?«, fragte sie Levy. »Es ist nichts Besonderes.« Schulterzuckend trank sie ihren Tequila, mit dem sie Schmerzen und Gefühlschaos zu ertränken suchte sowie den Druck, auf der Schwelle des Erfolg zu stehen und in Kürze ins kalte Wasser springen zu müssen.

Die Scheidung von Diego hatte sie dazu ermuntert, ein Leben als Nickolas' Geliebte zu beginnen. Zudem hatte erst kürzlich ein berühmter, für seine Gangsterrollen bekannter Schauspieler eine üppige Summe für mehrere ihrer Bilder bezahlt. Jenseits ihres privaten Unglücks erlebte sie sich nun als selbstständige Malerin. Wenn ihr Leben weiterging, obwohl sie Diego verloren hatte, so verdankte sie dies ihrer Leidenschaft für das Malen. Sie würde ihrer Gevatterin keinen einzigen Vorwand liefern, ihr Versprechen, sie am Leben zu halten, zu brechen.

»Ich helfe dir mit der Ausstellung«, versprach ihr Nickolas. Und er tat es, nicht nur als Geliebter, sondern auch als Partner: Er unterstützte sie bei der Verschiffung und Ausladung ihrer Werke und bei der Erstellung des Katalogs. Als Frida mit ihrer neuen Liebe nach New York aufbrach, verabschiedete sie sich nur bei Señor Quíquiri, der sie stumm aus seinen vorspringenden Augen anschaute, als sie ihn mahnte: »Ich gehe mit einer Bitte: Mach mir keine Scherereien. Du musst jeden Tag den Sonnenaufgang ankündigen, denn von jetzt an ist jeder Tag sehr wichtig für mich.«

Nickolas war stolz, mit Frida zusammen zu sein, und bis über beide

Ohren in sie verliebt. Freilich begriff er nie, dass sie eher ein Feuerwerk war als eine Freundin. Er ahnte nicht, dass sie nach wie vor mit Diego in Verbindung stand und dieser sie gedrängt hatte, die Verlegerin von *Vanity Fair* aufzusuchen, um einen Auftrag von ihr zu bekommen. »Sie ist eine angenehme Frau, bitte sie, für dich zu posieren, anschließend kannst du ihr das Bild verkaufen«, hatte Diego geraten und ihr einen Abschiedskuss auf die Stirn gedrückt.

Frida wusste, dass Diego glücklich war über ihre baldige Ausstellung und das Gefühl der Vorfreude in seinem Inneren bewahrte wie ein stolzer Vater, der dem sicheren Erfolg seiner Tochter entgegenblickt.

In New York, an Nicks Seite, wurde das Leben für Frida ein einlullendes Schaukeln zwischen rosa Wolken. Nicht nur die herrlichen Stunden mit ihrem Geliebten genoss sie; die Luft der Freiheit, die ihr entgegenwehte, reizte sie auch, jeden zu verführen, den sie für würdig befand, das Bett mit ihr zu teilen, vom Galeristen Levy bis zu einem früheren Bilderkäufer.

Die Vernissage wurde ein großartiger Erfolg. Frida strahlte vor Schönheit. Endlich war sie zur geachteten Künstlerin avanciert, und dies in der Stadt, in der Diego gescheitert war. Die Kunstkritiker lobten sie, und in der Galerie waren sämtliche Bekannte erschienen.

»Wunderschön…«, raunte Georgia O'Keeffe ihr ins Ohr, als sie Frida in der Damentoilette einen Kuss raubte.

»Die Ausstellung?«, fragte Frida kokett, obwohl sie genau wusste, dass die Königin des Abends sie selbst war.

»Die Malerin«, antwortete Georgia, und sie sahen sich an mit dem dankbaren Blick einstiger Geliebter.

Nachdem sie einander ihre ausschweifenden Nächte in Erinnerung gerufen hatten, verließen sie die Toilette, um sich unter die Gäste zu mischen. In einiger Entfernung unterhielt sich Nickolas mit Clare Luce.

»Magst du ihn? Ist er gut zu dir?«, fragte Georgia.

»Ich verdiene ihn nicht. Ich behandle ihn schlecht, weil ich Diegos schlechte Behandlung gewohnt bin.«

»Sei glücklich, Frida. Die bist die sich wandelnde Frau. Die Frau mit dem Tod als Weggefährten«, sagte Georgia, sich verabschiedend.

Frida zwinkerte ihr zu und ging hinüber zu ihrem neuen Partner, um sich an seinen schützenden Arm zu klammern.

»Frida, Madame Clare ist begeistert von deinen Arbeiten. Sie möchte, dass du ein Bild für sie malst«, sagte Nickolas lächelnd, mit seinem typischen Charme, mit dem er alle bezwang.

»Es wird mir ein Vergnügen sein, Sie zu malen.«

»Ich möchte der Mutter meiner besten Freundin Dorothy Hale ein Bild schenken«, erklärte Clare, ihr Glas Wein hin- und herwiegend wie ein Pendel. »Sie war wunderschön, es wäre traurig, wenn ihr Gesicht für immer verlorenginge. Sie könnten sie verewigen.«

»Die Frau, die sich das Leben genommen hat? Ich könnte sie wie auf einem Votivbild malen«, meinte Frida, ergriffen und zugleich glücklich über die Herausforderung. Sie hatte es auf Spanisch gesagt, ohne Clare Luce dabei ins Gesicht zu schauen, auf dem ein verständnisloses Lächeln lag.

Und tatsächlich hatte die Verlegerin nicht die leiseste Ahnung, was es mit diesen kleinen, sehr schlicht gemalten Tafeln auf sich hatte, auf denen Notsituationen dargestellt waren und mit denen der Muttergottes als Retterin des Verunglückten gedankt wurde. Diese Bilder waren als Opfergaben in vielen mexikanischen Kirchen anzutreffen.

»Wie Sie es für richtig halten. Ihre Malerei besitzt die weibliche Kraft, die ihr gerecht werden wird.«

So verabredeten sie es.

Stunden später hörte Frida den Namen Dorothy abermals, als Nickolas und sie zusammen geschlafen hatten, um ihre erfolgreiche Vernissage zu feiern. Nackt und eng umschlungen lagen sie auf dem zerwühlten Bett, schon tauchten die ersten Schimmer des anbrechenden Tages die Häuserfassaden in rötliches Licht. Nickolas war kurz davor, einzuschlummern, während Frida ihn mit ihren zarten Brüsten streichelte. Sie zog das Laken hoch, um ihr unförmiges Bein zu verbergen.

»Deck es nicht zu. Alles an dir ist schön, mit seinen Vorzügen und Makeln.«

»Nur ein Verrückter kommt auf die Idee, es schön zu finden ... Eigentlich müsste all meinen Geliebten der Anblick meines Beins verboten sein. Deshalb trage ich ja auch lange Röcke.«

»Dann bin ich eben verrückt. Mir gefällt es. Mir gefällt sogar, was ihr Mexikaner am heutigen Tag macht: dem Tod etwas zu essen geben ... Das ist auch verrückt, aber es gefällt mir.«

Frida riss die Augen auf und war im nächsten Augenblick auf den Beinen. In dem ganzen Trubel um ihre Ausstellung und auch wegen der Trennung von Diego war ihr entgangen, dass ihre Ausstellung ausgerechnet am Abend vor dem Tag der Toten eröffnet worden war.

»Heute ist Totentag! Ich muss sofort einen Altar errichten! Wo war ich nur mit meinen Gedanken! Wie konnte ich das vergessen!«, schrie sie hysterisch.

Nickolas schaute ihr vom Bett aus zu, wie sie nackt durchs Zimmer hastete und Röcke und Jadeketten aufhob.

»Vergiss es, Frida, komm, leg dich schlafen. Morgen sehen wir, was wir tun können.«

»Nein! Es wird gar kein Morgen geben!«, kreischte sie verzweifelt. »Hilf mir bitte, es geht um Leben und Tod!« Nickolas, der sie für betrunken hielt, drehte sich um und zog sich die Decke über den Körper.

»Du hast zu tief ins Glas geguckt, komm, schlaf, lass uns nachher reden.«

Aber zu einem Gespräch kam es nicht, im Zimmer waren nur Gepolter und ein Schwall lauter Flüche zu hören. Frida zog sich fertig an und verließ den Raum, auf Nickolas schimpfend, der kein Verständnis hatte für ihren hysterischen Anfall. Sie hatte Angst, ihrer Abmachung nicht rechtzeitig nachzukommen. Falls ihre Gevatterin verärgert war, erklärte sie den Pakt womöglich schlagartig für null und nichtig. Frida lief hinaus auf die Straße, die sich schon reckte, um ihr aufregendes städtisches Leben wiederaufzunehmen. In ihrer Tehuana-Kleidung, dem Tode nah, fühlte sie sich wie eine Schiffbrüchige in einer riesigen Stadt.

Sie überlegte, ob sie zu einem Friedhof laufen sollte, um ihrer Gevatterin dort den geforderten Tribut zu zollen, oder in eine Kirche, aber keiner der beiden Orte erschien ihr ihrer Allerhöchsten Gevatterin Tod würdig genug. Sie fluchte, dachte an das Festmahl, das sie jetzt, wenn sie ihr Wunderkrautbuch dabei hätte, zubereiten würde, aber das Heft lag in ihrem Arbeitszimmer im Blauen Haus.

Während ihr Tränen über die Wangen liefen und zu Boden tropften, um sich mit dem Morgentau und den Dämpfen der chinesischen Waschküchen zu vermischen, erblickte sie mitten auf der Straße, zwischen den kanariengelben Taxis und den Lichtern der Feuerwehrwagen, den Boten. Sein weißes Pferd schnaubte und stieß bläulichen Dampf aus, was ihr bewies, dass er tatsächlich da war. Er zog die Zügel an und gab dem Pferd ganz leicht die Sporen, um es in Fridas Richtung zu lenken. Seinen Revolutionärshut zurechtrückend, ritt er vorbei an zwei Rabbinern, einem mit seinen Auslieferungen beschäftigten Bäcker und einer Gruppe Arbeiter im Overall, die über den Streit vom Vorabend diskutierten. Keiner von ihnen drehte sich nach dem Boten um, aus dem einfachen Grund, dass er für sie nicht existierte. Als das weiße Pferd vor Frida stehen blieb, blickte sie ängstlich auf und fragte: »Du kommst wegen mir, nicht wahr? Sie hat dich geschickt, ich weiß es. Ich würde ihr gern erklären, dass alles ein Irrtum war. Kein einziges Mal habe ich es versäumt, ihr zu huldigen, aber heute hätte ich den Opferaltar herrichten müssen. Es tut mir so leid ...«, und dann brach ihr die Stimme. Der Bote heftete nur seine hungrigen Augen auf sie und reichte ihr die Hand. »Du nimmst mich mit?«, fragte Frida. Natürlich kam keine Antwort. Die ausgestreckte Hand blieb, wo sie war. Es war eine vom Pflügen und von der Viehzucht gegerbte Hand. Frida ergriff sie, nicht ohne sich zuvor von der Welt zu verabschieden. Sie spürte die rauen Schwielen, die von den Lederriemen herrührenden Kerben in der Haut, die Spuren der groben Feldarbeit. Mit einem Satz sprang sie auf den Rücken des Pferdes, und noch bevor sie richtig saß, peitschte ihr ein stürmischer Wind ins Gesicht.

Als sie die Augen öffnete, stellte sie überrascht fest, dass sie sich in einem New Yorker Apartment befand. Der Bote war verschwunden. Ihr wurde schwindelig, aber die Übelkeit verflog rasch. Da sie ihren eigenen Atem hören konnte, nahm sie an, dass sie noch am Leben war. Zu ihrer Verwunderung war sie in die Betrachtung einer sich das Haar bürstenden Frau versunken. Es war eine hübsche, vornehme Dame, fein gekleidet, wie es einem nur möglich ist, wenn man mit teuren Dingen verwöhnt wird. Sie trug ein elegantes Abendkleid aus schwarzem Satin, unter dem sich ihre Brustwarzen in aufreizender Weise abzeichneten. Die Frau trällerte *Deadmen Blues*, dasselbe Lied, das Eve Frederick damals in San Francisco gepfiffen hatte. In ihren hellen Augen, die sich im Spiegel über der Frisierkommode selbst betrachteten, erkannte Frida die Augen einer Toten.

»Es war dumm von mir, zu glauben, dass alles besser werden würde«, sagte eine Stimme neben ihr.

Frida drehte sich um, und vor ihr stand dieselbe vornehme Frau mit derselben Frisur, im selben Kleid, doch dieses Kleid schmückte eine glänzende Brosche mit gelben Blumen. Kein Zweifel, es war Dorothy Hale.

»Die Dinge werden niemals besser, das habe ich festgestellt, als ich mein Kind verloren habe. Du hättest das schon vor langer Zeit begreifen müssen, meine Liebe«, antwortete Frida ein wenig überrascht und sah Dorothy Hale dabei zu, wie sie sich hübsch machte.

»Wie konntest du nur so viel ertragen? Leidest du nicht in tiefster Seele?«

»Jeden Tag.«

Die Dorothy im Spiegel ordnete eine Serie bereits verfasster Abschiedsbriefe. Die Melodie, die sie dabei trällerte, erfüllte die leere Wohnung, in der so große Einsamkeit herrschte, dass man es schmecken konnte.

»Sie hat mir alles Mögliche angeboten, damit ich auf den Pakt eingehe, aber ich wollte ihn nicht akzeptieren. Der Gedanke, noch mehr Schmerz ertragen zu müssen, hat mich derart erschreckt, dass ich sie nicht beim Wort nehmen konnte«, erklärte Dorothy, sich das feuchte Haar richtend.

Aus ihrem Nacken begann Blut zu rinnen und in ihr Kleid zu sickern, das sich an ihren Körper klebte. Frida fiel auf, dass ihr Schädel aussah wie eine frisch angeschnittene Wassermelone. Ihr wurde klar, dass Dorothy von ihrer Gevatterin sprach und von einem Pakt, der sich offenbar nicht allzu sehr von jenem unterschied, um den sie selbst vor Jahren gebeten hatte: weiterzuleben und dafür alljährlich ein Opfer zu bringen, angefangen von ihrer Liebe bis hin zu ihrer Gesundheit.

»Dein Leben verlängern, obwohl du weiter gelitten hättest? Leben im Tausch gegen Schmerzen? Einen solchen Handel finde ich gar nicht übel. Schließlich wird man geboren, um zu leiden«, flüsterte Frida.

Die Dorothy im Spiegel setzte sich den gelben Kopfschmuck auf, der sich bei ihrem anderen Ich karmensinrot verfärbte. Frida wandte sich wieder der blutenden Dorothy zu, schenkte ihr ein sehr weibliches Lächeln und schmeichelte ihr, wie Frauen es tun, wenn sie einander in einem Schönheitssalon begegnen.

»Hübsche Kopfbedeckung.«

»Gefällt sie dir? Danke. Einer meiner Liebhaber, Isamu Noguchi, hat sie mir geschenkt.«

»Ach, wirklich? Nicht zu fassen. Er war auch mein Liebhaber!«, antwortete Frida der blutenden Dorothy.

Sie blickten einander an. Sie waren zwei Seiten eines Spiegels, und die sich darin spiegelnde Verzweiflung war dieselbe.

»Einer der Besten«, fügte die blutende Dorothy schnippisch hinzu.

Frida biss sich auf die Lippe. Die Dorothy im Spiegel drückte einen blutroten Kuss auf den Abschiedsbrief an ihren Ex-Liebhaber Noguchi.

»Das kann man wohl sagen. Diego hat ihn gehasst. Ich habe ihm gesagt, bei Noguchi würde ich lauter schreien als bei ihm.«

Die blutende Dorothy kicherte wie ein Eichhörnchen, worüber beide sich amüsierten. Frida verstummte, denn in diesem Augenblick ging die Dorothy im Spiegel sehr elegant auf ein Fenster ihrer Wohnung zu. Als sie es öffnete, drang ein heftiger Windstoß in den Raum und wirbelte die Papiere auf.

»Ich habe ein Fest gegeben, meine Freunde eingeladen, getrunken und mich amüsiert. Danach sind alle ins Theater gegangen, ein Stück von Wilde. Ich habe ihnen gesagt, ich wolle eine weite Reise machen«, erklärte die blutende Dorothy, während ihr Ebenbild auf das

Fensterbrett kletterte. »So habe ich mich umgebracht. Ich hatte kein Geld. Und Schönheit und Charme verloren. Was blieb mir da noch?«

Als sie im Fensterrahmen stand, zögerte die Dorothy im Spiegel einen Augenblick. Der Wind heulte durch die Wohnung. Dann ließen ihre Finger den Fensterrahmen los, an dem sie sich festgehalten hatte, und sie sprang aus dem sechzehnten Stock in die Tiefe. Man hörte keinen Schrei.

»Hätte ich das Angebot annehmen sollen?«, fragte die blutende Dorothy mit verzweifelter Stimme, während ihr Mund sich mit Blut füllte.

»Ich weiß es nicht«, antwortete Frida, »ich frage mich ja selbst, ob es das Beste war, auf den Handel einzugehen. Das Leben hat einen sehr hohen Preis.«

Dorothy konnte ihr nur noch den verlorenen Blick zuwerfen, den Frida später auf ihrem Bild festhalten würde, verloren nicht im Tod, sondern im Leben.

Frida schloss die Augen und wartete auf ihren eigenen Tod, denn sie hörte ihr Herz nicht mehr schlagen. Als sie sie wieder öffnete, sah sie, dass sie sich in der Straße befand, in der sie beim Anblick des Boten innegehalten hatte. Ihr Herz schlug wieder. In der Ferne hörte man, wie in einem Echo, das Krähen eines Hahns. Señor Quíquiri kündigte den neuen Tag an. Da fiel ihr ein, dass sie Cristina gebeten hatte, zum Totentag einen Altar im Blauen Haus zu errichten. Die Frau, die sie verraten hatte, hatte sie gerettet. Ihre Lunge füllte sich mit frischer Luft.

Sie wandte sich um und blickte hinauf zu der Wohnung, in der ihr perfekter Liebhaber schlief. Er war zu schön, zu korrekt. Man heiratet nicht den Mann, an den man sein Herz verliert. Das geschieht nur in Liebesromanen oder romantischen Filmen, denn im Leben bleibt man mit dem zusammen, den man abbekommen hat, daran gibt es nun mal nichts zu rütteln. Deshalb wusste sie, dass sie nicht mit Nickolas zusammenbleiben konnte, sie würde ihr Leben lang an Diego gebunden sein, den sie weiterhin wegen seines Betrugs hassen würde. All das gehörte zu dem Opfer, das der Pakt mit ihrer Gevatterin ihr abverlangte. Sie seufzte und beschloss, in die Wohnung zurückzugehen, in der Nick sicherlich schon besorgt auf sie wartete. Sehr verlockend sah ihre Zukunft nicht aus: allein und ohne Partner. Aber sie hatte ihre Malerei, und inzwischen lag sogar das Angebot einer Ausstellung in Paris vor. Ihr einziger treuer Partner würden ihre Pinsel, ihre Ölfarben und ihre wie einer Obstschale entnommenen Farben sein.

Behutsam öffnete sie die Tür, um Nickolas nicht zu wecken, der wie ein Kind schlummerte. Sie zog sich aus, legte sich ins Bett und schmiegte sich an ihn. Als sie hörte, wie sie beide im gleichen Rhythmus atmeten, war sie besänftigt und beschloss, all dies zu genießen, solange es anhielt. Kurz darauf schlief sie ein.

Clare Boothe Luce war entsetzt über das Bild. Zuerst wollte sie es vernichten, ihr Freund Nickolas Muray aber stimmte sie um. Doch sie beauftragte einen anderen Künstler damit, die im unteren Teil des Bildes stehenden Worte »auf Bitte von Clare Boothe Luce für Dorothys Mutter gemalt« zu entfernen. Und aus unerfindlichen Gründen ließ sie auch den am Himmel schwebenden Engel übermalen.

Da sie das Bild verabscheute, schenkte sie es ihrem Freund Crowninshield, einem Bewunderer von Fridas Kunst. Jahrzehntelang galt das Gemälde als unauffindbar. Bis es eines Tages unter rätselhaften Umständen vor der Eingangstür des Kunstmuseums von Phoenix auftauchte, in dem es heute hängt.

Rezept für Nick

Nick lernte Mexiko kennen, als Miguelito Covarrubias ihn hierher einlud. Er liebt gutes Essen und sucht gern zu jedem Gericht den passenden Wein aus. Als die beiden mir eines Tages Chilis und eine Flasche Tequila mitbrachten, machte ich für Nick eine Schweinelende. Sie schmeckte ihm vorzüglich, obwohl er unter den scharfen Chilis litt.

Schweinelende in Tequila
Lomo al tequila

1 kg Schweinelende, 15 entsteinte Oliven, 1 in Streifen geschnittener Cuaresmeño-Chili, eine eingelegte Paprikaschote, ebenfalls in Streifen geschnitten, 4 zerstoßene Knoblauchzehen, 1 Glas lang gereiften Tequila (Tequila reposado),
1 Esslöffel Butter, 1 Esslöffel Weizenmehl, Salz und Pfeffer.

Die Schweinelende mit Oliven, Chilis und Paprika spicken.
Dann mit Knoblauch, Salz und Pfeffer einreiben. In eine
Backform legen, eine Tasse Wasser dazugießen und im Ofen
bei 180 Grad zugedeckt anderthalb Stunden schmoren lassen. Kurz vor dem Ende der Bratzeit den Tequila über die
Lende gießen und das Fleisch zurück in den Ofen schieben,
bis es gar ist. Den Bratensaft auffangen, mit Butter und Mehl
zu einer Soße anrühren und zur Schweinelende servieren.

Kapitel XIX

Ihr erstes Zusammentreffen mit ihnen fand irgendwo in Montparnasse in einem Café statt, einem muffigen Loch, in dem es nach Staub, altem Leder und säuerlichem Wein roch. Diese förmlich greifbare Geruchsmischung lagert sich nur in den Bars und Cafés der Alten Welt ab, wo man sich mit jeder Tasse Kaffee weiter zurückversetzt fühlt, bis in die Römerzeit. Frida litt in diesen Tagen unter einer schmerzhaften Nierenentzündung und unter den Einschränkungen durch ihr krankes Bein.
Der Extravagante näherte sich ihr von hinten, und sie spürte, wie die Luft zur Seite wich, als er durch den Raum ging. Ein Schauer lief ihr über die stark lädierte Wirbelsäule. Langsam drehte sie sich um, und ihr Blick begegnete Augen, die nervös hin und her zuckten und das Fehlen gesunden Menschenverstandes erkennen ließen. Nur die langen, dünnen, in der Luft schwebenden Schnurrbartspitzen konnten es mit dem irren Blick aufnehmen. So groß war ihre Macht, dass es schien, als hänge Dalís Körper an ihnen fest und nicht umgekehrt. Gleichwohl besaß der Mann keine imposante Stimme, sie klang vielmehr durch und durch künstlich.
»Die Obsidianaugen haben die Meeresmuschel gerufen, um gemeinsam mit ihr zur makabren Todessinfonie zu tanzen«, deklamierte Dalí in geschwollenem Ton und glich dabei dem gestiefelten Kater, der den König von der Größe seines Herrn zu überzeugen sucht.
Frida schauderte wie bei ihren Begegnungen mit dem Boten oder wie damals, als sie von Dorothy Hales Selbstmord erfahren hatte. Diese Stimme kam aus den Tiefen des Geistes, von dort, wo auch der Wahn zu Hause ist.
Frida hatte mit kleinen Schlückchen einer eifersüchtigen Geliebten an einem Glas Cognac genippt. Die Hitze des Alkohols floss wie Strom durch ihre Gliedmaßen, als Dalí sich mit seinem Marquis-

Cape und seinem Gehstock eines andalusischen Kavaliers auf einem Stuhl niederließ. Da saß er wie ein für die Kathedrale von Santiago de Compostela in Stein gemeißelter katholischer König.

»Kennen Sie sich mit dem Tod aus?«, fragte Frida. Dalí machte es sich auf seinem eingebildeten Thron bequem.

»Er gibt und er teilt zu. Er gewährt nicht, sondern nimmt. Er ist aller Dinge Ende, aber kein Anfang. Er existiert, weil wir existieren. Wenn eines Tages alles vorüber ist, wird er das Seine tun, auch als Tod wird er tot sein«, deklamierte der Maler.

Dem konnte Frida nur zustimmen. Niemand hätte ihre Gevatterin besser definieren können.

»Die Señora Rivera ist hier, um ihr Werk zu präsentieren. Bedauerlicherweise kann der, der gestorben ist, es nicht sehen«, erklärte André Breton, ohne Dalí vorzustellen. Mit seiner Pfeife im Mundwinkel glich er einem gelangweilten englischen Collegelehrer, was zum Bild des Anführers der surrealistischen Bewegung – wie er sich selbst gerne nannte – absolut nicht passte.

»Gewiss, Dalí hätte es gefallen, Madame Riveras Werk zu sehen. Für ihn wäre es wie eine Begegnung mit seinesgleichen gewesen … schade, dass er gestorben ist«, setzte Paul Éluard noch einen drauf.

Seitdem Dalí Francos Sieg begrüßt hatte und in die Fänge der Dollar-Religion geraten war, sprachen seine surrealistischen Kollegen in der Vergangenheitsform von ihm, so als wäre er tatsächlich gestorben.

Marcel Duchamps Freundin Mary Reynolds, die Frida von ihrem ersten Gastgeber, dem zerstreuten, egozentrischen Breton erlöst hatte und nun bei sich zu Hause beherbergte, flüsterte ihr ins Ohr:

»Das ist alles nur Theater. Er ist die menschliche Verkörperung eines Vaudeville. Im Grunde ist er genauso harmlos wie ein Eunuch. Gala hat ihm die Eier abgeschnitten.«

Diese Charakterisierung entlockte Frida ein Kichern. Als sie sich nach dem imposanten Künstler umdrehte, der von seinem Platz aus die sterbliche Welt mit den Augen eines Halbgottes betrachtete, musste sie abermals lachen. Ihre spöttische Reaktion verunsicherte ihn und brachte ihn ins Schwitzen: Ohne die Sicherheit, die ihm die

Nähe seiner Frau verlieh, war er schutzlos wie ein allein gelassenes Kind.

Breton hob sein Weinglas, um sich die Kehle zu ölen. Marcel Duchamp grinste ihn spitzbübisch an, als plante er, ihm eine Heftzwecke auf den Stuhl zu legen. Der Dichter Paul Éluard hob den Kopf von seiner Zeitung mit ihrer Ankündigung kommender Kriege, und Max Ernst mit seiner spitzen Nase richtete seine indigoblauen Augen auf Frida. Sie fand ihn attraktiv mit seiner weißen Mähne eines alten Fuchses, sie genoss seine Gegenwart und liebte es, sich mit ihm zu unterhalten. Neben Marcel Duchamp gehörte Max Ernst zu den wenigen in der Runde, die Frida mochte. Alle anderen, nicht nur die Künstler, sondern ganz Paris, fand sie jämmerlich, wie sie Doctorcito Eloesser in einem Brief schrieb. Paris erschien ihr dekadent, und die surrealistischen Künstler benahmen sich in ihren Augen albern und absurd. In ihren Zeilen an den Arzt erklärte sie: »Du kannst dir nicht vorstellen, was diese Leute für miese Typen sind. Ich könnte kotzen. Sie sind so ›intellektuell‹ und verkorkst, dass ich sie nicht länger ertrage. Es ist wirklich zu viel für mich. Lieber hocke ich auf dem Markt von Toluca auf der Erde und verkaufe Tortillas, als etwas mit diesen schäbigen Pariser Künstlern zu tun zu haben, die stundenlang in ihren ›Cafés‹ sitzen und sich ihre feinen Ärsche wärmen.«

Und jetzt tat sie genau dasselbe. Duchamp hatte sie inständig darum gebeten, sie zu diesem ihr zu Ehren organisierten Treffen zu begleiten. Am Abend darauf sollte ihre Ausstellung in der Galerie Pierre Colle eröffnet werden, eine Ausstellung, die André Breton nach seiner Rückkehr aus Mexiko initiiert hatte. Seit dem Tag, an dem er sich in Fridas Werke verliebt hatte, hatte er sie gedrängt, den Franzosen ihre Bilder vorzuführen. Mit diesem Vorschlag hatte er sie umgarnt; nachdem sie zugestimmt hatte, war jedoch nichts Konkretes geschehen. Weder hatte er die Bilder abgeholt, die Frida nach Paris hatte verfrachten lassen, noch sich um die nötige Einfuhrerlaubnis gekümmert. Als Frida dann selbst vor Ort war, musste sie ihm sogar Geld leihen, weil er völlig blank war. Sie gewann den Eindruck, als sei auch dies Teil des surrealistischen Traums: mit drei

Groschen in der Tasche zu leben und herausgeputzt wie ein welkender Pfau durch die Straßen zu spazieren. Als sie Diego die Situation in einem Brief schilderte, geriet dieser in Rage über die Dreistigkeit des Franzosen. Ihm schwebte da eine simple Lösung vor: Sobald Breton das nächste Mal mexikanischen Boden beträte, würde er ihm eigenhändig ein paar Kugeln aus seinem Revolver verpassen.

Frida hatte das Ausstellungsangebot aus vielerlei Gründen angenommen. Sie fühlte sich in ihrem Schicksal gefangen und versuchte, der Realität zu entfliehen. Zugleich befand sie sich in einer Art Niemandsland, in einer emotionalen Wüste. Doch nach Mexiko zurückzukehren, wo alte Bande sie wieder an Diego fesseln würden, dazu fehlte ihr der Mut. So ließ sie Nickolas, ihre große Liebe, in New York zurück und setzte sich in die Alte Welt ab – ein Entschluss, den sie täglich bereuen sollte. Sie vermisste Nick, Diego, ihre Familie in Mexiko. Obendrein wurde sie unmittelbar nach ihrer Ankunft ernsthaft krank und benötigte die erste Woche in Paris für ihre Genesung, was nicht gerade die beste Art war, die Stadt der Aufklärung kennenzulernen.

»Sieh an, sieh an! Ist das nicht der Club der schrägen Vögel ... He, André, ist heute Vollmond?«, rief ein kräftiger Bursche, der ins Lokal gestürmt war wie ein Revolverheld aus dem wilden Westen.

Er trug ein eng anliegendes Jackett ohne Krawatte und dazu Hochwasserhosen. Er war stämmig wie ein Baum und scharfzüngig wie eine Schlange. Wenn er redete, bewegte sich sein dichter Schnurrbart wie eine haarige Raupe. Ihm folgte ein Kahlkopf mit traurigem Blick hinter einer Intellektuellenbrille.

»Hemingway und Dos Passos«, flüsterte Mary Reynolds Frida zu, die sich über das kampflustige Auftreten des raubeinigen Amerikaners amüsierte. Es war, als sei soeben eine Herde Langhorn-Rinder, gefolgt von mehreren Viehtreibern, in die Café-Runde galoppiert.

»Ich habe gehört, hier soll eine hübsche mexikanische Blume zu finden sein«, sagte Hemingway und neigte sich zu Frida herab, um ihre Hand mit den vielen Ringen zu küssen.

Sie ließ es geschehen, umso lieber, als die übrigen Surrealisten den Nordamerikaner wie einen zu einem Rebhuhnbankett servierten Milkshake zu empfinden schienen.

»Der Tiermörder Covarrubias hat mir schon von Ihnen erzählt«, sagte Frida auf Englisch zu ihm.

»Für seine Karikatur in *Vanity Fair* verdient der Kerl eine Tracht Prügel«, knurrte der Amerikaner und schnalzte mit den Fingern die Kellnerin herbei, um etwas zu bestellen.

Frida gefiel seine Bemerkung. Er schien tatsächlich wütend zu sein. El Chamaco Covarrubias hatte ihn als Tarzan karikiert, der sich mit einem Haarwässerchen einreibt, um seine Brustbehaarung zu fördern. Eine skurrile und nicht eben zartfühlende Karikatur. Hemingway hasste sie natürlich aus tiefstem Herzen. Aber das war nichts Neues. Schmeicheleien kamen immer gut an, Kritiken dagegen wurden mit Härte pariert.

Frida trank von ihrem hochprozentigen Getränk, obwohl die französischen Ärzte, von denen sie mittlerweile die Nase voll hatte, es ihr verboten hatten. Sie wollte zurück nach Hause, um von menschlicheren Medizinern behandelt zu werden.

»Ohne Grenzen noch Ideologien sind wir hier versammelt, um die Freiheit zu zelebrieren, die uns in dieser Frau und ihrem Werk begegnet«, verkündete Breton, ohne seine gelangweilte Miene zu verziehen, so als sei das Leben so oberflächlich, dass man irre werden und es surrealistisch leben müsse, um es zu genießen. »Ihre Kunst ist eine Schleife um eine Bombe.«

Alle hoben ihr Glas. Während man sich zuprostete, kam es abermals zu einer Unterbrechung. Jemand applaudierte im hinteren Teil des Cafés. Es klang ironisch wie das Lachen eines Clowns und erschütternd wie die Klage eines Selbstmörders. Die Anwesenden drehten sich um. Dort saß eine zweite, ebenso merkwürdige und heterogene Gruppe: ein Glatzkopf mit Schlitzaugen und abgewetztem Anzug, der wie ein Chinese aussah, aber zu spöttisch wirkte, um einer zu sein, daneben ein Engländer, zu aufgedonnert, um reich zu sein, und neben ihm ein Geschäftsmann mit gestriegeltem Haar, maßgeschneidertem Anzug und Fliege sowie eine winzige Frau, die vor Sinnlichkeit überquoll wie ein unvollendeter Geschlechtsakt.

»*Pauvres*«, stieß Breton angewidert hervor.

Die Gruppe kam mit Stühlen und Gläsern herüber und setzte sich zu ihnen. Der kleine Glatzkopf mit den intelligenten Augen schaute Frida mit breitem Lächeln an und zwinkerte ihr zu.

»Sie riechen alle wie stinkender Käse, sind aber bloß Kinder, die sich als Intellektuelle aufspielen. Wenn man sie aufs Brot schmiert, schmecken sie gar nicht mal so schlecht«, sagte er zu Frida.

Etwas an seiner Ausstrahlung erinnerte sie an Diego. Zu viel Selbstsicherheit und Egozentrik, um in einem einzigen Mann Platz zu finden. Die Frau mit dem pechschwarzen Haar und den Kometenaugen reichte ihr eine zartgliedrige Hand, die sich weich anfühlte wie importierte Seide.

»Nin … Anaïs«, sagte die hübsche junge Frau.

Frida betrachtete sie, wie man ein Stück Kuchen betrachtet, voller Lust und Verlangen. Die Frau berührte Fridas Jadekette wie ein vierjähriges Mädchen, das mit seiner Mutter spielt.

»Du bist schön. Alles an dir ist schön.«

»Danke«, antwortete Frida auf Spanisch.

Anaïs, deren Gesicht nur aus Augen zu bestehen schien, beugte sich vor, drückte ihr einen Kuss auf die Wange und zog sich errötend wieder zurück.

»Ich liebe deine Bilder. In der *Vogue* habe ich Fotos von dir gesehen, deshalb habe ich dich gleich erkannt«, sagte sie.

Unverwandt blickten beide sich an. Worte waren nicht mehr nötig, sie verstanden einander besser als Zwillingsschwestern. Anaïs entschuldigte sich für die hämischen Äußerungen ihres glatzköpfigen Freundes über die Surrealisten.

»Du musst Henry verzeihen, er ist ein bisschen grob.«

»Ein Miststück ist er«, präzisierte Frida auf Spanisch und setzte mit höchst verschwörerischer Stimme hinzu: »Aber das sind die Besten im Bett, stimmt's?«

Diejenigen, die sie verstanden hatten, brachen in befreiendes Gelächter aus. Viele waren es nicht. Die anderen faszinierte vor allem

Fridas Kunst, und nicht so sehr die spanische Sprache. Sogar Dalí zwirbelte seinen Schnurrbart mit einer Miene, die in manchen Teilen der Welt hätte als Lächeln durchgehen können.

»Meine Liebe, es gefällt mir, dass du die Unterhaltung mit etwas Interessanterem beginnst als mit surrealistischen Manifesten oder Sozialismus. Sex geht uns alle etwas an, und alles, was in der Kunst nicht Freiheit und Liebe ausdrückt, ist falsch«, sagte Bretons Frau Jacqueline, eine hübsche Blondine.

Breton hatte auch Jacqueline in einem Café kennengelernt. Die junge Frau, die er »*scandaleusement belle*« fand, hatte schreibend an einem Tisch gesessen und war ihm aufgefallen, und er hatte sich vorgestellt, sie schriebe an ihn. Was natürlich nicht stimmte, denn nichts ereignet sich so, wie man es sich ausmalt. Schließlich hatte er die Schönheit geheiratet.

»Sex ist also falsch?«, fragte Mary.

»Sex ist. Mehr brauchen wir nicht«, stellte Jacqueline klar und warf Frida in Erinnerung an ihren gemeinsamen Ausrutscher in Mexiko einen Handkuss zu.

Frida fühlte sich immer wohl, wenn sie von Geliebten umgeben war. Mehr Geliebte, das bedeutete für sie auch mehr Komplizen.

»Mutterschaft oder Sex?«, fragte Anaïs.

»Was war zuerst? Die Henne oder das Ei?«, konterte Jacqueline.

»Nicht alle erleben das Hennenwunder. Einige von uns müssen sich wohl oder übel mit anderen Dingen begnügen«, warf Frida ein, der bewusst wurde, dass ein Austausch weiblicher Geistesblitze begonnen hatte. »Deshalb sollte man vielleicht ein paar Eier zerschlagen, um dahinterzukommen.«

»Manche lauwarmen Eier schmecken köstlich zum Frühstück«, gab Anaïs zum Besten.

»Aus einem fremden Hühnerstall schmecken sie noch besser.«

Nach dieser Bemerkung verstummten die Frauen. Die Männer setzten fragende Gesichter auf. Keiner von ihnen begriff oder versuchte, zu begreifen, und dennoch wollten sie wissen, worum es ging.

»Sollen wir das Wahrheitsspiel spielen?«, durchbrach Duchamp das Schweigen.

»Wer sich weigert, die Wahrheit zu sagen, wird bestraft«, erklärte Breton, knabberte an seiner Pfeife und schoss dann seine erste Frage geradewegs auf Hemingway ab: »Ernest, hast du Haare auf der Brust?« Schallendes Gelächter. Zornig riss sich der Schriftsteller das Hemd auf, so dass mehrere Knöpfe abflogen. Frida missfiel, dass er das Spiel offenbar nicht begriffen hatte und es wie alle Amerikaner zu ernst nahm.

»Ihr seid doch nichts weiter als ein Haufen gackernder Hühner«, brüllte der amerikanische Schriftsteller wütend. »Ihr habt ja noch nie einen Toten gesehen! Und nicht mal mit einer Pistole geschossen!« Dabei spuckte er um sich wie ein Priester, der Weihwasser versprüht. »Wenn dieser gößenwahnsinnige Deutsche an Boden gewinnt, dann nur, weil ihr es zulasst!«

Genauso stürmisch, wie er hereingekommen war, verließ Hemingway das Café. Frida überlegte, ob er wohl in sein Land zurückkehren würde, auf der Suche nach dem amerikanischen Traum, den die Vereinigten Staaten mit der Erfindung der Klimaanlagen verloren hatten. Dann erhob sich Dos Passos in aller Ruhe. Er küsste Frida die Wange, als sei sie eine Ikone, und verschwand in den Straßen von Paris.

»Anaïs … Betrügst du deinen Ehemann Hugo?«, fragte Jacqueline, das Spiel wieder aufnehmend.

Hugo, der Mann mit der Fliege, verzog sein Gesicht zu einer säuerlichen Miene. Er war ein offenherziger Mensch, aber es gefiel ihm nicht, dass er die volle Ladung abbekam.

»Strafe«, antwortete die Frau mit den großen Augen.

»Verbinde dir die Augen und rate, wer dich küsst«, befahl Breton.

Anaïs zog sich ihr Seidentuch aus dem Haar und verband sich mit der Anmut einer indischen Prinzessin die Augen. Die lustvolle Geste heizte das Spiel an. Jacqueline gab Frida ein Zeichen, die sich sofort zu Anaïs hinüberbeugte und deren kirschrote Lippen zärtlich küsste.

»Diese Lippen schmecken nach scharfer Würze, Minze und Anis. Nur eine Frau, die kocht, kann einen solchen Geschmack hervorbringen. Er erinnert mich an Kuba, führt mich zurück nach Spanien, kommt aber von einem wilderen Ort«, sagte Anaïs.

Als sie sich das Tuch von den Augen nahm, bekam sie einen zweiten Kuss auf die Wange. Diesmal von Jacqueline.

Spielen war eine der Spezialitäten der Surrealisten. Sie spielten, weil die Welt keine Zeit mehr zum Spielen hatte. Sie waren davon überzeugt, dass die Menschheit mit dem Tag, an dem sie begonnen hatte, mit Krawatte und Aktentasche zur Arbeit zu gehen, erwachsen geworden war und endgültig ihre Kindheit verloren hatte. Wenn der Mensch aufhört zu spielen, wird er alt.

»Ich hätte den Toten gern gefragt, ob er noch unberührt war, als er mit Gala zusammenkam«, kam es boshaft von Max Ernst.

»Mein Leib war rein. Aber ich stehe über der körperlichen Lust«, murmelte Dalí, ohne die anderen anzuschauen. Sein hochmütiger Blick schwebte über ihnen, kaum von der nächsten Gottheit entfernt.

»Ich wusste es«, nuschelte Jacqueline.

»Wie alt bist du, Frida?«, fragte Duchamp.

Frida zuckte zusammen. Das hatte gesessen. Ihr Leben lang hatte sie ihr wahres Alter verschwiegen und behauptet, sie sei im Jahr 1910, mit Beginn der mexikanischen Revolution, geboren. Stets hatte sie sich drei Jahre jünger gemacht.

»Strafe«, gestand Frida.

Breton zog die Augenbrauen so hoch, dass sie ihm fast aus dem Gesicht sprangen. Ohne groß zu überlegen und wie jemand, der bei Tisch um das Salz bittet, sagte er:

»Fick den Stuhl.«

Nun waren es Fridas Augenbrauen, die sich wölbten, als wollten sie abheben. Verschmitzt schaute sie in die Runde. Dann setzte sie sich auf den Boden und breitete ihren langen Apfelrock aus wie einen bunten Wasserfall. Sie begann, das Möbelstück raffiniert und aufreizend zu streicheln. Nach und nach wurde sie ungestümer, klammerte sich an das Holz, hob und senkte ihr Becken und schrie auf wie von der Ekstase eines Orgasmus gepackt. Als sie fertig war, stand sie auf, klopfte sich den Staub vom Rock und setzte sich wieder auf ihren Stuhl. Beifall ertönte.

»Heute Nacht werde ich nicht schlafen können. Ich werde die ganze Zeit an dieses Schauspiel denken müssen, Señora Rivera«, sagte Henry Miller, der Mann mit den schlauen Augen.

Frida war sich der Auszeichnung bewusst.

»Wer sagt denn, dass es ein Schauspiel war?«, erwiderte sie ungerührt.

»Kann man Werke schaffen, die keine Kunst sind?«, fragte Duchamp Breton.

»Jedes Werk eines freien Menschen ist Kunst«, erwiderte Granell und verdarb damit das Spiel.

Er war hundertprozentiger Trotzkist, genau wie Breton, obwohl ihre großen Worte verhallten wie Rufe in der Wüste. Stalin ließ sie verstummen, ohne den kleinen Finger zu rühren. Auch in der surrealistischen Runde machte sich Schweigen breit, als habe ein ungebetener Gast den Raum betreten: die Politik.

»Nehmt mich, ich bin eine Droge! Nehmt mich, ich bin ein Halluzinogen!«, rief Dalí theatralisch, schwang seinen Umhang wie die Capa eines Toreros und verließ das Café.

Das Zusammensein wurde allmählich ungemütlich. Was Frida freilich nicht wunderte. Sie war die bissigen Wortgefechte zwischen Diego und den anderen Malern gewohnt, die bei revolutionären Verheißungen ebenso wenig Maß halten konnten wie beim Alkohol.

»Wir brauchen ein neues Spiel. Das hier macht keinen Spaß mehr«, meinte Jacqueline und zog kräftig an ihrer Zigarette.

Abermals machte sich Schweigen breit. Diese Pausen, in denen sie einander nur anschauten, zogen sich jedes Mal so endlos in die Länge wie eine fade, langweilige Oper. Frida war sich sicher, dass damit der künstlichen Theatralik größeres Pathos verliehen werden sollte.

»*Cadavre exquis*«, schlug Breton vor, ohne seine Pfeife aus dem Mund zu nehmen.

Die Antwort ließ auf sich warten, wieder trat jene spannungssteigernde Stille ein. Dann wurden Papier und Stift hervorgeholt. Die Gruppe nahm das Signal zur Kenntnis und plauderte wieder in kleinen Grüppchen. Max Ernst begann. Am Blattanfang sollte er die obere Hälfte eines menschlichen Kopfes zeichnen und das Blatt dann so falten, dass der nächste weiterzeichnen konnte. So ging es reihum, bis man bei den Füßen angelangt war. Jeder bekam dabei nur ein winziges Ende dessen zu sehen, was sein Vorgänger gezeichnet hatte. Nach dem Auseinanderfalten erschien schließlich ein skurriles Wesen auf dem Papier, ein Gemeinschaftsprodukt, der sogenannte *cadavre exquis*. Der Name des Spiels war seinerseits aus einem Spiel hervorgegangen. Damals hatte die Gruppe, ähnlich wie beim abwechselnden Zeichnen, französische Worte aneinandergereiht, und es hatte sich folgender Satz ergeben: *Le cadavre-exquis-boira-le vin-nouveau*. Frida und Diego hatten sich das Spiel während ihrer USA-Zeit zu eigen gemacht, hatten es im Verlauf zahlreicher Bohemesoirees gespielt und dabei Weinflasche um Weinflasche geleert. Frida liebte diesen Zeitvertreib, da er ihre urkindlichen Instinkte stimulierte, die sie dann aber mit einer natürlichen Sexualität besonderer Art verband. So zeichnete sie den Figuren stets einen großen Penis oder irgendein sexuelles Phantasieorgan. Und gestand lachend: »Ich bin eine Pornographin.«

Breton schätzte Spielen als eine Möglichkeit, Zugang zum eigenen Unterbewusstsein zu erlangen. Er war überzeugt davon, dass kreatives Schaffen intuitiv, spontan, spielerisch und möglichst automatisch vonstatten gehen müsse. Deshalb unterstützte er es auch stets, wenn dabei große Mengen Alkohol oder Drogen konsumiert wurden. Die Ergebnisse würden umso besser ausfallen, so Breton, je weiter die Spieler sich von der rationalen Vernunft entfernten.

»Du bist an der Reihe.« Er schob Frida das Blatt zu, die sofort zu zeichnen begann.

Die feierliche Atmosphäre war inzwischen verflogen, es wurde frei heraus gelacht. Der Wein löste die Zungen, und die Soiree nahm langsam Form an.

Frida gab das Blatt an den nächsten Zeichner weiter. Jeder leistete seinen Beitrag. Am Ende faltete Breton das Blatt langsam auseinander. Die meisten lachten über das Ergebnis, nicht aber Frida. Auf dem Papier war eine Frau zu sehen, die einen großen Hut mit Schleier trug. Jemand hatte ihr riesige Katzenaugen ins Gesicht gezeichnet, die aussahen, als wollten sie ihr Gegenüber verschlingen. Sie hatte eine mexikanische Folklorebluse an wie die von Frida, doch aus der

Bluse quoll ein weiblicher Busen. Darunter trug sie einen langen Rock, der in der Mitte offen war und ein von Schamhaar bedecktes Geschlechtsorgan zeigte. Die Beine endeten in knöchernen Füßen. Frida betrachtete die Zeichnung ruhig und aufmerksam. Es war, als hätte sie eine Postkarte erhalten von dort, wo jene schlummern, die nicht mehr leben. Und sie wusste auch, dass einer hier war, der zugleich weit entfernt war von ihrem eigenen Zufluchtsort: Diego.

Die Ausstellung in der Galerie trug den sehr unspezifischen Titel *Mexique*, da Breton darin auch lauter folkloristischen Ramsch präsentierte, den er auf seiner Mexikoreise erstanden hatte. Doch Fridas Glanz wurde dadurch nicht getrübt, ihr Werk blieb die Hauptattraktion. Die Vernissage war ein großes gesellschaftliches Ereignis, zu dem jeder eingeladen worden war, der vermeinte, in Frankreich Rang und Namen zu haben. Die Presse zollte Frida viel Lob: »Das Werk von Señora Rivera ist ein offenes Tor zur Unendlichkeit und zum Fortbestand der Kunst«, hieß es. Sogar der Louvre war begeistert von ihren fruchtigen Pinselstrichen und beschloss, eines ihrer Selbstporträts für seine Sammlung zu erwerben.

Trotz allem fühlte Frida sich isoliert, fremd in dieser Gruppe von Menschen, die an ihrer eigenen Rhetorik erstickten. Sie empfand sich als fehl am Platz. Während der Vernissage stand sie in einer Ecke, prächtig anzusehen in ihrem Gewand einer aztekischen Prinzessin, und beobachtete das Kommen und Gehen der namhaften Gäste. An ihr Glas und ihren Rebozo geklammert, empfand sie die Begeisterung für ihr Werk als übertrieben und erdrückend. Vielleicht war all dies zu viel für jemanden, der nur malte, um den Schmerz des Lebens zu verscheuchen. All diese Komplimente und Glückwünsche mochten Diego guttun, ihr nicht. Ihren Erfolg hätte sie lieber eingetauscht gegen die Rückkehr zu ihrem Ehemann und gegen dessen Treue.

»Ihr Werk ist ein Traum«, sagte ein robuster Mann.

Seine frühe Glatze strahlte wie eine Glühbirne, und seine Augen leuchteten scharf wie zwei Messer, denen die dichten Augenbrauen als Schild dienten, um ihm etwas Freundliches zu verleihen. Ein angenehmer Ausdruck lag auf seinem Gesicht, ein Ausdruck des Triumphs.

»Ich male weder Träume noch Albträume. Ich male meine eigene Wirklichkeit«, antwortete Frida.

Pablo Picasso musterte sie, als suche er in ihrem Gesicht nach dem Geheimnis ihres Werkes. Dabei entdeckte er, dass sie selbst ein Gemälde war, Jahr für Jahr behutsam geschaffen.

»Ich habe immer gesagt, dass die Qualität eines Malers von der Menge an Vergangenheit abhängt, die er in sich trägt. In dir sehe ich viel Vergangenheit.«

Frida lächelte – vielleicht ein Versuch, mit Picasso zu flirten, vielleicht auch nur der Wunsch nach Anerkennung in einer feindseligen Welt. Die bekam sie.

»Mein Leben ist meine Malerei. Alles begann damit, dass ich Langeweile und Schmerz vertreiben wollte. Jetzt sagen die Leute, ich sei eine surrealistische Malerin.«

»Siehst du, meine Hübsche … Ich wollte Maler werden und bin Picasso geworden.«

Frida warf ihm einen liebevollen Blick zu. Ihre schmalen Lippen verzogen sich zu einer Mondsichel und ließen die Farbe ihres karmesinroten Rockes verblassen. Picasso war verzaubert.

»Du bist traurig. In deinen Augen sieht man noch mehr als auf deinen Bildern.«

»Ich werde in mein Land zurückkehren und muss einige Entscheidungen treffen. Ich weiß nicht, was als Nächstes kommt. Ich weiß nicht, was ich tun soll.«

»Wenn man genau wüsste, was man tun wird, wozu sollte man es dann tun? Gäbe es nur eine einzige Wahrheit, könnte man nicht hundert Bilder zu einem einzigen Thema malen«, antwortete der Maler, nahm Frida bei der Hand und spazierte mit ihr durch die Menge, die ihre Werke bewunderte. »Meine Mutter hat mir immer ein spanisches Lied vorgesungen, das ging so: ›Ich habe weder Mutter noch Vater, die mit mir leiden, ich bin ein Waisenkind …‹«

Picasso hatte eine angenehme Art zu singen. Frida war von seinem Lied entzückt.

»Wenn du es mir beibringst, singe ich dir mexikanische Lieder. Solche, bei denen einem der Schmerz in der Seele brodelt…Und wenn es für uns beide ein Morgen gibt, mache ich dir sogar ein mexikanisches Frühstück. Mit Enchiladas und weißen Bohnen«, schlug Frida vor, und Picasso nickte, den Handel besiegelnd.

Plaudernd verbrachten sie den Abend im Kreise der Surrealisten. Frida genoss Picassos Anerkennung. Er war als harter Kritiker bekannt, einer, der an der Kunst der anderen meist kein gutes Haar ließ, doch Fridas Werk bedachte er mit reichem Lob. Von dem Augenblick an, als sie sich auf der Vernissage begegneten, bis zu Fridas Abreise nach Mexiko einige Tage später bemühte er sich um sie und ihr Wohlbefinden und machte ihr aufmunternde Geschenke. Das persönlichste war ein Paar wie Hände geformte Ohrringe aus Schildkrötenpanzer und Gold. Als Picasso sie ihr überreichte, versuchte sie, ihm klarzumachen, dass der Tod sie verfolge und sie schon seit langem ein geliehenes Leben lebe. Ohne ihre Geschichte ernst zu nehmen, sagte er nur: »Denk immer daran: Alles, was du dir vorstellen kannst, ist real.«

Ein mexikanisches Frühstück

Was ich auf Reisen am meisten von Mexiko vermisse, ist das Erwachen am Morgen, den Duft nach Kaffee mit Zimt und nach heißer Butter, in der ein leckeres Frühstück brutzelt. Damit beginnt der neue Tag, und zugleich erinnert man sich daran, wie wunderbar der vergangene Tag war.

Tortillas mit Spiegeleiern
Huevos rancheros

½ Tasse Öl, 4 Eier, 4 Tortillas, 2 gekochte Tomaten, 1 Prise Oregano, 1 oder 2 über dem Feuer geröstete Baumchilis, einige Zwiebelringe, ¼ Teelöffel sehr feingehackter Knoblauch.

Die Tomaten mit dem Oregano, den Chilis, dem Knoblauch, etwas Salz und ein wenig Wasser pürieren. Die Tortillas im heißen Öl erwärmen, bis sie weich sind, dabei aber darauf achten, dass sie nicht goldbraun werden. In einer zweiten Pfanne je zwei Spiegeleier in Öl braten. Aufpassen, dass das Eigelb nicht kaputtgeht. Die Tortillas auf einen Teller legen, darüber die Spiegeleier, dann alles mit der warmen Tomatensoße übergießen. Mit Zwiebelringen garnieren.

Kapitel XX

Genau wie in Fridas Vision am Tag ihrer Trennung von Trotzki brach in einer Mainacht Anfang der Vierzigerjahre ein Sturm über den Stadtteil Coyoacán herein. Es war kein klimatisches Unwetter, sondern ein politisches. Eine Gruppe von Stalinanhängern, unter ihnen der Maler David Alfaro Siqueiros, stürmte Trotzkis Schlafzimmer, und mehrere Maschinenpistolen jagten einen Kugelhagel durch den Raum. Die Täter ahnten freilich nicht, dass der alte Kommunist kurz vor ihrem Erscheinen von dem Bild geträumt hatte, das Frida ihm damals beschrieben hatte, also schon auf die geplante Erschießung vorbereitet war. In den quietschenden Reifen, dem Geräusch der Bremsen und in den Schritten vor seinem Fenster erkannte er die Zeichen und warf sich über seine Frau Natalia, um mit ihr vom Bett zu rollen, bevor die Schüsse ihn treffen konnten. Kein einziger verletzte ihn. Er hatte seine letzte Stunde überlebt, der Tod hatte sich an die Abmachung gehalten.
Die Polizei verdächtigte Diego, der schleunigst das Weite suchen musste. Dabei halfen ihm seine Liebhaberinnen des Augenblicks, Charly Chaplins Ex-Frau Paulette Goddard und Irene Bohus. Er setzte sich nach San Francisco ab, wo er ein Wandgemälde schuf und sämtlichen Ereignissen in Mexico den Rücken kehrte.
Das Attentat überzeugte Trotzki davon, dass Frida in allem recht gehabt hatte und er der Vollstreckung seines Todesurteils entgangen war. Er wurde unvorsichtig und öffnete einem Mann namens Mercader die Tür, der einmal in Fridas Haus in Coyoacán gewesen war. Der Spanier bat ihn um seine Meinung zu einigen Schriften. Während Trotzki die Aufzeichnungen las, erkannte er mit einem Seitenblick durch seine Brille, wie die Silhouette seines Mörders einen Bergsteigerpickel hob, um ihm das Eisen in den Schädel zu rammen; hinter ihm sah er eine Frau mit breitkrempigem Hut und Spitzen-

kleid, das Lächeln eines Totenkopfes im Gesicht. Es war die Herrin über das Ende, die Sensenfrau. Er war betrogen worden; erst vor wenigen Tagen hatte sie ihm eine Gnadenfrist gewährt. Hätte er Zeit dazu gehabt, er hätte geflucht, doch der Pickel traf seinen Kopf und spaltete ihn wie eine Wassermelone. Wenig später starb Trotzki im Krankenhaus.

Die Polizei wusste, dass Frida und Mercader einander kannten. Er hatte sie sogar einmal in Frankreich aufgesucht, anlässlich ihrer Pariser Ausstellung. Für sie aber war er nur ein Fremder, der sie zwei, drei Dinge gefragt hatte und wieder aus ihrem Leben verschwunden war. Dennoch geriet die Prinzessin mit den Tehuana-Röcken ins Fadenkreuz der Ermittler. Die Beamten stürmten das Blaue Haus und führten die kranke Frida ab und mit ihr Cristina, die ihre Kinder allein zu Hause lassen musste.

Die beiden Frauen wurden in eine dunkle, feuchte, nach Urin stinkende Zelle gesperrt. Auf die Fragen der Ermittler antworteten beide nur mit der flehentlichen Bitte, man möge einen Beamten zu ihnen nach Hause schicken, der auf die Kinder aufpasste. Aber wie jede absolute Macht, die die Kleinen hängt und die Großen laufen lässt, ließ die Polizei sich nicht erweichen, sondern zog den Strick noch enger, um den Widerstand der Frauen auf die Probe zu stellen.

Nach einem endlosen Verhör, in dem die Gesetzesvertreter nur unbrauchbare Antworten auf ihre Fragen erhielten, wurde Frida abermals in ihre Zelle gesperrt wie ein Hund in seinen Zwinger. Erst als der abnehmende Mond am nachtschwarzen Himmel erstrahlte und ein leichter Wind aufkam, gelang es Frida, ihre Tränen zurückzuhalten. Sie lag auf dem Bauch und wünschte sich, sie könnte ihren Hahn töten und ihnen auf diese Weise die Freude an einer langen Inhaftierung verderben.

Die Brise pfiff durch die Gitterstäbe und legte sich kalt auf Seele und Geist. Als der Mond in die Zelle schien, erlag Frida Müdigkeit und Kummer, und der Schlaf übermannte sie. Ihr Geist flüchtete sich aus der dunklen Zelle an einen nicht minder finsteren, aber nahen Ort. Dort standen brennende Kerzen, bunt durcheinander, aufs Geratewohl aufgestellt. Und im Hintergrund verwirbelte sich der him-

beerfarbene Himmel in zärtlichen Schwüngen zu rosaroter Zucker-
watte.

»Dies ist dein Haus, Frida, sei willkommen«, sagte die Frau mit dem
Schleier.

Frida richtete sich auf und machte sich frei von Knochenschmerzen
und Wut.

»Mein Leben geht mir auf die Nerven. Jedes Mal, wenn ich einen
Stein aus dem Weg geräumt habe, versperrt mir ein neuer den Weg.
Das ist weder Leben noch Sterben«, murrte sie.

»Soweit ich mich erinnere, war bei unserer Abmachung nicht die
Rede von Genießen oder Glücklichsein, Frida«, gab ihre Gevatterin
zu bedenken.

»Das hättest du mir aber sagen sollen, denn ein Leben ohne Leben ist
so nutzlos wie eine Gebärmutter, die nicht gebiert. Was du mir übrig-
gens auch noch mitgegeben hast«, erwiderte Frida vorwurfsvoll.

Mitleidig streichelte die Frau mit dem Schleier Fridas schmutziges
Gesicht.

»Du hast noch viel Lebenszeit vor dir, Frida. Schau dir diese Kerze
an, sie ist dein Leben. Die Flamme wird noch so manche Nacht er-
leuchten«, erklärte ihr die Gevatterin und zeigte dabei auf eine Kerze
ganz in ihrer Nähe, deren helle Flamme nach allen Seiten strahlte.

Frida erkannte ihr Leben darin, und es sah wirklich nicht so aus,
als würde es bald verlöschen.

»Was soll ich jetzt tun?«

»Du hast dich von deinem Schicksal entfernt, von den Bindungen,
die dich am Leben erhalten. Die zerbrochene Kette wird dir nur noch
mehr Unglück bringen. Schau nach vorne und nimm deine Situation an, denn eine Welt voller Glanz erwartet dich«, versprach ihr
die Herrscherin über die Toten.

»Wie sieht mein Schicksal aus?«, fragte Frida.

»Du weißt, wo es liegt«, antwortete ihre Gevatterin.

Frida erwachte vom Knarren der Zellentür, die sich öffnete, um sie
nach zwei Tagen Haft wieder in die Freiheit zu entlassen. Die Polizei hatte nichts gefunden, was eine Anklage rechtfertigt hätte, und
hätte man sie länger im Gefängnis behalten, hätte sich die Öffent-

lichkeit zu Wort gemeldet. Auch Diego war inzwischen freigesprochen und eingeladen worden, in seine Heimat zurückzukehren. Der Mörder verbüßte seine Haftstrafe, während er in der UdSSR als Nationalheld gefeiert wurde.

In San Francisco engagierte Diego einen Leibwächter, der ihn während der Arbeit an seinem Wandbild bewachte. Auch er fürchtete nun einen Mordanschlag, da er zu Trotzkis Gunsten interveniert hatte. Vielleicht war dies auch der Grund für seine schwankende politische Haltung, dafür, dass er sich Stalins Kommunismus anschloss. So hoffte er, seine Feinde zu besänftigen. In dieser Zeit erfuhr er von Fridas heiklem Gesundheitszustand. Nach ihrer kurzen Haft war sie schwer erkrankt und musste sich auf Anraten der mexikanischen Ärzte operieren lassen. War womöglich er selbst an ihrer Lage schuld, weil er sie einfach ihrem Schicksal überlassen hatte? Gemeinsam mit Doktor Eloesser, dem einzigen Mann, dem Frida wirklich vertraute, machte er sich Gedanken über die Zukunft seiner Frau. Der Arzt selbst rief Frida an und bat sie, nach San Francisco zu kommen.

Frida willigte ein, da sie vermutete, dass Diego irgendeinen Plan ausheckte. In einem Brief hatte ihr der Arzt geschrieben: »Diego liebt dich sehr und du ihn auch. Freilich hat er außer dir noch zwei weitere große Leidenschaften: die Malerei und die Frauen. Er war nie monogam und wird es nie sein. Wenn du glaubst, dass du die Dinge so nehmen kannst, wie sie sind, dass du unter diesen Bedingungen mit ihm leben und deine natürliche Eifersucht der Hingabe an die Arbeit, an die Malerei, unterordnen kannst oder irgendeiner anderen Tätigkeit, die dir helfen könnte, in Frieden zu leben und deine Zeit so auszufüllen, dass du jeden Abend erschöpft ins Bett fällst, dann heirate ihn.«

Mit einem riesigen Blumenstrauß, einem sanften Lächeln und dem Wunsch, sich zum zweiten Mal an sie zu binden, holte Diego sie vom Flughafen ab. Frida umarmte ihren Ehemann, bereit, wieder mit ihm zusammenzuleben. Ihr standen nicht viele Wege offen. Sie wusste, wie sehr sie an ihrem Menschenfresserfrosch hing.

Doktor Leo wies sie ins Krankenhaus ein, und nach einem Monat hatte Frida wieder den Mut, weiterzugehen, wie ihr Weg auch aussehen mochte.

»Ist es hier?«, fragte Diego nervös. Er überlegte ernsthaft, ob Frida, die sich mit der Schwerfälligkeit einer Verwundeten fortbewegte, noch ganz bei Verstand war.

»Ich glaube nicht, dass es hier viele Totenaltare gibt. Dafür ist der Totentag wohl zu sehr ein privates mexikanisches Fest«, gestand Doktor Eloesser, der einen Korb voller Speisen und Altarzubehör trug.

Diego, ebenfalls mit einem schweren Korb beladen, schnaubte wie ein Ochse, während Frida auf den Gräbern, deren Grabsteine ihr verwaschenes Antlitz zeigten, nach einem Namen Ausschau hielt.

»Hier ist er, ich hab's«, rief sie und zeigte auf einen alten, moosbewachsenen Stein.

Diego ließ den Korb fallen, und der Arzt stellte seinen auf einer benachbarten Grabplatte ab. Die Sonne begann, sich zurückzuziehen. Nur noch wenige Besucher hielten sich auf dem Friedhof auf, obwohl es der Vorabend des Totentages war. Das hektische nordamerikanische Leben löschte die Verstorbenen aus dem Gedächtnis der Menschen.

»Mach ihn erst sauber, bevor du Kerzen aufstellst, Diego«, bat Frida, während sie eine Decke auf dem Grab ausbreitete. Der Arzt kam mit den Speisen zu ihr, die er mit Hilfe einer Krankenschwester zubereitet hatte. Frida nahm sie ihm ab und schnupperte genüsslich an jeder einzelnen.

»Mexikanisches Spanferkel, zu Ehren von Mutter Matilde. Das aß sie immer gern mit Tortillas«, erklärte sie und stellte den Topf in die Mitte, neben ein paar Kerzen, die Diego gerade anzündete.

»Das hier sind meine Rippchen«, scherzte der Arzt und reichte ihr eine gefüllte Schüssel.

Frida stellte sie behutsam an eine Seite, als handele es sich um ein Herz, das einem prähispanischen Gott geopfert werden sollte.

»Ich sterbe vor Hunger, Friducha. Kann ich nicht davon essen?«, brummte Diego.

»Hör auf zu nörgeln und gib mir die restlichen Sachen«, befahl Frida
und wies auf die Thermoskanne mit Atole und den Korb mit dem
aztekischen Kuchen. Sie hatte ihn aus den Zutaten gebacken, die
Diego im lateinamerikanischen Viertel besorgt hatte.

Frida hatte ihn gebeten, auch Pulque mitzubringen, aber er hatte keinen bekommen. Stattdessen hatte er eine Flasche Wodka gekauft.
Den goss er nun in ein Glas, das er auf den Altar stellte. Schweigend
gedachte er Trotzkis, seiner unvollendeten Arbeit und seines politischen Glaubens. In Diegos Augen war er getötet worden wie ein
Messias: wegen seiner Überzeugungen. Und das war ein Jammer,
denn Menschen von seiner Sorte gab es immer weniger.

»Es ist das erste Mal, dass ich in meiner Heimat einen Totenaltar
errichte. Vor langer Zeit war ich einmal in Pátzcuaro, um mir die
Altäre anzusehen, die man dort zum Totentag aufbaut. Ich hätte
nie gedacht, dass ich eines Tages so etwas in meiner eigenen Stadt
tun würde«, sagte der Arzt zu Frida und Diego, den Blick auf den
Weihrauch gerichtet, der sich mit dem Tabakqualm der beiden Rau-
chenden vermischte.

»Wenn dein Land den Tod etwas lockerer und das Leben etwas ernster nehmen würde, wäre es weniger kriegerisch«, scherzte Frida.

Ihr Leben schien sich wieder einzurenken. Diego nickte zustimmend, und um den Arzt gar nicht erst zu Wort kommen zu lassen,
gab er Frida einen liebevollen Kuss. Sie genoss ihn wie eine Süßig-
keit.

»Ich habe etwas für dich«, flüsterte Diego ihr ins Ohr.

Aus seiner Hosentasche holte der Maler ein kleines Holzauto hervor. Ursprünglich hatte es karmesinrot geleuchtet, jetzt aber sah es
verkratzt, abgegriffen und stumpf aus. Kein Zweifel, es war das
kleine Auto, das in Xochimilco in den Kanal gefallen war, am Tag,
als Frida hinter die Affäre zwischen Diego und ihrer Schwester gekommen war. Das Spielzeugauto, das sie Jahre zuvor in Tepoztlán
gekauft und in dem sie ihre Liebe zu ihrem Ehemann eingekapselt
hatte. Frida traute ihren Augen nicht. Es konnte unmöglich jenes
Auto sein, doch sie hatte inzwischen gelernt, in einer surrealistischen Welt zu leben.

»Das Spielzeugauto! Wie kann das sein? Es ist doch damals ins Wasser gefallen«, stammelte Frida.

»Du bist an dem Tag ja gleich verschwunden. Der Bootsführer hat deine Wut mit dem ins Wasser gefallenen Auto in Verbindung gebracht. Unter größter Anstrengung hat er es aus dem Kanal gefischt und mir gegeben. Natürlich hatte er keine Ahnung, dass du wegen etwas ganz anderem so sauer warst«, erklärte Diego.

»Und du hast es die ganze Zeit aufgehoben?«

»Ich konnte es einfach nicht wegwerfen. Es ist ein Teil von dir. Deshalb habe ich es die ganze Zeit aufbewahrt. Aber jetzt, wo wir noch mal heiraten, bewahrst du es vielleicht besser auf.« Er legte das Spielzeug in Fridas Hände und umschloss es mit ihren Fingern. Dann küsste er sie zärtlich.

Der Arzt schaute den beiden zu. Glücklich, das Richtige getan zu haben, drängte er:

»Es wird Zeit zu gehen. Hier spuken die Toten, und falls sie wirklich aus ihren Gräbern steigen, um dein Essen zu verspeisen, will ich lieber nicht dabei sein.«

»Die kommen ganz bestimmt, Doctorcito, da können Sie sicher sein«, rief Frida, Diegos Arm umklammernd.

Gemeinsam machten sie sich auf den Rückweg. Die Kerzen ließen sie brennen, damit sie die Opfergaben beleuchteten und die Friedhofsbewohner einluden, sie zu vertilgen, und entfernten sich von Eve Marie Fredericks Grabstein, der seiner fortschreitenden Verwitterung entgegensah.

Im Dezember heirateten Diego und Frida zum zweiten Mal. Es war eine kurze, schlichte Zeremonie, noch am selben Tag arbeitete Diego an seinem aktuellen Wandbild weiter. Anschließend unternahmen sie eine zweiwöchige Reise durch Kalifornien. Zurück in Mexiko, waren Fridas Beschwerden und die Last ihrer Krankheiten verflogen. Im Blauen Haus richtete sie für Diego ein Zimmer her. Sie kaufte ein Bett, das breit genug war, um den Riesen aufzunehmen, bezog es mit feinen, spitzengesäumten Laken und Kissen, die mit den Namen des Paares bestickt waren. Ein paar Tage später kam Diego und nahm seinen Platz ein. Die Häuser in San Ángel funktionierte er um zu einem Atelier, in dem er nun täglich arbeitete. Damit kehrte der Alltagstrott ein, der Paaren Sicherheit gibt, mit langen Frühstücken und abendlichen Mahlzeiten im Kreise von Freunden und Angehörigen. Das Leben fing noch einmal an. Der Tod konnte warten.

Meine zweite Ehe

Ich habe Diego ein zweites Mal geheiratet. Es war nicht wie beim ersten Mal. Auch nicht besser oder schlechter. Diego gehört allen, nie wird er nur mir allein gehören. Wir haben einfach ein Stück Papier unterzeichnet, so wie wenn man einen Brief zur Post bringt, einen Brief voller Hoffnungen und Erwartungen, von dem man jedoch weiß, dass er den Empfänger nie erreichen wird. Diego gehört mir nur von Zeit zu Zeit. Wenn ich das hinnehmen kann, kann ich auch den Rest meines Lebens hinnehmen, selbst wenn es der übelste Teil ist. Für unsere zweite Hochzeit habe ich eines von den Gerichten gekocht, die ich Diego immer gebracht habe, als er an seinen Wandgemälden gearbeitet hat: ein Fleischragout mit Chilis und Früchten. Wir setzten uns zu Tisch und lächelten uns an, so als sei nie etwas Schlimmes zwischen uns vorgefallen.

Fleischragout mit Chilis und Früchten
Manchamanteles

300 g Schweinelende, 1 Sträußchen Duftkräuter (Lorbeerblatt, Thymian, Oregano und/oder Majoran), 1 ½ Hühnchen, in Stücke zerlegt, 3 Ancho-Chilis und 3 Mulato-Chilis, alle von Innenwänden befreit und in heißem Wasser eingeweicht, 1 große Zwiebel, 2 geröstete und enthäutete Tomaten, Schweineschmalz zum Braten, die aufgefangene Brühe,

in der Hühnchen und Schweinelende gekocht haben, 3 Pfirsiche, 1 Birne, 2 Äpfel, 1 Kochbanane, alle geschält und kleingeschnitten, 1 Esslöffel Zucker, Salz.

Die Schweinelende mit dem Sträußchen Duftkräuter in Salzwasser kochen. Nach der halben Garzeit die Hühnchenstücke hinzufügen. Wenn beide Fleischsorten gar sind, die Brühe abgießen und auffangen und die Schweinelende in Scheiben schneiden. Die Chilis mit den Zwiebeln und den Tomaten pürieren, durchseihen und im Schweineschmalz gut dünsten. Die Fleischbrühe zugießen und aufkochen lassen, dann Hühnchen, Schweinelende, Pfirsich-, Birnen-, Apfel- und Bananenstückchen zugeben. Mit Salz und Zucker würzen. Nochmals kurz aufkochen lassen und servieren.

Kapitel XXI

»Das Einzige, was ich vom Leben gelernt habe, ist, dass man nicht die Liebe seines Lebens heiratet und auch nicht den Menschen, mit dem man den besten Sex hatte, aber selbst wenn jemand zufällig beides in seiner Beziehung antreffen sollte, Liebe und Sex, muss das nicht zwangsläufig heißen, dass er glücklich ist«, erklärte Frida ihren Schülern.
Sie war der Meinung, dass der Unterricht, den sie ihnen erteilte, ihnen wirklich etwas beibringen, ihnen als Lebenshilfe dienen sollte. Der Pinselstrich würde dann schon von allein kommen.
»Darüber muss ich erst einmal in Ruhe nachdenken, solche Lehren werden einem wohl immer nur durch Tiefschläge erteilt«, antwortete einer der »Fridos«, der, zwischen Gerüsten und Wannen liegend, eine Wand bemalte.
»Zerbrich dir nicht den Kopf. Bestimmt wird nicht ausgerechnet deine Ehefrau die Frau sein, mit der du den besten Sex hast. Deshalb solltest du deinen Blickwinkel erweitern«, riet ihm Frida und stieß den Qualm ihrer Zigarette aus.
Sie genoss es, auf ihrem Stuhl sitzend, ihren Schülern zuzuschauen. Sie befanden sich nicht in einem Unterrichtsraum, sondern in der berühmten Pulquería La Rosita, wenige Straßen vom Blauen Haus entfernt.
Die Pulquerías waren der Treffpunkt von Gaunern und Säufern. Normalerweise tauchte die Kundschaft dort gegen Abend auf, wenn die Bauarbeiter ihren kümmerlichen Lohn für Träume aus fermentiertem Pulque ausgaben. Lange Zeit waren die Wände dieser Lasterhöhlen mit derb-komischen Bildern verziert gewesen. Auf diese Weise hatte man sein wahres Gesicht gezeigt, hatte volkstümlich dekoriert, was dem Volk gehörte. Aber im Zuge der Modernisierung des Landes, das sein bäuerliches Gewand ablegen und sich fortan

mit Hut und Krawatte präsentieren wollte, ließ die Regierung die alten Wandbilder übertünchen. Deshalb gelang es Frida, als sie feststellte, dass ihre Schüler, die auch bei Diego Unterricht hatten, sich für die Technik der Wandmalerei interessierten, den Besitzer von La Rosita dazu zu überreden, die Wände seines Lokals gratis von den jungen Leuten bemalen zu lassen. Frida und Diego würden Pinsel, Farben und alles notwendige Material stiften. Das Ganze wurde ein turbulentes Vergnügen, ein künstlerisches Abenteuer, ein von Frida ausgedachter surrealistischer Spaß. Für die Umsetzung ihrer Vorstellung von volksnaher Kunst war eine Pulquería genau der richtige Ort.

Die Kunstschüler waren noch sehr jung und kamen fast alle aus einfachen Verhältnissen. Sie hatten sich in der *Escuela de Pintura y Escultura* eingeschrieben, einer Schule für Malerei und Bildhauerei, bekannt als »La Esmeralda«, wie sie nach der Straße benannt worden war, in der sie lag. Hier schufen die größten Künstler des Landes, von einer gemeinsamen Leidenschaft angetrieben, einen idyllischen Ort, um schöpferisch begabte junge Leute auszubilden. Das Projekt war so einzigartig, dass es an der Schule mehr Dozenten als Schüler gab. Letzere stammten in der Mehrzahl aus Arbeiter- oder Handwerkerfamilien und waren beflügelt von der Aussicht auf ein besseres Leben. Ihre Lehrer regten sie dazu an, nach draußen zu gehen und abzubilden, was sie dort sahen. Natürlich waren die Unterrichtsstunden stets auch von Politik, sozialpolitischem Diskurs und den Themen der Arbeiterbewegung durchdrungen. Ein Traum also für Leute wie Diego, María Izquierdo, Agustín Lazo oder Francisco Zúñiga, die herausragenden Künstler der damaligen Zeit. Als Frida ihre Dozentinnenstelle an der Schule antrat, sorgte sie für einigen Wirbel, unter anderem wegen ihrer äußeren Erscheinung einer Tehuana-Herrscherin. Ihre bunten Schals und langen Röcke stachen deutlich ab von den groben Jeansoveralls der übrigen Lehrer, die durch die Gänge des alten Schulgebäudes der »Esmeralda« liefen und neugierig Fridas kompliziert aufgetürmte und mit abendrotfarbenen Bändern durchflochtene Frisuren musterten.

»Wie verbringen Sie eigentlich Ihre Zeit, Frida?«, fragte sie einer ih-

rer Schüler, der mit ockergelben Farbspritzern übersät war, als hätte
der Sonnenuntergang seinen Farbeimer über ihm ausgeschüttet.

Frida ließ sich die Frage auf der Zunge zergehen wie jemand, der ein
neues Gericht probiert, und zum Nachwürzen sog sie ein paar Mal
an ihrer Zigarette. Dann holte sie zu einer Antwort aus:

»Ach, Kinder! Ihr werdet mich ganz schön blöd finden, ich verbrin-
ge nämlich den ganzen Tag im Haus des Vergessens, sagen wir, um
meine vermaledeiten Krankheiten auszukurieren, die mir noch den
letzten Nerv und all meine Pesos rauben. In meinen Mußestunden
male ich, wenn es geht. Ich sage, wenn es geht, weil das Haus sich
ja nicht selbst unterhält, es müssen Mahlzeiten zubereitet und alles
Mögliche gerichtet werden, denn Diego lässt sich gern rundum be-
dienen. Am liebsten würde er sich das Essen sogar direkt in den
Mund servieren lassen. Ich bin nur mit euch zusammen und mit
Leuten, die so verrückt sind wie ich. Manche sind vornehm, andere
Proletarier. Sie kriegen immer Tequila und was zu essen. Radio has-
se ich, die Zeitungen finde ich blöd, aber hin und wieder fallen mir
Krimis in die Hände. Die Gedichte von Carlos Pellicer gefallen mir
immer besser, auch die des ein oder anderen wahren Dichters, Walt
Whitman zum Beispiel.«

Sie hatte ein ungewöhnliches Verhältnis zu ihren Zöglingen und
fühlte sich nicht wirklich als Lehrerin, da sie über ihre eigenen Werke herzog. Aber sie war außergewöhnlich und verstand es, die Schüler zu fesseln. Was immer sie sagte, alle hörten ihr zu. Ihre Monologe
strahlten Fröhlichkeit, Humor und eine leidenschaftliche Liebe zum
Leben aus. Sie sprach ein volkstümlich gefärbtes Gassenspanisch,
ironisch und einzigartig. Nur das sichere und beruhigende Gefühl,
an Diegos Seite zu leben, hatte ihr geholfen, die von den Schmerzen
verursachte Schwermut zu überwinden. Sie fühlte sich wie neu geboren, als hätte sie, statt die Welt verschlingen zu wollen, deren un-
vollkommene Wirklichkeit akzeptiert und genösse sie mit jedem
Atemzug.

»Und wie gefällt Ihnen Gringoland? Sie sind ja dort gewesen«, fragte
eine ihrer Schülerinnen.

»Naja, weißt du, die Leute dort denken nur an sich selbst, aber anders als in Mexiko kann man sich da offen streiten, ohne gleich ein Messer in den Rücken zu riskieren. Wir dagegen sind hinterlistig, hier sind Gemeinheiten an der Tagesordnung. Die Leute dort sind heuchlerischer, *very decent, very proper . . .* aber allesamt Diebe, Schweinehunde. Und bei allem, was sie tun, vom Bilderverkaufen bis zum Kriegerklären, trinken sie ihre Cocktails.«

»Leben Sie deshalb hier?«

»Nein, wegen Diego«, gestand sie lächelnd. »Natürlich ist es auch ganz angenehm, ab und zu ein paar leckere Quesadillas essen zu können wie die, die man neben der Kirche bekommt.«

Frida war der Meinung, sie könne nicht als Lehrerin vor ihren Schülern stehen, sie sah sich eher als eine Art ältere Schwester. Und sie schenkte dieser Gruppe von Jugendlichen aus den ärmeren Vierteln ein wenig von der Mutterliebe, die sie keinem eigenen Kind hatte schenken können. Vom ersten Tag an, als sie im Unterrichtsraum vor ihnen stand wie das Bild eines blühenden Barockgartens, sagte sie ihnen, dass sie nicht glaube, jemals ihre Lehrerin werden zu können, da sie beim Malen ja selbst immer noch dazu lerne. Sie machte ihnen klar, dass Malerei zwar das Wunderbarste im Leben sei, ihre praktische Ausübung aber schwer. Sie müssten Technik und Selbstdisziplin erlernen. Und schließlich versicherte sie ihnen, sie glaube nicht daran, dass Malerei sich überhaupt unterrichten ließe, denn so etwas spüre man im Herzen. Oft nahm sie sie ohne lange Vorreden mit nach draußen, wie eine Vogelmutter, die ihre Jungen aus dem Nest stößt, damit sie Fliegen lernen. Sie gab ihnen Pinsel in die Hand und zeigte ihnen, dass die Inspiration im Freien zu finden war.

»Hör mal, mein Junge, dieses Gesicht ist aber nicht besonders schön geworden.« Sie wies die Schüler nur auf schlecht ausgeführte Details hin und ließ sie ohne weitere Anweisungen ihre Fehler selbst korrigieren.

Nie nahm sie einen Stift zur Hand, um eine Linienführung zu verbessern. Das wäre ihr wie eine Respektlosigkeit gegenüber ihren »Fridos« erschienen. Jeder sollte über seine Fehler zu seinem eigenen Stil finden. Die Schüler hätten sich mehr Lehrer wie Frida gewünscht.

»Sieh einer an! Meisterin Frida höchstpersönlich mit ihren Kinder-
chen«, rief ein Mann im Anzug und einer Fliege mit scheußlichen
blauen Punkten aus dem hinteren Teil der Pulquería.
Er schaute einen aus intelligenten Augen an, und sein Lächeln bekam man gratis dazu. Mit dem federndem Gang eines Spaßmachers
lief er auf Frida zu. Es war ihr alter Freund El Chamaco Covarrubias.
»Kinder, der Himmel stürzt ein. Mexikos bester Karikaturist, Schriftsteller, Ethnologe und Anthropologe hat beschlossen, das Land der
Proletarier zu betreten, und – oh Graus – er wird sich mir zu Ehren
sogar einen guten Agaven-Saft mixen.« So stellte Frida ihn lächelnd
vor.
Sie stand nicht auf, um ihn zu begrüßen. Miguelito war es, der sich
zu ihr hinunterbeugte, um sie in einer liebevollen Umarmung an sich
zu drücken. Dann zog er sich einen Stuhl heran und bestellte einen
Pulque-Curado beim Wirt, einem richtigen Naseweis, der so tat, als
wische er die Tische ab, während er zuguckte, was diese verrückten
Jugendlichen da in seinem berühmten Lokal veranstalteten.
»Diego ist in San Ángel. Wenn du hinfährst, bändelt er vielleicht
gerade mit einer Journalistin an oder tischt irgendeinem Politiker
seine Märchen auf.«
»Diesmal bin ich deinetwegen hier«, antwortete El Chamaco und
gab ihr einen Klaps auf die Schulter.
Inzwischen hatten die Jahre am Körper der Künstlerin zu zehren
begonnen. Keine Woche verging mehr, ohne dass sie unter Schmerzen litt. Seelisch war sie seit ihrer zweiten Hochzeit wieder wohl-
auf, körperlich aber schien sie langsam zu verfallen.
»Mal ehrlich, bist du nur aus Neugier hergekommen? Ich weiß ja,
dass die Leute sich den Mund zerreißen über meine Pulquería-Idee.
Am liebsten würden sie mich gleich in die Klapsmühle stecken.«
»Zum Teil bin ich aus Neugier hier. Und ich muss wirklich zugeben, dass es toll aussieht«, antwortete ihr Freund und überreichte
ihr ein Kästchen, das sie öffnete wie ein Geburtstagsgeschenk.
Frida brauchte stets Gesellschaft, ständig war sie von Leuten umgeben. Um ihrer Einsamkeit zu entfliehen, lud sie Freunde und Be-

kannte zum Abendessen und zu geselligem Beisammensein ein. El Chamaco war ein häufiger Gast, und da er ein Mensch mit großem Wissen, Intelligenz und Humor war, hörte sie ihm gern zu. Das Kästchen enthielt ein hübsches, aus schwarzem Holz geschnitztes Figürchen, eine Frau mit vollen Brüsten. Sie fühlte sich angenehm an, glatt wie Seide.

»Die ist wunderschön.«

»Ich habe sie von meiner Bali-Reise mitgebracht. Als du neulich Abend über den Tod gesprochen hast, ist mir Hine wieder eingefallen. Ich dachte, du freust dich bestimmt über sie.«

Fridas Pakt mit ihrer Gevatterin hatte ihr genügend Selbstvertrauen verliehen, um über ihre Gefühle zu sprechen. Sie scherzte gern über den Tod. Oder sie schimpfte auf ihn und machte sich über ihn lustig und war sich sicher, dass ihre Gevatterin ihr von irgendwoher dabei zuhörte.

Zur Überraschung der jungen Leute tauchte eine hübsch gekleidete Frau mit geschmeidigem Gang auf. Jede ihrer Bewegungen wirkte wie ein komplizierter Tanzschritt. In den Händen trug sie einen Stapel eingewickelte Quesadillas. Ein Duft nach Tortilla mit Fleisch und Soße folgte ihr wie ein kleiner Hund seinem Frauchen. Nichts erschien unangemessener, als diese dunkelhaarige Frau mit den feinen Zügen fettige Quesadillas an Fridas Schüler verteilen zu sehen. Rosita war schon eine berühmte Tänzerin gewesen, als sie El Chamaco geheiratet hatte. Interessanterweise war sie es auch gewesen, die den Karikaturisten mit den Millionären zusammengebracht hatte, die er mittlerweile zeichnete. Doch El Chamacos Wurzeln lagen im Volk, bei Frauen und Kindern, bei den Pazifik-Inseln, den Jazzabenden in Harlem und den Indiodörfern seiner Heimat Mexiko. Seine Frau ließ sich ganz auf dieses feucht-fröhliche Bohemeleben ein. Sie war eine Prinzessin unter einfachen Leuten, aber sie genoss ihre Stellung. Rosita gab Frida einen dicken Kuss und setzte mit freundlichem Lachen die Quesadillas neben ihr ab.

»Ich wusste, du würdest uns etwas zu trinken anbieten. Aber wenn ich auf leeren Magen trinke, kannst du mich wegwerfen«, erklärte sie und nahm sich selbst eine der mexikanischen Köstlichkeiten.

»Deshalb habe ich was zu essen mitgebracht, der Mensch lebt nun mal nicht von Malerei allein.«

»Ihr seid alle beide total verrückt, aber ihr könnt meine Gedanken lesen – die Quesadillas aus Coyoacán sind einsame Spitze«, entgegnete Frida und nahm sich eine der saftigen, in Papier gewickelten Käsetortillas. Sie öffnete sie vorsichtig und goss etwas Soße hinein. »Ihr müsstet doch eigentlich arbeiten und dürftet gar nicht hier herumstreunen … Miguel wollte mir gerade etwas zu diesem Geschenk sagen.«

»Die Figur hat mit der Mythologie der Maori zu tun und heißt Hinenui-te-pō, die große Frau der Nacht«, erklärte der Karikaturist und setzte sich neben Frida, um ihr von der Figur zu erzählen. »Sie ist die Göttin des Todes, verheiratet mit dem Gott Tāne. Eines Tages floh sie in die irdische Welt, denn sie hatte entdeckt, dass Tāne auch ihr Vater war.«

»Hurenbock! So was kommt also auch in den besten Familien vor«, warf Frida scherzend ein.

Rosita lachte, und dabei leuchteten ihre weißen Zähne auf. Überhaupt lachte das Ehepaar Covarrubias gern und verstand es zu genießen: Essen, Tanzen, alles, was sie umgab – kurzum: das Leben.

»Also, die Legende besagt, dass dieser Gott eine Frau brauchte. So formte er aus roter Erde eine weibliche Figur und heiratete sie. Die beiden lebten glücklich zusammen, bis die Frau sich eines Tages zu fragen begann, wer denn ihr Vater sei. Sie fand heraus, dass ihr Mann zugleich ihr Vater war, und aus Scham lief sie davon. Als Tāne von der Flucht seiner Frau erfuhr, lief er ihr hinterher und versuchte, sie einzuholen. Hine aber bat ihn, stehen zu bleiben, und sagte: Kehr um, Tāne. Ich werde unsere Kinder einsammeln. Lass mich auf der Erde bleiben. Tāne kehrte in die Oberwelt zurück, während Hine unten blieb, um der Welt den Tod zu bringen. Ein Mann namens Māui aber versuchte, die Menschheit unsterblich zu machen, indem er durch Hines Körper kroch, während sie schlief. Doch der Schwanz eines Vogels kitzelte Hine, die erwachte und den Mann mit ihrer Vagina zerquetschte. So war Māui der erste Mensch, der starb.«

»Er wurde von einer Vagina getötet, weil er eine Göttin zum Lachen gebracht hat? Die Frau hatte aber nicht viel Sinn für Humor!«

»Wir können ja auch ziemliche Miststücke sein, meine Liebe. Man braucht uns nur mit der falschen Feder zu kitzeln«, erwiderte Rosita.

Miguel Covarrubias stand auf und bewunderte das Wandbild. Es war originell, man erkannte darin sowohl Riveras Stil als auch Fridas Frische und Primitivismus. In dem Werk verbanden sich die beiden Stile mit dem innovativen Geist der Kunstschüler.

»Ich habe gehört, die Frau des Präsidenten hat ein Bild bei dir in Auftrag gegeben«, sagte El Chamaco, ohne sich zu den Frauen umzudrehen.

»Hör bloß auf, sonst raste ich aus. Also, sie wollte ein Stillleben mit mexikanischen Früchten haben, aber schon am nächsten Tag hat sie es wieder zurückgegeben. Vielleicht hatten die Früchte eine zu starke sexuelle Ausstrahlung für die hehre Politik«, brummte Frida.

Inzwischen erledigte sie Auftragsarbeiten, malte Porträts und andere Sujets. Das Stillleben, von dem sie sprach, war ein Feuerwerk aus Farben und phallischen Formen, zu wollüstig für die schamhafte Regierungspartei.

»Man muss schon sehr schmutzige Gedanken haben, um sich Obst mit solchen Augen anzuschauen«, stellte Rosita mit ihrem amerikanischen Akzent fest.

»Oder aber den ganzen Tag an Sex denken. Wenn das bei der First Lady der Fall ist, ist sie eine heißblütige Frau«, witzelte Frida. Stille trat ein. Frida blickte zu Boden und fragte leise, damit nur ihre Freunde sie hörten: »Habt ihr Nick gesehen, als ihr neulich in New York wart?«

El Chamaco drehte sich um, schaute Frida aber nicht direkt in die Augen. Er war es, der die beiden miteinander bekannt gemacht hatte. Und Frida hatte die Beziehung zu ihrem einstigen Liebhaber nie ganz abgebrochen; sie schrieben einander in größeren Abständen, Frida hatte ihn sogar einmal gebeten, ihr Geld für eine Operation zu leihen.

»Nick geht es gut, er hat auch nach dir gefragt«, antwortete El Chamaco ernst. »Seine Töchter sind riesig geworden. Vielleicht werden sie mal Sportlerinnen.«

»Manchmal frage ich mich, was passiert wäre, wenn ich mit ihm zusammengeblieben wäre. Er schmiedete damals schon Pläne für ein gemeinsames Leben. Er ist ein toller Mann«, flüsterte sie. Und plötzlich, wie elektrisiert, belebten sich ihr Gesicht und ihr Körper, und sie schien zu neuen Taten bereit. »Kommt ihr zur Vernissage unseres Wandgemäldes?«

»Wenn du uns einlädst.«

»Euch und halb Mexiko. Wir haben unwahrscheinlich schöne Werbezettel machen lassen, im besten Posada-Stil«, erklärte Frida und reichte dem Paar ein bedrucktes Blatt Papier.

Sie lasen es gemeinsam. Das Fest würde Fridas Malunterricht krönen und jeglichen Mut, sich dem Leben zu stellen, selbst wenn das Leben immer wieder zuschlug.

»Verehrtes Publikum! Freunde von Klatsch und Tratsch! Liebe Rundfunkhörer! Am Samstag, dem 19. Juni 1943, findet um elf Uhr morgens die große Einweihung der frisch dekorierten Wände der *Gran Pulquería La Rosita* in Coyoacán, Ecke Aguyo und Londres, statt«, deklamierte Miguel wie ein Scharlatan, der Kräuter und selbstgemachte Heilmittelchen verkauft. Es klang so witzig, dass die Schüler laut lachen mussten. »Die Gemälde, die dieses Haus schmücken, wurden ausgeführt von Fanny Rabinovich, Lidia Huerta, María de los Ángeles Ramos, Tomás Cabrera, Arturo Estrada, Ramón Victoria, Erasmo Landechy und Guillermo Monroy, unter der Leitung von Frida Kahlo, Dozentin an der Schule für Malerei und Bildhauerei des Bildungsministeriums. Don Antonio Ruiz und Doña Concha Michel werden der Feier als Schirmherren und Ehrengäste beiwohnen und den verehrten Gästen des Hauses ein leckeres Essen spendieren, Grillfleisch, geradewegs aus Texcoco geliefert, dazu erlesene Pulques von den besten Haciendas, die sich der Herstellung unseres köstlichen mexikanischen Nektars widmen. Das Fest wird animiert werden von einer Mariachigruppe mit den hervorragendsten Sängern aus dem Bajío, von Böllern, Krachern, einem bunten Feuerwerk,

Luftballons und aus Agavenblättern gebastelten Fallschirmspringern. Und alle, die einmal Torero spielen wollen, können sich am Samstagnachmittag in die Arena stürzen, denn auf sie wartet ein kleiner Stier.«

Wie von ihr versprochen, erschien halb Mexiko zu dem Fest. Nicht nur Frida trug die Tehuana-Tracht, auch ihre Schülerinnen und Freundinnen hatten sich wie bunte Blumensträuße herausgeputzt, die stolz zwischen den vielen Gästen umherliefen. Die Straßen nahe der Pulquería waren geschmückt mit farbigen Scherenschnittfähnchen, die mit anheimelndem Säuseln im Wind flatterten. Konfetti flog durch die Luft, Pressefotografen und Kameraleute ergötzten sich an den folkloristischen Bildern. Concha Michel und die Mariachigruppe stimmten das erste Lied an, begleitet von Frida, die mit ihrer vom Tequila geölten Stimme allen einen wunderschönen Abend wünschte.

Mit skurrilen Geschichten und witzigen Sprüchen versuchte der stolze Diego, die Aufmerksamkeit auf sich zu lenken. Damit hatte er so lange Erfolg, bis die Musik einsetzte und Zapateado, Jaranga aus Yucatán und Danzón getanzt wurden. Der Festort wurde zu einer einzigen großen Tanzfläche. Frida verdrängte ihre Rückenschmerzen und genoss es, sich zu den Rhythmen der Mariachis zu bewegen. Dann schwangen einige Intellektuelle ihre Reden und nutzten den Anlass für ihre Sache, und um die Mexikanische Revolution zu preisen. Während der Dichter Salvador Novo seine melodiösen Verse vortrug, trat Frida neben Diego, ergriff seine Hand und suchte Stärkung an seiner breiten Brust. Diego spürte die Wärme seiner Frau. Ohne die Augen von dem Dichter zu wenden, drückte er ihr einen Kuss auf die Stirn.

»Hallo, mein Mädchen ...«

»Hallo, mein Junge ...«, antwortete Frida, reckte ihren Kopf in die Höhe und gab ihm ebenfalls einen Kuss.

Bis spät in die Nacht hielt der Trubel an. Dann ging ein herrliches, fröhliches Fest zu Ende. Eine Landeszeitung kommentierte es mit den Worten: »Heutzutage beobachtet man die Tendenz, das Mexikanische wiederzubeleben, und jeder tut es auf seine Weise.«

Einige Tage bevor der melancholische Monat Oktober zu Ende ging, erwachte Frida in der Frühe von Señor Quíquiris Hahnenschrei. Wie jeden Morgen hielt das Tier sein Versprechen, der Welt zu verkünden, dass die als Tehuana verkleidete Prinzessin einen weiteren Tag erleben würde. Es war ein herzhafter Morgen, ein Tag kündigte sich an, der vom Prickeln des Lebens, den langen Stunden des Kochens und der Süße eines Nachtischs angefüllt sein würde. Das alte Holzbett knarrte. Es war groß und sah aus wie ein märchenhaftes Himmelbett, dessen gewundene, barock verspielte Bettpfosten den nächtlichen Schlaf eines zarten Fräuleins bewachten. Frida setzte einen nackten Fuß auf die kühlen Keramikfliesen. Dann suchte der andere, der schlimme Fuß mit den amputierten Zehen, ein wenig Wärme, um nicht ganz zu verkümmern. Das Laken flog zur Seite wie ein großes Galeonensegel, das in sich zusammenfällt, wenn die Passagiere an Land gehen. Mit den üblichen morgendlichen Schmerzen ging sie durchs Zimmer, auf einen Gehstock gestützt. Ein Glöckchen läutete und teilte den Bewohnern des Blauen Hauses mit, dass ihre Herrin erwacht war. Nackthunde, Aras und Affen lärmten im Garten und hießen sie in der Welt der Wachen willkommen. Kurz darauf erschien eines der Hausmädchen mit einem Stapel Wäsche, um sie in die von Farben überquellenden Kleiderschränke einzuräumen. Dann half sie ihr beim Haarebürsten, denn wie gewohnt frisierte Frida sich erst einmal, bevor sie irgendetwas anderes tat. Bald durchzog ihr Haar ein Rankwerk aus patriotischen Bändern und neckischen Blumen. Sie hatte genau die richtige Kombination gewählt, um einzuschlagen wie eine Farbbombe.

Frida wanderte durchs Haus wie ein Burgfräulein und begab sich, zum Rhythmus ihres schwingenden Rockes ein Liedchen trällernd, zu Eulalia, die sie mit einem Lächeln empfing. Gemeinsam stimmten sie den Refrain an, während Eulalia einen riesigen Korb mit köstlichen süßen Broten auf den gedeckten Tisch stellte, an denen eine unvorsichtige Biene nippen wollte. Da gab es Milchbrötchen mit verführerischen Rundungen und zartbesaitete Mürbeplätzchen, die rotwangig neben den knackigen Hörnchen, den phallischen Stangenbroten und den neugierig lauschenden Schweinsohren lagen.

Walnusspfannkuchen warteten standhaft darauf, von Diego verspeist zu werden, der wie eine verstimmte Posaune in den romantischen Gesang einfiel. Boshaft, spöttisch und prahlerisch schwenkte er die Morgenzeitung. Bevor er seiner Frau einen geräuschvollen Kuss gab, wetterte er gegen die Politik der Regierungspartei, beschwerte sich darüber, dass die Gringos ihre Nase in koreanische Angelegenheiten steckten, und meckerte über alles Übel, das sich in den letzten vierundzwanzig Stunden in der Welt zugetragen hatte.

Frida pfiff ihr Lied weiter, pustete zwischendurch in ihren Kaffee mit Zimt und trank einen Schluck. Von Zeit zu Zeit beantwortete sie irgendeinen Ausruf des Malers mit einem Kopfnicken. Dann wurde Herzhaftes aufgetischt: Spiegeleier in Soße, Tortillas und Bohnen. Diego stürzte sich sogleich darauf. Das Weltgeschehen kommentierend, schob er sich die Eier mit einer Tortilla in den Mund. Besteck mochte er nicht, fand es spießig. In seinen Augen war es ein Luxus, den man sich nur leistete, wenn man mit Politikern und berühmten Persönlichkeiten zu Tisch saß. Solange er konnte, würde er zum Volk gehören oder zumindest so tun, als ob.

Das Frühstücksbankett war beendet. Diego wischte sich mit seinem Hemdsärmel den Mund ab, um gleich darauf hinter einem Äffchen herzulaufen. Frida liefen vor Lachen die Tränen, denn der Affe hatte Diegos Hut geklaut, ohne den der Maler nicht in sein Atelier aufbrechen konnte. Die Szene war ein unentbehrlicher Teil des Morgenrituals. Das Äffchen, eifersüchtig auf Diego und restlos verliebt in seine Mama Frida, schnüffelte an der großen, wohlriechenden Beute und beschloss dann kurzerhand, sie fortzuwerfen. Diego bückte sich nach dem Hut, klopfte ihn ab und versuchte, die Affenspucke von der Krempe zu wischen. Vier Schritte lang verfluchte er das diebische Tier, dann verschwand er im Hausflur, gefolgt von seinem Chauffeur. Sie fuhren zum Doppelhaus nach San Ángel, wo Diego sich mit seinen Pinseln in eine weitere Schlacht gegen das Ungeheuer Politik zu stürzen gedachte, einen Kampf, von dem schwer zu sagen war, wer den Sieg davontragen würde.

»Bis heute Abend, Kleines«, rief er zum Abschied und blies Frida einen Kuss zu, den sie im Herzen bewahrte für jene Zeiten, da sie wieder voller Hass auf ihn an Trennung denken würde, was gemäß dem Kommen und Gehen der Liebhaberinnen mindestens einmal im Monat geschah.

Frida ging hinaus in den Patio, an einem süßen Brot knabbernd, so als wolle sie sich vergewissern, dass auch dieses Jahr süß sein werde. Einstweilen war es verschont geblieben von zu viel Salz und Essig. Das Leben lächelte ihr zu, und so sollte es bleiben. Sie wanderte an den Zitronen- und Orangenbäumen entlang. Die Pflanzen, die sich im Winde wiegten, verneigten sich und ließen der Malerin den Vortritt, die auf das Ende des Gartens zusteuerte, wo ein großer Tisch mit einer üppigen Opfergabe sie erwartete. Dort standen Vasen mit Cempasúchil-Blumen wie Wachposten für die Brote, Zuckerschädel, Fotos und all die Speisen, die für die Verstorbenen angerichtet waren. In der Mitte des Tisches erhob sich ein großes, in elegante Damenkleider gehülltes Pappskelett. Daneben stand ein Bild ihres Vaters und ihrer Mutter, weiter hinten die Holzskulptur, die El Chamaco Covarrubias Frida geschenkt hatte, neben zwei Zuckerschädeln, auf deren Stirn die Namen »Diego« und »Frida« prangten.

Es war der Tag vor dem Totenfest, heute vor vierundzwanzig Jahren hatte die Metallstange des Busses sie fürs Leben gezeichnet. Sie blickte zum Himmel und atmete tief ein. Sie spürte die Luft in ihre Nasenhöhlen dringen und in die Lunge hinabströmen und genoss diesen Augenblick des Lebendigseins. Dann machte sie kehrt, nachdem sie den Altar zu Ehren der Frau, die das Leben beendet, um eine weitere Gabe bereichert hatte: den Qualm einer frisch angezündeten Zigarette.

Die Quesadillas aus Coyoacán

Käsetortillas
Quesadillas

2 Tassen Masa de maíz, ½ Tasse Weizenmehl, ½ Esslöffel Backpulver, 3 Esslöffel Fett oder Butter, 200 g Oaxaca-Käse, 1 Tasse Sahne, Schmalz zum Braten.

Die Masa mit dem Mehl, dem Backpulver und der Butter verkneten, so dass ein glatter Teig entsteht. Mit den Händen kleine Tortillas formen und in die Mitte jeder Tortilla etwas Käse geben. Die Tortillas in der Mitte falten und im heißen Schmalz goldgelb braten. Mit Sahne servieren. Quesadillas kann man auch mit Kürbisblüten, Huitlacoche-Pilzen, Jalapeño-Chilis, Hirn usw. füllen.

Betrunkene Soße
Salsa borracha

200 g Pasilla-Chilis, 2 Zwiebeln, 2 Knoblauchzehen, 6 grüne Chilis, in Essig eingelegt, ½ Liter Pulque, 100 g gereifter Käse (Añejo-Käse), Öl, Salz.

Die Pasilla-Chilis rösten und ihre Innenwände entfernen, dann eine halbe Stunde lang einweichen und zusammen mit dem Knoblauch pürieren. Genug Öl und Pulque zugießen, damit eine dicke Soße entsteht, salzen. Vor dem Servieren die in Essig eingelegten Chilis, die feingehackten Zwiebeln und den geriebenen Käse hinzufügen. Die Soße sollte möglichst sofort verzehrt werden, da sie rasch gärt.

Kapitel XXII

Tränen laufen ihr übers Gesicht und bahnen sich wie ein Rinnsal in der Wüste ihren Weg über die trockenen Wangenknochen. Die Tränen durchfurchen das kummervolle Antlitz nicht nur, sie zerschneiden es wie eine Wunde. Ein dunkler, düsterer Spitzensaum, der rings um Frida anschwillt wie eine steigende Flut, umrahmt ihr Gesicht und droht, es zu verschlingen. Schmerz liegt in ihrem Blick, aber auch Stolz, der energische Wille, jeden anzugreifen, der es wagt, in das Bild einzudringen. Die Tehuana-Spitzen sind ein flehender Ruf, die Tracht einer Braut, die sich nach der Begegnung mit ihrem Bräutigam sehnt. Für die Tehuana ist das Brautgewand ein Morgenstern. Sie trägt Weiß, dazu goldene Ketten und Ohrringe, und auf ihrem Rock tummeln sich Palmenblätter und aufgenähte Blumen aus demselben Stoff. Das von zarter Stickerei umrahmte Gesicht ist der Glanz der Region Tehuantepec in Oaxaca und wird durch die Huipiles, die in der Taille weiten Blusen mit den kurzen Ärmeln, und einen auf Hüfthöhe mit einem Seidenband befestigten Gaze-Überrock noch verschönert. Diese Tracht hatte Frida zu ihrem neuen Körper gemacht. Körper und Haut verliehen ihr eine neue Identität.
»Es tut schrecklich weh, nicht wahr?«, rief Frida sich selbst auf dem Gemälde zu. Die zweite Frida antwortete nicht, weinte nur reglos, während die andere sie malte. Die Tränen liefen über die Leinwand, nicht über das Gesicht der Malerin, das schon getrocknet war vom langen Gehen über die Straße des Betrugs.
Von ihrem Rollstuhl aus betrachtete sie ihr Selbstporträt in Tehuana-Tracht. Sie stellte fest, dass es sich sehr von dem vorigen unterschied, wenngleich in den Windungen ihrer Pinselstriche stets dieselben Themen auftauchten. Im Mittelpunkt stand immer ihre eigene Person, und manchmal kopierte sie sich selbst. Im vorange-

gangenen Tehuana-Selbstporträt hatte sie sich wie eine Königin gemalt, mit Diego auf der Stirn, in einem Netz aus zarten Linien, die sich über die ganze Leinwand erstreckten. Doch so konnte sie sich nicht mehr fühlen. Das neue Bild war grau, von bleischweren Schatten überzogen. Die komplizierten Stickereien schenkten dem Gesicht keine Leichtigkeit. Nein, das Bild log nicht: Frida litt am ganzen Körper.

Ein letzter weißer Strich vollendete das Bild. Dann legte sie die Pinsel beiseite und klappte ihr Tagebuch auf, das in den vergangenen Jahren immer mehr zu ihrem besten Freund und Vertrauten geworden war. Es enthielt Irrsinn und Wahrheit und gab am allerbesten ihre Lage wieder. Sie begann zu schreiben:

Der Tod entfernt sich
Linien, Formen, Nester
Die Hände erbauen
Die offenen Augen
Die Diego-Sinne
Ganze Tränen
Alle sehr klar
Kosmische Wahrheiten
Die lautlos leben
Baum der Hoffnung
Bleibe stark.

Die letzten abendlichen Sonnenstrahlen schimmerten noch zwischen den Berggipfeln hindurch, bald würde die Nacht sich herabsenken. Die Kerze ihrer Lebenszeit auf Erden war fast heruntergebrannt. Der Docht war nur noch kurz und die Flamme schwach. Sie lag im Krankenhaus, und die Wundschmerzen nach der Operation drangen in jede Zelle ihres Körpers wie eine sich unkontrolliert ausbreitende Plage. In der beschädigten Wirbelsäule brach Chaos aus. Da waren nicht nur die Tränen und die Schreie. Das körperliche Leiden verband sich mit den wie weiche Butter zerstückelten Wahngebilden. Im Krankenzimmer hing ein durchdringender Geruch nach angebranntem Essen, es roch, als wäre etwas auf dem Feuer verkohlt. Ärzte und Krankenschwestern begannen, den Krankenhausflur zu meiden, denn der Gestank war so penetrant, dass er sich in ihre Kittel und Trachten setzte. Handwerker und Klinikpersonal suchten hartnäckig nach einem Defekt in den Leitungen zwischen der Krankenzimmer-Etage und der Küche, fanden jedoch kein Indiz dafür, dass die Gerüche von dort in die Zimmer drangen. Alle, die Frida besuchten, wandten, kaum hatten sie den Raum betreten, wie vom Schlag getroffen den Kopf ab. Frida aber schien von alldem nichts zu merken. Zwischen Agonie und Betäubungsmitteln waren ihre Sinne an einen fernen Ort geflohen.

»Sie müssen ihr etwas geben. Die Arme ist ohnmächtig vor Schmerz«, flehte Cristi, die sich gemeinsam mit ihren Schwestern um Fridas Betreuung bemühte, wie ihre Mutter es getan hätte.

Mati, die neben ihr saß, weinte unaufhörlich. Auch der Arzt war untröstlich. Es war einer jener Tage, an denen alle Hoffnung versiegt. Diego hatte sich in einen Sessel fallen lassen und die Beine ausgestreckt, so dass seine Bergmannsstiefel den Durchgang verstellten. Seine reche Hand spielte in der Jackentasche mit dem kleinen Holzauto, das ihm Gesellschaft leistete, wenn er sich leer fühlte. Sein gesenkter Kopf war in Schatten gehüllt.

»Wir könnten ihr eine hohe Dosis Morphium spritzen«, antwortete einer der Ärzte.

»Dann tun Sie es.«

»Ich zögere noch, sie zeigt bereits Abhängigkeitssymptome. Wenn ich ihr Morphium verabreiche, wird sie nicht mehr davon loskommen.«

Mati und Cristi umarmten einander. In ihrer Familie, die durch die mangelnde Liebe zwischen den Eltern und prüdes, scheinheiliges Verhalten gezeichnet war, hatte nur Frida die Bindung zwischen den Schwestern erhalten können. Sie, die in der Jugend aufsässig gewesen war, das burschikose Mädchen in Männerkleidung war heute das einzige Glied, das die Frauen verband. Enttäuschung zog herauf wie zäher Nebel.

»Spritzen Sie es ihr«, fauchte Diego, ohne den Arzt anzuschauen.

»Sie sehen doch, wie diese Augen um ein wenig Frieden flehen. Es wäre auch weder ihre erste noch ihre letzte Abhängigkeit.«
Der Arzt gab einer Krankenschwester die nötigen Anweisungen. Eine hohe Dosis Morphium schlängelte sich durch Fridas Adern und entfachte auf ihrem Weg ein wahres Feuerwerk. Die Droge verband sich mit dem Lipidol, das man ihr gegen die Rückenschmerzen injiziert hatte. Gemeinsam strömten sie ins Gehirn, und ganz allmählich konnte Frida ihre Qualen vergessen. Während die körperlichen Leiden zurückwichen, machte sich um sie her Verwirrung breit.

Mit dicken Pinselstrichen verwandelte sich das Zimmer, wie in einer bruchstückhaften, surrealistischen Inszenierung. Die obere Hälfte war ein Himmel aus zersplitterten Wolken, die eine Sonne, rot wie Menstruationsblut, umrahmten. Die untere Hälfte blieb im Dunkeln, eine Nacht aus brandigen, faulenden Decken, die sich von einem Mond aus stinkendem Käse zu nähren versuchten. Ringsum Wald, Pflanzen, deren Wurzeln nicht von der Erdmaske verdeckt werden wollten. Wie ungezogene Kinder lugten sie durch die Ritzen des Zimmers.

»Ich bin ein armer kleiner Hirsch, der im Gebirge wohnt ... Ich bin nicht zahm und wage mich am Tag nicht zum Wasser hinab ... Des Nachts aber komme ich, ganz sacht, in deine Arme, mein Leben«, sang eine schelmische Stimme.

Es war ein Cholo, einer aus der Straßengang. Er klang vergnügt und seine Pachuco-Aussprache war feurig wie scharfe Tacos. Mit einem Satz war er da und schüttelte Federn und tote Mücken von sich. Am Fuß des Bettes stolzierte er auf dem Laken umher, breitbeinig und tänzelnd wie ein vom Pulque beschwipster Reiter. Señor Quíquiri, gerupft und aufgekratzt, besuchte Frida. Sein Kamm war faltig geworden wie das Doppelkinn eines alten Mannes, und ein Hund hatte ihm den Schnabel gestutzt. Sein Schwanz bestand nur noch aus drei Federn, die umherschwangen wie der Besen eines trägen Dienstboten. Der alte, zerzauste Hahn war Fridas Ebenbild, aber es bestand kein Zweifel: Er war lebendig, genau wie sie.

»Bist du es, Señor Quíquiri? Was machst du hier?«, fragte Frida neugierig. Der Vogel zupfte sich eine Zecke aus der Haut und machte es sich zwischen den Laken bequem.

»Ich besuche meine Friducha, was sonst? Hör mal, meine Hübsche, hier in den Krankenhäusern betrachtet man uns Federvieh als Medizin, zum Beispiel heißt es, mit einer guten Hühnerbrühe könne man Grippe, Bauchschmerzen und Liebeskummer heilen. Du weißt schon, Kleines, *a chicken soup.*«

Frida verzog entgeistert das Gesicht und täuschte rasch ein Augenzwinkern vor. Der Hahn pickte auf dem Laken herum.

»Kannst du sprechen?«

»Und du? Kannst du malen?«

»Ich hab's gelernt. Papa hat es mir beigebracht, und ich habe geübt. Ich übe immer noch.«

»Ich auch, Kleines. Glaubst du etwa, nach über zwanzig Jahren Faulenzerei bei dir zu Hause tue ich nichts anderes, als mich mit Mais und Wasser vollzuschlagen? Sogar wir Hühner streben nach mehr. *You know what I mean, kid!* Ich tue zwar so, als könnte ich nichts, wie der Saxophonist einer Jazzband, aber wenn man wie ich von Malern, Genies, Kommunisten, Fotografen, Filmstars und Dieben ... Verzeihung, Politikern umgeben ist, lernt man automatisch etwas von all diesen Klugsch ... klugen Leuten.«

»Gar nicht übel. Ich meine, dafür, dass du ein Hahn bist«, gestand Frida.

»Du malst auch nicht übel. Ich meine, dafür, dass du alt bist ...« Der Hahn schnüffelte an Frida herum. Gestikulierend gab er ihr zu verstehen, dass ihm gefiel, was er sah. Dann fragte er schnippisch: »Oder soll ich lieber sagen, dass du ein Hirsch bist?«

»Ich bin kein Hirsch«, protestierte Frida.

»Hörner hast du ja schon. Diego kümmert sich jede Nacht darum, dir welche aufzusetzen.« Auch ohne diese Erinnerung lag auf der Hand, dass Frida ein verletzter Hirsch war, der unter den vielen auf ihn abgeschossenen Pfeilen litt, die jeden Muskel durchbohrten und bluten ließen.

Unruhe erfasste sie. Am liebsten wäre sie durch den Wald aus Salatköpfen und Rettichen davongelaufen. Sie wollte wieder frei sein, aber die zielsicheren Pfeile hatten sie niedergestreckt. Sie begann, sich die Wunden zu lecken. Sie war ein Tier, das mit dem Tode rang, weil sie mit Diego lebte.

»Wie geht es dir denn so?«, erkundigte sich der Hahn freundlich.

»Man könnte sagen, ich bin glücklich, aber das Gefühl, von Kopf bis Fuß im Eimer zu sein, verwirrt meinen Geist und macht mir bisweilen das Leben schwer.«

»Man sieht's, draußen läuft Diego herum. Ist doch gut, oder?«

Frida zog die Augenbrauen hoch. Diese Anspielung missfiel ihr, erst recht aus dem Munde eines gerupften Hahns. Sie war nicht bereit, ihm solche Freiheiten zu gestatten, schon gar nicht in ihrem Krankenzimmer.

»Verzieh dich lieber, wenn du dich nur lustig machen willst.«

»Oh, nein, mein liebes Fräulein! Nichts ist erfunden. Es ist doch klar wie Hühnerbrühe, dass jedes Mal wenn du das Gefühl hast, Diego würde sich von dir abwenden, ein neues Zipperlein auftaucht. Wenn der Dicke hinter einer tollen Frau herläuft, nimmt eine neue Operation ihn wieder an die kurze Leine. Diese verdammten Krankheiten kommen immer genau zur richtigen Zeit, stimmt's?«

»Zunächst will ich dir sagen, dass ich gar nicht Diegos Ehefrau bin. Allein der Gedanke wäre lächerlich«, antwortete sie trocken, und ihre Worten klangen sauer wie Essig. »Ständig spielt er bei anderen Frauen den Ehemann, aber er ist niemandes Ehemann und wird es auch nie sein. Vielleicht ist er mein Sohn, weil ich ihn liebe wie einen Sohn. Ich beschwere mich ja auch nicht über die Rolle, die mir zugefallen ist. Ich glaube nicht, dass die Ufer der Flüsse darunter leiden, dass das Wasser an ihnen vorbeifließt, oder die Erde darunter leidet, dass es regnet, oder dass ein Atom bekümmert ist, weil es Energie freisetzt. Für mich hat alles seine natürliche Ordnung.«

Als Frida verstummte, war Señor Quíquiri in Tränen aufgelöst. Ein kleiner Teich umwogte ihn. Und aus seinen Augen strömte wie ein Wasserfall Hühnerbouillon mit Zwiebeln und Koriander.

»*Stop! Stop! I am melting*... Ach, ist das traurig, nicht einmal Salvador Novo hätte mit einem Dolch im Herzen einen so ausgemachten Schwachsinn faseln können«, krähte er.

Die theatralische Vorstellung war beendet. Er schüttelte sich eine hängengebliebene Kichererbse aus den Federn, spazierte beschwingt bis zum Nachttisch und entnahm ihm Fridas Tagebuch. Dann strich er sich seine spärlichen Federn zurecht, räusperte sich und begann, laut daraus vorzulesen:

»Ich liebe Diego ... und niemanden sonst. Diego, ich bin allein«, schloss er in pathetischem Tonfall. Dann blätterte er ein paar Seiten weiter. »Mein Diego, ich bin nicht mehr allein, du begleitest mich. Du wiegst mich in den Schlaf und erweckst mich zum Leben. Jetzt gehe ich mit mir selbst. Eine abwesende Minute. Ich habe dich gestohlen und gehe weinend fort. Was für ein Spaß!«

»Zieh Leine! Niemand hat dich herbestellt. Hätte ich ein Gewissen haben wollen, hätte ich nach einer verdammten Grille verlangt, nicht nach einem bescheuerten Hahn«, rief Frida wütend.

Quíquiri lief auf sie zu und kniff ihr neckisch in die Backe wie einem Kind. »Hör auf mit dem Gekeife, dafür sind wir doch hier in diesem Tal der Tränen. Denk dran: ›Baum der Hoffnung, bleibe stark.‹ Das habe nicht ich gesagt, sondern du, das *girl* aus Coyoacán, die mexikanische Prinzessin, *oh yeah*!«

Mit roten, blutunterlaufenen Augen starrte Frida auf ihre Lebensuhr, den Hahn. Am Tag, an dem er aufhören würde zu krähen, würde sie sterben. So war es vereinbart. Aber keiner hatte ihr gesagt, dass diese Lebensuhr einem tierisch auf die Nerven gehen konnte.

»Halt den Schnabel!«

»Geben wir es doch zu, Friducha. Die Sache sieht übel aus. Das Leben ist einen Dreck wert, und der letzte Gast hat aufgegessen. Warum machen wir die elende Bude nicht dicht und legen uns zur Ruhe? Überleg's dir. Keine Schmerzen mehr, keine Seitensprünge des Dicken mehr. Nur noch Ruhe und Frieden. Vielleicht ein bisschen Tequila gegen die Langeweile«, schlug Quíquiri vor.

Schlecht war das nicht. Im Grunde hatte er recht. Nicht der Schmerz war das Problem, sondern dass sie den Schmerz satthatte.

»Hat meine Gevatterin dich hergeschickt, um mir das zu sagen?«

»*No way!* Diese Dame kenne ich nicht mal. Ich, dein Busenfreund, sage dir das. Ich hab das Leben ein bisschen über, immer nur zu Hause eingesperrt sein, herumpicken, auf der Suche nach einem Wurm oder, mit etwas Glück, nach einem Stück trocken Brot ... Mein höchstes Streben ist es, eines Tages zu Mole verarbeitet zu werden, sehr schmeichelhaft ist das nicht gerade!«, beschwerte sich das Federtier.

Für einen Vogel war er redegewandt, scharfsinnig und konnte sich gut verständlich machen, anders als viele Typen, die Frida im Lauf ihres Leben kennengelernt hatte.

»Nein, heute bin ich weniger allein als jemals zuvor. Ich bin ein kommunistischer Mensch. Ich habe die Geschichte meines Landes und die fast aller Völker gelesen. Ich kenne mich aus mit Klassenkonflikten und Wirtschaftsproblemen. Ich verstehe die materialistische Dialektik von Marx, Engels, Lenin, Stalin und Mao. Und ich werde gefeiert wie eine Königin«, sagte sie mit Überzeugung und Bestimmtheit.

»Ich habe *news* für dich: All deine Freunde wissen, dass du dein Leben lang gelitten hast. Du hast es auf deinen Bildern ja ausführlich dargestellt, meine Hübsche, aber keiner teilt dein Leid. Nicht einmal Diego. Er weiß, wie sehr du leidest, aber es zu wissen ist nicht dasselbe, wie mit dir zu leiden. Die anderen können kein Mit-Leid für dich empfinden.«

Wieder der blutunterlaufene Blick. Wieder der Hass. Frida ballte die Fäuste.

»Wozu bist du dann hergekommen?«

»Koch mich. Am Tag nach dem großen Schlemmermahl, dessen Hauptgang ich sein werde, wirst du dich ausruhen. Auf Wiedersehen allerseits. *Good bye, my love!*«

»Nein.«

Der Vogel holte tief Luft und begann, mit Schwung und Rhythmus die melancholische Melodie von *Das goldene Schiff* zu singen:

Ich gehe fort
zum Hafen, denn dort liegt
das gold'ne Schiff bereit,
mit dem ich reisen werde.

Ich gehe fort,
nur Abschied nehmen will ich,
Adios, mein Schatz,
leb wohl für immer, Adios.
Nie wieder werden
meine Augen dich betrachten
und deine Ohren nie mehr
lauschen auf mein Lied.
Mit meinen Tränen
werd' ich die Meere füllen,
Adios, mein Schatz,
leb wohl für immer, Adios ...

Frida schloss die Augen. Die Versuchung, ihn zu Mole zu verarbeiten, war groß. Aber sie würde ihr nicht erliegen. Nicht heute, wo Diego draußen war. Wo er das Nachbarzimmer gemietet hatte, um die Nacht im Krankenhaus zu verbringen und nicht bei irgendeiner Geliebten. Auch morgen und übermorgen nicht. Sie würde durchhalten, sie war stärker als der Tod. Sie schloss die Augen und all ihre Sinne.

»Was ist los mit ihr?«, fragte Mati den Arzt, als sie merkte, dass Frida Selbstgespräche führte.

Der Arzt maß den Blutdruck seiner Patientin, und Cristi versuchte, ihr das zerwühlte Haar zu hübschen, mit regenbogenfarbenen Stoffbändern verwobenen Zöpfen zu flechten.

»Sie phantasiert, wegen des Morphiums. Sie hat Halluzinationen«, antwortete der Arzt und überließ Frida ihren Schwestern und der Pflegerin.

Auf dem Tisch des Zimmers dampfte ein Teller mit Tortillasuppe, bereit, von Frida verspeist zu werden. Allmählich überlagerte der Geruch nach Hühnerbrühe den Gestank nach Verbranntem. Er zog in die Nachbarzimmer und stärkte auch die anderen Kranken; denn die Heilwirkung von Hühnersuppe steht außer Zweifel. Der Bouillonduft begleitete Frida über zwei Tage lang, Tage, in denen die Beruhigungsmittel sie schläfrig machten. Ohne Widerspruch ließ sie sich von den Krankenschwestern füttern und trank klaglos die Brühe.

Aus der Klinik wurde sie entlassen, wechselte aber nur von einem Krankenzimmer ins andere. Auch zu Hause war sie ans Bett gefesselt, angenagelt wie Christus am Kreuz und unfähig, sich zu bewegen. Ihr ganzes Wesen bestand aus einem einzigen zornigen Augenpaar. Ihr Charakter begann zu verderben wie ein in der Obstschale liegengelassener Pfirsich und wurde bitter. Wutanfälle begannen sie heimzusuchen, wie Fliegen, die Kadaver umschwirren. Sie bat nicht mehr um die Dinge, sie verlangte sie. Sie brüllte, als wollte sie die ganze Welt niederschreien, die ohne sie weitermachte und von ihrem Schicksal keine Notiz nahm. Sie wurde ungeduldig, weil sie nicht mehr die Alte war, weil sie sich mehr und mehr in einen Schatten ihrer selbst verwandelte. Ihre Bilder machten ihr bewusst, dass sie nur noch eine Karikatur jener Frau war, die Diego an den Hängen der Vulkane geliebt hatte, eine Parodie der Mayaprinzessin, die die Vereinigten Staaten erobert hatte, das satirische Zerrbild der einstigen Geliebten von hohen politischen Persönlichkeiten, Künstlern und Malern.

Sie war imstande, zwei Flaschen Cognac am Tag zu leeren, zusammen mit einer Dosis Demerol zur Linderung ihrer Schmerzen. Die betäubenden Drogen trieben Spielchen mit ihrem Verstand und machten sie schweigsam und benommen. Aber selbst jetzt tastete ihre Hand noch nach einem Pinsel, um ihr Verlangen nach Kunst zu stillen. Die Striche auf der Leinwand wirkten dramatisch, erschütternd wie eine offene Wunde. Malen wurde ihr zur Religion, der Drogenkonsum zur Kommunion. So vollzog sie in Abwesenheit eines göttlichen Wesens einen frommen Akt der Suche. Göttlichkeit besaßen für sie Persönlichkeiten wie Stalin, wie Mao. Das waren die Männer, die sie vor dem Wahnsinn retten würden. Ihre Kompositionen wurden dürftig, die Farben grell. Immer wieder kreisten ihre Gedanken um die Dunkelheit am Ende des Weges, zugleich versuchte sie, malend Licht in ihr Leben zu bringen. Wenn es auch nur noch wenig war.

Frida konnte nun nicht mehr allein sein, der Beistand einer Freundin oder Pflegerin wurde unverzichtbar. Eines Tages, als Cristina kam, um sie zu betreuen, fand sie sie in ihrem Atelier vor, in ihrem Rollstuhl sitzend und malend. Sie glich nicht mehr entfernt jener hübschen Frida, an die Cristina sich erinnerte. Sie war ungekämmt, trug einen zerschlissenen Rock und ein fadenscheiniges Hemd, vielleicht eines von denen, die Diego ausrangiert hatte. Ihre Hände waren blutig, weil die Einstichstellen der Betäubungsspritzen nicht mehr richtig verheilten. Ihre Finger wollten den Schmerz hinausschreien, verschmierten Ölfarben und Blut bei dem Versuch, ihre weit aufgerissenen Augen und ihre Selbstverachtung auf die Leinwand zu bringen. Sie malte nicht mehr mit Sorgfalt. Ihre Pinselstriche waren Schnitte, aufs Geratewohl ausgeführt und wie in die Leinwand geritzt.

Cristi erkannte, dass nichts mehr von ihr übrig war. Vor ihr saß eine Tote, die sich noch immer an die Welt der Lebenden klammerte.

Gegen das Gefühl der Machtlosigkeit beim Anblick der Selbstzerstörung ihrer Schwester halfen auch ihre Tränen nicht. Sie musste der überwältigenden Trostlosigkeit entfliehen. Gemeinsam mit Manuel, dem Dienstboten, brachte sie Frida zurück ins Bett, wo diese weiter aufs Geratewohl Hirngespinste in die Luft malte. Cristina suchte einen roten Rock und eine ihrer wunderschönen Tehuana-Blusen für sie heraus, die mit den ineinander geflochtenen rot-grünen Bändern. Als sie merkte, dass Frida ihr zuschaute, fragte sie sie, was sie denn gerne tragen würde. »Zieh mir das an, was du ausgesucht hast, denn du hast es ist mit Liebe getan. Und hier ist keine Liebe mehr. Du weißt ja, nur die Liebe gibt dem Leben einen Sinn.«

Frida hatte recht. Obwohl sie sich mit den Dingen umgeben hatte, die sie liebte, mit liebevollen Geschenken und Freunden, die sie gern hatte, gab es in ihr selbst keine Liebe mehr. Die Liebe war mit der Zeit spärlich geworden und nach und nach ganz verlorengegangen, bis nur noch die Erinnerung an sie zurückblieb.

Tortillasuppe
La sopa de tortilla

Suppe ist die wohltuendste Nahrung der Menschheitsgeschichte. Suppe ist vielleicht sogar das Erste, was der Mensch sich gekocht hat. Ich sehe sie vor mir, diese Höhlenmenschen, wie sie Wasser mit irgendetwas darin aufs Feuer stellen. Ganz bestimmt eine Opfergabe an ihren Gott. Vielleicht ans Feuer, an den Sturm oder etwas anderes, was unbegreifbar für sie war. Und damit wurden sie selbst zu Göttern. Suppe kann man in unendlich vielen Varianten zubereiten, von der einfachsten Brühe bis hin zur raffiniertesten Bouillon. Auch allein kann sie eine vollständige Mahlzeit bilden.
Aber für mich ist eine der köstlichsten Suppen, die man in Mexiko antrifft, die Tortillasuppe. Sie ist wie wir: kompliziert und doch einfach, scharf und doch schmackhaft, heiß und doch erfrischend. Ihre Eigenschaften verbinden sich in idealer Weise und zeigen, woraus wir bestehen und warum Mexiko so ist, wie es ist.

12 Maistortillas, Öl zum Braten, 4 gehäutete Tomaten, ½ feingehackte Zwiebel, 1 gehackte Knoblauchzehe, 2 Liter Hühnerbrühe, 1 Bund Petersilie, 1 Bund Epazote-Kraut, 4 Pasillo-Chilis, geröstet und von Samen befreit, 1 in Würfel geschnittener Avocado, ½ Tasse in kleine Stücke geschnittener Doppelrahmkäse, saure Sahne, Salz.

Tortillas in lange Streifen schneiden und in heißem Öl anbraten. Unterdessen die Tomaten, die kleingehackte Zwiebel und den Knoblauch in einem Esslöffel Öl andünsten. Nachdem die Mischung 5 Minuten auf kleiner Flamme geköchelt hat, die Hälfte der Hühnerbrühe zugießen und alles zusammen pürieren. Die Mischung wieder in den heißen Topf füllen, salzen und die restliche Hühnerbrühe zugießen. Mit Petersilie und Epazote würzen und auf kleiner Flamme

20 Minuten köcheln lassen. Die gebratenen Tortillastreifen in Suppenteller legen und die heiße Tomatensuppe darübergießen. Zum Schluss die kleingeschnittenen Chilis, die Avocado- und Käsewürfel und die saure Sahne hineingeben.

Kapitel XXIII

Und so empfing Frida eines Nachts, als der Sommerregen sich in eine Ecke verkrochen hatte, den Boten, lud ihn ein auf ein Glas Tequila und bat ihn um Audienz bei ihrer Gevatterin. Sie wollte dem langjährigen Schmerz, den alle Leben nennen, ein Ende bereiten. Um sicherzustellen, dass dies auch wirklich ihr letzter Tag war, bat sie ihre treue Köchin Eulalia, den Hahn Quíquiri zu töten, der stets so verhätschelt und bemuttert worden war, dass er nicht einmal ahnte, dass dies auch für ihn der letzte Tag auf Erden sein sollte. Dass sie länger gelebt hatte, als sie hätte leben sollen, war für Frida kein Vergnügen gewesen, denn die Schmerzen in ihrer Wirbelsäule waren nie abgeklungen und auch die ihres gebrochenen Herzens hatten sie nicht verlassen.
»Tut mir sehr leid, Señor Quíquiri, aber unser Frida-Kind hat es so befohlen«, sagte der Dienstbote Manuel, bevor er dem Tier den Hals umdrehte.
Man ließ den Hahn ausbluten, wie es das Rezept vorschrieb, und rupfte ihm alle Federn, bis sein weißes Bürokratenfleisch zum Vorschein kam. Dann legte Manuel ihn in einen der tönernen Kochtöpfe, die Frida selbst erstanden hatte, einen mit zwei Tauben verzierten, die ein Band mit den Worten »Frida liebt Diego« im Schnabel trugen. Feierlich trug er den Topf in die Küche, die mit ihren hübschen Puebla-Kacheln stets fein herausgeputzt aussah, und ließ das Tier dort stehen, damit Eulalia es zu einem ihrer schmackhaften Werke verarbeitete.
Die Köchin wischte sich mit der Schürze die Tränen aus dem Gesicht, holte die Gewürzdosen aus dem Wandschrank und stellte sie in einer Reihe auf. Dann legte sie die Küchenutensilien fein säuberlich nebeneinander wie jemand, der sich medizinische Instrumente für einen chirurgischen Eingriff zurechtlegt. Während sie das tote

Tier begutachtete, macht sich in ihrer Brust eine solche Leere breit, dass nicht einmal die Umarmung des guten Manuel sie zu beruhigen vermochte. Beide waren den Tränen nahe. Dieser Hahn hatte etwas geradezu Teuflisches, seit Mutter Matildes Tod war er durch die Höfe des Blauen Hauses stolziert, und das war für ein Tier seiner Gattung eine sehr lange Zeit.

Als Eulalia sich ausgeweint hatte, konnte das kulinarische Schauspiel beginnen. Schritt für Schritt befolgte sie das Rezept aus dem kleinen Buch, das Frida ihr ausgehändigt hatte, und verwandelte Señor Quíquiri in eine wahre Köstlichkeit, in ein in Folie gebratenes Huhn mit Santakraut.

Den ganzen Tag über schrieb Frida in ihr Tagebuch. Die letzten Seiten füllte sie mit sonderbaren geflügelten Wesen. Ein Selbstporträt aber kam in ihren Skizzen nicht vor, denn weder ihre Moral noch ihr Erscheinungsbild waren die eines himmlischen Wesens. Sie bemühte sich, das wahre Antlitz ihrer Gevatterin festzuhalten, und malte einen in den Himmel aufsteigenden schwarzen Engel, den Erzengel des Todes. An diesem Tag empfing sie keine Freunde, denn sie erwartete wichtigeren Besuch. Nur Diego kam am Nachmittag und setzte sich zu ihr, um ein wenig mit ihr zu plaudern.

»Was hast du gemacht, Kleines?«, fragte der Maler, der ohne Unterlass mit seinen dicken Fingern über Fridas leichenblasse Hand strich.

»Fast die ganze Zeit geschlafen, dann nachgedacht.«

»Und was denkt dieses dumme Köpfchen?«

»Dass wir nur Puppen sind und nicht die leiseste Ahnung davon haben, was eigentlich passiert. Wir machen uns was vor, reden uns ein, wir hätten unser Leben unter Kontrolle, indem wir irgendeine Rolle spielen, uns verlieben, wenn wir einen Mann sehen, essen, wenn wir Hunger haben, schlafen, wenn wir müde sind. Das alles ist eine riesengroße Lüge, kontrollieren können wir nämlich überhaupt nichts«, murmelte Frida apathisch.

Diego konnte nur bitter lächeln angesichts der erstaunlichen geistigen Klarheit, die noch in diesem zerstörten Körper steckte.

»Ich habe ein Geschenk für dich, Dieguito«, flüsterte Frida, und die

Worte zogen sich unter der Wirkung der Betäubungsmittel in die Länge.

Ohne ihre Hand loszulassen, küsste Diego ihr Gesicht und schmuste ein wenig mit ihr.

Frida überreichte ihm einen Ring, den sie ihm zum Geburtstag hatte anfertigen lassen. Aus Silber und Edelstein, groß und wuchtig sogar für einen Riesen wie Diego.

»Du weißt, dass ich dich liebe, nicht wahr«, murmelte Frida.

»Ruh dich aus«, befahl ihr Diego und wehrte tapfer die hochdrängenden Tränen ab.

Seine Frau lag im Sterben, fiel in sich zusammen wie eine von der Flut überrollte Sandburg. Er legte sich neben sie aufs Bett und umarmte sie. So lagen sie mehrere Stunden beieinander. Als er sicher war, dass sie schlief, fuhr Diego zurück in sein Atelier in San Ángel.

Die Vorhänge öffneten sich, und das weiße Ross des Boten trat ein ins Reich der Finsternis. Freudig flackerten die Flammen der unzähligen, überall verteilten Kerzen auf, und die Knochen in ihren Gräbern klapperten vergnügt, um Frida willkommen zu heißen, die auf dem Rücken des Pferdes hereingeritten kam. Vor einem der Tische eines großen Banketts, die geschmückt waren wie ein Totenaltar, brachte der Bote sein Pferd zu stehen. Frida saß ab und löste sich zaghaft von ihrem Führer, und der Revolutionär verabschiedete sich, trocken aber freundlich, mit einer kleinen Kopfverneigung.

Vor ihren Augen prangten die schönsten Opfergaben, die sie je gesehen hatte. Die Totenköpfe aus Zuckerguss mit ihren pappsüßen Zähnen hatten sich in verspielter Anordnung versammelt; alle trugen funkelnde Namen auf der Stirn, die Namen derer, die Frida geliebt hatte: Nick, Leo, Diego, Guillermo, Georgia ... Zuckerbestäubte Totenbrote gab es, von Blumen umringt, die in herrlichem orangefarbenem Glanz erstrahlten, und die köstlichste Ansammlung von Speisen aus Fridas eigenem Repertoire: Lupes gefüllte Chilis, die Rippchen des Doctorcito, Tinas Tiramisù, das Eis aus Tepozteco, Eves Appelpie, die Polvorones von Mutter Matilde, der Mole poblano aus ihrem Hochzeitsmenü, Matis Bouillons, der Mole pipián der beiden

Covarrubias, und an einem Ehrenplatz der Tamal aus der Schüssel mit Santakraut, der immer noch den Duft verströmte, der jedes Mal aus dem Ofen zog, wenn er dort gebacken wurde.

»Du hast mich gerufen, hier bin ich.« Ihre Gevatterin war erschienen und saß inmitten all der kulinarischen Köstlichkeiten, die Frida ihr einstmals dargebracht hatte.

Wie immer verhüllte ein schwarzer Schleier ihr Gesicht, heute aber war sie äußerst elegant gekleidet: Sie trug ein wunderschönes Kleid europäischer Machart mit weißen Spitzen und anmutigen, bis zum Hals hinaufreichenden Volants. Ihr frei liegendes Herz hämmerte so laut, dass es wie Trommelschläge klang. In der Mitte des Altars, auf dem tönernen, mit prähispanischen Motiven verzierten Podest, stand eine Kerze, deren Docht kurz davor war, in einer großen Lache aus farbigem Wachs zu versinken. Noch sträubte sich die klägliche Flamme dagegen, dass die eisige Totenbrise ihrer sterbenden Besitzerin den letzten Lebenshauch entriss.

Frida tat einen Schritt und stellte sich zu ihrer Rechten. Ihr fiel auf, dass sie ihre Tehuana-Tracht mit den Wald- und Himmelsfarben trug und ein weißes, in den Farben des Sonnenuntergangs von Cuernavaca besticktes Band ihre Taille umschlang.

»Bin ich endlich tot?«, fragte sie, und mit der Frage verflog der Schmerz, und nur eine vage Erinnerung daran, gleich einem Echo ihres verstrichenen Lebens, blieb zurück.

»Noch nicht. Du hast um eine Audienz gebeten. Noch spendet dein Lebensdocht Licht, aber bald wird er heruntergebrannt sein wie deine Zeit auf Erden. Es dreht sich nur noch um ein paar Seufzer«, verkündete die Gevatterin, auf die Kerzenflamme weisend, die ein paar Mal zögernd aufflackerte. »Deshalb komm her, setz dich und trink mit mir, denn dass wir uns nach so vielen Jahren wiedersehen, ist mir ein großes Vergnügen.«

Aus einer edlen blauen Flasche goss sie Frida einen Tequila ein, dem Dämpfe des Zaubers und des Verderbens entströmten.

»Unsere Abmachung war eine Katastrophe. Erklär mir mal, was das Ganze sollte und ob es an meinem Leben noch irgendwas zu retten gibt, es war nämlich von Anfang an zum Kotzen«, rief Frida wütend.

Viele Worte hatten sich in all diesen Jahren des Leidens angestaut, und sie hatte sie im Innern bewahrt, um sie in dem Moment, in dem sie dem Tod wiederbegegnen würde, endlich loszuwerden. Die Worte waren aus tiefster Seele gekommen, unüberlegt, und das sind immer die ehrlichsten. Ihre Gevatterin blieb ganz ruhig, wie eine Königin, die voller Würde, aber ohne großen Ernst ihre diversen Titel einer Todesdame trug.

»Du hast es dir ausgesucht, nicht ich.«

»Verdammte Scheiße«, rief Frida noch wütender.

Es war ein Schrei der Verzweiflung. Sie brauchte ihr nicht zu erklären, dass sie jeden Tag ein bisschen mehr gestorben war, sei es durch Krankheit, sei es aus verletzter Liebe. Zwar hatte sie weiter geatmet, Tag für Tag, und sich an ihre Malerei geklammert wie an einen Helfer in Seelennot, wenn auch nicht im Schmerz, aber sie hatte einen hohen Preis zahlen müssen für jeden gelebten Tag. Ihre Gevatterin wusste es.

»Falls du unsere Abmachung annullieren willst, wird sie widerrufen. Du brauchst nicht weiterzumachen, wenn du dich betrogen fühlst. Aber versuche nicht, mich zu hintergehen. Niemand kann das«, warnte sie mit schauriger Stimme. »Auch verstecken kann sich keiner vor mir. Vergiss nicht: Mein Versprechen wurde mit *dem Leben* besiegelt«, verkündete die Herrscherin.

Bei diesen Worten spürte Frida, wie ihr leichter ums Herz wurde, wie ihre Schuld an Gewicht verlor, wie ihr Körper schlanker und ihre Beine beweglicher wurden. Sie war wieder die Frida mit dem Schülerinnenrock und den Kniestrümpfen. Die Frida mit den Locken, das junge Mädchen, das von einer Straßenbahn zerquetscht und von einer Metallstange durchbohrt worden war … das junge Mädchen, das damals gestorben war. Auf dem Altar hatte sich ihr Lebenslicht in eine wunderschöne Kerze aus weißem Wachs verwandelt, und obwohl sie jung war, kündigte ihre strahlend helle Flamme an, dass sie bald durch einen dünnen Faden tödlichen Qualms ersetzt werden würde …

»Wie kommt es, dass diese Abmachung sich mir nichts, dir nichts in Luft auflösen kann? Geht das so einfach? Wurde sie denn nicht mit Blut besiegelt? So verständnisvoll kann doch der Tod nicht sein. Ganz sicher nicht.«

»Frida, alles kann ohne Weiteres aufhören zu existieren, glaub mir, damit kenne ich mich aus, aber lass dir gesagt sein, dass all deine Handlungen Folgen haben, mögen sie auch noch so winzig sein. Jede Entscheidung wird in dein Schicksal eingeschrieben.«

»Findet denn kein großes Feuerwerk, keine Böllerei statt? Das ist ja absurd. Du kannst doch nicht kommen und mir sagen, alles, was ich erlebt habe, sei nur Mist gewesen«, erwiderte die junge Frida eher staunend als enttäuscht.

In diesem Augenblick tauchten zu ihrer Überraschung die beiden Affen auf, die sie beim ersten Mal empfangen hatten, schnitten groteske Grimassen und schrien:

»Die Tänzerin ist zurück! Die Tänzerin ist hier!«

Neben ihnen sprangen der Pappjudas und der Totenkopf vor Freude in die Luft; es war, als hätte sie den merkwürdigen Schauplatz, von dem sie nach ihrem Straßenbahnunfall geträumt hatte, nie verlassen.

»Frida, wenn der Tod kommt, gibt es kein Feuerwerk. Man stirbt nur. Es ist einfacher, als du denkst«, erklärte ihr die Gevatterin. Eine Weile lang sagte Frida nichts und versuchte, sich eine Wirklichkeit auszuschmücken, die es ihr ermöglichte, in dem von der Straßenbahn zerquetschten Bus in den Armen ihres geliebten Alex zu sterben. Sie musste sich eine Welt ohne Diego vorstellen, ohne ihre Malerei, ohne ihre ständigen Schmerzen. Aber es gelang ihr nicht, da war nur Leere.

»Wenn nichts von dem, was ich erlebt habe, geschehen ist, wenn ich also niemals Diego geheiratet noch die Krankenhäuser abgeklappert und unter permanenten Schmerzen gelitten habe, was war dann mit Diego? Und was ist aus meiner Familie geworden?«, flüsterte sie, völlig benommen von dem Erdbeben, das ihren Geist erschütterte.

»Wenn man stirbt, leben die anderen ihr Leben weiter. Für keinen Sterblichen bleibt die Uhr stehen«, erwiderte die Dame Tod. »Doch wenn du so sehr daran zweifelst, nimm dies«, fügte sie hinzu und reichte ihr ein Gläschen Tequila.

Frida umklammerte es mit beiden Händen. Sie hatte Angst davor, den Inhalt zu trinken, denn Offenbarungen tun immer weh, auch wenn sie einen stärken. Dann aber, ohne länger nachzudenken, kippte sie den Inhalt hinunter, und noch bevor der Alkohol bis in ihr Gehirn gedrungen war, tauchten die Bilder auf.

Diego sah nicht übel aus. Schlanker als gewöhnlich, die Haut gebräunt. Die kalifornische Sonne stand ihm gut, ebenso das Haus mit den breiten, mit spanischen Ziegeln gedeckten Dächern, die an elegante chinesische Hüte erinnerten. Das große, luxuriöse Schwimmbecken konnte einem Seufzer entlocken. Zypressen umstanden das Anwesen wie aufgereihte Wachsoldaten. Die Frau mit der Brille ließ den Arm ihres Mannes, des berühmten Malers, nicht los. Sie selbst war ein Schmuckstück, eine würdevolle Dame, die stolz auf sich sein konnte, mit ihrem schlanken Körper, den sie sich seit ihrer Ehe mit Charly Chaplin bewahrt hatte. Paulette Goddard hatte auf ihr Äußeres geachtet, um all seine Wünsche zu erfüllen. Mann und Frau frühstückten inmitten ihres weitläufigen Gartens und ließen sich dabei von den Reportern fotografieren, die einen Augenblick im Leben des Modepaares festhalten wollten. Die beiden waren gerade aus Europa zurückgekommen, wo Diego ein Wandbild für die Firma Michelin angefertigt hatte. Diego sprach fließend Englisch, denn seit der Zeit, da er in San Francisco gearbeitet hatte, war er nicht mehr nach Mexiko zurückgekehrt. Seine Ehe mit Paulette war seine vierte und würde nicht seine letzte sein. Die Goddard führte ihn stolz als Jagdbeute vor, die sie sich über den Kamin hängen konnte, so lange, bis jeder von beiden einen neuen Partner finden würde: Diego irgendeinen blonden Filmstar, der am Beginn seiner Karriere stand, und Paulette den nächsten Unternehmer, um weiter die Erfolgsleiter hochklettern zu können.

Cristina dagegen sah schlecht aus, das blaue Auge war nicht gerade vorteilhaft, und schon gar nicht ihr ausgemergelter Körper. Ihre Tochter Isadora half ihr, das mit bürgerlichem Krimskrams überfüllte Haus aufzuräumen. Schweigend waren sie zugange, voller Angst, Isadoras Vater könne sie bei der noch nicht erledigten Hausarbeit überraschen. Antonio hatte das Fieber nicht überlebt. Er war neben

Vater Guillermo beerdigt worden, der nur zwei Jahre nach dem tragischen Unfalltot seiner Lieblingstochter gestorben war. Mutter Matilde hatte die Familie zusammengehalten, so gut sie konnte, aber Cristina hatte nicht gerade die besten Entscheidungen getroffen. Sie war dazu verdammt, als geprügelte Ehefrau zu leben, in ständiger Furcht vor dem Schatten ihres Mannes. Manchmal hätte sie sich gerne ihrer Schwester Matilde anvertraut, hätte es freilich heimlich tun müssen, da ihr Mann ihr verboten hatte, mit ihr zu reden. Die Familie durchlebte ihre Krisen wie jede andere mexikanische Familie: in stummem Ausharren. Das öffentliche Leben spielte sich in weiter Ferne ab, in den Zeitungen ging es nur um Leute, denen sie in ihrem ganzen Leben nie begegnen würden: um Persönlichkeiten, die in den Schlagzeilen auftauchten, wie die ausgewanderte Italienerin Tina Modotti, die am Arm ihres Liebhabers, des kubanischen Sozialisten Julio Antonio Mella, auf der Straße erschossen wurde, oder der berühmte Sozialistenführer Leo Trotzki, den ein stalinistischer Agent in Stockholm vergiftete, und sogar Nickolas Muray, der ein erfolgreicher, kosmopolitischer Fotograf für Modemagazine war, bedauerlicherweise verlaufen manche Lebenswege immer gleich.

Nein, der Familie Kahlo war all dies fremd, erst recht die elitäre bürgerliche Kunst, die man in mexikanischen Häusern, in denen der Preis der Tortilla wichtiger war als das sozialistische Manifest zur Malerei, nicht antraf. In der Regierung war kein Platz für große Künstler, nur für Verschwörungen und für die Überlegung, ob man sich mit dem nächsten Kandidaten, der in der demokratischen Farce der offiziellen Partei auf die Bühne trat, verbünden sollte. Es gab keine Muralisten, denn die berühmten Maler zogen es vor, ihre Karriere fernab ihres kulturfeindlichen Landes zu verfolgen, in dem die Errungenschaften im Bildungsbereich nur in Form von Zahlen vorkamen, in den Reden, die vor hungrigen, von korrupten Gewerkschaften gegängelten Arbeitern gehalten wurden. So lebte die Familie Kahlo ihren Alltag, mit der Unbeschwertheit derer, die wissen, dass sie nicht wichtig sind, und dem tröstlichen Bild einer Gesellschaft, die für ihre patriotischen Gefühle keine farbenprächtigen, nach Wassermelone, Mango, Zitrone, Drachenfrucht oder Stachelannone duftenden Gemälde braucht.

»Es tut weh, das zu sehen, es muss doch ein Fluch sein, alles mit deinen Augen sehen zu können«, sagte Frida unter Tränen, benommen von dem Ausschnitt Realität, der sie wie ein Schlag ins Gesicht getroffen hatte.

»Mein Kind, ich bin weder verflucht noch begnadet. Ich bin nur ich und mache meine Arbeit wie jeder andere. Für manche bin ich etwas Gutes, für andere etwas Abscheuliches. Letztendlich bin ich dieselbe für alle«, stellte ihre Gevatterin klar.

»Ich kann sie nicht so zurücklassen. Die Leere macht mir Angst, sie ist schlimmer als der körperliche Schmerz im Leben. Ich kann es einfach nicht zulassen, dass sich alles so entwickelt. Wenn ich tatsächlich Stück für Stück all mein Leid, meine Katastrophen und meinen Kummer noch einmal durchleben muss, damit alles wieder so abläuft, wie es abgelaufen ist, dann muss ich abermals auf deinen Pakt eingehen.«

»Würdest du alles noch einmal erleben wollen? Obwohl du weißt, wie viel Schmerz dich erwartet? Denk daran, dass nichts anders werden wird, du wirst einen Weg gehen, den du schon kennst«, warnte sie die Herrscherin.

Frida nickte nur. Sie sah so kindlich aus, so unschuldig. Sie war nicht die barsche, hitzköpfige Frida, die im Blauen Haus zugrunde ging. Sie war eine Frida voller Lebenslust.

»Was garantiert mir denn, dass alles, was ich erlebt habe, nicht nur ein Bild war wie das, was du mir eben gezeigt hast? War es vielleicht nur eine von mir für real gehaltene Illusion, die du mir vorgegaukelt hast, damit ich den Lebenspakt nicht akzeptiere und meinen Tod annehme? Deine Tricks sind schwer zu durchschauen.«

»Nicht einmal ich kann mit Sicherheit sagen, ob dein Leben möglicherweise nur eine Spiegelung deines Geistes war. Wenn es das war und wenn du es wiederholen möchtest, wird sich nichts daran ändern. Dann wirst du nur ein zweites Mal dieselben Unglücke erleben. Du wirst denselben Weg beschreiten, dieselben Entscheidungen treffen und gegen dieselben Mauern stoßen«, erklärte der Tod.

Frida verstand, ihr Herz zog sich nervös zusammen bei der Vorstellung von all dem Schmerz und all der Leidenschaft, die es abermals erleben würde, selbst wenn beim ersten Mal alles nur eine von ihrer Gevatterin erzeugte Spiegelung gewesen war.

»Warum hast du mich gewählt? Warum ich? Ich habe es nicht verdient, dass mir eine solche Gelegenheit geboten wird. Ich bin nur eine Frau wie jede andere. Ich kann nichts Großartiges an mir erkennen.«

»Alle Frauen sind großartig. Jede ist mit Fug und Recht meine Patentochter. So wie ich die Gabe des Todes besitze, besitzt ihr die des Lebens. Der einzige Grund bist du selbst. Weil du Frida bist und es nur eine einzige Frida gibt. Ein anderer, gewichtigerer Grund ist nicht nötig«, sagte ihre Gevatterin und forderte sie auf, sich neben sie zu setzen. Dann fragte sie sie: »Bist du bereit, noch einmal zu leben?«

Die Dame Tod streckte ihre Hand aus, in der sie eine chirurgische Pinzette hielt, mit der sie die mit dem Herzen verbundene Ader zupresste. Noch nahm Frida sie nicht entgegen, sondern bat:

»Aber bevor ich mein Schicksal noch einmal durchlebe, will ich dein wahres Gesicht sehen.«

Die Frau schlug ihren Schleier zurück und setzte sich neben Frida, die in ihrer Tehuana-Tracht dasaß und die Hand ihrer Gevatterin ergriff, die Hand des Todes. Dann verband sie die Ader, welche die Gevatterin hielt, mit ihrem eigenen Herzen, damit es wieder schlagen konnte. Die Flamme der Altarkerze schwoll an, verzehrte gierig das Wachs und erleuchtete alles ringsum aus eigener Kraft. Frida schaute in das unverschleierte Gesicht, und es war ihr eigenes; denn wie die Gevatterin erklärt hatte, war sie selbst das Ende, jede Frau aber war der Anfang. Beide betrachteten einander. Frida begegnete sich selbst, war mit sich selbst verbunden durch ein Herz, welches für das Leben schlug, das sie abermals würde ertragen müssen. Und bevor sie erwachte, betrachtete sie die beiden Fridas in all ihrer Pracht.

»Bist du aufgewacht, Kleines?! Das ist ein gutes Zeichen. Jetzt musst du ruhig liegen bleiben, damit es dir bald wieder bessergeht ...«, sagte die Schwester im Rotkreuz-Krankenhaus. Frida hatte ihren ersten Unfall, den mit der Straßenbahn, hinter sich. Kurz bevor alles Vorherige aus ihrem Gedächtnis gelöscht wurde, dachte sie daran, dass sie nun noch ihren schlimmsten Unfall überleben musste: Diego.

Tamal in der Schüssel mit Santakraut
Tamal de cazuela en hierba santa

½ kg Tamales-Mehl, ¼ Liter Hühnerbrühe, 350 g Schweineschmalz, 1 Bund Santakraut, 1 Teelöffel Backpulver, 250 g Huhn, in kleine Stücke geschnitten, 3 geröstete Chilis (Ancho-, Mulato- oder Pasilla-Chilis), von Innenwänden befreit und püriert, 1 geröstete Tomate, entkernt und püriert, Salz.

Das Mehl in einen Tontopf geben und mit der Hühnerbrühe verrühren, bis ein dickflüssiger Atole entsteht. Dann die Mischung in das zerlassene Schmalz gießen und mit ein wenig Santakraut und Salz würzen. Auf kleiner Flamme köcheln lassen, ohne umzurühren, bis die Masse andickt und an einem hineingetauchten Löffel nichts mehr hängen bleibt. Den Topf vom Feuer nehmen und die Masse schlagen, bis sie sich weiß verfärbt; Backpulver hinzufügen und gut mit dem Teig vermischen. Aus Chilis, Tomate, Santakraut und Salz eine dicke Soße zubereiten und das kleingeschnittene Huhn zugeben. Den Boden einer Kasserolle zuerst mit Teig beschichten, dann mit der Hühnerfleischmischung, und zuoberst, sozusagen als Deckel, nochmals eine Schicht Teig auflegen, die aber dicker sein sollte als die untere Schicht. In den auf 190 Grad erhitzten Ofen schieben und so lange backen, bis der Teig goldbraun ist.

Kapitel XXIV

Um vier Uhr morgens wimmerte Frida mit schläfriger Stimme und erlosch wie eine Kerze mit heruntergebranntem Docht. Die Krankenpflegerin, die sie betreute, streichelte ihr besänftigend die Hand, strich ihre Laken glatt, damit sie weiterschlief, und blieb bei ihr sitzen wie eine Mutter, die über den Schlaf eines Neugeborenen wacht.
Irgendwann nickte sie ein. Zwei Stunden später erwachte sie vom Klang der Glocke. Es war sechs Uhr morgens, jemand hatte am Tor des Blauen Hauses geläutet. Sie horchte auf und lauschte, ob jemand sich anschickte, zu öffnen. Während Manuel sich erhob, entdeckte sie, dass Frida mit offenen Augen und starrem, abwesendem Blick dalag. Ihre Hände ruhten auf der Decke wie die einer Puppe, die man schlafen gelegt hat. Die Pflegerin berührte ihre Hände. Sie waren eiskalt.
Manuel öffnete das Tor, konnte aber keine Menschenseele entdecken. Die Straße war leer, nur in der Ferne verlor sich ein Reiter in den gepflasterten Straßen, ein Echo von Hufschlägen hinterlassend, die an den Häuserwänden widerhallten. Als er ins Haus zurückkehrte, gab die Krankenschwester ihm die Unglücksnachricht, und er begab sich auf schnellstem Weg nach San Ángel, wo Diego die Nacht verbracht hatte.
»Señor Diego, unser Frida-Kind ist gestorben.«

Fridas sterbliche Überreste wurden im Foyer des Palacio de Bellas Artes aufgebahrt. Freunde, Künstler, Politiker und viele ihrer Bewunderer kamen und hielten Totenwache. Inmitten von Aufregung und Schmerz stimmte Diego dem Vorschlag zu, eine rote Fahne mit Hammer und Sichel über den Sarg zu breiten, da er annahm, dass Frida auf diese Entscheidung stolz gewesen wäre. Die Ehrenwache dauerte einen Tag und eine Nacht.

In einer großen Prozession mit fünfhundert Trauergästen wurde der Sarg durch die Straßen von Mexiko-Stadt getragen, die Frida besonders geliebt hatte. Und als der Trauerzug das Krematorium erreichte, fand dort eine letzte Abschiedszeremonie statt; dann wurde Frida eingeäschert.

Am Abend tauchten die Wolken wieder auf, die sich tagsüber versteckt hatten, und verdunkelten den Himmel über der Stadt. In Trauer über das Hinscheiden der aztekischen Prinzessin vergossen sie ihre Tränen in den Straßen, und das Gefühl von Verlust, das sich ausbreitete, ergriff all jene, die der Zeremonie zur Verabschiedung der Malerin beiwohnten. Ein so tiefer Schmerz erfasste die Trauernden, dass es schien, als sei sie zweimal gestorben.

El Chamaco Covarrubias, Juanito O'Gorman, Fridas Schwestern Cristina und Matilde, ihre Schüler, die »Fridos«, ihre Freundinnen und Bekannten, alle waren erschüttert. Auch ferne Länder erreichte das Gespenst der Trauer. In einem Winkel Europas, am Steuer seines Segelbootes, weinte der von Frida so geliebte Doctorcito über zwei Stunden lang, ohne zu wissen, warum; Nickolas Muray verspürte den überwältigenden Wunsch, sich die Fotografien anzuschauen, die er von der Frau gemacht hatte, die seine Geliebte gewesen war; die Verlegerin von *Vanity Fair*, Clare Boothe Luce, schloss sich in ihrem Büro ein, um sich abermals den Augenblick in Erinnerung zu rufen, in dem ihre Freundin Dorothy aus dem Fenster gesprungen war; Nelson Rockefeller unterbrach seine Grübeleien darüber, wie er die Präsidentschaft erringen könnte, und nach einem Bissen Mole Poblano, den er bei einem gemeinsamen Essen mit einem New Yorker Gewerkschaftsführer zu sich nahm, begann er, so heftig zu weinen, dass er sich gezwungen sah, das Treffen abzubrechen; die Bildhauerin Lucienne, Diegos ehemalige Assistentin, die Frida nach ihrer Fehlgeburt beigestanden hatte, versuchte, ihre Freundin, die aztekische Prinzessin, in einer Skulptur zu verewigen.

Und all dieser Schmerz hallte in Diego wider, während er nach Coyoacán zurückfuhr. Schweigend erinnerte er sich an all die Augenblicke, in denen Frida seinetwegen geweint hatte. Manuel und er hingen ihren Gedanken nach, den Blick starr geradeaus gerichtet, und hin und wieder rannen beiden ein paar einsame Tränen übers Gesicht. Die Tasche mit Fridas Urne stand bei ihnen, auf dem Platz, auf dem Frida gewöhnlich gesessen hatte.

Als der Wagen vor dem Blauen Haus hielt, war Diego todmüde und hungrig. Er betrat das Haus und hörte die Tiere nach ihrer abwesenden Herrin rufen. Dann ging er in Fridas Schlafzimmer. Er setzte sich neben ihr Bett und stellte behutsam die Tasche mit der Urne ab. Minutenlang betrachtete er sie, bis sein Geruchssinn ihn wie eine Ohrfeige zur Vernunft brachte und sein Magen angesichts des aromatischen Duftes, den das bereitstehende Essen verströmte, zu hüpfen begann. Auf einem der Tonteller, auf denen die beiden Tauben das Band mit den romantischen Worten im Schnabel hielten, lag eine große Scheibe Tamal mit Santakraut. Daneben fand er Fridas vielbenutztes Büchlein, in dem sich Düfte nach Hühnchen, grünem Chili und exotischen Kräutern in würziger Seligkeit mischten.

Nachdem er das Buch in eine der Schubladen gelegt hatte, wo es in der Erwartung, von jemandem entdeckt zu werden, Staub ansetzen würde, nahm er den Teller und stach mit der Gabel in den Tamal. Schweigend begann er zu essen und genoss jeden Bissen, die saftige Speise, die ihm auf der Zunge zerging und seinen Appetit stillte, und ihre Würze, die seine Seele tröstete. Als Diegos Magen sich zu sättigen begann, breitete sich in seinem Herzen ein Friede aus, wie er ihn nie wieder erleben sollte.

Plötzlich ließ er die Gabel auf den Teller fallen und brach abermals in Tränen aus. Eulalia, die Köchin, hörte ihn weinen und kam herbei, um ihn zu trösten. Wimmernd aß Diego weiter. Eulalia blieb auf der Türschwelle stehen, und als er sie dort sah, schimmerte ein trauriges Lächeln in seinen Zügen auf.

»Es schmeckt wie immer köstlich«, murmelte er tief betrübt. Dann nahm er sich eine zweite Portion und aß sie langsam. Als er den letzten Bissen verschlungen hatte, musste er gestehen: »Frida ist fort, und ich konnte ihr nicht mehr sagen, wie gut mir ihre Wunderkrautgerichte immer geschmeckt haben.«

1957 starb Diego Rivera an Herzversagen. Er wurde in Mexiko-Stadt, in der Rotonda de los Hombres Ilustres, begraben. Dies widersprach seinem letzten Willen, demzufolge seine Asche mit der von Frida vermischt und in der Urne, die im Blauen Haus stand, aufbewahrt werden sollte. Seine Töchter und seine erste Ehefrau aber hatten sich geweigert, Diegos letzten Willen zu erfüllen, in der Überzeugung, für Mexiko sei es besser, wenn er auf dem Friedhof beerdigt würde, auf dem er noch heute ruht, weit weg von seiner geliebten Frida.
1958 wurde das Blaue Haus als Frida-Kahlo-Museum für das Publikum geöffnet. Seit seiner Einweihung wird dort, genau wie Frida es immer tat, an jedem 2. November ein Totenaltar mit Speisen, schmückenden Gegenständen und Fotografien errichtet, um die Liebe zu würdigen, die Frida und Diego verband, und zu Ehren ihrer Freunde und Bekannten.

Das »Wunderkrautbuch« ist bis heute verschwunden.

Glossar

Cholo – in den USA lebender kleinkrimineller Mexikaner

Comal – Tortilla-Backplatte aus Ton

Corrido – mexikanische narrative Liedgattung

Gevatterin Tod – Pendant zum Gevatter Tod. Da der Tod im Spanischen weiblich ist (*la muerte*), taucht in der spanischen Fassung des Grimm'schen Märchens vom »Gevatter Tod« eine »Gevatterin Tod« auf (*Madrina Muerte*). In diesem Buch verschmilzt sie mit der Skelettdame *La Catrina* aus dem mexikanischen Totenkult.

Huipil – traditionelle ärmellose Bluse aus gewebter Baumwolle, Tracht der Tehuana

Mariachi – mexikanische Musikformation und ihre Musiker

Metate – Reibplatte aus Vulkangestein zum Maismahlen

Pachuco – Angehöriger einer mexikanischen Jugendkultur im Süden der USA während der 1930er- und 1940er-Jahre

Pulquería – Pulque-Ausschank

Rebozo – großer, rechteckiger Schal aus Baumwolle oder Seide

Tarahumara – indigene Volksgruppe Mexikos

Tehuana – indigene Bewohnerin der Landenge von Tehuantepec in der Region Oaxaca

Zapoteken – indigene Volksgruppe Mexikos

Nahrungsmittel und Getränke, Gewürze, Gerichte

(hier erscheinen keine Gerichte oder Zutaten, die bereits in den Rezepten erklärt werden)

Achiote – Paste aus Annattosamen

Acitrón – Kaktuspaste

Añejo-Käse – trockener, salziger Käse (durch Parmesan ersetzbar)

Atole – mit Maisstärke zubereitetes Getränk

Curado – mit Fruchtaroma angereicherter Pulque

Elote verde – grüner Mais

Enchilada – gefüllte weiche Maistortilla mit Soße

Epazote – mexikanisches Teekraut

Gordita – dicke Maistortilla

Hierba santa – Santakraut (die großen Blätter schmecken ähnlich wie Fenchelkraut)

Jicama – wie milder Rettich schmeckende Rübenart

Masa (de maíz) – frischer Maisteig für die Zubereitung von Tamales und Tortillas

Masa harina – in einem speziellen Verfahren hergestelltes mexikanisches Maismehl

Mole – cremige Soße

Mole pipián – Soße mit Chilis und Kürbiskernen

Oaxaca-Käse – leicht schmelzender Käse (durch Raclette ersetzbar)

Panela-Käse – krümeliger Frischkäse (durch Feta oder Mozarella ersetzbar)

Polvorones – Mürbeteigplätzchen

Pozole – Maiseintopf

Pulque – vergorener Agavensaft, schwach alkoholisch

Quesadilla – Käsetortilla

Queso de hebra – weißer mittelweicher Bandkäse

Tamal – gedämpfte, in Mais- oder Bananenblätter gehüllte Teigtasche mit Füllung

Torreja – süßes geröstetes Brot

Tostada – frittierte Tortilla (wird auch als »Teller« verwendet)

Totopos – kleine, knusprig gebratene Tortilla-Dreiecke

Chilisorten

Ancho – getrockneter Poblano-Chili, bittersüß

Baumchili (chile de árbol) – getrocknet, scharf, rot

Chipotle – geräucherter Jalapeño-Chili, rötlich-braun

Guajillo – getrocknet, scharf, dunkelrot

Habanero – schärfste Chilisorte, rot oder gelb

Huauzontle – frisch, scharf, grün

Jalapeño oder Cuaresmeño – frisch, scharf, grün

Mulato – getrocknet, mild, rötlich-braun

Pasilla – getrocknet, würzig, groß, dunkelgrün

Piquín – getrocknet, sehr scharf, rot

Poblano – frisch, mild-scharf, der grünen Paprikaschote ähnlich

Serrano – frisch, scharf, dunkelgrün

Ungeduld des Herzens

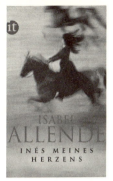

Die junge Spanierin Inés Suárez wagt sich an der Seite des charismatischen Feldherrn Pedro de Valdivia an die Eroberung Chiles. Mut und Leidenschaft sind ihre herausragenden Eigenschaften, auch wenn es darum geht, ihre Liebe zu verteidigen und ihren eigenen Weg zu gehen.

»Ein Epos – und was für eines!« *Tages-Anzeiger*

»Eine der spannendsten Frauen der spanischen Geschichte und ein hinreißender Roman.« *Brigitte Woman*

Isabel Allende, Inés meines Herzens. Aus dem Spanischen von Svenja Becker. insel taschenbuch 4004. 394 Seiten

Über die Macht der Liebe und die Magie des Kochens

Mexiko, im vorigen Jahrhundert. Pedro liebt Tita und sie ihn. Doch die Konventionen bestimmen, dass die 16-Jährige unverheiratet bleiben muss, um später ihre Mutter zu versorgen. Pedro heiratet kurzerhand die ältere Schwester Rosaura, um in Titas Nähe bleiben zu können. Womit die Familie allerdings nicht gerechnet hat, sind Titas magische Kochkünste. Und nicht nur Pedro ist betört ... So führt Titas Weg in die Emanzipation ausgerechnet über den Ort, an den ihre Mutter sie hatte verbannen wollen: die Küche.
Bittersüße Schokolade – ein bezaubernder Liebesroman und ein Kochbuch über die sinnliche Verführungskraft kulinarischer Köstlichkeiten in einem.

Laura Esquivel, Bittersüße Schokolade. Aus dem Spanischen von Petra Strien. insel taschenbuch 4030. 278 Seiten

»Wie die Romane Umberto Ecos: unmöglich, aus der Hand zu legen.«
The Times Literary Supplement

Die Restauratorin Julia stürzt sich nach einer gescheiterten Beziehung in die Arbeit. Im Madrider Prado soll sie am Gemälde eines flämischen Meisters aus dem 15. Jahrhundert arbeiten; darauf ein in eine Schachpartie versunkener Ritter und sein Herr, im Hintergrund die edle Dame in schwarzem Samt. Schon bald legt Julia eine geheimnisvolle Inschrift frei, die viele Fragen aufwirft. Fragen nach der Liebe und einer fünfhundert Jahre alten Schuld. Und als ihr Exfreund plötzlich stirbt, bleibt Julia keine Wahl: Sie muss – auch um sich selbst zu retten – das Geheimnis der schwarzen Dame lösen …

Mit gefühlvoller Dringlichkeit erzählt Arturo Pérez-Reverte von der Spurensuche einer jungen Frau. Er verknüpft die Liebe zur Malerei und den sehnsuchtsvollen Glanz einer vergangenen Zeit zu einem unverwechselbaren Spannungsroman.

Arturo Pérez-Reverte, Das Geheimnis der schwarzen Dame.
Roman. insel taschenbuch 4382. 410 Seiten

»Ein ganz und gar außergewöhnlicher, ein vollkommener Liebesroman!« *El Mundo*

Auf einem Ozeandampfer begegnen sie sich das erste Mal. Es ist das Jahr 1928, Max – jung und von wildem Charme – arbeitet als Eintänzer in der ersten Klasse. Mecha zieht ihn augenblicklich in den Bann, ihre aparte Schönheit, der weltberühmte Komponist an ihrer Seite, das funkelnde Collier um ihren schlanken Hals. Es folgt ein Tanz, ein nichtssagender Smalltalk, der verheißungsvoller nicht sein könnte. In Buenos Aires angekommen, führt Max das Paar durch die zwielichtigen Tangobars seiner Geburtsstadt. Doch in dieser Nacht geraten die Dinge außer Kontrolle, und für Max und Mecha beginnt das Abenteuer ihres Lebens: die große Liebe. Eine Liebe, die erst viele Jahre später auf der Promenade Nizzas zwischen entrücktem Glamour und den Wirren des Krieges eine zweite Chance erhält ...

Arturo Pérez-Reverte, Dreimal im Leben. Roman. Aus dem Spanischen von Petra Zickmann. insel taschenbuch 4324. 525 Seiten

»**Liebe, Krieg, Leidenschaft und Kunst – es ist alles da. Mein Buch des Sommers.**«
Elle

Zwischen dem Swinging London der 60er Jahre und dem schwülheißen Andalusien am Vorabend der Spanischen Revolution entspinnt sich diese fesselnde Geschichte zweier junger Frauen, die durch ein Gemälde schicksalhaft miteinander verwoben sind. London, 1967. Odelle Bastien, aus Trinidad nach England gekommen, um ihren Traum vom Schreiben zu verwirklichen, ergattert einen Job in der renommierten Kunstgalerie Skelton. Durch einen sensationellen Fund – ein Gemälde des seit dem Spanischen Bürgerkrieg verschollenen Künstlers Isaac Robles – wird Odelle in eine Geschichte verstrickt, die ihr Leben völlig auf den Kopf stellt. Denn um das Gemälde rankt sich ein folgenschweres Geheimnis, das ins Jahr 1936 zurückreicht.

Jessie Burton, Das Geheimnis der Muse. Roman. Aus dem Englischen von Peter Knecht. insel taschenbuch 4704. 461 Seiten.

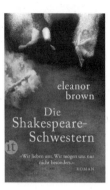

»Wir lieben uns. Wir mögen uns nur nicht besonders.«

Rosalind, Bianca und Cordelia: Die drei eigenwilligen Schwestern – von ihrem exzentrischen Vater liebevoll nach Shakespeare-Heldinnen benannt – kehren eines Sommers nach Hause zurück, in die kleine Universitätsstadt im Mittleren Westen. Doch die ungetrübte Freude über das Wiedersehen währt nur kurz, denn die temperamentvollen jungen Frauen und ihre gut gehüteten Probleme stellen die familiäre Harmonie auf eine harte Probe …

Mitreißend und tiefgründig, spritzig und humorvoll erzählt *Die Shakespeare-Schwestern* vom Los und Segen lebenslanger Schwesternbande, die – sosehr man sich bemüht, sie zu lösen – doch allen Stürmen des Lebens standhalten.

»Witzig, exzentrisch, funkelnd.« *annabelle*

Eleanor Brown, Die Shakespeare-Schwestern. Roman. Aus dem Amerikanischen von Brigitte Heinrich und Christel Dormagen. insel taschenbuch 4300. 374 Seiten

Die Geschichte einer begabten, jungen Köchin zwischen Sterne-Küchen und leidenschaftlichen Lieben …

Gianna ist jung, temperamentvoll und ehrgeizig – und sie möchte unbedingt Köchin werden. Und zu den Besten gehören. Wo könnte sie das besser lernen als bei den Sterneköchen? Und so führt sie ihre Reise von der Heimatstadt Regensburg über Kopenhagen und Navarra bis nach New Mexico. An vier aufregenden Stationen lernt sie nicht nur die unterschiedlichen Kochstile berühmter und eigenwilliger Kollegen kennen, sondern erlebt auch ein Auf und Ab der Gefühle: Sie ist verliebt – und gleich in zwei Männer, in zwei Brüder, die unterschiedlicher kaum sein könnten. Während der eine Geborgenheit und Beständigkeit verspricht, verlockt der andere zu immer neuen, riskanten Abenteuern. Nach und nach entdeckt Gianna, worauf es im Leben wirklich ankommt …

Gabriela Jaskulla, Die Herbstköchin. Roman. insel taschenbuch 4663. 392 Seiten.